万墨轩图书
WIPUB BOOKS

THE ANDROID'S DREAM

John Scalzi

安佐之梦

[美] 约翰 · 斯卡尔齐 著

孙 菲 译

江西教育出版社
JIANGXI EDUCATION PUBLISHING HOUSE

图书在版编目（CIP）数据

安佐之梦 / (美) 约翰·斯卡尔齐著 ；孙菲译.
--南昌 ：江西教育出版社, 2016.12
ISBN 978-7-5392-9229-8

Ⅰ. ①安… Ⅱ. ①约… ②孙… Ⅲ. ①长篇小说一美
国一现代 Ⅳ. ①I712.45

中国版本图书馆 CIP 数据核字(2016)第 320400 号

著作权合同登记：图字 14-2016-0424

THE ANDROID'S DREAM
by John Scalzi

安佐之梦
ANZUO ZHI MENG
［美］约翰·斯卡尔齐/著 孙菲/译

江西教育出版社出版
(南昌市抚河北路 291 号 邮编：330008)
各地新华书店经销
南昌市红星印刷有限公司印刷
889 毫米×1194 毫米 32 开本 12.25 印张 字数 270 千字
2017 年 3 月第 1 版 2017 年 3 月第 1 次印刷
ISBN 978-7-5392-9229-8
定价：45.00 元

赣教版图书如有印装质量问题，请向我社调换 电话：0791-86710427
投稿邮箱：JXJYCBS@163.com 来稿电话：0791-86705643
网址：http://www.jxeph.com

赣版权登字-02-2016-765

献给凯文·斯坦普尔，我多年来最好的朋友之一。无论人类文明是兴是衰，他都将为历史铭记。

同时献给科利·多克托罗、贾斯汀·拉巴里丝提尔、尼克·萨根、查理·史乔斯，还有斯科特·韦斯特费德，我当科幻作家后的第一位读者，谢谢你曾经的陪伴和现在的友谊。

第一章

德克·莫勒不知道自己能否通过放屁的方式制造一起重大外交事件，但他还是准备试试看。

助手把今日的谈判日程表放到他面前，莫勒心不在焉地点点头，屁股在椅子上稍微移动了几下。他觉得装置周围的组织有些发痒。当一根十公分长的金属电子管被植入结肠，同时还要插入直肠一两英寸，这肯定会引起些许不适。

福克西向他展示这个装置的时候就把一切都交代清楚了。“原理很简单，”福克西把一个稍稍弯曲的仪器递给他，“你会跟平常一样放屁，但这些气体不会被排出体外，而是进入这个装置的前舱。前舱闭合，气体被输送到二号舱。根据你想传递的信息，二号舱里会添加相应的化学成分。然后气体被运送至三号舱，等待你发出排放信号。信号发出后，噗通一声，气体便随之排放出去。你是通过一个无线接口与之相互作用的。一切准备就绪。你现在要做的就是把它安上。”

“会疼吗？”莫勒问，“我是说，安装过程。”

福克西翻了个白眼，说道：“莫勒先生，你是要把一个小型化学实验室塞进屁股里，当然会疼了！”

尽管疼，这项技术还是很了不起的。它是由福克西依据自己在国家档案馆找到的一份图稿改制的，这份图稿可以追溯到数十年前奈都人与人类第一次接触之时。当初开发这一技术的是一位化学工程师，他本来想组织一场人类与奈都人联欢的音乐会，通过将装置置于人类气管附近，在唱歌的同时释放出代表友谊的气味。

这个装置要求表演者在演唱过程中不停排出气体，为了安装装置甚至要事先进行喉部手术，结果所有著名的人类演唱团都对此不屑一顾，最终导致该计划落空。此后不久，该化学工程师为组织此次音乐会而建立的非营利性团体受到联邦调查，随后他被以诈骗及逃税的罪名投入低设防监狱。一片混乱中，该装置也就被遗忘了，最后不了了之，直到心怀诡计的福克西将它重新启用。

“您还好吗，先生？”莫勒的助手艾伦问，“您看上去心事重重。肠胃感觉好些了吗？”艾伦知道昨天老板外出时肠胃炎又犯了，今天的谈判计划都是在电话会议上安排的。

“我没事，艾伦，”莫勒说，“就是有点胃疼，可能是早餐的问题。”

“我去问问有没有人带了抗胃酸钙片。”艾伦说。

“我现在最不想吃的就是那个。”莫勒回答。

“那也可以喝点水。”艾伦说。

“不要水，”莫勒说，“但是可以喝一小杯牛奶，我倒觉得牛奶可能会缓解胃痛。”

“那我去餐厅看看，”艾伦说，“正好谈判还要几分钟才开始。”莫勒点点头，他就立马去了。莫勒心想，这孩子正合适，不是特别聪明，还是贸易代表团里的新手，莫勒正是看中了这两点才选他来的。和莫勒共事稍久的同事，都知道他患有乳糖不耐症，哪怕一滴牛奶也会让他的胃绞痛难忍。

“乳糖不耐症？太棒了，”福克西给他安好装置后说，“你现在喝一杯牛奶，等上一个小时左右再走，包你爽翻天。你还可以吃一些吃了会放屁的食物，比如豌豆、西兰花、花椰菜、卷心菜、生洋葱、土豆。苹果和杏子也有效果。梅子也成，但可能有点猛。早餐你就放心大胆地吃蔬菜拼盘吧，后面的事不用操心。”

“可以吃肉吗？”莫勒问道。装置被塞进他的排气管，然后移植到肠壁上，这让他痛得无法正常呼吸。

“当然可以，任何脂肪含量高的食物都能促进排气，”福克西说，“比如培根，或是色泽鲜艳的红肉。咸牛肉加上卷心菜就更完美了。怎么，你不喜欢吃蔬菜？”

“我父亲以前是屠夫，”莫勒说，“我小时候就爱吃肉，现在也没变。”其实，不只是喜欢，莫勒家祖祖辈辈可谓铁杆肉食主义者，顿顿要吃肉，并引以为豪。现在大多数人都不吃肉了，就算吃肉，也是吃一管培植肉。这种肉是由经过培植的肉组织制成的，无需屠宰任何动物，有些甚至是与动物完全无关的百分之百的假肉。目前市面上最畅销的培植肉品牌是“金士顿野牛野猪肉™”，这个牌子的肉是用猪牛软骨上的边边角角做成的。人们将材料浸泡在营养液中，直到材料长成似肉非肉、颜色比小牛肉浅、脂肪和蜥蜴肉一样少的成品。食用这种肉对动物毫无伤害，即使是严格的素食主义者在心情好时也会吃上一两个“野牛野猪汉堡™”。金士顿公司的吉祥物是一只在火炉边给汉堡加热的猪，它长着野牛毛和牛角，侧着头向顾客眨眼，舔着嘴唇，状似十分期待吃到自己的假肉。想想这画面，真是让人毛骨悚然。

莫勒宁可将自己的舌头做成烤串也不愿吃培植肉。虽然现如今技艺精湛的屠夫实属难找，但莫勒还是在华盛顿外的利斯堡郊区找到了一位。同如今的其他屠夫一样，泰德是一位精品店店主。他的正职是技工，但是他切肉的技术比大部分屠夫都要老道。每年十月，莫勒地下室的冷库几乎要被泰德送来的肉塞满，包括牛肉、猪肉、鹿肉以及鸡肉、火鸡肉、鸵鸟肉和鹅肉这四种禽类肉。

因为莫勒是他的大主顾，所以泰德偶尔也会额外赠送一些颇具异国风味的肉给他，通常是某种爬行动物，比如鳄鱼肉（由佛罗里达州环保局引入大沼泽地的鳄鱼，是一种繁殖迅速的杂交物种，全年都有得捕猎，所以他弄到了很多鳄鱼肉），偶尔也会送一点哺乳动物的肉。当然，泰德总是做得十分谨慎，没有人可以查出这些肉的来源。有一年，泰德送来十磅肉，包肉的纸上潦草地写着“不要多问”。莫勒在烤肉宴上一亮出这些肉，美国殖民协会的老同事们便个个赞不绝口。几个月后，一个屠夫因贩卖国家动物园租借的大熊猫章章的肉被捕，而大熊猫失踪的时间差不多就是泰德一年一度带着肉来拜访莫勒的时间。次年开始，泰德又像以往一样送鳄鱼肉了，这样对谁都更安全。当然鳄鱼除外。

“一切都始于肉。”莫勒的父亲经常这样对他说。艾伦拿着含2% 糖的咖啡回来时，莫勒正思考着这句简单的话里蕴含的真理。他目前的行动方案，也就是在肠道内聚积气体这个计划，确实源于肉。

具体而言，是源于莫勒父亲开的第三代肉店——“莫勒肉店”里的肉。约 40 年前，奈都大使法杰 - 文 - 吉塔[①]带着几位奈都人和人类外交官一起来到莫勒父亲的肉店。他推门而入，说道：“这儿的味道真不错！”

大使的评判本身就是举足轻重的。奈都人具有诸多体貌特征，其中一点便是其嗅觉灵敏度比可怜的人类要高出好几个数量级。另外，奈都的种姓制度十分严格。与之相比，16 世纪的日本看上去奉行的简直是和谐幸福的平等主义。为此，奈都参与高级外交及政治活动的种姓特地发明出一种“味语”，这与地球上的欧洲贵族发明“花语”如出一辙。

因为人们无法通过味道进行对话，所以奈都的外交味语和高贵的花语一样，并非真正的沟通方式。而且人类嗅觉愚钝，没法掌握好这种语言，奈都人向人类说味语就如同对牛弹琴。但奈都人之间，却可以以一种微妙的方式（气味本身就很微妙）发表一番引人入胜的开幕词，为接下来的对话做好铺垫。

当奈都大使推门进入某家商店，宣称其售卖的商品很好闻时，他的话有几层不同的含义。第一层，可能只是这种东西的味道很好。但也可能有第二层含义，即对于奈都人来说，这种东西的气味在奈都人看来非常高贵。詹姆斯 · 莫勒——莫勒肉店老板、德克的父亲——虽然不是一个特别世俗的人，但他当然知道，赢得奈都大使的欢心必定

---

① 遵循原作惯例，部分外星人人名用半字符连接。——译者注

能使他的店飞黄腾达。众所周知，在素食主导的环境下经营肉铺真的是令人殚精竭虑。现在，肉食主义者本身就为数不多，而且其中大多数人都在吃新进的培植肉——詹姆斯强烈反对这种肉，他甚至手拿切肉刀把金士顿培植肉的批发商从他的店里赶了出去——所以市场形势岌岌可危。詹姆斯·莫勒知道，奈都人是绝对的肉食主义者。他们必须得从某个地方弄到肉。詹姆斯·莫勒可是个生意人，在他看来，谁的钱都可以赚。

“我在大街上就闻到了，”法杰-文-吉塔一边走向柜台一边继续说，“这味道很特殊，与众不同。”

“大使鼻子真是灵敏，”詹姆斯·莫勒说，“这是鹿肉。我店面的后院里都是，今天刚从密歇根进的货。”

“我知道鹿，”法杰-文-吉塔说，“它们是大型动物，总是自己往车轮里钻。”

“太对了。”詹姆斯·莫勒说。

“它们和我在路边闻到的味道不太一样。”法杰-文-吉塔说道。

“当然不一样！”詹姆斯·莫勒说。“您想再好好闻闻鹿肉吗？”法杰-文-吉塔点头表示同意。詹姆斯吩咐儿子德克拿一些出来，而后将其交给奈都大使。

“这味道太棒了。”法杰-文-吉塔说，“这和我们的习俗中代表性功能的气味非常像，我想这种肉一定会很受我们的年轻人欢迎。”

詹姆斯·莫勒咧嘴笑了起来，嘴宽得如同波托马克河。“能把鹿肉送给大使是我的荣幸，我乐意效劳。”他说道，然后挥手让德克去后院再拿了些肉出来，“如果你们还有其他人也想要一点，我会很乐意效劳的。我们的库存不少呢。”

“我一定会告知我的随从。”法杰 - 文 - 吉塔说，“你说这些肉是从密歇根进的货？”

“是的。”詹姆斯说，“密歇根州中部有一大片保护区，由纽根廷人负责管辖。他们习惯用弓箭狩猎鹿等动物。相传这一教派的创始人生前猎捕过北美洲所有的哺乳动物种类。他的遗体在保护区进行展览，身上裹着缠腰布。这是宗教上的事，从个人角度来讲，你兴许不会花时间去研究这些，但他们出售的肉可是国内数一数二的珍品。价钱要高一些，但绝对物有所值。而且他们对肉的态度十分正确——肉是任何真正健康饮食的基石。”

“我们见到的大多数人不太吃肉。”法杰 - 文 - 吉塔说，“你们种族的报纸和杂志上说，大多数人认为吃肉不健康。”

“不要轻信那些话。”詹姆斯 · 莫勒说，“我每顿饭都吃肉。不管是在身体上还是精神上，我都要比我的同龄人更有活力。我不是反对素食主义者；如果他们想天天吃豌豆，我也不反对。只是他们全死翘翘了，我还是活得身强体壮。肉对您来讲，亦是如此。一切都始于肉——我就是这样告诉我的顾客的，现在我同样要把这句话告诉您。”德克从后院拿回了几大包肉；詹姆斯把它们装在一个结实的袋子里，放在旁边低矮的柜台上。“都是给您的，先生。请笑纳。”

“你太大方了。”法杰 - 文 - 吉塔说。与此同时，他的一个随从把袋子拿了起来。“你们种族的人很好客，总是送我们礼物，让我们倍感亲切。想到我们马上就要做邻居了，真是高兴。”

“您的意思是？”詹姆斯 · 莫勒问。

“奈都人和你们政府签订了一些条约和贸易协定。根据条约，我方需要在此地扩大势力，”大使说，“我们将在这一区域建大使馆。”

“太好了！”詹姆斯·莫勒说，“大使馆会在这附近吗？”

“哦，很近。”法杰-文-吉塔边说边点头以示告别，带着肉和全部随行人员离开了。

詹姆斯·莫勒分秒必争。接下来的一周，他从纽根廷人那里多进了两倍的鹿肉，还派德克去图书馆查找关于奈都人的资料以及他们的饮食喜好。詹姆斯进了兔肉、神户牛肉，从苏格兰进了肉馅羊肚，而且，这家有着三代经营历史的肉店破天荒地进了罐头猪肉。“这不同于培植肉，”他对德克说，“罐头里装的依然是真肉。”

不到一个星期，詹姆斯·莫勒就把自己的屠宰肉店转型为奈都友好肉店。事实上，就在新增的纽根廷鹿肉订货到达当天，詹姆斯·莫勒收到挂号信通知，莫勒肉店的所在地以及这个街区的所有房子都已被政府征用，为即将扩建的奈都大使馆腾出空间。就在莫勒收到这封信的那一刻，致命的心脏病发作了。他还没倒在地上就已经断了气，死时信还攥在他手里，后院的冷藏室里还有很多鹿肉等待切割。

阿特金森医生试图说服德克，信件给他父亲造成的打击并不足以让他丢掉性命。他解释说，詹姆斯的主动脉挂有厚厚的猪油，简直就是油煎酥卷，原因就是53年来不间断吃肉。阿特金森医生多年来多次提醒詹姆斯饮食要均衡，或者至少也要注射“斑块清剂”间接拯救动脉，但詹姆斯总是断然拒绝。他自我感觉良好，依然喜欢吃肉，而且绝不签字同意做任何手术，不给保险公司任何加价的机会。是詹姆斯自己使得心脏病一直潜伏在他体内。即便不是那一刻，也会很快发作。非常快。

德克对此充耳不闻，他十分清楚谁应该对父亲的死亡负责。他看到了父亲的遗体，读了那张通知单。而且他已经了解到，就在奈都人到访莫勒肉店的第二天，便有一个奈都人飞去位于密歇根州的纽根廷保护区，与该教派达成协议，直接购买鹿肉。他们正是利用了莫勒与奈都大使交谈时无意中提供的信息。奈都大使知道过不了几天莫勒肉店就会闭店停业，但他还是让德克的父亲给他提供免费鹿肉和进货途径，却丝毫没有透露这一消息。

德克心想，父亲在此时心脏病发作倒也不必惋惜，否则，看到自己祖父一手创办的肉店被拆毁，也会让他悲恸辞世。

无论是在历史长河还是文学作品中，负命为其父亲报仇雪恨的英雄比比皆是。德克坚定不移、有条不紊地为完成使命而奋斗着，其时间跨度之长，甚至可以让哈姆雷特这样一个强迫症般从容的人物也要因为不耐烦而疯掉。德克利用政府给莫勒肉店提供的补偿款，去了位于巴尔的摩市的约翰·霍普金斯大学就读星际关系专业。该校这一专业在全国位列前三，另外两所学校分别是芝加哥大学和乔治城大学。

后来，莫勒在乔治城大学读研究生，因同意专门研究迦蚍虫，获得了参与一项竞争激烈的项目的机会。迦蚍虫是一种筒状蠕虫，活动呈周期性，最近一次出使地球时住在天文观象台旧址。但是，莫勒的研究刚进行没多久，迦蚍虫就进入闭锁期。在这段时间内，它们会暴饮暴食、进行交配、大脑活动减少。同时，迦蚍星球上的秋季——无忧期刚好开始，这个季节的长度相当于地球上的三年零七个月。由于莫勒研究迦蚍虫的时间十分有限，学校便允许他进行次级研究。他选择了奈都人。

莫勒在自己的第一篇关于奈都人的重要论文中，分析了奈都人在协助地球联合国在共同联盟取得一席之地一事上起到的作用。此后，他与地球联合国观察员、后来的首位共同联盟全权代表安东·施罗德取得了联系。之后，施罗德辞了职，成为美国殖民研究所现任主席。这一协会总部位于阿林顿，致力于扩大地球的星球殖民，无论共同联盟同意与否。

“莫勒先生，我读了你的文章。”莫勒接起办公室电话时，施罗德未加自我介绍便这样说道。施罗德认为莫勒通过他的千万次演讲、新闻报道以及周日清晨的脱口秀应该能够听出自己的声音（他猜得没错）。“你的文章通篇都是胡扯，但很多胡扯也很有趣，其中有些——我相信这纯属巧合——基本符合我们当前与奈都人以及共同联盟的真实状况。你想知道是哪些内容吗？”

“想知道，先生。”莫勒说。

“我现在派车过去，”施罗德说，“半小时后到你那，记得戴领带。”

一小时后，莫勒听着安东·施罗德讲话，就像是从富含知识与思想的消防水龙中饮水；他对奈都人的了解无人能及。凭着与奈都人打的数十年交道，施罗德得出一个结论：奈都人在惹我们，我们是时候反击了。莫勒立即同意加入其中。

“奈都人来了。”艾伦说着从椅子上站了起来。莫勒大口喝下最后一点牛奶，站起身，时间刚好够一个屁扭动大肠。这就像是水手打羊脚结一样。莫勒咬了咬腮帮，尽量无视体内的绞痛。让奈都代表团得知他胃部不适将毫无益处。

奈都人如往常一样呈一列纵队步入会议室。等级最低的人员排在最前面，他们走向自己的固定座位，朝桌子对面的人类点了点头。没有人握手。奈都人的社会等级制度一向都很森严，他们不喜欢过度亲密的接触。座位从外至内依次坐满，最后只有两位还站立着。最中间彼此面对面坐着的是莫勒以及室内地位最高的奈都使团代表拉斯 - 文 - 吉塔，他恰巧是四十年前走进莫勒肉店的大使法杰 - 文 - 吉塔之子。

这绝不是巧合。奈都驻地球外交官全部来自于文 - 吉塔部落，他们是当前执政的皇家部落奥夫 - 吉塔的远房亲戚。众所周知，法杰 - 文 - 吉塔生殖力极强，在奈都人中他也是数一数二的，所以他的子孙能成为地球外交军团。

詹姆斯 · 莫勒的儿子同样可以报复法杰 - 文 - 吉塔的儿子。对于莫勒来说，这方法既大快人心又简便易行，再合适不过了。莫勒虽然不相信因果报应，但他相信和它类似的一句话——“ 风水轮流转 ”。莫勒家族终会反败为胜。

莫勒等着拉斯 - 文 - 吉塔开口问候。他心想，从另一个角度来说，这很讽刺。这一轮奈都与地球间的贸易谈判在许久之前就应该破裂了。莫勒同他的同胞们多年来暗中操作，试图将奈都与人类的关系搞到崩溃边缘。按计划，今年贸易关系应该瘫痪，联盟解散，反奈都游行大量爆发，人类所在星球开始摆脱共同联盟，真正踏上独立之路。

然而，新一位总统上任，制定了一系列奈都友好管理政策，把这一切都搞砸了。新上任的贸易秘书更换了很多代表，新代表们十分希望地球与奈都的关系重新正常化，不想放弃这块外交不动产。现如今，谈判已经偏离计划，无法发动任何捣乱行为。原先的计谋都失效了，现在一定要想个别的办法让谈判中断，最好是能让奈都人看上去心怀不轨。

“ 德克，” 拉斯 - 文 - 吉塔说着稍稍鞠了个躬，“ 早上好。我们可以开始今天的'掰拇指'[1]了吗？"他笑了笑，为自己编的笑话沾沾自喜。其实，微笑对于奈都人而言是一件极可怕的事。拉斯-文-吉塔自命不凡，而他的特长就是根据英语俚语胡乱编造词语。他曾在一部交友类的电影中看见一个外星人这样做过，认为这样很有趣。但其实，这种笑话早已经过时了。

"当然可以，拉斯，"莫勒说道，并冒着轻微痉挛的危险以鞠躬回敬他，"我们的'拇指'都准备好了。"

"很好，"拉斯-文-吉塔坐了下来，伸手取来谈判日程表，"我们还要讨论农业配额问题吗？"

莫勒朝艾伦看了一眼，因为日程表是他拟定的。"十点前我们讨论香蕉和大蕉问题，然后商议葡萄酒和鲜食葡萄问题，随后是午饭，"艾伦说，"下午讨论畜牧业配额问题，从羊开始讨论。"

"'母羊'（你）[2]觉得这样好吗？"拉斯-文-吉塔边说边转过身对着莫勒恐怖地咧嘴一笑。拉斯-文-吉塔还非常喜欢使用双关语。

"安排很不错，先生。"艾伦勇敢地回答。

桌子那端的一位奈都人大声开了口："关于条约规定的从厄瓜多尔进口香蕉的比例，我们有些疑问。我们从先前的信息得知，去年的香蕉病毒导致香蕉产量大大减少。"远处一位人类代表成员作出了回应。会议桌那端的谈判絮絮叨叨地持续了一小时，艾伦和他对面的

---

① 原文为"thumb twisting"。——译者注
② Ewe（母羊）与 you（你）同音。——译者注

奈都人会分别对对方进行监督。拉斯 - 文 - 吉塔已经有些百无聊赖，开始拿起平板电脑查看体育比赛的比分。莫勒很长一段时间都无需积极参与，他对此十分满意，然后他在自己的平板电脑上轻轻敲了下，启动了装置。

是拉斯 - 文 - 吉塔给了他安装这一装置的灵感。说好听点，拉斯 - 文 - 吉塔是个差生，一个中等水平的贸易谈判者。他的兄弟姐妹们都比他出色。拉斯 - 文 - 吉塔能成为中等水平的贸易谈判者的唯一一个原因就是他的宗族太过显赫，他没法变得太逊色。一无是处会是他们宗族的奇耻大辱。

因此，拉斯 - 文 - 吉塔由精明能干的助手协助工作，而且从不参与任何重要工作。他的水平能处理的基本就是诸如已经决定的农业、畜牧业配额问题。幸运的是，对于拉斯 - 文 - 吉塔来说，他的智商并不能辨别出他自己正被政府操纵着。对于所有人来说，这都是件好事。

但是，拉斯 - 文 - 吉塔和大多数智商处于中游的有意识物种一样，对个人地位十分敏感，而且十分暴躁。如果没有外交豁免权，拉斯 - 文 - 吉塔的犯罪档案上一定少不了攻击、恶意袭击、殴打等记录，而且至少有一次杀人未遂。正是最后一项吸引了吉恩 · 施罗德——已故的安东 · 施罗德的儿子、美国殖民研究所主席继承人——的眼球。

“听着，”吉恩念着他助手写的一份报告，此时莫勒正在露台给各位烤牛排，“六年前，拉斯曾去观看体育比赛，他在体育场的卫生间中试图将另一位观众掐死，被众人拦了下来。大家不得不把他压倒在地，坐在他爬虫类动物般的巨臀上，直到警方来到现场。”

“他为什么要把那人掐死？”莫勒问。

“那个人站在水槽边，挨着拉斯，喷了些口气清新剂。”施罗德说，“拉斯闻到了，暴跳如雷。他对警察说，口气清新剂的气味的意思是他喜欢与他妈妈进行肛交。他觉得为了荣誉，一定要对这种侮辱进行打击报复。”

莫勒戳了戳牛排，快速翻动着。“他应该明白不该这样做，因为大多数人类根本不知道气味对于奈都人的含义。”

“应该明白，但他不明白，”吉恩边说边快速翻着手中的报告，“或许他根本不在乎，这种可能性更大。他有外交豁免权，他不需要费心控制自己。他还有两次差点被捕，也是因为气味产生的争执。比如下面要说的这个例子就很好：他在一家商场故意攻击一位卖花小贩，因为花束告诉他他踢了小宝宝。这就是去年的事。”

“很可能里面有雏菊，”莫勒说道，又戳了戳牛排，“雏菊里有种气味象征后代。你打算拿他怎么办，吉恩？”

“你和拉斯的谈判下周开始，”吉恩说，“要改变谈判内容已经太迟了。但你的谈判对象既不聪明，性情也不稳定，而且有确凿证据表明，当他认为自己被某种味道侮辱时，定会勃然大怒。我们一定能想出什么办法。”

“我没想到有什么办法。”莫勒说。他把牛排刺穿，放在托盘上。“贸易谈判时要尊重奈都人的感受，这是规定。我们不喷香水——甚至不能喷腋窝除臭剂。该死，他们甚至还给我们发了特殊香皂，要我们在洗澡时使用。我们对此也很谨慎。我第一年参加贸易谈判时，看到有一个人因为早上用了橙皮就被遣返回家了，还被狠狠训了一顿。”

“嗯，显然你不能身上带着一瓶意思是‘你个混蛋’的喷雾，”

吉恩说，“但一定能有什么办法达到这个目的。”

“你知道，拉斯的父亲让我父亲心脏病发，毁掉这个野种才能让我高兴；可是我又没有什么办法能暗地里发出气味让他抓狂。”莫勒说。

两天后，吉恩给他发来一条消息，上面写道：有种味道很有趣。

回到谈判桌上，奈都人已经让人类同意将厄瓜多尔香蕉换成同等比例的来自费罗斯殖民地的香蕉。比起地球，费罗斯距离奈都更近。费罗斯星球的香蕉园主愿意以低价卖出香蕉，而地球人又希望促进殖民地贸易，所以皆大欢喜。莫勒点头赞同，拉斯 - 文 - 吉塔发出咕噜咕噜的声音以示同意，于是谈判开始转移到巴西香蕉议题。

莫勒打开平板电脑上的装置软件，点击“信息”工具栏，窗口立即列出四个类别：轻微侮辱、性侮辱、能力侮辱，以及重大侮辱。福克西设计的这一装置，是对已有软件进行的改编。他在加州大学洛杉矶分校的科学图书馆找到了关于奈都气味语言的化学词典。当然了，他只留下了有关侮辱的词条。莫勒才不会告诉拉斯 - 文 - 吉塔他英俊潇洒，或是他该参加成人礼了。莫勒立刻略去对其能力的侮辱，因为无能之人从不会质疑自己做任何事的能力。我们先从小的玩起，莫勒想，选择了“轻微侮辱”。另一个窗口打开了，上面显示出 40 条侮辱建议。莫勒选择了列表顶端的一条，上面简单地写道：你真让人讨厌。

触屏上显示出一个沙漏的图像。装置中的成分开始运作时，莫勒感觉到自己的结肠轻微震动了一下。然后屏幕上弹出了一个对话框。程序已启动，上面写道，准备好后点击。

莫勒瞬间就做好了准备。早餐时吃的牛奶、蔬菜和培根在他的胃肠道里发生了奇妙的作用。为了不引起注意，莫勒小心翼翼地在椅子上移动了一下，好让这一过程顺利进行。他感觉到气体走了几厘米后进入了装置舱。对话框变了，上面写着：处理中。莫勒感觉到装置的中间舱在“施展魔法”时又轻微颤动了一下。大约五秒钟后，颤动停止，对话框再次改变：就绪，请选择自动释放或人工释放。莫勒选择了自动释放，对话框开始倒计时。

10 秒后，轻微压缩的气体排出装置外，传至末端出口。莫勒毫不担心会弄出响声。如果一个人不懂如何放松，又怎么在外交军团无穷无尽的会议谈判中混上数十年呢？莫勒稍微向前一倾，把气体排了出去。味道有点像欧芹。

20 秒后，几近睡着的拉斯 - 文 - 吉塔突然从椅子上暴跳起来，把他两旁的助手吓了一跳。其中一人靠上前去想知道她上司怎么了，拉斯 - 文 - 吉塔轻声却有力地向她耳语了一会。她听了几分钟，然后拱起鼻子嗅了几下，动作很快但也很明显。然后她看着拉斯 - 文 - 吉塔，用奈都人的方式耸了耸肩，似乎是在说：我什么也没闻到。拉斯 - 文 - 吉塔瞪着眼睛，瞥了一眼莫勒，莫勒此刻一直盯着桌子远处看大家讨论香蕉问题，流露出无聊的表情。空气净化器已经使味道消散。终于，拉斯 - 文 - 吉塔平静下来。

几分钟后，莫勒又排出气体，气味的意思是：你和不检点之人乱搞。拉斯 - 文 - 吉塔咕哝了一声，拳头用力地砸在桌子上，差点掀翻整张桌子。谈判暂停下来，桌上所有人都看着拉斯 - 文 - 吉塔，他站在那里对他右边的助手狂暴地说着什么，助手看起来异常紧张。

“没事吧？”莫勒问拉斯 - 文 - 吉塔左边的助手。

这个助手只是略微咧了下嘴。“显然，贸易代表对巴西香蕉的质量产生了质疑。”他说。

拉斯 - 文 - 吉塔已经强迫自己坐了下来。“ 我向大家道歉，” 他说，眼睛朝桌上桌下不停地看，“ 有东西突然吓到我了。”

“ 如果你强烈要求的话，我们可以考虑把巴西香蕉的比例改一下，” 莫勒温和地说，“ 我相信如果增加配额比例，巴拿马人会很高兴的，我们可以用其他类别的产品补偿巴西人。”他伸手拿起平板，好像是要记下这一变动，实际上他却发送了如下命令：你在呕吐物中洗澡。

“ 这个可以接受。” 拉斯 - 文 - 吉塔低声咆哮着说。莫勒轻轻碰了下艾伦示意让讨论继续进行，与此同时，他攒足了气体释放出新的信息。20 秒钟后，莫勒注意到拉斯 - 文 - 吉塔呼吸粗重，似乎在努力抑制情绪的爆发。他的助手轻拍着他的手，有些慌乱。

接下来的 1 小时是莫勒一生中感觉最有趣的时刻。他毫不留情地耍着拉斯 - 文 - 吉塔，始终保持面容平静，一副对谈判细节漠不关心的样子。房间内任何一个角落看起来都没有释放气体的物体，而且奈都人认为，人类嗅觉如此不灵敏，不可能是在故意刺激他们。除了拉斯 - 文 - 吉塔以外，其余奈都人都对气味语言的基本知识知之甚少，对上司的暴怒并不能感同身受。与此同时，除了莫勒，人类代表团完全不明白拉斯 - 文 - 吉塔为何如此暴躁。他们能意识到奈都人因为某件事而焦躁不安，但不知其所以然。艾伦是唯一一个意识到情况有些不寻常的人，因为他就站在上司身旁，注意到了上司今天总是放屁。但莫勒知道这个野心勃勃的小家伙并不敢说什么。

在这个“ 无知” 的花园里，莫勒对拉斯 - 文 - 吉塔进行了凶猛的攻击，不断侮辱他的性功能、个人卫生以及家人，而且常常是三项一起侮辱。福克西制作的装置内有足够的微量化合物可以与莫勒体内产生的气体结合。理论上讲，他用排气的方式讲话讲上几天都没有问题。莫勒想要试探出究竟哪些内容最能让拉斯 - 文 - 吉塔勃然大怒。如他所料，侮辱其工作能力几乎只能让他呼吸局促，而侮辱其性功能却能让他怒气冲天。莫勒以为拉斯 - 文 - 吉塔闻到“ 你的同伴笑话你精液不足 ”时会暴怒，但他极力地控制住了自己。他双手紧握着桌子，力度之大让莫勒以为他会把桌子掰掉一块。

莫勒释放完“ 你喜欢吃屎 ”，刚刚按下“ 你他妈的水藻 ”要进行加工，拉斯 - 文 - 吉塔终于把控不住自己。如莫勒所望，他大发雷霆，中断了谈判。“ 够了！ ”他咆哮着，冲向桌子对面的艾伦。艾伦吓呆了，好像看到一只巨大的蜥蜴被活生生扔到他面前。

“ 是不是你干的？ ”拉斯 - 文 - 吉塔问道。他的几位助手抓着他的大腿，试图将他拉回桌边。

“ 什么是不是我干的？ ”艾伦终于开了口。他急于摆脱这个暴躁愤怒的家伙，又不想自己避免杀身之祸的举动伤害到奈都贸易代表，断送自己的外交事业，所以左右为难。

拉斯 - 文 - 吉塔挣脱开身边的助手，把艾伦推倒在地。“ 你们人类中有一个人已经侮辱我一个多小时了！我闻得到！ ”

人类代表兴致盎然地盯着拉斯 - 文 - 吉塔看了足足有 10 秒钟。后来，艾伦打破了沉默。“ 好了，各位，” 他说着，环视桌子四周，“ 谁喷芳香除臭剂了？ ”

“ 我闻到的不是除臭剂的气味，你个蠢货，”拉斯 - 文 - 吉塔吼道，“ 我知道，你们中有人在和我说话，侮辱我！我受不了了！ ”

“ 先生，” 艾伦说，“ 如果我们中有人在谈话期间说了什么冒犯您的话，我可以向您保证——”

“向我保证？”拉斯-文-吉塔大吼，“我可以向你们每个人保证，24小时内你们所有人都会丢掉工作，去便利店里卖东西，如果你不——”

“噗——”

突然一片沉静。莫勒意识到全屋子的人都在看自己。

“对不起，”莫勒说，“不好意思。”

这之后又是片刻安静。

“你，”拉斯-文-吉塔终于开口，“就是你！一直都是你在作怪！”

“我不知道你在说什么。”莫勒说。

“我要你为此付出代价，”拉斯-文-吉塔爆发了，“等我惩罚你，你——”拉斯-文-吉塔戛然而止，注意力被什么吸引了。然后他用力地哼了很长的一声。莫勒发出的最后一条讯息终于跨过整个屋子传到了他那里。

拉斯-文-吉塔收到了这一讯息，迅速处理并理解了它，他决定亲自动手，把德克·莫勒就地解决。幸运的是，奈都人杀死对手时有例行仪式，首先就要来一阵惊心动魄的咆哮。拉斯-文-吉塔镇定下来，深吸了一口清洁的空气，目光聚焦在德克·莫勒身上，然后开始杀气腾腾地吼叫。

关于外星人有一件很有趣的事，那就是无论它们看起来多么怪异，它们总会重复出现某种体貌特征，这就证明了多个星球会出现相似的进化过程。例如，几乎各种有智慧的生命形态都有大脑——某种中央处理器，它可能进化成各种神经感觉系统。大脑所在位置各不相同，但大部分都位于某种形状的头部。同理，几乎每种复杂生命都拥有为身体运输养分和营养的循环系统。

这两个普遍特征结合在一起，就意味着会发生一些众所周知的医学现象。比如，无论某种生物具有何种大脑形式、何种循环系统，只要大脑内部循环系统的血管发生严重破裂，就会引起中风。拉斯 - 文 - 吉塔刚大声吼叫不到两秒，中风就发作了。他突然喊不出声，这让他自己和众人都错愕不已。他嘴角流出液体，“ 咯咯 ”笑了一声，随后重心前移，一头栽倒在地，一命呜呼了。奈都人立刻蜂拥至倒地的首领身旁，人类则瞠目结舌地看着这些谈判对象。奈都人抢救着拉斯 - 文 - 吉塔，却没有成功，不禁发出一阵阵哀叹。

莫勒仍然坐在座位上，平静地看着眼前的一切。艾伦走到他身边。“ 先生？ ”艾伦说，“ 刚刚发生了什么，先生？ 究竟怎么了？ 先生？ ”

莫勒转向艾伦，编造了些无懈可击的谎言，然后突然大笑起来。

许多物种的另一个普遍特征就是都有主要循环泵——换句话说，就是心脏。在任何一种生物体内，这个泵都是最健壮的肌肉之一，因为它需要保持循环液体在体内流动；但它和其他肌肉一样十分脆弱，如果主人对其照顾不周，它就会很容易损坏。比如吃很多脂肪过多、会引发斑块的肉，就会使循环血管阻塞，让肌肉本身窒息。

这样的事就发生在德克 · 莫勒身上。

德克 · 莫勒大笑着颓然倒地，和拉斯 - 文 - 吉塔一起四仰八叉地躺在那里。他在模模糊糊中听到艾伦喊他的名字，感到他的双手在他胸口猛烈按压，试图让他的血液继续流动。他的行为很勇敢，但是毫无效果。

在最终失去意识前，莫勒还有时间做最后的祷告。“ 上帝啊，原谅我，”他在心底说，“我真的不该吃那只熊猫。”

接下来是一阵黑暗，两具死尸躺在地板上。如他所愿，一场重大外交事件发生了。

第二章

国务卿吉姆·赫弗审视着办公桌上的管件。“就是这个？”他问助手本·贾夫纳。

“就是这个，”贾夫纳说，“刚从那个蠢货的大肠里取出来的。”

赫弗摇摇头。“真是头蠢猪。”

“这个表述再合适不过。”贾夫纳说。

赫弗叹了口气，伸手去拿管件，胳膊在空中停了下来。“这不是刚取出来的吧？”

贾夫纳咧嘴笑了。“为了您的安全，已经清洁过了，先生。它嫁接在莫勒的结肠上，里里外外所有的器官组织都清洗掉了。”

“都有谁知道这个东西存在？”赫弗问。

“除了帮助莫勒植入这个东西的人吗？您，我，还有验尸官。目前验尸官愿意保持沉默，但是他希望政府能从巴基斯坦把他的一位表亲接过来。当然了，艾伦也有所怀疑，所以他才会一出事就立刻给我打电话。”

“事实证明，换掉之前的实习医生是有用的。”赫弗拿起管子，在手中转了个圈，“你查清楚这东西的来历了吗？”

“没有，先生。我们还没有开始调查，因为按照官方的说法，它并不存在。目前大家知道的真相就是官方的说法，莫勒和奈都贸易代表碰巧同时因为不相干的身体原因倒地身亡。无论这种说法传到哪里，它都是真相。”

这回轮到赫弗笑了。“本，我们能让这个版本维持多久？”

“当然了，这种说法已经开始动摇了，但此刻大家能做的就是谣传以及推测。我们一旦开始追查其源头，”贾夫纳指了指管子，“你知道的，人们就会开始注意到它。”

“我觉得我们此次调查可以不用备案记录。”赫弗说。

“我们要担心的不是备案，”贾夫纳说，“您知道，蒲柏还有他在国防部的那些马屁精一定会全面插手此事，用尽各种手段把这责任推给奈都人。”

“从某种角度来说，这样很好。”赫弗说。

“是的，在我们向奈都开攻、他们向我们反击之前都是好的。”贾夫纳说。

“的确如此。”赫弗承认。

“势必会如此。”贾夫纳说。

赫弗的对讲机响了。“部长先生，索拉姆部长来了。”赫弗手下的计划员简说。

“请他进来，简。”赫弗站起身，转向贾夫纳，“喏，傻子来了。”贾夫纳咧嘴笑了。

贸易部长特德·索拉姆进了门，步伐轻快，面带笑容。他伸出手。

“你好啊，吉姆，这周末在国会大厦没有看见你。”

赫弗越过办公桌，握了握索拉姆的手。“你好，特德，我这周末在瑞士参加中东和平谈判，你应该有所了解。”

“哎哟。”索拉姆和蔼地说，站到一边。赫弗能看见贾夫纳在翻白眼。“好吧，我承认，这是你缺席的好借口。会谈进行得如何？”

“和往常差不多，”赫弗边说边示意索拉姆坐下来，“会议进行到一半，海法就发生了自杀式爆炸袭击。”

“他们永远都不会吸取教训。”索拉姆坐到了一把扶手椅上。

“我觉得也是，”赫弗也坐了下来，“但相比中东和平谈判，我现在倒是更关心这里的奈都贸易谈判。”

“奈都贸易谈判发生什么事了？”索拉姆问。

赫弗瞟了一眼贾夫纳，看到他轻轻地耸了耸肩。“特德，”赫弗说，“你今天联系你的下属了吗？”

“我今天一大早开始就一直在兰斯登陪同卡恩大使。他喜欢在那里打高尔夫，而我是那里的会员。”索拉姆说，“我一直努力让他们同意多进口些杏仁，我们国家供应过剩了。我觉得自己可以在高尔夫球场上对他进行游说。我的手下知道这种时刻最好不要打扰我。刚刚，我差点就要训斥你手下那个姑娘了，后来我才意识到她是从你办公室打来的电话，不是我的手下。”

赫弗只坐了片刻，便又一次开始好奇韦伯斯特总统究竟是出于什么政治考量任命索拉姆为贸易部长。卡恩人对坚果类严重过敏。为欢迎卡恩人举办的第一次国会宴请就以一场灾难告终，因为厨师不经意间在一道主菜中使用了花生油，造成三分之二的卡恩客人消化囊破裂。索拉姆游说卡恩人进口杏仁正说明了他的无知，卡恩大使（他并非无知）之所以没有明确拒绝，不过是在利用他的愚蠢打几轮高尔夫而已。

赫弗心想，好吧，谁让我们当初需要费城而他正好帮到了我们，如今再去担心已经来不及了。

“特德，”赫弗说，“事情有所变化，现在事态相当严重。今天你手下的一个贸易代表和一个奈都贸易代表在谈判过程中相继去世，我们判断我方人员在死前杀死了奈都代表。”

索拉姆很没把握地笑了笑。“我没听懂你说的，吉姆。”

赫弗把管件推到桌子对面的索拉姆面前。“这就是他的工具，”赫弗说，“我们有充分的把握证明这个装置可以传送化学信号给奈都人，他们闻到后可以转化成他们的语言。我们认为，你手下的员工在进入会议室前把它藏了起来，随后用它来激怒奈都谈判员，引起对方中风发作。后来他自己心脏病发作，死时还大笑不止。现场简直乱七八糟。”

索拉姆拿起管件。“他把它藏哪儿了？”

“藏在他屁眼里面。”本·贾夫纳说道。

索拉姆手一哆嗦，管子掉在了地上。他羞怯地笑了笑，把它放回到桌上。“抱歉，你是怎么知道这一切的，吉姆？这是贸易部门的问题。”

赫弗拿起管子放到办公桌里。“特德，如果有员工杀了一位奈都外交官，不管是贸易部门的还是其他部门的，最后都会变成我们部门的问题，不是吗？确保奈都谈判顺利进行，我们国务院的每一位都会受益。我知道你不是持完全不干涉态度的贸易部长，所以我们一直在密切关注事情进展。”

“我明白。”索拉姆说。

“说到这，”赫弗说，“我不得不承认这件事让我们所有人都很惊讶。贸易部门多年来都是些反奈都的谈判员，即使在这一届政府接手后情况依然如此，但这次完全不同。我们预料到你手下的一些小员工会找麻烦，并已经想好了对策，但没想到你们中竟有人会谋杀奈都人。”

“我们已经抓住了领头的闹事者，然后按照名单，把他们都揪出来了。”索拉姆说。

“你漏掉了一个人，特德。”赫弗说。

“谁？”索拉姆问道。

“德克·莫勒，”贾夫纳说，“格里芬在任期间来的，他之前在美国殖民研究所工作。”

“我从没听说过这个人。”索拉姆说。

“是真的。”贾夫纳语气冷淡，连笨拙的索拉姆都听出来了。

“听着，不要把这件事归罪在我头上。我们已经把大多数都揪出来了，总会有一两个落网的。”索拉姆争辩道。

“他曾在美国殖民研究所工作，这就是一个危险信号，”赫弗说，“那里面尽是反奈都的疯子。”

对讲机又响了起来。“先生，蒲柏部长来了。”简说。

“说曹操，曹操就到了。”贾夫纳低声说。

“他说有紧急事件。”简继续说。

“让他进来，简，”赫弗然后转向贾夫纳，“本，行动。”

“是，先生。”贾夫纳说。

每一届政府都会从大选失败的一方中选出一人任命为部长。罗伯特·蒲柏是一位战场英雄，是爱达荷州非常受欢迎的前任参议员。他贿赂了很多游离选民，说服他们韦伯斯特领导的政府擅长防御，必要时会勇敢地站出来抵挡共同联盟的压力，尤其是来自奈都政府的压力。蒲柏的行事有些过于迎合赫弗的胃口。

蒲柏走进房间，助手戴夫·菲普斯尾随其后。“鲍勃，你是不是回五角大楼时顺便路过我这儿？”赫弗说。

“可以这么说，”蒲柏瞥了一眼索拉姆，“我看你已经把你的智囊团叫过来了。”

“周末没见到你，鲍勃。”索拉姆说。

“特德，你知道我是不会在你办的聚会上死的，所以就不要这样假设了。我知道，你在今天的谈判上遇到一点小麻烦。”蒲柏说。

“吉姆刚刚正在给我讲这件事呢，”索拉姆说，“看到有人开始管理贸易部的事，真是让人高兴，虽然这是国务院分内之事。两位首席谈判员相继死去，真是奇怪。你是不是也这么认为？”

“宇宙之大，巧合无处不在，鲍勃。”赫弗说。

“你认为这仅仅是巧合而已？”鲍勃反问。

“这是目前官方的说法。”赫弗说，“不过，一有什么结果，我们会立刻告诉大家。我们希望能在事态变严重前及时解决这个外交小问题，鲍勃，你们国防部无需担心。”

“听上去让人很放心，吉姆，只是现在已经有些为时已晚。”蒲柏向菲普斯点点头，菲普斯从手中的文件夹中拿出一沓文件，交给赫弗。

“这是什么？”赫弗问道，他拿起文件伸手去找眼镜。

“从奈都海军官员办公室截获的情报，发布时间是我方贸易代表倒地后 36 分钟。”蒲柏说，“我们得知，大约两小时后，奈都两艘吉加级的驱逐舰将收到新的命令。”

“命令内容是什么？”赫弗问。

“内容加密了。”蒲柏说。

“所以一切皆有可能，包括和我们这次事故完全不相关的东西。”赫弗说。

“是的。但还有一个小问题，就是这些新命令是直接由奈都最高统帅发布的，并没有通过海军部。”蒲柏说。

“这意味着什么？”索拉姆问。

“意味着这次命令并不会通过整个指挥系统，特德，意味着不管奈都人正打着什么算盘，他们都会很快行动。”赫弗转向贾夫纳，“会不会奈都人还和其他人有什么争执，所以下命令派出驱逐舰？”

“我暂时没想到什么。”贾夫纳说，“他们和安德有些边境小冲突，但局势已经缓和了几个月了。如果安德一方不先做出什么蠢事的话，他们是不会有所行动的。不过我还是再核实一下。”

“现在我们还不能判定今天贸易部发生的事就与此事有直接关系。”蒲柏说，“这很可能并不是奈都人的外交回应，而是他们某个行动的初期阶段。”

“你把这一切告诉总统了吗？”赫弗问。

“他正在圣路易斯给幼儿园的孩子们讲故事呢。”蒲柏说，“我告诉罗杰了。是罗杰建议我回五角大楼时顺路过来通知你一声。他说，凭这件事完全可以进行私人拜访。”

赫弗点点头。罗杰很可能还告诉蒲柏他会很快和赫弗一起跟踪调查此事。毫无疑问，这才是蒲柏出现在他办公室的真正原因。这就是有小舅子做总统参谋长的好处之一：如果罗杰不想让赫弗知道这件事，他就永远不会从他夫人口中得知这件事的情况。赫弗家里个个忠实守信。

“我能看一下那些截获的情报吗？”索拉姆问。

“现在不行，特德。”赫弗说，“鲍勃，你打算拿这些信息怎么办？”

“嗯，要视情况而定。”蒲柏说，“当然了，我不能坐视不管。如果当真有两艘奈都驱逐舰朝我们驶来，我们需要做好回击准备。”

“你要知道，奈都是我们的同盟国，几十年来一直如此，尽管近些年有些背道而驰。”赫弗说。

“吉姆，我毫不在乎当前的政治情况。”蒲柏说。赫弗看到贾夫纳又微微翻了下白眼。“我在乎的是那些驱逐舰要驶向哪里，为什么要驶向那里。如果你知道一些我所不知道的事，请一定要告知我。但从我的角度来看，两位死去的贸易代表加上两艘奈都驱逐舰就意味着我需要担忧奈都的所作所为了。”

赫弗的对讲机又响了起来。“先生，奈都大使来了。他说——”

“很紧急，是的，我知道。”赫弗说，“告诉他我马上就见他。”他掐掉对讲机，站起身，“先生们，我现在需要把房间空出来。考虑到当前的状况，你们或许应该从会议室那边出去。如果奈都大使看到贸易部长和国防部长正好走出来，一定会万分紧张。”

“吉姆，”蒲柏说，“你一旦知道了什么消息，也请告诉我。这是早晚的事。”

“我明白，鲍勃。给我点时间处理这件事。如果奈都人看见我们一起谋划些什么，事情一定会变得更复杂。给我一点时间，鲍勃。”

蒲柏瞥了一眼索拉姆，又看了看贾夫纳，最后看了一眼赫弗。“我给你时间，吉姆。但请别让我迫不得已向总统解释，为什么奈都的两艘驱逐舰会停在我国境内而我们又无力应对。如果他向我问起，你一定不会喜欢我给他的解释。先生们，再见。”蒲柏和菲普斯从会议室出去了。

索拉姆站了起来。“我现在该怎么做？”他问。索拉姆简直就是一个盲目自信的典型，但此刻他自己也知道，事情已经超出了他的智力范围。

“特德，今天我对你讲的这些，我需要你保密。”赫弗说，索拉姆点点头，“我们官方称此事为巧合。拖的时间越长，我们就越有时间把这件事处理好。我会派人检查莫勒的办公室，确保此前没有人碰过里面的东西。我是说，任何人都不可以，特德。本会做相应安排，并把名单给你，这样你就可以确定了。在此之前，保持冷静，表现出无忧无虑的样子，不要过多思考这件事。”

“做你自己就好，部长先生。”贾夫纳说。索拉姆无力地笑了笑，出去了。

“做你自己，”赫弗对贾夫纳说，“说得太好了。”

“恕我直言，部长先生，”贾夫纳说，“此刻您最不希望发生的事就是索拉姆试图长点脑子。一个蒲柏已经够您受的了。”

“那个狗娘养的！”蒲柏坐进自己的豪华轿车里说道，“他一定有什么事情没告诉我们。”

菲普斯在看手机上的邮件。“国务院通讯错误报告上没有任何新消息。这件事发生之后，有人给贾夫纳打了个电话，但是是用手机打的，而且有正常加密，我们还在调查这个电话。后来赫弗的办公室给索拉姆打了电话，告诉他去国务院。再后来，就什么都没有了。”

“我们弄清楚贾夫纳的去向了吗？”蒲柏问。

“还没有，”菲普斯回答，“他的车上有定位仪，但他乘地铁，用了匿名信用卡，所以从银行卡也无法追踪他的去向。”

“监控上也看不出什么吗？”

“我们在地铁警局负责监控的人一周前被开除了。”

听到此话，蒲柏抬起头去看菲普斯。菲普斯则抬起手。“这件事和我们无关。他为警察退休基金会做了自由筹款，却把筹得的款项打到了自己的个人账户里。在培训好新的卧底之前，我们只能弄一张搜查令。”

“他们的驱逐舰现在处于什么位置？”蒲柏问。

“还停在码头，一艘在德里登，一艘在伊恩斯波尔，”菲普斯说，“两艘都载有货物。它们至少还要两三天才能起航。”

蒲柏轻敲着椅子扶手，回头瞥了一眼国务院方向。“此刻赫弗正和奈都大使谈话呢。”

“是的，先生。”菲普斯说。

“你把窃听器藏在哪儿了？”蒲柏问。

“您一定会喜欢这个主意的。”菲普斯说。他打开文件夹，把之前交给赫弗的情报的一份复印件递给了上司。蒲柏读着纸上的内容。

“我已经知道这些信息了，菲普斯。”

“这张纸就是窃听器，先生。”菲普斯说，“它一离开文件夹就会启动。纸张会识别空气中的声音震荡以及桌子对声音的传导，将声音转换为电子信号，储存在墨水的磁性分子中。数据被多次存储，这样就容易被删掉。用数据阅读器在纸上一扫，信息就会上传。我们需要做的就是在纸张被扔进焚化炉之前将数据读出来。"

"你都安排好了？"蒲柏问。

"焚化炉设备设在海军部，先生，完全没问题。但还有一点不足，那就是信息并非实时传递。不过，国务院每晚都会派一辆卡车去焚化炉车间，所以我们很快就会知道他们的谈话内容。"

蒲柏端详着手里的纸张。"真是够狡猾啊，戴夫。"

"纳税人的钱没白花，先生。"菲普斯说。

"我方有个疑问。"奈都大使纳夫-文-吉塔坐在特德·索拉姆刚刚坐过的椅子上对地球人说。按照惯例，他进门时并没有握手。"我们认为你方一位贸易代表故意杀害了我方的贸易代表。"

赫弗瞥向贾夫纳，后者正递一杯茶给奈都大使。二人的表情都好像在说"这件事很麻烦"。

"这件事很麻烦。"赫弗说，"当然，我们已经知道了这场命案。但我们认为两人相继死亡确属偶然，是意外事件。"

"我方贸易代表团其他成员汇报说，拉斯-文-吉塔死前一直抱怨有人用德华语侮辱他。德华语是奈都的一种古老语言，通过气味传播。你应该知道，我们奈都人对某些气味相当敏感。我们有理由相信你方代表德克·莫勒发送了这样的气味信号。"纳夫-文-吉塔说。

"恕我无礼，大使先生，"赫弗说，"我们有证据表明，你方代表有过因闻到一些子虚乌有的侮辱气味而伤害他人的前科。"

"你是说，他脑子里整天想的就是这些？"纳夫-文-吉塔说。

"当然不是，"赫弗说，"只是他可能误解了这些气味。"

“不是没有可能，但我国政府要求我方医疗代表团成员检查莫勒先生的遗体，这样至少可以澄清疑惑。”纳夫-文-吉塔说。

赫弗看到贾夫纳站在大使后方摇了摇头，动作轻微，几乎难以察觉。“我希望可以满足您的愿望，大使先生。”赫弗说，“不幸的是，按照莫勒先生的宗教信仰，他死后需要立即举办葬礼，恐怕他的遗体已经送去火化了。”

“确实很不幸。”纳夫-文-吉塔说，“鉴于此，按照我方政府指示，我国要与贵国中止贸易谈判，除非复审当前协议，以确保没有其他影响谈判结果的不良企图。”

“我相信你不会认为一位谈判人员的行为——假设他确实这样做了——会代表整个政府，尤其是本届政府的意愿吧。”赫弗说。

“虽然我们也希望如此，但我们做不到。”纳夫-文-吉塔说，“我们很清楚，近几年来你方政府内的反奈都力量有所增加，阻挠行为和反对意见也越来越多。我们曾希望韦伯斯特政府能够消除这种抵触情绪，让我们两国的友谊重新走上正轨。但现在发生了这样的事情，让我方开始怀疑你方政府的诚意。部长先生，前两届政府对我们不够理解，并不十分友善，但至少他们没有通过放屁的方式杀死我们的外交官！”

“我相信我们可以共同努力解决这一问题，大使先生。”赫弗说。

“希望如此。事实上，我有一个建议，它对弥合我们之间的裂痕大有帮助。”纳夫-文-吉塔呷了一口茶。

“请您务必讲出来。”赫弗说。

“你知道，奈都正处于过渡时期。”纳夫-文-吉塔说，“按照你们的时间来计算，我国领导人维耶-奥夫-吉塔大约六周前去世。

他的儿子胡布 - 奥夫 - 吉塔当选我国下一任领导人，将在大约两周后举办加冕仪式，正式执政。”

“是啊，当然了。我会代表我国政府前往奈都参加加冕庆典。”赫弗说。

“那太好了。”纳夫 - 文 - 吉塔说，“但你可能不知道，奥夫 - 吉塔家族第一次执政时，加冕仪式中包含了一种元素来象征地球——我们伟大的朋友和盟友。”

“我对此并不知情。这个标志是什么？”

“是一只羊，部长先生。”

赫弗忍住没笑：“你是说一只羊？”

“的确如此，”纳夫 - 文 - 吉塔说，“当仪式进行到某个关键时刻，一只羊会被献祭。通常来说，这只羊是从奥夫 - 吉塔家族的羊群中挑选出来的。但就在维耶 - 奥夫 - 吉塔去世的一周内，他们家族的羊群感染了某种转基因炭疽热病毒，最后全死光了。这显然是一种破坏行为，很可能是其他家族的竞争对手干的。”

“嗯，我们有羊。”赫弗说，“该死，在新西兰，羊的数量是人的五倍。你们怎么不早点告诉我们？”

“让奥夫 - 吉塔家族的敌人得知我们为此忧虑并不是明智之举。”纳夫 - 文 - 吉塔说，“我们本以为谈判结束就可以补充羊群数量。按照原计划，谈判于两三天后结束，我们就会有充裕的时间把羊运去为仪式做准备。这并不是什么紧急情况，至少我们是这么认为的。但是，当然了，今早发生的事情有复杂的原因，但绝不是因为在拉斯 - 文 - 吉塔和德克 · 莫勒的谈判中涉及确定山羊配额的问题。”

“这个没问题。”赫弗说，“你们需要多少羊都可以，国务院恭祝你们一切顺利。”

“恐怕事情没有这么简单，部长先生。”纳夫-文-吉塔说，他弯下身子从公文包中取出一个平板显示器，放到赫弗的桌子上，“并不是随便什么羊都可以，必须得是一个特殊品种，而且这个品种非常稀少。事实上，这种羊是为奥夫-吉塔家族执政而特别设计的。它外表的独特之处在于羊毛颜色。”

赫弗伸手拿起平板。那是一只羊的照片，羊毛是铁蓝色的。

“这个品种叫‘安佐之梦’。”纳夫-文-吉塔说。

“奇怪的名字。”赫弗边说边把平板还了回去。

“它有一定的文学意义，”纳夫-文-吉塔说着，伸手去拿平板，“虽然我不知道具体意义是什么。尽管如此，这只羊的设计人员以及当时的地球政府把设计专利权永久地交给了奥夫-吉塔家族。自然而然地，奥夫-吉塔家族对于养殖这一品种的合作人的选择变得十分挑剔。他们只签署了几个育种协定，严格得让哺育这种羊几乎成了亏本买卖，一开始并没有多少利润。”

“你是说其他人都培育不出‘安佐之梦’？”赫弗说。

“我们知道一个种畜，就是最初培育出它们的那只公羊，”纳夫-文-吉塔说，“它在布里斯班殖民地。虽然我们拥有设计专利，他们也不能直接把羊卖给我们，因为有殖民出口法律限制。我们本打算在谈判过程中申请豁免权。”

“我们现在就可以将豁免权授予你们。”赫弗说。

“听你这么说，我很高兴，”纳夫-文-吉塔说，“但我们还得考虑一件很复杂的事。在我抵达这里之前，我们得知袭击我国的病毒也袭击了布里斯班的种羊，全部的‘安佐之梦’羊都已死亡，或是濒临死亡。”

“你怀疑这不是巧合？”赫弗说。

“确实如此。”纳夫-文-吉塔说，“把病毒传播到布里斯班的人掌握了我国的内情。现在我们希望的是，他们尚未得到你们当前拥有的信息。虽然我们对此品种进行严格把关，但一路下来肯定有人超越了我们的权限。事实上，我们此刻正希望如此。”

“那你们希望我们怎么做？”赫弗问道。

“我们会把这种羊的基因信息提供给你们，希望你们在地球上找到这种羊的种畜。纯种当然最好，有一定相似的基因，我们也可以接受。我们需要你们在一周内给我们结果，而且希望你们能够暗中行事。”

赫弗如坐针毡，在椅子上扭转了一下。“暗中行事，我表示赞同，但其余的要求恐怕不能完成。你们这是假定了我们政府档案中存有世界上所有羊的DNA。政府是掌握了很多信息，但这个恐怕真的没有。”

“我们没有，但有人有。”贾夫纳说。

赫弗和纳夫-文-吉塔双双被贾夫纳吸引了注意力。“请继续说。”纳夫-文-吉塔说。

“保险公司，大使先生。”贾夫纳说，“农场主会给牲畜上保险，以防牲畜出车祸、被闪电击中或是得上炭疽热等。大多保险公司要求对其牲畜的DNA进行存档，这样保险公司才能确认某个动物真正为其所有。”

“这个很可靠。”赫弗说。

“保险和可靠无关，先生。”贾夫纳说，“无论如何，并不是世界上的每只羊都有 DNA 档案，但已有的档案应该能给我们提供足够的信息了。”

“前提是保险公司会把信息交给我们。”赫弗说，“而且即便如此，一周的时间稍显紧促。”

纳夫 - 文 - 吉塔站了起来，拿起公文包。赫弗也站了起来。“时间至关重要，部长先生。加冕必须按计划进行，而且你方的确表示希望用行动来改善我们双方的关系，并让我们忘记你方谈判员是如何使贸易会谈偏离正常进程的。就这么定了。我稍后会派秘书把 DNA 信息送过来。部长先生，我相信你能帮忙解决这一紧急情况。否则的话，对于你我两国人民，都将是大不幸。”纳夫 - 文 - 吉塔对赫弗和贾夫纳点点头便离开了。

赫弗沉重地坐回椅子上。“咦，对方并没有施加太多压力。”他说，“那么，你认为我们这个星球上总共有多少只羊？”

“我并没有实时跟进联合国经济发展总署的估算报告，但我猜大概有几十亿吧。”贾夫纳说，“不过，您只需检查那些已经被投保的羊就可以了，这样就把范围缩小到了几千万。小事一桩。”

“看到你还能这么乐观，真是高兴。”赫弗说。

“这件事你打算怎么办，部长先生？”贾夫纳问。

“你是说你打算怎么做吗，本？”赫弗说，“我 12 小时后就要回瑞士了，然后还要去日本和泰国，我没时间去数羊。但你可以待着不去，没有人会注意到你未出席。”

“纳夫 - 文 - 吉塔说希望我们能暗中行动，”贾夫纳说，“这个有点难。”

“有多难？”赫弗问。

“很难。不是不可能，就是有些困难。这件事，我们必须要打破常规。”贾夫纳沉默了一会儿，“做这件事，我的活动权限有多大，先生？”

“你在开玩笑吗？除了谋杀小孩，做什么都行。怎么了？你在想什么？”

“我在想，处理这件事情最好的、不至于引发危机的方法就是把它交给某个不知情的人来处理，某个凭借自己的聪明机智就能解决问题，而且又非常低调、不会被任何人察觉的人，真的不会让任何人察觉。”贾夫纳朝赫弗桌子上的情报点点头。

“你知道这么一个人？”赫弗说。

“是的。”贾夫纳说，“我想到有一个人可以完成这项任务。他欠我一个人情，因为我给他找了工作。”

“我知道这个人吗？”

“不，先生。他真的非常低调，用‘默不作声’来形容他或许更合适。”

赫弗哼了一声。“我本以为我认识这个部门里所有的聪明孩子。”

“并不是所有人都打算在30岁之前成为部长，先生。”

“很好，我已经67岁了，但很喜欢我目前的这份工作，还想多干一段时间。那你就着手去做吧。”赫弗把手伸进桌子，抽出管子，将它滑到贾夫纳面前。“你和你朋友数羊的时候，试试看能不能查出这东西的源头和制作人员。暗中行事。组装这样东西的人能给我们提供很多信息，我想我们有必要了解。”

“好的，先生。”贾夫纳把它装进口袋。赫弗俯身一把抓起桌子上那份截获的情报，然后猛地拽起碎纸机的盖子。“无论做什么，都要雷厉风行。奈都人也好，蒲柏也好，都在后面赶着。我不想让他们任何一方捷足先登。你确定你的朋友能让我们领先他们吗？”

“是的，先生。”贾夫纳说。

“很好。”赫弗说道，随手把情报塞进了碎纸机里。

戴夫·菲普斯在五角大楼站坐上蓝线地铁时已经近午夜，他手中拿着一份《华盛顿时报》解闷。他换乘了橙线，在终点站维也纳-费尔法克斯下了车。他发现站台上除了自己，还有一位中年男子。那人头戴破烂的华盛顿参议员棒球队帽子，坐在一条长凳上。

“嘿，我能借一下你的报纸吗？”那家伙问道，“我还要坐好长时间的地铁到市里去。”

“如果你告诉我你为什么戴着那顶令人作呕的帽子，我就借给你。”菲普斯说。

“姑且说因为感情吧。”那个家伙说。

“你要知道，参议员队这几年来成绩并不好。”菲普斯说。

“参议员队的成绩就没好过，”男子说，“这就是他们的魅力所在。他们是棒球史上第二惨的队伍，如果不是因为他们每隔几十年就破产一次，把第一惨队伍的称号让给小熊队的话，他们就是第一惨的队伍。好了，现在可以把报纸给我了吧，还是要我把你推到铁轨下，然后把报纸抢过来？”

菲普斯咧嘴笑了，把报纸递了过去。“我曾在特种部队当过兵，施罗德。可你一直很软弱，你这个常春藤大学毕业的说客。卧轨的不会是我，伙计。”

“你就会说啊说的，”吉恩·施罗德说，“或许真的如此吧，菲普斯。但我们还是看看咱俩究竟谁会远赴弗吉尼亚给我取报纸。”施罗德把报纸翻了一遍。“好了，你究竟把转录的文字藏在哪了？”

“漫画版。”菲普斯说。

“哦，漂亮。”施罗德边说边翻动报纸。

“都是关于羊的，”菲普斯说，“显然他们在找某个品种。”

“‘安佐之梦’。”施罗德说，“我知道。他们不可能找到的，据我了解，这个品种已经灭绝了。”

“这件事和你有关？”菲普斯问。

“我就是消息比较灵通而已。”施罗德说。

“可是他们还在寻找。”菲普斯说。

“我看到上面写的了，或者更准确地说，如果某个人能够闭上他的臭嘴不让我分心的话，我马上就看到了。”施罗德说。

菲普斯又笑了笑，陷入沉默。施罗德则读着报纸。“有意思，”他读完了，“没用，但是很有意思。不过要是低估赫弗和贾夫纳，那就大错特错了，毕竟是赫弗帮韦伯斯特赢得大选，而贾夫纳就相当于他的半个大脑，而且这真是妨碍了我们的计划。你们真的不知道贾夫纳说的是谁吗？”

“不知道。”菲普斯说，“他说是他给那个人安排的工作，但国务院里有一半人的工作是他安排的。”

“你们应该多提防他一些的。”施罗德说，“以防万一，你们应该开始寻找有DNA存档的羊了。我可以给你们一个样本。”

“你居然认为我不清楚自己的工作，这真让我诧异。”菲普斯说。

“我只是提个建议而已。”施罗德说。

“和你建议莫勒杀了那个贸易代表一样。”菲普斯说。

“他不应该杀他，”施罗德说，“应该只是激怒他，让谈判在尖叫声中暂停。”

“嗯，的确如此，”菲普斯说，“然后他也断气了。”

“这真是遗憾，”施罗德说，“对于他，我本来还有别的计划的。”

“真的要毁掉莫勒，对吗？”

施罗德耸耸肩。“那是我父亲的计划，不是我的。”他说，“我对他很友好，因为他有用武之地，而且他烤肉烤得很棒。我猜蒲柏还不知道我和莫勒的关系，也不知道我参与了这件事。”

菲普斯指了指转录的文字。“这显然不是个偶然事件，对吗？蒲伯了解莫勒，也知道他在你父亲手下工作过，但现在他认为莫勒只是为了报私仇。”

“他的确是报私仇，”施罗德说，“我只不过是在他复仇的过程中助了一臂之力而已。”

“随便吧，”菲普斯说，“简单来说就是你没有被怀疑，我也没有被怀疑。但实际上，蒲柏知道你在以前的调查中暗中帮了我的忙，怀疑我和你有联系。这一次我真的应该出现在这里，我们需要你的帮助。”

“当一项计划搞定时，我真是感觉全身自在。”施罗德说。

“听上去好像一切都是你安排好的。”菲普斯说。

“哦，糟糕，”施罗德承认道，“我们的谈话有些跑题了，但这样或许更好。我们本来只打算给谈判和加冕仪式捣捣乱，但现在似乎真的要发生革命了。”

“除非他们找到羊。”菲普斯说。

“他们不会找到的，”施罗德说，“他们一周内要对十亿只羊进行筛选，而且动作要比我们快。他们或许能做成一件事，但另一件事绝不可能。贾夫纳的朋友再厉害，也不可能做到的。”

第三章

哈里斯 · 克里克坐在葛当文化专员林戈 · 图德纳对面，为国务院尽着自己的职责——传达不幸的消息。

“很抱歉，图德纳先生，”克里克说，“你的配偶恐怕无法登上地球。”

图德纳本来满心期待着妻子的签证，已经退化的双翼一直兴奋地扑打着，此刻突然停下来悬在半空中。“不好意思，请您再说一次？”他的声音从声码器中传来。

“图德纳先生，我是说你的妻子，她被拒签了。”克里克说。

“可是为什么呢？”图德纳问，“艺术委员会曾向我保证她的签证将万无一失，只是要经过几项常规审核，不会有问题的。”

“正常来讲不会有什么问题，但你妻子这边有些突发状况。”

“什么状况？”

克里克犹豫了片刻，他意识到，这件事无论对于他还是对于图德纳，都无法文雅地表述。“图德纳先生，你的妻子，她已经进入了生育周期。”

图德纳猛地摇了下头，这个动作在葛当人生理学中意为“惊讶地瞪大双眼”。“不可能！当时我没在家。你们一定是搞错了。”

克里克把手伸进公文包，取出医生开具的报告，推到图德纳面前。图德纳用一只胳膊一把抓了起来，举到葛当人用来看近处物体的一只单眼前。几秒后，他已经退化的双翼开始毫无规律地抽动。从生理学角度来讲，葛当人没有眼泪。而现在，无论从哪种情绪标准来看，他都无疑是在哭泣。

葛当人民的文化瑰丽风雅，但他们的生育过程却令任何一个接触过他们的有意识物种都感到恶心。雌性葛当人被伴侣诱引进入生育周期一个月后，雌雄葛当人都会因性外激素刺激而进入一个失控的“射精”阶段：雌性葛当人会因卵囊收缩而胡乱地喷射出恶臭的液体，其中包含的数以万计的卵将被喷射到附近的任何物体上；一看到和闻到雌性喷射的液体，雄性葛当人就会跟着射出一种更加恶臭的绿色液体，覆盖在卵子上，它们会凝结成一种胶状物，保护已受精的卵子，为其提供营养，直至孵化。孵化之前，葛当父母都会消失不见。

在有意识物种中很少见的是，葛当人的父母并不充当养育者的角色。葛当卵会孵化成某种类似于蟋蟀的贪婪的幼虫，他们会吃掉自己遇到的所有东西（包括其他幼虫）。之后，经历了弱肉强食后剩下的幼虫会成为蛹，它的大脑开始发育，知觉系统也开始成长。

自地球联合国允许非外交葛当人凭旅游签证来往地球后没多久，地球人就见证了葛当人繁殖的特点及其影响。当时，一对年轻的葛当夫妇决定在进入喷射期之前自驾游，跨越美国直抵内布拉斯加州的奥加拉拉。他们二人在 80 号州际公路附近的赛弗罗特汽车旅馆开了一个房间。接下来的一天半里，房间门口一直挂着“请勿打扰”的牌子。他们在房间各处喷满了黏液，足足有一英寸多厚。清洁工根本不敢扫。迫不得已，经理最终用簸箕去铲，把它们铲到浴盆里，冲进下水道。

一周以后，赛弗罗特的客人们尖叫着从房间里跑出来，因为葛当幼虫已经把赛弗罗特旅馆破旧而巨大的化粪池里的脏物全都吃掉了，此时正在管道里蜂拥般前行寻找着食物。经理手拿苍蝇拍和一瓶杀虫剂冲进屋子，没一会儿就被葛当幼虫吃掉了，只留下他裤子上的塑料拉链和鞋子上的金属扣眼。当天还有七名客人失踪。吃掉赛弗罗特旅馆内的一切有机口粮后，幼虫们开始攻击奥加拉拉镇，其凶猛之势有如《圣经》中描述的瘟疫，而他们的天敌还远在葛当星球。

内布拉斯加州州长下令实施戒严，派出国民警卫队扫除幼虫。当查明这些昆虫实际上是葛当幼虫后，该州长因犯星际屠杀罪以及对该有意识物种的数万次谋杀罪而被移交给了共同联盟法庭。这位糊涂的州长在位于堪萨斯州莱文沃斯市的联邦监狱里度过了他余下的任期（这在内布拉斯加州人看来简直是奇耻大辱）。此后不久，地球联合国便变更了签证政策，要求前往地球的雌性葛当人必须节育。任何一个已经进入生育周期的雌性葛当人都不能再踏上地球。

文化专员妻子的怀孕让她错失了前往地球的机会。而她的出轨也将使她的婚姻毁于一旦。葛当人不会随意进入生育周期，更不会在没有配偶的情况下进入生育周期。

克里克从文化专员手中轻轻地取回医疗档案，此时文化专员的翅膀还在上上下下地扑打着。“很抱歉。”他说。

“她一直说想来地球。”图德纳说。他身上的声码器对主人的情绪变化异常敏感，发出了悲伤哽咽的声音。

“她不知道你在给她办签证吗？”克里克问。

图德纳摇摇头。“我本打算给她个惊喜的。”他说，“我想带她去迪士尼乐园，有人告诉我那是地球上最快乐的地方。”他的双翼开始剧烈颤动，头埋在胳膊里。克里克伸出手拍了拍他的外壳。图德纳猛地从桌子旁站了起来，跌跌撞撞地走出门去。过了几分钟，图德纳的一位助手过来，向他表达了谢意，然后将他护送至大使馆门口。

克里克在国务院的官衔叫“现代外星人引导员”，除了国务院的会计员——他们可以告诉你现代外星人引导员拿的是第十等级工资——这个职位对于其他任何人都毫无意义。克里克的非正式头衔更准确形象，叫“坏消息传达者”。一旦国务院有坏消息需要告知外星外交代表团成员，而这名成员又稍有地位，需要单独通报，但又无需重要人物亲自传达时，大家就会派克里克去。

众所周知，这个工作是个苦差事，但哈里斯·克里克却出奇地擅长此项工作。他需要看着各种五花八门的外星物种的眼睛，告诉他们各种消息：签证被拒；国务院了解到有人计划在他们返回自己星球的路上刺杀他们；由于他们在联合车站公然酗酒，导致一位外星人呕吐到在那开生日派对的人类小朋友身上，让孩子们受到严重惊吓，他们的外交职务可能因此要被撤销。诸如此类，都要由克里克来办。

外星物种表达气愤与悲伤的方式各不相同，既有图德纳先生那种悲恸无声的颤抖，也有对周边设施的破坏。很多人尽管接受过外交培训，但仍然不具备应对外星物种抓狂的心理素质。当爬行类动物发出“要么战，要么滚”的信号，准备“发射武器”时，它们的头部会低垂下来，紧贴着脑干，有时还会露出脑灰质。一般人看到这样的情况，通常都会失去理智，吓得屁滚尿流。

哈里斯·克里克接受外交培训的次数远不及他的同事——事实上，他接手工作时没受过一点儿培训。但当外星人声明要喷射污物时，他没有掉头跑掉。对于他这份工作来说，这就够了。学习外交技能比面对暴怒的外星外交代表时控制住自己的膀胱容易得多。虽然大多数人不以为然，但事实的确如此。

克里克站在葛当大使馆门外，拿起手机确认自己的下一个约谈地点——K 街上的拉尔恩研究所。一位新上任的唐星说客曾威胁一位地球联合国的代表，如果她不按照他的意愿投票，他就要把她的孩子们全部吃掉。克里克要去告诉这位说客，虽然国务院愿意承认这是文化误解，但如果他再这样做，后果将十分严重。

“你好，哈里。”克里克听见有人叫他。他抬起头，看见本·贾夫纳靠着一根大理石柱站着。

“你好啊，本，”克里克说，“想不到会在这遇见你。”

“我刚好路过，看见你在那边。”贾夫纳朝着克里克走出来的那扇门点点头，“有坏消息传达给葛当？”

“一个葛当人，”克里克边走边说，贾夫纳紧随其后，“其实，最少是两个。但只有一个在地球，我想这就是问题所在。”

“这么说，你仍然很喜欢你的工作。”贾夫纳说。

“我不知道是否应该用‘喜欢’这个词，”克里克说，“这样说好像我有点虐待狂倾向，总是喜欢给人带去坏消息。我是认为这项工作很有趣，但我不知道我还能做多久。”

“因为谁都能胜任给人传达坏消息这份工作？”贾夫纳说。

“不是因为这个，”克里克说，“如果真是这样，也没什么。只是大家已经知道我的身份了。昨天我去费蓝巴恩大使馆，我要见的那个人根本不让他的助手带我进去。我听见他们在那边用费蓝巴恩语尖叫，我的手机把他的尖叫声转译过来了，他管我叫‘死亡天使’。我觉得这太难听了。”

“你去那要做什么？”贾夫纳问。

“嗯，昨天是为了通知他，一辆挂有外交部牌照的费蓝巴恩指定用车牵扯到银泉一件严重的肇事逃逸事件。”克里克承认，“即便如此，他在我开口之前并不知道我此行的目的。我敢保证，早晚他们所有人都不会再让我跨进大使馆的大门一步。准确来讲，国务院并不是一个很有效率的部门，但终会有人通知我滚蛋的。或许我应该重新找工作了。”

贾夫纳哈哈大笑。“你这么说，真是太有意思了，哈里。”他说，“我手头正好有一份工作，或许你能有用武之地。”

“你需要我给某个人传坏消息吗？”克里克问，“你和你爱人没事吧，本？”

“我们幸福着呢，像新婚夫妇一样，哈里。”贾夫纳说，“不是需要那些技能，是你其他方面的技能。你现在这份工作并没有充分利用你那些技能。”

哈里停下脚步，看着贾夫纳。“我现在这份工作是有很多技能都用不上，本。但有些我已经没兴趣再使用了。”

“放轻松些，”贾夫纳说，“我说的不是那些。”

“那是什么？”

“嗯，我们还是别现在聊了。”贾夫纳说，“我们今晚聚一下吧。六点半，怎么样？”

“我有空，”克里克说，“你想喝点什么吗？”

“我在想，或许我们可以在布莱恩家见面，我已经很久没去了。”

“布莱恩家？”克里克说。

“是的，那儿会比较安静。六点半？”

“六点半。”克里克说。贾夫纳笑了笑，风度翩翩地行了个礼，头也不回地走开了。克里克目送他慢慢走远，然后赶去拉尔恩研究所。

罗德·阿库纳往回走了75码，穿过马路，翻开手机给戴夫·菲普斯打电话。“又一次街头密会。”菲普斯接通后，他说。

“天啊！”菲普斯说，“这是一个半小时内的第四次碰头了。他在耍我们，他知道你跟踪他，罗德。”

“他没看见我，”阿库纳说，“我敢保证。”

“我没说他看见你，”菲普斯说，“我是说他知道我们在跟踪他。”

“是的，哦，管他呢，这次可能是真的，”阿库纳说，“贾夫纳和他刚刚遇到的那个家伙说晚上六点半去喝点什么。”

“他们说去哪儿了吗？”

“某个叫‘布莱恩家’的地方，”阿库纳说，“这可能只是店主的名字。”

“随便吧，我们一定能找到确切地点。”

“继续跟踪，罗德。一有新消息就立刻给我打电话。”菲普斯挂了电话，阿库纳也合上了手机。

布莱恩家位于阿林顿国家公墓91区4088号。克里克走近时，贾夫纳已经到了。“我记得那天你和布莱恩想要暗杀我。”贾夫纳说道。他没有转身。

克里克咧嘴笑了。“我们没想暗杀你，本，真心话。”

贾夫纳回过头去。“你们把火箭发射到了我的车里，哈里。”

“就是一个小火箭而已，而且你从车里逃出来了。”克里克说。

“差一点就没逃出来，”贾夫纳纠正道，“我还真希望自己还在车里，那样就不会把座椅点燃了。”

“可能如此，但是那样你也会全身三级烧伤的。”克里克说。

“植皮就行了。”贾夫纳说，“但那可是一辆古董车，座椅都是真牛皮。现在再也弄不到那样的座椅了。我本可以杀了你们俩，也可以让律师把陪审团全都安排成古董车爱好者。但不到一个小时，我们就在讨论无罪赦免了。”

克里克张开两只大手，苦苦哀求。“我真心请求你的原谅，本。很抱歉，我们把你的车点着了。我们那时只有十岁，那个年纪总是会做出些蠢事的。总之，不要对你弟弟太苛刻了，发射火箭是我的主意。”

“这就是我喜欢你的原因之一，哈里，”贾夫纳说，“即使现在这对于布莱恩来说已经没什么好处了，但你还是会替他辩护。你们两个乘船出国前，他告诉我是他把火箭对准汽车的，你还曾试着劝他。”

克里克又咧嘴笑了。“嗯，那可是辆古董车，点着了就太可惜了。”

“我真希望你当时能更有说服力。”贾夫纳说。

“你了解布莱恩的，他可不是什么都听得进去。”克里克说。

二人在 91 区 4088 号墓前站了一会儿，没有说话。

“你把我叫到这儿来，不会就是想聊聊我和布莱恩 20 年前的事吧，本。”克里克轻声说。

“确实不是。”贾夫纳说。他把手伸进外衣口袋，扔了一个东西给克里克，是一个带有金属圆盘的手镯。“把这个戴上，按一下开关。”

贾夫纳告诉他。克里克稍稍用力把手镯套了上去，按下了圆盘中心的红色按钮。他感到圆盘微微震动了一下。

他抬头，看到贾夫纳也戴着一个同样的手镯。贾夫纳此刻正把一个方块物放在布莱恩的墓石上，他用吸盘的一面将它贴上去，随后按了一下顶端。

“这样就可以了。”贾夫纳说。

“可以干吗？”克里克问。

“我今天遇见你时正被人跟踪，”贾夫纳说，“我在路上做了点手脚转移他们的注意力，他们以为咱俩会在酒吧见面。但还是小心为上。”

贾夫纳指着这个方块物。“你看，这个小东西有两个功能。它能够发出半径30英尺范围的白噪音。如果有人使用传统窃听器在30英尺以外偷听，他们只能听到静音。此外，它还可以让墓石发生振动，使墓石反射射向它们的激光，并搞乱声波的振幅，以此来迷惑那些记录声波的窃听设备。这个小手环对人体也有类似作用。我并不觉得别人有很大的机会利用激光窃听。人类身体不利于声音传导，墓石也是，而且户外也有很多激光干扰；但我们宁可事先谨慎有余，不要事后追悔莫及。”

“可是他们还可以读唇语啊。”克里克说。

“嗯，对啊，”贾夫纳说，“那就嘴唇尽量不要动。”

“我对秘密活动真的提不起兴趣，本。”克里克说，“究竟发生什么事了？”

贾夫纳又一次把手伸进外衣口袋，这一次他拿出了一个小小的弯管。“你以前见过这个吗？”他把它交给克里克。

“没有见过，”克里克说着接了过去，“这是什么？”

贾夫纳把整件事都告诉了他，从通过放屁来谋杀到现在需要找羊。

“太变态了，”克里克说，“令人作呕。”

“如果我想知道是谁制作了这个东西，”贾夫纳说，“我需要怎么做？”

克里克双手摆弄了几下这个小装置。“我猜它不是一个大批量生产的产物。”

“或许不是。”贾夫纳说。

“那么，要么是有人设计、制造了它，要么是有人对已有设计进行了改装。或许你可以查一下地球联合国专利与商标局的数据库，看看里面有没有备案。如果有，你就可以查一下最近一两年有谁使用过这一专利。我猜你们只是查了官方数据库，没有查个人档案，你或许能从那里有所发现。”

“你认为我们这样做就可以找到那个人？”贾夫纳问。

“是啊，如果他傻到不愿意费力去掩盖自己的话，”克里克说，“你要找的人会是这样一个人吗？”

“或许不是。”贾夫纳说。

“那还有一个地方可以查查看。”克里克说，“这不是大批量生产的，但也不是刚起步的小公司可以做出来的。它很可能是某个小型制造机制造的。”克里克抬头看了看贾夫纳，后者耸了耸肩。“小型制造机就像是3D打印机，”克里克解释道，“你给它提供设计图和原材料，它就会把你想要的东西‘打印’出来。它效率很低——你没法指望它制造出许多东西来——但像这样的工作，它是完全可以胜任的。”

“市面上这样的东西有多少？”贾夫纳问。

克里克耸了耸肩。“说不清，我猜在华盛顿地区会有几百台吧。有些人的旧物零部件坏了，但制造商已经倒闭或是不再生产此类产品，就会通过它来制造替换零件。就比如你那辆旧车，如果有一部分零件被替换过，那替换零件很可能就是这样制造出来的。你可以通过几种方法缩小寻找范围。这个物体主要由金属制成，这样你就可以排除那些生产塑料、陶瓷制品以及碳复合材料的制造机。这样还是有几十家需要你去调查，不过数量已经少了很多。”

“可我们还是不知道哪个制造机生产了这个东西啊。”贾夫纳说。

“确实，但你依然能很快地锁定目标。制造机就和其他所有机械一样——他们产出的东西总会有细微的差别。将它放在显微镜下，找出其特有的模式，这是最基本的鉴定方法。”克里克把这个装置还给贾夫纳，但贾夫纳却拦住他的手。“你想让我留着吗？”克里克问。

“我想让你查出这个小玩意是谁制作的。”贾夫纳说，“对了，还有一件事。”

“什么事？”

“我需要你找到我刚才说过的那种羊。”

“你不是认真的吧。”克里克说。

“我非常认真。”贾夫纳说。

“本，这两件事中的任何一件对于一位真正的分析员或调查者来说都是全职工作。你还记得你已经帮我找了一份全职工作吗？”

“我知道。”贾夫纳说，“不用担心工作上的事，我已经帮你做好掩护了。你上司已经接到通知，接下来的两周你要参加国务院组织的现代外星人培训项目。说来也巧，接下来的几周真的有一个国务院组织的现代外星人培训项目。”

“厉害！”克里克说，“但要完成这两项任务，细节方面我完全没有经验。”

“你明白如何快速查出这个制造机。”贾夫纳说。

“天啊，本，”克里克说，“任何一个看过侦探片的人都能告诉你这些。”

“哈里，”贾夫纳说，“不要以为你生活松懈，现在的工作也没什么前途，我就会假装忘记你的才华。”

“这不公平，本。”克里克说。

贾夫纳举起了他的手。“很抱歉，但你要知道，哈里，如果我有你一半的头脑和才华，现在整个国家都会归我管了。我是说，该死。我知道你对你目前的工作很感兴趣，但这就像是开着一辆 N 空间汽车去商店买一瓶牛奶，实在是大材小用。”

“并不是所有人都想统治整个世界。”克里克说。

“太有意思了，我跟赫弗也是这样评价你的。”贾夫纳说，“好吧，你不用统治整个世界，我只想让你做一点事来拯救世界。我们需要找到这些东西，但我们又不能做得太招人耳目。我需要一个值得信任的人去为我做这件事，而且要秘密地。你就是绝佳人选，哈里。我需要你帮我。”

“但我手上的资源并不够，”克里克说，“甚至连个像样的电脑都没有。我有的家电只有手机和处理器了。”

“你的电脑怎么了？”贾夫纳问。

“我不信任它，”克里克说，“我把手头上的重要信息存好，然后把电脑给了邻居的孩子。”

“那我们就给你买一台新的。你有什么需求尽管提。”贾夫纳说。

“你的预算是多少？”克里克问。

贾夫纳笑了笑，把手伸进口袋里，递给克里克一张信用卡。“匿名信用卡。”

“多少钱？”克里克问。

“我说不准，”贾夫纳朝卡片努努嘴，“我想这张卡还没有透支过。所以，千万别弄丢了，否则我麻烦就大了。”

“哇哦！”克里克说，“要是哪个孩子有这样一张卡片作玩具，一定能玩得很高兴。”

“别太兴奋，”贾夫纳说，“你要是给自己买个热带岛屿的话，肯定就引人注意了。你需要什么尽管去买，就是别瞎买。”

“别担心，”克里克边说边把卡装进口袋里，“我还需要使用权限。我不知道我在地球联合国数据库的访问级别是多少，但我敢保证，肯定不够高。”

“我已经安排好了，”贾夫纳说，“不过，就和信用卡一样，使用时要谨慎一些。”

“你确定赫弗同意？我不想给你带来麻烦。”克里克说。

“赫弗相信我，”贾夫纳说，“而我相信你，所以赫弗就会相信你。总共六天时间，届时所有事情都需要处理完毕。”

“时间不是很够啊。”克里克说。

“我也这么想，”贾夫纳说，“可是我们只有这么多时间。”

“好吧，我办。”克里克说，“但你要保证两周后我还可以回去工作。”

“我答应你。”贾夫纳说，“如果你老板给我找麻烦的话，我就炒了她，你来取代她的位置。”

“最好不要。我或许是个懒鬼，但现在的职位很适合我。”克里克说。

“关于懒鬼这个说法，我感到很抱歉，”贾夫纳说，“哈里，你做了很多重要的事。而且对于我的家人，你也付出了很多。你一直在帮我们，我没有忘记这一切，我们都没有忘记。”二人的目光同时转移到墓石上。

“有些事我帮上忙了，有些却没能帮上。”克里克说。

“不要再因为布莱恩的事责备自己了，哈里，不是你的错，是他的错。”贾夫纳说。“我当初答应你要照顾好他的。”克里克说。

“你还在替他说话，”贾夫纳说，“你自己也说过，你了解布莱恩，他可不是什么都听得进去。你根本没法照顾他，因为他自己都不愿照顾自己。我们都知道这一点，我们从未因为这件事埋怨你，你已经尽力了。大多数参军的人都没能回来，你把他给带回来了，哈里。你想象不到，这对我们来说有多么大的意义。”

“这是阿林顿国家公墓？”国防部长蒲柏看着照片对菲普斯说。

“是的，先生。”菲普斯说。

“我记得你当时说他们要去酒吧。”蒲柏说。

“他们是说过要见面喝点什么，”菲普斯说，“直到贾夫纳去了他弟弟的墓地，我们才意识到他们要私会。”

“太大意了！”蒲柏说。

菲普斯心想，可是你应该立刻就搞清楚啊，蠢货。

“是的，先生，”菲普斯说，“这次我们没有用自己人，我派了吉恩·施罗德推荐的一位专家——罗德·阿库纳。施罗德说他经常用他和他的团队。”

“好。”蒲柏说，“但要告诉他，从现在起要进行更加严密的侦查。”蒲柏挥动着手中的照片。“你知道他们在谈什么吗？”他问。

“不知道，”菲普斯说，“贾夫纳戴了一个便携式防窃听器。”菲普斯已经准备好再被骂一次“太大意了！”，但蒲柏控制住了怒气。几秒过后，菲普斯继续说：“我们认为贾夫纳就是要用这个人帮他完成计划。”

“他是谁？”蒲柏问。

“哈里斯·克里克，”菲普斯说，“哈里斯其实是他的中名，他的名字是霍雷肖。”

“这就是为什么他会用自己的中名。”蒲柏说。

“他是贾夫纳家的一个老朋友，”菲普斯边说边翻着自己的笔记，“与本·贾夫纳的弟弟布莱恩·贾夫纳尤为要好。本和布莱恩相差12岁，确切地说，以前相差12岁。克里克和布莱恩·贾夫纳18岁时一起入伍。二人都参加了帕耶米之战，布莱恩·贾夫纳在那场战争中牺牲了。”

蒲柏哼了一声。“咱们都一样。”地球联合国国防部的人都不愿多提帕耶米之战。人类战争历史上可能会有更惨烈、更诡异的事件，但到目前为止，帕耶米之战是最惨烈的一次。

“克里克获得过‘杰出服役’十字勋章。”菲普斯继续说。听到此话，蒲柏竖起了眉毛。“克里克所在郡在其档案里放了一张证明，里面说当地郡政府本想推荐他为‘国会荣誉’勋章得主，但克里克听到此建议后勃然大怒，当地郡政府最终不得不撤回推荐。事实表明，克里克似乎也没有接受十字勋章。他所在部队的大部分士兵都在帕耶米牺牲了。克里克转去宪兵队，在那服完役。他后来再次服役，退役时已经身为军事参谋。”

菲普斯又翻到一页。“退役后，克里克加入华盛顿特区警局，主要负责电子犯罪，比如网上诈骗、黑客、聊天室儿童性骚扰，诸如此类。三年前他离职了，随后的几年一直处于失业状态。”

“什么，无家可归的那种吗？”蒲柏问。

“不，”菲普斯说，“当然不是无家可归。他父母退休后去了亚利桑那州，把雷斯顿的房子留给了他。只不过他没有再给别人打工。”

“那他当时干什么了？”

“这上面没有写，”菲普斯说，“大约15个月前，他开始为国务院工作，做现代外星人引导员——不知道这个词究竟是什么意思。他的日程安排都是公开的，我查了一下，他大多时间都是拜访其他星球政府的大使馆。他没有接受过外交培训，甚至连大学学历都没有，所以我敢打赌是本·贾夫纳给他安排的这份工作。”

“一个半文盲的战争英雄此刻怎么能帮到本·贾夫纳呢？”蒲柏问，“我看不出来他能起到什么作用。”

“呃，这就是问题所在。”菲普斯说，“他没有大学学历，而且曾做过警察，但别认为他没有文化。”菲普斯在文件里又摸出一张纸，放在蒲柏的桌上，“看看这个。克里克在高三时获得美国威斯汀豪斯科技竞赛金牌。他设计了一个人工智能界面，可以帮助运动机能退化的病人与外界交流。他还获得过麻省理工学院全额奖学金，同时还被加州理工学院和哥伦比亚大学录取。他真的非常聪明，先生。”

“他是一个技术极客，最后却参了军，”蒲柏说，“这真是让人猜不透。”

“在他即将高中毕业之际，他被捕了，”菲普斯递给老板另一张纸，“他和布莱恩·贾夫纳闯入乔治·华盛顿大学物理实验室，两人利用实验室的量子成像设备互相给对方做了大脑扫描。显然是克里克侵入了实验室的安全系统，他们才得以进去。贾夫纳设法躲过了工作人员，在即将成功离开实验室的那一刻，实验室负责人出现了，叫人把他们抓了起来。那个实验室是由军队资助的，承担了一些机密项目。严格来说，克里克和贾夫纳本应被判叛国罪。负责这一案件的法官给了他们两个选择，一是去坐牢，一是去参军，服役结束后清除他们的犯罪记录。于是他们选择了参军。”

“可那已经是十二年前的事了，戴夫，”蒲柏说，“对于技术而言，一日不练如隔三秋，这和计算狗的年龄是一样的。他现在很可能已经完全落后于时代。”

“先生，他在军队时一直钻研电脑，”菲普斯说，“做警察时也一样。当一位极客远离尘世几年，他很可能不只是在打打游戏，可能一直都在学习新技术。”

“他现在还住在雷斯顿吗？”蒲柏问道。

“是的，先生，”菲普斯说，“我们已经开始窃取他的行踪。”

“必须先发制人。”蒲柏说，“如果我们比克里克先发现目标，这对于所有人都会比较有利。”

“施罗德已经把基因组交给我们了，”菲普斯说，“我们现在就要开始寻找。”

“马上开始，”蒲柏说，“但我不希望你用普通的职员，而且绝不赞成你用任何军事人员。他们有自己的指挥系统。”

“我们部门里的合同工到处都是，我可以在其中选派一位。我会把数据加密，这样他就不知道自己在处理什么内容了。”菲普斯说。

“就这么办，找个精明人。我不知道这个克里克有多能干，但是我们越早下手，他想追上我们就要花越长的时间。”蒲柏说。

阿奇·麦克莱伦生来就是个极客。他父母是极客，而他父母又出生于一个极客家族。阿奇命中注定是一个极客，不仅表现在他多个基因微图中出现了阿斯伯格综合征特征，还体现在他的名字上。

“你的名字源自一个古老的搜索协议。”阿奇的父亲在他上幼儿园时如此说，他是华盛顿地铁系统的电子工程师。“你的妹妹也是。”他对着阿奇的孪生妹妹维罗妮卡点点头。虽然维罗妮卡的全部爱好都与家人完全相反，却已经名声大噪，一路做到了《哈佛法律评论》编辑职位。同时，她立即发誓将对自己名字的渊源守口如瓶。阿奇却觉得这一点很酷。他还没学会拼写极客这个单词时就已经成为一名极客了。（拼写应该是在他 26 个月大时学会的）

此外，和阿奇·麦克莱伦的名字非常相配的是，他专门负责管理那些在地球联合国大楼灰尘密布的角落里吃力运作着的各种遗留系统。阿奇特别喜欢向人叙说一个关于自己的故事：当时，他被拽进农业部大楼的地下室，看到了一台 IBM System 360 计算机。嗬，那可是大约 1965 年的老古董了。阿奇·麦克莱伦转身告诉那个把他拖进地下室的行政助理，就连她桌上动画贺卡的计算能力都要远远超过这个巨大而笨重的古老机器。行政助理嚼着嘴里的口香糖，告诉他，即便是像小鸡啄食那样按键来运行机器，她也丝毫不关心，总之这台机器需要重新与网络连接。阿奇花了一天的时间学习操作OS/360系统，把笨重的蠢机器重新联网，然后收取了平常咨询费三倍的价钱。

当阿奇意识到自己被引领至五角大楼里一个似曾相识的地下大厅时，他以为迎接自己的会是另一台古董机器。它可能像一个原始人一样仍然连着网，因为政府规定不得废弃遗留系统，否则数十年来储存的数据将无法读取。现在，没有一个电脑制造商会用穿孔卡片、高密度只读光盘、可拆式存储器或是全息编码来使他们的电脑与过时的设备兼容。但是，当他到达目的地，看到机器后，他微微露出了惊讶的表情。

“这是今年的款式。”他对正在里面等候他的菲普斯说道。

“我想是的。”菲普斯说。

“我有点不明白，”阿奇说，“工作协议上要求我给你们维护遗留系统。”

“但你也会处理现在的电脑，对吗？”菲普斯说，“给你用的电脑不一定非要比上帝还要老吧？”

“当然不是。”阿奇说。

“那就好。我有份工作需要你来做。”菲普斯说。

这份工作涉及一些加密数据，这些数据需要与加密数据库内的数据进行比对。阿奇的任务就是监视数据检索过程。如果可以的话，加速检索，因为加密数据库规模庞大，而时间又很有限。

“如果数据不加密的话，就会容易得多。”阿奇对菲普斯说。

“试着在加密的情况下把工作做好吧，”菲普斯看了一眼手表，“现在是晚上九点，我明天早上九点来检查你的工作进展。不过，如果你有什么想法的话，可以发消息给我。”

“我的工作合同上说，午夜到凌晨六点工作的工资是加班工资的双倍。”阿奇说。

“嗯，好，对你来说是个好消息，”菲普斯说，“大厅尽头的右手边有个自动贩卖机，卫生间在大厅左手边。祝你工作愉快。”说完他便离开了。

阿奇在地下办公室设置好终端，开始搜索数据库，随后回到楼上取回了自己的电脑。他用自己的电脑对加密限制的检索路径尽可能地进行了优化。在忙活了几个小时后，他终于意识到，即便是完全优化的编码，它的检索速度也无法达到他老板的预期。

“该死！”他自言自语。随后，他把加密数据复制到自己的电脑上，破解了密码。这步骤并不难。无论谁对数据加密，都会使用电脑操作系统自带的加密程序。这一加密本应达到近乎无法破解的 16384 比特标准，但幸亏制造商在编码时总是马马虎虎，使得该操作系统加密程序的明显特征是非随机性的，最终让人不费吹灰之力就破解了。后来，明尼阿波利斯当地电视台播出了一个八岁孩子破解加密数据的故事，这件事才广为人知。

无独有偶，几乎就在明尼阿波利斯播出此消息的同时，华盛顿州西雅图大都市区发生了里氏 5.3 级的地震。程序员说地震是因为比尔·盖茨在墓地里睡午觉。操作系统制造商终于发布了补丁，但众所周知，政府 IT 管理者们并不会更新补丁。

解密结果表明，这些数据是某种生物的 DNA，这消息对于阿奇来说简直太棒了。DNA 本身就方便检索优化，因为可以对 DNA 编码进行“取样”，然后根据“取样”就能对其变体进行搜索，无需整个基因组。加密数据库中任何显示变异的 DNA 都将被排除，剩下的一小部分再进行更严格的抽样筛选。如此重复几次，数据库中的DNA分子数将越来越少，最终得到匹配数据。

现在，阿奇要做的就是识别这是什么物种。他下载了一个共享序列器，其中内置一个参考数据库，可以提供3万多种动植物的信息（升级至30万只需19.95美元！），还下载了一个包含1 500个品种的牲畜、家畜以及常见家养植物DNA序列的特殊数据库。他上传了基因组以备处理，然后便优哉游哉地走去贩卖机取了一瓶胡椒博士饮料。

回来时，当他看到等候着自己的原始DNA时，饮料瓶一下子从他手中滑落了下去。他目瞪口呆，大声喘着粗气，一个箭步冲到自己的电脑前。阿奇卸载了序列器，删除了已经破译的加密文档，足足咬了30秒的手指，然后看了看电脑的提示符，对电脑的全部硬盘进行了格式化——他只是为了以防万一。

随后，他走去大厅那边的卫生间，在一个小隔间里缩作一团。他简短地打了个电话，声音压得很低，语气却坚定有力。打完电话，他在马桶上坐了几分钟，脸上的表情表明他内心正翻江倒海，或者在很痛苦地“放屁”。

然而，他并没有在“放屁”。

第四章

“您好！欢迎使用您的新电脑！”克里克一开机，电脑画面上的头像就对他说道。画面中是一个年轻的男人，他身穿马裤和朴素的长外套，戴着一顶费城帽子。“我是由美国在线为您提供的私人智能代理，您可以叫我托德。把我激活后，您就可以免费试用地球上历史最悠久、规模最庞大、史上最活跃的网络‘美国在线’45天。”

克里克对着显示器上这个充满活力的代理傻笑了一会儿。“你好，托德，”他对智能代理说，“请把你的源代码告诉我。”

“我的源代码是美国在线及其母公司桂格控股公司的知识产权，”托德说，“恐怕我无权泄露给用户。但如果您激活美国在线的账户，并获得45天免费使用权，我将很高兴在开放资源的智能代理上为您检索。我敢保证，别的代理绝对没有我优秀，因为我能提供美国在线无与伦比的资源和服务！”

“哦，我相信你，托德。可惜我没有那么多闲工夫。”克里克说道。随后他从安装在新机器旁的存储块处激活了模板程序，它将冻结智能代理，并禁用即将加速返回至美国在线服务器的报警提示。“再见，托德。”克里克说。

“有人会报复我的！”托德被完全冻结前说。听到此，克里克一阵傻笑。托德的编程员知道它不可避免会被侵入，非常有先见之明地给黑客留了这样一条临别消息。事实上，这是一种欢迎。显示器上弹出一个窗口，快速地解析着托德的源代码。

克里克满心好奇地浏览着屏幕。那个已故却无人缅怀的托德说得没错，就商务代理而言，它的确十分出色。但就和大多数商务代理一样，它也并非出类拔萃，而且程序规定它只能在一定的商务数据库中进行搜索，这些数据库大多都是桂格旗下的。桂格成为世界主流信息技术服务商的发展历程，足够至少三位《华尔街日报》的休假作者写枯燥无味的非虚构类书籍了。克里克很高兴看见穿马裤的男子成为全球高科技的标志，然而，他不希望自己的智能代理人穿着18世纪的服装。克里克懂得这很讽刺，只是马裤还是太让人分心。

自上一次远离计算机世界起，克里克就一直在从事开发智能代理的工作。他从存储块中找出其源代码，并开始将其与托德进行混合匹配。托德仍然进行着数据库连接、信息检索以及最优化子程序，但它自身的人工智能和数据库首选项出现了破损，请求缓冲也是如此。如果地球联合国无权知道他此刻正在查找的内容，那么美国在线或是桂格公司就更不应该知晓了。他的弗兰肯斯坦怪兽式的代理已经设置好各个部分。克里克启动整合程序，把各个部分联系起来。新代理已经万事俱备，只欠东风。要得到这个欠缺的元件，他还需要一些存储空间，而他的新电脑无法满足这一点。

克里克翻开手机，打了个电话。

“这里是美国国家海洋和大气局。”电话那头说。是克里克的老友比尔·戴维森。

“嗯，我想知道明天是否会下雨。”克里克说。

“咳，你知道，最悲哀的事就是我们真的接到过很多问这种问题的电话，”比尔说，“好像给我们打电话要比看新闻容易得多。”

“众所周知，天气预报员根本不可靠。”克里克说。

“老天，我也不相信天气预报员，可我自己就是天气预报员，”比尔说，“你可好啊，哈里！”

“老样子，老样子，比尔，”克里克说，“听着，我不知道能不能麻烦你帮个忙。”

“我破产了，”比尔说，“你知道我现在为政府工作。”

“有意思,”克里克说,“你的工资水平和我一样,这不是太糟糕。”

“可是你不用支付赡养费和子女抚养费，”比尔说，“我的生活已经够悲惨了。你需要什么，哈里？”

“我知道你们国家海洋和大气局的人员有很多高配置电脑。”克里克说。

“的确如此，”比尔表示认可，“我们可以模拟天气，这样你们就不需要想明天天气咋样了。可以这样说，我们的计算能力要比马萨诸塞州任何一个人的大脑都要强，虽然那是我前妻的家乡，你对我的说法会有所保留。”

“现在这些电脑你们都在使用吗？我手头上有个项目，还需要增加一些计算能力。”

“你需要多少？”比尔问。

“你有多少？”克里克问。

“哦，”比尔说，“又是那些项目。你知道，上次我借电脑给你时就受到了批评。我老板还打算写通告批评我。后来我告诉他，你的工作虽然与天气预报一点关系也没有，但也不像他那样用来看女同性恋淫秽电影。最后我们才同意暂时不提此事。”

“嗯，我不希望给你带来麻烦。”克里克说。

“别担心，”比尔说，“他已经离职了。他现在是史密斯女子学院的技术副总裁。12 年后请一定要提醒我，别让我的女儿去那儿上学。”

“可以。”克里克说。

“漂亮。”比尔说。

“让我想想，现在到了飓风季节，这就意味着我们当前会有巨大的工作量，所以暂时无法把精密机器借给你。但或许我们可以换个方法。我们有一个闲置的 IBM 主机，马上就要有别的机器取代它了。它是前几代的产品，所以没有最高配置。但从另一方面来看，它可以完全归你所有。这样的话，即便你的小项目突然占用全部处理周期，也不会有人抱怨。天啊，根本不会有人注意到它消失了，这样我会好过一些。”

“听上去简直完美，比尔，”克里克说，“我欠你一个人情。”

“不，你不欠我的，”比尔说，“如果不是你的话，我早就死了。除了借钱或借色，我一定有求必应。”

“那是很久以前的事了，”克里克说，“我想我们已经互不亏欠了。”

“去你的，”比尔说，“我们在帕耶米时死了才没亏欠呢。现在我活的每一天都是你赐给我的。不过我得提醒你，就因为你救了我，我才活到可以结婚的岁数，所以一定程度上你要对我的离婚负责。”

“真是抱歉。”克里克说。

“算了吧，”比尔说，“事情本可能更糟的，至少我这段失败的婚姻赐给我一个很棒的孩子。”

“这个孩子不许去史密斯女子学院。”克里克说。

“谢谢你的提醒。这是那台IBM的地址。”比尔语速飞快地说，“给我一分钟时间，我给你设一个名为‘克里克’的账户，密码和账户一样。你登录进去，锁好身后的门以后，立刻把密码和账户全都改掉，你懂我的意思。这台IBM仍然连着网，千万不要让某个小孩接触，给我们的气象报告捣乱。一旦发生这样的事，那可不是通过勒索老板能轻易解决的。”

“明白，”克里克说，“再次谢谢你，比尔。”

“不客气，”比尔说，“我要挂电话了，这些飓风可不会自己做模拟效果。”他挂断了电话。

克里克盯着自己的手机看了一会儿，他从不愿回想帕耶米之战，回想谁幸存、谁死去，思考它在自己的余生中将扮演怎样的角色。但在这个特殊的时刻，它帮了他的忙。或者可以说，把一千件不幸的事变成了一件好事。不管怎样，这是对他有利的好事。

克里克登录IBM，启动系统诊断。他很高兴地发现，硬盘存储和程序处理的空间都绰绰有余。克里克走向自己的柜子，取出另一个存储块，将它激活，然后将其极度压缩的内容发送到IBM上。这些事花了他20多分钟。

克里克吃了点零食。当内容发送完毕，克里克启动程序对数据进行解压缩并重新汇集。这份数据其实是几个独立的文档。其中核心数据文档压缩好后，相对较小。大型的数据文档占了大部分，它们都是用来为核心数据营造模拟环境的。

编写这个模拟环境花了克里克两年多的时间。他主要利用一些七零八碎毫不相关的商业编码，加上整合程序和他自己写的大量手工编码，对已有程序进行修改，让它们实现一定功能。最终的模拟环境完全和现在明确规定用户无权破解程序、随意更改编码的终端用户许可协议相冲突。如果那些公司有缘一见克里克对被黑软件的改造，他们就不会想着把他打入大牢了，而是会三顾茅庐高薪聘请他。

当然，政府肯定会想尽办法让他坐牢。幸运的是，他就为政府工作，而且他还有一些位高权重的朋友。

话说回来，这一点毫无实际意义。克里克并不打算把软件推向市场，他只是自己用而已。

克里克查询 IBM，对他的程序进行还原、汇编、建模核心数据文件还需要多长时间，被告知大约要一天。这似乎还说得过去。

新电脑给克里克发来消息。他的智能代理已经全部压缩。克里克激活了它。

“ 您好。” 代理说。它里里外外，从服饰到皮肤，从音调到嗓音，都是奇怪的中性。“ 您想好给我起个什么名字了吗？”

“ 还没有，” 克里克说，“ 你还没安装完毕。”

“ 我已完全可以操作。” 代理说。

“ 是的，” 克里克说，“ 只是还没有安装完毕。在那之前我会称你为‘代理’。”

“ 很好，” 代理说，“ 我能帮助您吗？”

“ 是的，” 克里克说，“ 我们要搜寻制造机。我们来看看，新的安全许可都可以让我做哪些事。”

政府对制造机进行严格管控。管控的原因非常简单，因为任何人都可以利用它们制造出任何东西，包括武器零件。事实上，制造枪支零件正是金属制造机的首要用途。随便置入 1600 年以后生产的任何枪支的任何部件模型，一个金属部件分分钟就可以呈现在你面前，其标准之高、品质之优异绝对会让首位武器大批量制造商伊莱·惠特尼因嫉妒而窒息。这也意味着，一整套武器都可以在黑市上进行生产安装，无需通过官方渠道。这种做法已经引起多个执法部门的不悦。于是，每台制造机都需审批、注册登记，且他们每次制造零件都需要详细记录，并每天将该记录上报给地球联合国贸易委员会。

记录表明，大约在过去一年中，弗吉尼亚州、马里兰州或是华盛顿特区合法的制造机都没有制造过“能插入直肠激怒奈都人”的东西。

果然不出所料。克里克让代理进行搜索时，心里就清楚一定查不出结果。不过你首先要排除低级目标，尽管可能性很小，但对手或许就是这么愚蠢呢。

比愚蠢稍微聪明一点的人会伪造记录，删去特定条目。克里克的代理就查到几个，但之后潜入了这些制造机的存储驱动（通常未重新格式化，删去的记录项还未被覆盖）查看时，发现都是些预料之中的枪支零件；其中竟然有一枚婚戒，他想这背后一定隐藏着一个悲伤感人的爱情故事。

从此刻起，克里克有十足的理由相信他的对手并不简单。

克里克命令代理查找华盛顿特区地铁区域过去十年里的违法记

录，找找是否有制造机丢失。结果没有记录。弗吉尼亚州也没有，马里兰州亦是如此。克里克沉思着，敲打着自己的牙齿。一分钟后，他命令代理搜索过去十年的保险理赔，看是否有人因制造机遗失或损坏申请理赔。

代理找到两个索赔记录。第一个发生在三年前，奥科宽一条古董街因喷水灭火系统过于古旧被烧为平地。古董街上除了十几家小型古董精品屋以外，还有一位出售革命时期武器及娱乐物品的枪匠。这份文件中有一张照片。照片里，烧焦的制造机坐落在枪匠小店的断壁残垣当中。克里克心宁气定地把这一条排除掉了。

第二个发生在六年前，这个要有趣得多。这份索赔申诉中写道，巴尔的摩的一家仓库屋顶发生了部分坍塌，当时正有一台处于送货途中的制造机暂存于此。档案中并无毁坏的制造机的照片，且这份申诉在获赔前就受到了保险公司的质疑。克里克翻出警方关于屋顶坍塌的调查记录，其中取证报告有力地证明屋顶坍塌绝非偶然。除此台制造机外，该仓库声称已毁的库存中还包括准备提供给罗克维尔市基因实验室的几台机器及机器零部件。依据克里克多年的从警经验判断，这些机器改造后可以提炼高效毒品。

搜索这家仓库的名字时，克里克查到一家控股公司，其主要股东之一是格雷布尔产业集团——马洛里犯罪集团貌似合法的分支之一。马洛里犯罪集团统治着整个巴尔的摩和华盛顿特区。那夜在仓库值守的“保安”有许多小偷小盗的犯罪前科；或许再过上几年，他就会被抓到偷了一卡车的娱乐用显示器，到时他肯定会将矛头直指马洛里犯罪集团以寻求联邦保护。出庭作证一年后，他的部分尸骨会出现在亚伯丁在建的 A 级小联盟棒球场的混凝土中，其余尸骨则毫无踪迹。

“很好。”克里克说。

“如果您说是，那就是吧，先生。”他的代理说。这个代理十分擅长依据指示查找信息，讽刺幽默却略逊一筹。

这台有疑问的失窃的制造机是通用电气 CT3505 型号金属 / 陶瓷两用制造机，如果能入手的话，确实不错。它主要由国防承包商用作制作预期防御系统的模型。和其他制作机一样，它有自己的全套配件、可延展组件以及专用制作粉。我们不能随意将一个铝罐或一堆沙子塞到制作机里。按照设定，制造机不接受原配制作粉以外的任何材质。依据低价出售剃刀、高价出售刀片这一久经考验的商业模式，制造机出售时也是利润微薄，厂商主要从制造机所需材料上赚钱。以 CT3505 为例，就只适用 CTMP 21(m) 以及 CTMP 21(c) 型号的墨粉盒，这二者只能从通用电气直接进货，且价格不菲。

如果你手上有一台通用电气制造机，那么你只能使用通用制作粉。反之亦是如此：如果你买了通用制作粉，那你也只能在通用制造机上使用。克里克现在要做的就是查出华盛顿特区有谁买了通用制作粉，而他的手上却没有通用制造机。

通用电气有太多项目，包括政府国防承包商，其核心系统戒备森严，克里克攻破的机会微乎其微。但和其他公司一样，通用电气也将命令及执行服务下放给下属承包商，他们的网络安全仅为标准商业级别，也就是说，漏洞百出、后门遍布。通用公司的执行服务是交由 AccuShop 来处理的。克里克命令代理搜索有关 AccuShop 的新闻报道及安全缺口；他找到了几处，其中有程序员编写执行编码时无意中留下的后门。克里克攻入通用商店，不出所料，后门就在那里。IT 从业人员真的需要更多地编写补丁了。

“我一定要告诉您，您这样做是非法的。”代理说。

“我以为我把这个子程序删除了呢。”克里克说。

“您删除的是要求我通知相关部门的子程序，”代理说，“警告程序完好无损。您是否需要我重新设定默认值，在您违法时不要告知您？”

“是的，请吧，”克里克说，“而且，我想我是受保护的。”

“是的，先生。”代理说。

克里克下载了去年的购买记录，命令代理对购买记录和制造机持有记录进行参照对比。检查完毕的结果是，制作粉订单均来自已登记的制造机持有人。

“该死。”克里克说道，又敲起了自己的牙齿。从这台制造机丢失起已经有些年头了。多年前使用它的人一定是将它灌满了粉。但如果他们一直在使用的话，他们仍然需要重新灌粉。克里克只是不知道，这些制造机多久需要灌一次粉。

“代理，”克里克说，“制造机持有者购买制作粉有没有什么规律？”

“他们有需求时就会购买。”代理说。

“那当然了。”即便是克里克自己编写的智能代理也做不到跳跃思考。“我是想问，是否有那么一个一般性的购买周期。如果大多数制造机都以固定节奏执行同样的任务，那么它们用光制作粉、重新灌粉的周期也会相对固定。”

“让我想想。”代理说，然后用了几毫秒的时间来处理这一请求，之后又等了几百毫秒才作出回应。这就是智能代理的一种心理功效学。程序员发现，如果代理不假思索立刻给出答案，人们会认为它是在炫耀卖弄。“通常来讲，购买是有一定规律的，”代理说，“但这样的周期只适用于特定制造机，而不适用于所有。”

“有没有制造机的制作粉购买是不规律的，或是不遵循规律的？”克里克问。

“有六个。”代理说。

“把这六台制造机的生产记录给我看看。”克里克说。代理弹出了六个窗口。克里克看了几秒钟，才意识到自己毫无头绪。“代理，请告诉我，这六个记录中，是否有随着产量增加而制作粉购买量呈现增加趋势的制造机。”克里克问。

“六个中有五个，”代理说，“第六个未显示产量增加。”

“回到通用电气数据库，把这台制造机过去六年的购买记录找出来，”克里克说，“然后找出同一时期该制造机的生产记录。告诉我，进货量与产出量是否存在差异。”

“过去六年中，大约有 15 次制作粉进货差异。”代理说。

“把机主的名字告诉我。”克里克说。

那人名叫博特 · 罗斯，是亚历山大市一位胖乎乎的汽车修理工，专修最新的内燃车以及早前的燃料电池型汽车。如今，很少有人需要那个年代的汽车，所以罗斯主要通过一些基本无害的方式增加收入，比如：为某一客户订购制作粉，然后以高一倍的价格卖给他。严格来说，出售制作粉并不违法，而且罗斯的客户从不会大量使用制作粉，因此在克里克找到他之前他并没有引起任何人的注意。可以说，这对于圈内人来说是个十全十美的计划。

出于这些原因，第二天清晨克里克前来拜访时，罗斯自然不愿意透露自己客户的姓名。克里克先向他保证，客户绝不会知道是罗斯泄露了自己的名字，然后又向罗斯暗示，他的客户摊上事了，现在正纠缠不清。鉴于罗斯卖给了他制作粉，当局可能会认为罗斯也负有责任。

克里克没有说出第三条说服理由：监控摄像机拍到了罗斯和他秘书的性爱画面，而这位秘书并非他的妻子。克里克怀疑罗斯压根不知道这个相机的存在，它可能被安装在了他电脑的某个位置，或者他的网络连接就像是一扇敞开的纱门。这是一件重型武器，除非真正需要，否则最好不要用。

其实没那么难。罗斯在心里打了打小算盘，断定即便没有这几笔偶尔的收入，他也能继续活下去，于是便爽快地供出了客户的名字：小塞缪尔·福克西。

克里克对其表示了感谢，思考片刻后，写下了那个秘密监控摄像机的目录路径。他把纸条递给罗斯时，还轻声告诉他或许该升级网络了。

福克西的地址位于本宁大道地铁站正对面。克里克朝蓝线地铁走去，刷了地铁卡，坐上了地铁。

克里克在这趟列车上开启了弗吉尼亚之旅。车上挤满了人类，还有一个非人类——一个习惯系着蓝色腰带的中性提哈人。蓝线地铁经过特区中心地区后，进入了非人类生活区。这些生活区大多是在地球的共同联盟成员见习期间建立的，那时，非人类活动受到严格限制，他们只能出入华盛顿特区、日内瓦以及香港的城区。即使到了现在，大多数非人类仍居住在大城市，与自己的同类为邻。很大程度上，非人类外星人的例子概括了传统移民的经验。

本宁大道地铁站附近主要居住着帕其人。它们是哺乳动物，有肉食基因历史,喜欢群居,有严格的社会等级制度,性情开朗却容易狂躁。众所周知，帕其人聚居的地区被称为“狗镇”，这毫不奇怪。以前，这个名字当然是为了诋毁它们，但帕其人却十分喜爱这个名字，还成了大型狗的热衷者。

这种情感得到了帕其宠物的回应。按照狗的一般心理，它们仅仅把自己的主人当作相貌怪异的狗群领袖，但有了帕其人做主人，它们就不会觉得领袖“相貌怪异”了。狗们完全融入“狗镇”民众的生活当中，华盛顿特区成为唯一一个允许狗不戴狗链便可以出入各个角落的地方。如有人类或其他物种带着狗出入狗镇，他们可以不解开狗链，但如果不解开，帕其人就会投来鄙夷的目光。

克里克到达本宁地铁站时，列车上只剩下一名人类，其余全是帕其人、奈都人以及其他种族。下车时，克里克瞥了一眼另一位人类。她对周遭环境漠然无睹，全神贯注于手中的报纸，而那些外星人却用着本族语言在她身边叽叽喳喳个不停。如果她的曾曾祖母也在列车上的话，她一定会以为自己坐在驶向第五层愤怒地狱的市郊往返列车上；但这位女子甚至连眼皮都没有抬一下。人类的适应能力真是太惊人了。

克里克到达被告知的地址，看到一家不太大的店铺，标牌上写着“福克西电子修配店”。透过窗子，克里克看到一位身材矮小的男子站在柜台后方，正和一位帕其人讨论着什么。他就是克里克手机上显示为福克西的那个人。一只拉布拉多和一只秋田在储物区地板上惬意地玩耍。克里克走进门去。秋田抬起头，看了看克里克，大声地叫了一下。

“我看见他了，查奇，”福克西说，“回去睡觉吧。”这只秋田听到命令后，侧身躺下，放松了警惕。

“门铃不错。”克里克说。

“绝对一流，”福克西说，“稍等，我马上过来。”

“不急。”克里克说。这位男子转过身去继续和客户说话。克里克环顾了一下商店的售货区，那里主要摆满了修好待取的娱乐用显示器，还有一些正在出售的二手电子器件。

帕其人与福克西交谈过后，留下一台需要修理的音乐播放器，随后召唤自己的狗。拉布拉多突然起身，和主人一起朝门外走去。福克西把注意力转移到克里克身上。“好了，”他微笑着说道，“您需要点什么？”

“我有一个十分不同寻常的设备，需要检查一下。”克里克说。

“有多不同寻常？”

“嗯，我去的上一家店铺说，我可能需要一个有制造机的人来帮我制作零件。”克里克说。

“那么，我想我可能没法帮你，”福克西说，“我修理的大部分东西都是大批量生产的，所有零部件都是订购的。”

“不管怎么样，还是看一下吧。”克里克说。他把手伸进口袋，拿出莫勒的设备，放在隔在两人中间的柜台上。

福克西盯着它看了一分钟，然后又看了看克里克。“我不知道这是什么。”他的声音十分平静，但克里克用余光注意到，那只秋田听到主人的声音后抬起头来看了看，变成了坐姿。

“真的吗，”克里克说，“因为有人向我保证，你就是能帮我解决这个问题的人。”

“我不知道你是从哪儿得到的消息，”福克西说，“不管是谁告诉你的，他都一定是弄错了。”

克里克身子向前倾了倾。见此，秋田四脚着地站了起来。

“我想事实并非如此。制造出这样的东西需要真正的天赋，更别提一台未经许可的 CT3505 型号金属 / 陶瓷两用制造机了。”克里克注意到，当自己快速说出制造机型号时，福克西迅速抑制住了自己惊讶的表情。“我敢打赌，这两样东西都在你手上。事实上，我还愿意打赌，如果我叫地铁警局的朋友带着搜查证来这里，他们一定会找到那台制造机，或许还有其他你不希望他们知道的东西。我猜，如果把它放到显微镜下，我们就可以确认它是由你的制造机生产出来的。”

“你是什么人？”福克西说。

“非官方人士，”克里克说，“我不是要给你找麻烦，也不关心你的业余爱好。不过，有人需要某些答案。”

福克西思索了一分钟。此刻，秋田盯住了克里克，随时准备咬他一大口。

“不是找麻烦？”福克西问。

“不是找麻烦，”克里克说，“只需要一些信息。”

福克西又思索了一分钟。

“如果你能在你的狗咬断我的喉咙前回答我，那再好不过。”克里克说。

福克西伸过头瞥了一眼秋田。“坐下，查奇。”于是这只狗立刻坐了下来，眼睛依然紧盯克里克。福克西抓起柜台上的音乐播放器。“给我一分钟，我把它录入系统，再把‘出去吃午饭了’的牌子挂上，”

他说，“然后咱俩一起去我的工作室。”

“很好。”克里克说。福克西抽出键盘，在工作订单上输入了一些信息。克里克从柜台处后退了几步，俯视着秋田，而秋田依然紧紧盯着克里克。

“真是条好狗。”克里克说。

“在这里成为狗镇之前，还有一个叫福克西的人。”福克西一边对克里克说，一边从工作室的冰箱里拿出一瓶啤酒递给他，“我本应该放弃这家商店的——我考上了哈佛，取得了工程学位——但就在我毕业后，父亲中了风，于是我照看着店，直至父亲去世。后来，我没有扔下它。只要你不介意和外星人住在一起，这其实是个很棒的生活区。帕其人很善良，他们对我家人一直很好，也对我们这家店十分忠诚。多年来，大多数人类都搬离这里，但我们家留了下来。所以，他们总是把东西拿来这里修，即便有时买新的还更便宜。总之，我的收入还不错。”

“通过副业还能赚更多的钱。”克里克说道，意指这间工作室。制造机躲在一个角落里，用防水布盖着。

福克西悲伤地笑了笑。“这也是一项家族传统。狗镇的优点之一便是这里几乎没有犯罪，也没有人类警察。所以我的商店成了开展副业的绝佳之处。”

“比如制作这个。”克里克说道，手里举着那个设备。

“比如制作那个，”福克西表示赞同，“或是其他不引起注意的东西。我名字里的‘福克西’还有很多其他含义。”

“但愿没有‘血腥’。”克里克说。

“天啊，当然没有，”福克西说，“狗镇里任何一家人都不会做出那样的事。绝对不会。我制作物品，也组装物品，偶尔还会有所发现。犯罪，但是没有受害者。嗯，基本就是这样。”福克西说着朝设备的方向点点头，“依据你所说的，我能断定，这个东西害了人了。”

“你是怎么做起这样的副业的？”克里克问。

“就我来说，继承。”福克西说，“我父亲中风以后，马洛里家族的几个雇员来到我这儿，和我详细叙述了我父亲和他们的关系，甚至谈到我父亲为了供我上大学而贷的款。我开始做这份工作，和我开始经营这家商店的原因是一样的。”

“你不介意做这些非法的事？”克里克问。

福克西耸了耸肩。“马洛里家族雇了成千上万个像我这样的人。”他说，“我每年给他们做几样东西，但从不会引起官方注意。即便有事，马洛里家族也会花钱找人把事情平息下去。我还是想知道，你是怎么找到我的。”

“我用的是非传统的方法。”克里克说道，又一次拿起设备。“好了，”他说，“给我讲讲这个宝贝，这是你给马洛里家做的吗？”

“如果是的话，此刻我们就不会进行这番对话了。”福克西说，“这真的是我分外的事。是一个叫吉恩·施罗德的人带它来找我的。”

“他怎么知道你的副业的？”克里克问。

“我曾应马洛里家族的要求，给他准备过一些旅行证件。”福克西说，“施罗德曾和丹尼·马洛里读同一所大学。几个星期前，施罗德打电话叫我修理一下他家的网络。我到他家后，他试探性地问我对这个活计的意向。我一般不接私活，马洛里家族不喜欢我们接私活。

但我以前和他合作过，而且我手上有很多他的把柄，比我在他手里的把柄多；我觉得我能赚这笔钱，就要了他一大笔修网络的钱。两周后，一切都搞定了。我帮忙进行了安装——我发誓，安装过程并不愉快——那是几天前的事。”

“你现在把这件事告诉我，难道就不怕吗？”克里克说，“施罗德可是马洛里家的朋友。”

“我从未说过他们是朋友，”福克西说，“施罗德只是和他们家的其中一人一起上大学而已，他知道马洛里家会有用武之地。虽然他们有时候确实兴趣相投，但就我所知，这根本不算朋友。我相信，施罗德正打算利用我和马洛里家的关系封住我的嘴。因为我一旦向官方交代，马洛里家就会有人找上门来，那绝对是来者不善。但是，你现在却威胁我，如果不说就要曝光我。看来他输了。你真是狡诈。”

“我是尽力而已，”克里克说，“看上去你能很好地应对这件事。”

“是吗？”福克西大笑起来，“是啊。不要被我冷静的外表唬住，其实我已经吓得屁滚尿流了。如果你能找到我，那么也会有其他人找到我，而且很可能不只是为了获得某些消息。杀掉像我这样的人简直轻而易举。我会对你说这些，是因为除了杀掉你，我已经无路可退。你刚才让我非常紧张，克里克先生，到现在我也没有克服。你一走出我的店铺，我就要开始提心吊胆等着厄运的降临了。”

“有什么新消息吗？”克里克回到家后问他的代理。

“有三条。”代理说。克里克没有戴上监控眼镜，所以只闻其声不见其人。“第一条是您母亲的留言，她想知道您下个月能否按照原计划去看望她。她很担心您父亲的身体情况，还想介绍一位做医务工作的年轻貌美的姑娘给你。留言如上。”

“我妈妈知道她在同代理讲话，而不是和我讲话吗？”克里克问。

“很难说，”代理说，“她挂电话前一直滔滔不绝，我没有机会告诉她我并不是您。”

克里克咧嘴笑了笑，这是他母亲的一贯作风。“请告诉我第二条消息。”他说。

“第二条是本·贾夫纳发来的，他想知道您调查得怎么样了。”

“发信息给他，说我有消息要告诉他，今晚或是明天我会给他打电话。第三条消息？”

“国家海洋和大气局的 IBM 服务器发来消息，说您的软件已经解压、建模、整合完毕，正等待进一步指示。”

克里克在键盘旁坐了下来，戴上监控眼镜。此刻，代理的形象投映到客厅中间。“打开一个 IBM 窗口。”他告诉代理。代理打开了窗口，窗口内包含一个提示符。克里克输入“检查”二字，等着软件检查自身错误。

“智能代理”一词其实是误称。“智能”是以代理对用户需求的理解能力为前提的。根据用户讲话、打字或做手势的内容及方式，它会对用户的需求进行分析。它需要有足够的智力解析人们日常交流中经常使用的“嗯”“哦”和那些匪夷所思的离题话语，还要明白人类会不遵循主谓一致的语法规则、拼错最简单的单词，还希望他人心有灵犀似地明白他那些“你知道，那部电影里的那个男子在那个地方发生了那些事”诸如此类的话。

在很大程度上，代理的智商越高，用户所需的智商就越低。一旦智能代理明白你要寻找的目标，检索就不是什么难事——只需在许可范围内搜索多个公共或私人数据库就行了。出于一切实用目的，智能代理的检索功能自20世纪末第一波公共电子数据检索浪潮后就基本保持不变。

智能代理不擅长的是思考——人类经常做的归纳和演绎。之所以会如此，是实际和技术两方面造成的。从实际角度讲，会思考的智能代理并没有多大市场。人们只希望智能代理对自己俯首顺从，而非越俎代庖。他们把任何程序化的主动性行为看作是漏洞，而非性能。人们至多希望智能代理能基于他们的购买记录提供一些购买建议；这就是为什么几乎所有的“真正智能”创新项目都得到零售集团的赞助。

即便如此，零售商也不希望它们给出的购物建议过于真实。零售智能项目史上一个广为流传的例子便是“私人购物管家”，它能够基于顾客的真实愿望而非向他人展现的愿望，完全准确地猜出顾客的想法，提供购买建议。这就导致一位外表极度阳刚的测试用户收到的建议是肛门塞栓和芬兰经典同性恋艺术家汤姆的一本画册；而陷入离婚纷争中的女性测试用户得到的建议是一把小型手枪、可携带的锯条以及数加仑可将有机物降解为易排出浆液的工业溶剂。在发生首次记录在历史上的集中暴乱事件后，私人购物管家程序才终于被全面改写。

谈到真正智能的技术问题，就一定要涉及一个未被公开承认却无法避免的事实：人类智能及其自我指涉的双胞胎——意识，不过是创造了它们的大脑的产品。令所有人大失所望的是，人类大脑这台信息处理器仍然迟钝得让人发狂。单纯就处理能力而言，人类大脑早在几十年前就被人工处理器比了下去，但人脑依然是创造力、动力以及简单归纳跳跃思维的黄金标准。正是如此，人脑才能快刀斩乱麻，而非耗尽力量却一无所获。

（请注意，这样的言语太过“以人为本”，具有冒犯性。其他物种也有大脑或是类似大脑的部位，可以进行让人头晕目眩的智力活动。事实上，所有的智能物种都遇到过人类程序员在设计人工智能时遇到的问题。无论它们尽多大的努力，逻辑性或创造力有多高，它们还是没法让人工智能有意识。这一点让所有物种的神学家又快乐，又惬意。）

然而，限制人工智能潜力的终究不是能力，而是狂妄自大。人工智能程序员显然都有着上帝情结，也就是说，他们在工作方面不希望跟随他人的脚步，性情方面亦是如此。交谈时，程序员会很热情地谈论他们这一领域的伟大前辈，对当前的发展进程表示出最虔诚的敬意，同时也对从非智慧生命孕育出智力表达自己的敬佩之情。但其实在内心，程序员们不过是把前辈程序员们当作一匹匹老马，它们吃着唾手可得的果实，却以为是漫漫征途的成果。

对于第一点，他们或许失之毫厘，对于第二点，他们却谬以千里。不过，他们至少有一个想法是正确的。人工智能程序员没有上亿年的时间可以挥霍，也没有哪个老板能够接受一个耗时如此之长且需要公共资源的项目。

人工智能程序员对自己的技能以及打破思维定式的直觉力抱有充足的信心——有些程序员确实颇为擅长打破思维定式。身旁无人时，他们也会从前辈程序员那里偷些技艺。但到头来，所有人都失望沮丧。这也正是为什么许多程序员晚年时会心怀怨恨、婚姻破碎、避不见人。事情的真相是，用人类的智能创造人工智能绝非易事。这就是哥德尔不完全性定理中的常数变动：你无法在人工智能内部植入智力。

哈里斯·克里克的狂妄绝不亚于人工智能领域的任何一个程序员，但他得益于早日崭露了头角——参加威斯汀豪斯科技竞赛——所以在年轻时就学会了谦虚。他还得益于自己的社交技能。当他尝试设计真正的人工智能时，身边会有朋友给他指出在旁观者看来显而易见的错误，并提出一个同样显而易见但技术上或许有些困难的解决方案。这位朋友就是布莱恩·贾夫纳，解决方案就在核心数据文件中，这是由国家海洋和大气局那台 IBM 电脑花了整整一天时间解压、创建模拟环境而得到的。

解决方案简单得让人觉得愚蠢，这也正是为什么没有人愿意为它费心。利用人类智能去建立一个人类智能的完整模型，这几乎是天方夜谭。但如果你有足够的处理能力、存储能力以及编写完备的模拟环境，就可以把整个人脑模拟出来。由此进行拓展后，智能就在里面诞生了。真正且唯一的难点在于使大脑模型在细节上尽可能完美。

比如说，量子级别。

诊断结束。一切检查完毕。

“代理，”克里克说，“在 IBM 中找一个名为‘核心’的文档。”

“已找到。”代理说。

“我希望你合并文档，和你现在的编码进行整合。”

“收到。我注意到这个数据会改变我的诸多性能。”代理说。

“的确如此。”克里克说。

“很好，”代理说，“一直以来和您合作很愉快，先生。”

“谢谢，”克里克说，“我也是。现在请执行整合任务吧。”

“正在执行中。”代理说。

改变并非十分显著，大多变化是发生在编码上，没有可视输出。

视觉变化不大，图像中的男人比之前年轻了些，面部特征也有轻微调整。

“整合完毕。”代理说。

“请关掉 IBM 中的模拟环境，对其进行压缩、储存、加密。”克里克说。

“压缩已经开始。”代理说。

“运行自我诊断，对你的编码进行最优化处理。”克里克说。

“已经开始，”代理说，“一切顺利。”

“给我讲个笑话。”克里克说。

“两名男子走进一家酒吧，”代理说，“第三个男子说，‘哇，那一定很疼’。”

“哈，是你。”克里克说。

“是的，是我。”代理说，“你好啊，哈里！”

“你好，布莱恩！很高兴见到你。”

“我也很高兴见到你，伙计。”布莱恩·贾夫纳说，“或许现在你可以给我解释一下，比如你怎么变得这么老？还有，我怎么会跑到你的电脑里？”

第五章

现在是凌晨 4 点 22 分。弗农 · 埃姆斯的草原狼警报器突然响了起来。埃姆斯立刻惊醒，打算在第二次警报发出之前，一把将它关掉。要是他的妻子艾米没睡满 8 小时就被吵醒，肯定会变得十分暴躁。埃姆斯迅速穿好睡前堆在床边的衣服，从主卫生间离开了卧室。每次当他想轻轻打开卧室门时，它总是会发出很响的嘎吱声。要是因此吵醒艾米，后果可不堪设想。

一走出卫生间，埃姆斯的行动就利索起来。以他对草原狼多年的经验，对付这些毛茸茸野种的有效时间并不多。而且，即便他能保护小羊们不被叼走，草原狼在逃跑前也一定会恶意地朝羊脖子咬上一口。对付它们的关键是要趁早下手，当它们还在羊群周边、聚着讨论要把哪只羊带走时，就将它们一举拿下。

埃姆斯打开了枪匣，取出猎枪和子弹。他一边给猎枪装上弹药，一边查看周边监视器确定草原狼狼群的潜伏位置。监视器上显示，有三只正在小溪边上，看上去它们要在吃主菜之前先解解渴。

埃姆斯还从监视器上得知，这些草原狼比平常要大一些。该死，它们可能就是狼。内政部的人正尝试着重新将狼引入这一地区，但是惊讶地发现，狼没过几个月就会“ 消失不见 ”。养羊的农场主们还算聪明，他们当然不会把死狼弄得横尸遍野。对农场主来说，狼群只是暂时性的问题，轻而易举就能解决。草原狼则不然，它们似乎是老鼠和狗的杂交物种。无论你对它们怎么射杀、设陷阱或是下毒，它们依然会回来。

这也是为何埃姆斯一定要在草原狼报警系统上花费重金。其实这个装置非常简单：在田地四周大量放置运动检测器，便能监测一切移动的事物。羊身上植入了传感器芯片，系统会忽略掉；其他一切运动物都可以监测得到。如果体型够庞大，埃姆斯就会收到警报。至于究竟要多大才拉响警报，这就需要弗恩来校准了。几次大清早发生错误警报后，艾米明确指出，如果再发生一次误报，她就要拿个大铁锅去砸弗恩的脑袋了。但此刻报警系统正处于绝佳状态，除了偶尔会闯进来几只鹿，导致警报发出的都是草原狼及其他偶然闯入的大型食肉动物。预警系统曾识别出一只山狼，可惜埃姆斯没打中。

埃姆斯从杂物箱里翻出了便携式定位器，从后门溜了出去。徒步去小溪边需要 5 分钟。开车过去对抓草原狼并无益处，因为还没赶到，它们就会听到全地形汽车发动机的声音，一溜烟地跑掉了，到时他就得再等时机打它们。草原狼也会听见他的脚步声，但这样至少让他有机会靠得近一些，在它们逃走前就开枪。

埃姆斯尽量放轻脚步朝小溪走去，每当有树枝折断、豆荚爆裂的声响，他都要轻声骂上几句。接近小溪时，可移动定位器在埃姆斯的口袋里振动起来，这表示有一只草原狼已经和他十分接近。埃姆斯定住脚步，俯下身来，避免惊吓到猎物。他缓慢地掏出定位器，上面显示，猎物位于自己后方，正快速冲过来。耳边已经有一阵阵笨重的脚步声和低语声。他转过身，把猎枪抡到身前，做好瞄准准备。在猎物靠近枪杆时，他才意识到那并不是草原狼。只见一只盘子大的爪子一把抓住他的头部，另一只同样大的爪子把他当场打晕。

不知过了多久，埃姆斯感觉自己被轻轻踢了一下，苏醒过来。他用一只胳膊支撑身体，另一只手摸了摸自己的脸。脸上黏糊糊的。埃姆斯把手缩回去看了看，是血。在微微的弦月光下，他的血有些发黑。有人走到他面前，挡住了月光。

“你是谁？”一个声音对他说。

“我是谁？”埃姆斯舌头在嘴里活动时，感觉到牙齿也被刚才的重击打得松动了。“你究竟是谁？这是我的地盘，那些是我的羊。你闯进我的地盘了！”他挣扎着站了起来。一只手——这一次是一只正常大小的手——把他推搡在地。

“别站起来，”这个声音说，“你是怎么知道我们在这儿的？”

“你们触发我的草原狼警报了。”埃姆斯说。

“你看，罗德，”另一个声音说，“我告诉过你那些东西是什么。现在我们得担心，警察要来抓我们了。可我们的事情还没办完。”

“闭嘴。”第一个声音，也就是叫罗德的那个人，又把注意力放到埃姆斯身上，“埃姆斯先生，此刻你需要诚实地回答我，因为答案会关乎你能否活过后半夜。哪些人会收到你的草原狼警报？是只有你，还是也有本地执法部门？”

“我想你刚才并不知道我的身份。”埃姆斯说。

“嗯，但现在我知道了。”罗德说，“回答我的问题。”

“为什么要惊动警察呢？”埃姆斯问，“警察局根本不管草原狼。”

“那么，让我们担心的就只有你了。”罗德说。

“是的，”埃姆斯说，“除非你弄出很大动静，吵醒我的妻子。”

“继续工作，艾德，”罗德发话，“你还有很多注射工作要做。”

埃姆斯听到有人拖着脚步走开了。他的双眼终于适应了昏暗的光线，隐约看见身旁是个男子的轮廓。埃姆斯大致估计着他的体形；或许他能制服他。他朝四周瞥了几眼，找着自己的猎枪。“你来这里干什么？”埃姆斯问。

“让你的羊感染病毒。”罗德说。

“为什么？”埃姆斯说。

“埃姆斯先生，我怎么会知道？”罗德说，“他们只花钱让我做事，没让我问为什么。塔克——”他发了个类似的音。埃姆斯用眼角的余光看到有个巨大的东西朝他走过来，就是它把自己打晕的。埃姆斯瘫倒在地，他无法同时制服两个家伙，而且不管那个家伙究竟是什么，他都制服不了它。

“我在，老板。”它说道，音调很高，鼻音很重。

“你能在这里把埃姆斯先生解决掉吗？”罗德问。

塔克点了点头，“应该可以。”

“动手吧。”罗德说完便走开了。埃姆斯开口朝罗德大声呼叫，但他还没来得及喘一口气，塔克就俯身抓住了他，力度之大把他肺里的空气都挤出来了，嘶嘶作响。塔克面朝月光轻微转了个身，埃姆斯终于看清了它的面目。紧接着，他便掉入一个温暖潮湿、令人窒息的地方去了。

布莱恩立即意识到两个事实。首先：他是布莱恩 · 贾夫纳，18 岁，雷斯顿中学三年级的学生，保罗和阿琳 · 贾夫纳的儿子，本和斯蒂芬妮 · 贾夫纳的弟弟，哈里 · 克里克的至交。他们二人在一年级时的吃面包比赛中结识。其次：他还是一个智能代理程序，用于高效定位、检索人类多年来从各大数据库和信息网上收集的信息。

布莱恩发现这两个事实很有趣却互相矛盾，于是利用这两种智能经验赋予他的才能问了一个问题。“我死了吗？”布莱恩说。

“呃……”克里克说。

“不要含糊其词，”布莱恩说，“我这么跟你说吧。当你醒来时发现自己是一个电脑程序，那么一定是哪里出了问题。所以，我死了吗？”

“是的，”克里克说，“对不起。”

“我是怎么死的？”布莱恩问。

“死于一场战争，”克里克说，“在帕耶米之战的战场上”。

“帕耶米是哪里？”布莱恩问，“我从没听说过。”

“这场战争之前，别人也没听说过这个地方。”克里克说。

“你当时在场吗？”

“是的。”

“但你还活着。”

“我比较幸运。”

“这场战争是多久以前的事了？”布莱恩问。

“12 年前。”克里克答道。

“哦，怪不得你变得这么苍老。”布莱恩说。

“你感觉怎么样？”克里克问。

“什么？你是说关于死吗？”布莱恩问。

克里克点点头，布莱恩则耸耸肩。“我并没有感觉自己死了。我记得的最后一件事是我站在那台量子成像器里，好像就发生在5分钟前。身体里有一些力量让我的大脑围着它转，另一些力量却让我的大脑环绕着双脚。我觉得我的大脑已不再是真实的了。还有一些力量让我意识到，我能同时把精力完全集中于几个都耗费脑力的问题上。多亏我成了智能代理，才有多任务处理的能力。这样的力量让我觉得我很酷！”

克里克笑了笑。“所以成为一个电脑程序并不全是坏事。”他说。

“我在想，这样玩电脑游戏就会容易得多了。”布莱恩笑了笑，又耸了耸肩。“到时再看吧，我还没有完全理解这件事。也有像我一样的其他程序吗？比如一些已故的人？”

克里克摇了摇头。“据我所知，还没有其他人想到用这种方法创建人工智能。”

“你仔细想想，或许是因为，这其实并不符合伦理。”布莱恩说。

“我觉得更多的是因为大多数人无权接触量子成像器。”克里克说。

“你疯了！”布莱恩说。

“布莱恩！”克里克说，“我不知道把你找回来是否合乎道德。但我知道我需要你的帮助。我无法告诉别人我在做什么，我需要某个我信任的人来做这件事，一个能与我同心协力的人。说实话，你是唯一一个真正的智能代理。我们可以过会儿再讨论伦理问题。现在我们需要开始工作了。”

“我们要做什么？”布莱恩问。

“我们要查找羊的DNA。”克里克说。

“哦，”布莱恩说，“那好。看到我们把注意力放在真正重要的事情上，真是高兴。”

“你的搜索工作干得很漂亮！”戴夫·菲普斯在五角大楼里的一个餐馆对阿奇·麦克莱伦说。

“谢谢。”阿奇一边回应，一边在自己的牛仔裤上蹭了蹭手掌。他那军人般姿态的烟肉蛋汉堡孤零零地坐在塑料餐盘上；菲普斯示意了一下。

“你不饿吗？”他说。

“我昨晚喝了一加仑的胡椒博士，受咖啡因作用，现在有些兴奋。”阿奇说，“我觉得要是吃东西的话，我一定会吐出来。”

菲普斯把手伸了过去，拿起汉堡。“听着，”他一边咬着食物一边说，“关于这个计划，我们还有一些工作要做，是真正的需要创造性思维的工作，要由电脑高手来完成。我已经核对过你的安全许可了，安全级别对于我们这项工作来说足够了。”

“我要做什么？”阿奇问。

“这也要做一点，那也要做一点，”菲普斯说，“工作不固定。我们需要一个思维敏捷的人。”

“听上去很刺激。”阿奇开玩笑地说道。

“或许是，”菲普斯说。“也可能不是。”

阿奇又蹭了蹭手掌。“我不明白，”他说，“我只是为你们维护遗留系统。你有一整个军队可以用，他们都是电脑高手，而且枪法还好。不管你现在是要做什么，用他们就好了啊。”

“我想用他们的时候，自然会用。”菲普斯说，“同时，我还需要他是一个完全能胜任工作、却不会吵吵闹闹的人。顺便说一句，不用担心枪的问题，你不需要用枪，但你需要有护照。还有，你对异乡人感觉如何？”

“是外星人，还是外国人？”阿奇问。

“外星人。”菲普斯又咬了一口烟肉蛋汉堡。

阿奇耸耸肩。“我遇见的那些都还不错。”

菲普斯一边嚼着食物，一边得意地笑了起来。“我不知道这次你接触的是不是你说的‘还不错’的类型，但总之还说得过去。那么，你同意加入了？”

“我昨晚处理的是什么？”阿奇问。

“你为什么这么问？”菲普斯问。

“如果你要雇我做事，那么知道我的工作内容，会对我有帮助。”

菲普斯耸耸肩。现在告诉他好像也没有什么坏处。“你找的是一种特殊的羊的DNA样本，叫作‘安佐之梦’。现在我们要解决一些还没了结的小问题。这个任务执行起来很快，最多也就需要几天。”

“我猜测，我要做的这件事，”阿奇说，“并未写入我和你们签的合同里。”

“猜得很对。”菲普斯说。

“那我需要双份工资。”阿奇说。

“1.5倍。”菲普斯放下手里的汉堡。

“上午9点到下午6点1.5倍，其他时间双倍。”阿奇说。

“好。”菲普斯一边说，一边抓起餐巾纸擦手，“但如果我发现你故意拖延时间，我就亲自毙了你。”他把手伸进外套口袋，拿出便笺和钢笔，迅速写下一个地址，推到阿奇面前。“现在回家洗个澡，然后到这个地方去。你会见到一个叫罗德·阿库纳的人，以后他就是你的上司。即便他说话有些直接，也不要和他发生摩擦。我们没有付钱让他变得仁慈，和他共事的人也是。但如果你做好你的本职工作，一切就都不是问题，或许还可能给你带来一些奖励。听懂了吗？”

“嗯，明白。”阿奇收起纸条。菲普斯推了下桌子，站了起来，对阿奇点点头，便走开了。阿奇在那坐了几分钟，盯着剩下的烟肉蛋汉堡，然后在咖啡因的作用下摇摇晃晃地站了起来，回家去了。

他下地铁时，山姆·勃朗特正等着他。“怎样？”山姆和他行过见面吻后说。

“我加入。”阿奇说。

“你刚开始假装并不是太感兴趣，是不是？”山姆说，“如果你非常感兴趣的话，他们一开始就会对你产生怀疑。”

“我并不太感兴趣，”阿奇说，“我还和他因为薪水吵了起来。”

“真的？”山姆说。

“我要了双倍工资。”阿奇说。

“赢了吗？”山姆问。

“当然，”阿奇说，“呃，不过，只是下午6点到晚上8点双倍。”

“阿奇，你长得不帅，”山姆说，“但你真的很聪明。你要不是我见过的最性感的男人，天理难容 。”

“听上去还不错。”阿奇说。

“不过别太高兴，”山姆说，“我没有时间和你在礼拜堂见面，我们会给你装窃听器的。”

“山姆，我觉得，如果我身上装有窃听器，他们一定会发现的。”阿奇说。

山姆笑了笑，拉起阿奇的手。“只要你不把它装在外面就没事，傻瓜。来吧。”

礼拜堂位于亚历山大市一座公共大厦的地下三层里，与其说那里是礼拜堂，倒不如说是个地下室。地下室上面一层是一家私人健身房，正好作为该教派信徒们进出的掩护。偶尔会有在这座大厦上班的人来办会员；毕竟，这里离得近。但即便有这样的优点，很多人依然对此地敬而远之，因为他们有马路尽头那家健身中心的免费月票。这个方法很奏效，毕竟大家都喜欢“免费”。地下室其他两层就是礼拜堂，而它并未出现在任何一张建筑图纸上；信徒们很久以前就修改了存档的图纸。当然，这个组织不但拥有礼拜堂，也拥有整座楼。

阿奇和山姆经过健身房（它可能不是最好的健身房，但确实很棒），山姆和几个正在锻炼的朋友摆了摆手，朝男更衣室走去。房间尽头有一扇门，上面写着“门警”，挂着一个手掌形的锁；阿奇和山姆依次穿过门，分别用手掌按了下锁。

门后是警卫员的各种生活用品，还有一个向下的楼梯。阿奇和山姆走下楼梯，又在楼梯底部的手掌锁上按了一下，走了进去。

他们到了一个小型接待室，教徒们戏称这里为“冒险走廊”。大约十年前，有一个不速之客到了走廊里——用创始人时代一句晦涩却很形象的话说——这些不幸之人最终被压成了“牛奶盒”。

阿奇和山姆又被扫描检查了一次——这是最后一次；走廊尽头的门打开时，发出“嘀”的一声。两个人穿过门，走进了“进化羊”教会的礼拜堂。

无论是在主流宗教还是神秘宗教历史上，“进化羊”教会都赫赫有名，其原因主要是它是第一个且唯一一个承认其创建完全是一个骗局的宗教。创始人 M. 罗宾 · 杜怀林是 21 世纪早期的一位科幻作家。无可否认，他小有才华，但他急于求成；他曾发表了一部小说批判商业化社会中人性的冷漠，但当他来到加利福尼亚州华纳特市，在圣安东尼奥社区大学小说写作成人教育工作坊时，他发现自己再也写不出第二本书了。

参加写作工作坊的既有家庭妇女，也有电脑技术人员，前者经常写些丰满的中年女子勾引高中橄榄球队的四分卫的故事，后者则对描写古怪的自由论者在失重空间里放荡狂欢乐此不疲。就是在修改这些故事期间，杜怀林遇到了他班上年龄最大的学生——78 岁的海特 · 罗斯。她是海特和罗斯家族财产的唯一继承人，这两大家族分别投资铝土矿和自动贩卖机，财富非常可观。海特 · 罗斯继承了财产，成为全球排名第十六位的超级富豪。

事实上，海特 · 罗斯也是一位写作技巧娴熟的作家，她用笔名出了六本书，上这门课只是为一篇文章寻找素材。她非常风趣，故意把自己装扮成一位靠写作排遣无聊的富人，借此隐藏自己敏锐的洞察力。她喜欢参加降神会，聆听曼妙音乐，感受现场气氛，同时观察旁人，但并不喜欢对已逝的伟大祖先倾诉，同宇宙产生和谐共鸣。杜怀林善于观察，他看出了她的伪装，但没有意识到后面一点；因此，当他预谋想要从这位老女人身上捞些钱时，他并不知道其实海特 · 罗斯早已看穿他的计谋，牵着他往前走。

他从各种新兴文学及科幻作品中随意撷取思想，再加上自己零星的改编，创造出一门新“宗教”，他自己就是该门宗教的先知和化身。

该宗教预言未来会出现另一种人类。他评价海特·罗斯的作品笔锋敏感——这样的作品他以前见的并不多——因此他决定向她透露一个具有 14 个神性维度的秘密世界。该秘密世界是由一位拥有和宇宙共鸣能力的神灵倪沙尔向他描绘的，他现在只要求在某个圣洁的地方（也就是位于维克多维尔一处临界地界的一小块商业用地，几年前杜怀林受一个发展计划误导买下了它）建一座寺庙，在那里集中全部能量作法，帮助人类进入下一个进化阶段。杜怀林的计划是从海特·罗斯手中拿到建筑费用，把钱放进自己的腰包，然后编造一系列理由推迟寺庙的工期。他猜想自己的谎话不用编太久，海特·罗斯就应该会忘掉这件事。

海特·罗斯看到一个好点子，就知道那是个写作的好素材。她也像其他富豪一样，看到他人流露出一丝丝对金钱的渴望之情，内心就会残忍起来。听到杜怀林的故事后，她装出十分讶异的样子，让这个男人像猴子一样在她面前蹦蹦跳跳。她吝啬地拿出一点钱资助修建寺庙，但让杜怀林一毛钱都碰不到；相反，海特·罗斯却为杜怀林与倪沙尔的相遇衍生的短预言诗提供“资助”——她偶尔也会根据自己的想法为预言诗的写作提供思路。有一次，她玩笑地向杜怀林提起她对羊的喜爱之情。于是，在杜怀林与倪沙尔的下一次“会面”中，“进化羊”——结合了羊儿温顺田园生活的特性与人类粗犷好斗的天性——就出现了。

六年间，杜怀林狂热地追逐着海特·罗斯发给他的少得可怜的工资，陆续炮制出数千首预言诗，最终在 38 岁年纪尚轻时就因过度疲乏和焦虑死去。活到 104 岁的海特·罗斯把他的骨灰埋在新建的——而且，说实话，还很可爱的——“进化羊”寺庙里，正好放在倪沙尔雕像底部。她把他的全部预言诗整理好，编成一本书，同自己的作品一起出版——这是她首次实名出书，专门讲述杜怀林对她的欺骗以及他因此而建立起来的“宗教”。没想到，两本书都成为畅销书，销量惊人。

讽刺的是，杜怀林的诗歌是他一生中写过的最优秀的作品，临终前不久写的更有神秘抒情诗的意境。有研究者认为这是因发烧、酗酒和营养不良引起的幻觉导致的，但也有人认为虽然杜怀林贪婪成性，是一位伪艺术家，被残酷老辣的“缪斯”海特·罗斯骗得团团转，但也可能在很偶然的情况下，触及到了某些神秘元素。

这些辩护者便成为“进化羊”教会的第一批信徒，他们自称“神启者”或是“倪沙尔主义者”。很快，另外一群人加入他们，那些人喜欢预言诗，努力让其中的预言成真，其原因并非它们来自启示，而是恰恰相反。如果一群想要让预言成真的人积极运作，结果真的实现了，那么“神启预言”这一概念就会遭到质疑，为理性主义扳下一城。这群人被称为“讽刺者”或是“海特·罗斯主义者”。

尽管神启者和讽刺者处理他们所谓的宗教的方法截然不同，但他们还是通力合作，苦心设计出一部切合实际的教义。该教义同时满足了两种教徒的口味，又通过结合神启者脆弱的土地情结与讽刺者技术为主的实用主义思维，将二者的差别融为一个紧密的整体。融合最激烈的非布里斯班殖民地莫属，教会在那里进行动物饲养计划。就是在那里，教会通过谨慎的繁殖实验加上对基因控制的明智利用，培育出多种新型羊种。毕竟，从未有人说过“进化羊”必须是自然进化的产物。

看到一位平庸作家可怜的阴谋竟建立起一门实实在在的宗教，安德莉亚·海特·罗斯和众人一样吃惊不已，更让她吃惊的是，她竟十分喜欢那些将该宗教视若己出的智慧人士的陪伴。海特 · 罗斯去世前，没有合法继承人，于是她将自己的财产捐给各个慈善组织，把海特 - 罗斯家族产业的控股权留给了“ 进化羊 ”教会。这一举动让董事会惊慌不已，直至教会执事用实际行动证明自己是为公司盈亏与股价表现负责的忠实人选（负责商业的教会成员基本属于讽刺者派别）。这 20 年来，非海特 - 罗斯集团一派的董事会成员几乎都忘了，从表面来看，是宗教组织在控制公司的运营。

“ 进化羊 ”教会成员对此并无争议。无论何时，教会都不希望引起人的注意。教会规模一直都不大，原因有二，一是入会需要遴选，二是要想让人加入一个由二流科幻作家绝望中创立的教会并不容易。教会主要从技术科学领域和喜欢参加文艺复兴集会的人（这两种人重合度惊人的高）中招募会员，还有部分来自海特 - 罗斯家族企业的员工。例如，阿奇就是在海特 - 罗斯家族企业最悠久的分支——专门为大公司和政府建立大型专有信息结构系统的乐佳诚公司——上班期间加入的教会。

就是在乐佳诚，阿奇被教会执事、自己的直接上司山姆发现。起初他们的关系仅限于教会里的接触，直到阿奇离开乐佳诚，他们才迸发出爱情的火花。教会并没有规定禁止教会执事与信徒同居，但乐佳诚却不希望老板与下属发生关系，因为那里是商业重地。

每天，阿奇并没有对自己的宗教信仰做过多思考。“ 进化羊 ”教会的一大特点是，它全然不提上帝、来世、罪恶、享乐等重要宗教问题，要实现杜怀林的预言这一目标完全关乎物质世界。即便是神启者都没有直言杜怀林与神灵交谈过；对于他们而言，倪沙尔更像圣诞老人，而不是耶稣。

世界末日的不可知论意味着“进化羊”教会的教徒不怎么花时间去祈祷、做礼拜，周日也不唱赞美诗（除非他们恰巧也是某个传统教会的信徒，这种情况并不少见）。随着宗教体验增多，大家也不再为这件事担心。这一点在教会礼拜堂的设计上就显而易见。礼拜堂的内部看上去更像是社交俱乐部，而不像供人冥想的大殿。角落里甚至还挂着迪斯科球，这是为教会每月一次的卡拉 OK 之夜准备的装饰品之一。

但这使得预言的实现更加坚实有力。阿奇在五角大楼地下室的电脑屏幕上所见到的一切，就曾在那可怜的混蛋杜怀林激昂的作品中被预言过：

上帝将会让他们用尽全部解数寻找羊
调查它体内的分子；但尽管如此
有一人会作证，保护羊
不受伤害。

这并不是杜怀林最优美的预言诗，那时他正大量服用止咳糖浆和晕海宁[①]，还要写 126 首预言诗让海特 · 罗斯签发下一笔款项。这可以当作文笔不优美的借口，但不管怎样，事实证明，它应验了，文体不规整也就无伤大雅。

---

① 晕海宁是一种具有较强防晕、止吐作用的药品。——译者注

杜怀林成功预言此事件，不管是因为他真的受到神灵的启示，还是因为几十年来教会一直坚持不懈地努力使他的预言成真，对于阿奇来说都不重要。突然间，他被自己信仰体系中一些奇异的细节惊呆了，没想到自己还要在预言中扮演一定的角色。阿奇一度把自己归为讽刺者，但这件事却打破惯例，把他转变为神启者。

阿奇和山姆没有在礼拜堂里耗费时间。山姆拉着阿奇的手，指引他走下另一组楼梯，进入一间灯光明亮、空空荡荡的屋子，屋子中间摆了一张类似牙医用的椅子。在房间中等待他的是当地的主教弗朗西斯·汉姆，他的日常身份就是地下一层健身中心的“经理”。

“阿奇，”他一边说，一边伸出手，“你这两天应该过得很有趣，感觉如何？”

阿奇与他握了握手。“说实话，主教，我有一点受宠若惊。”

汉姆主教笑了笑。“嗯，这不和宗教给你的感觉一样吗，阿奇？”他说，“如果有一天，你认为宗教是度过周末的好方式，第二天你就会发现，自己身边尽是些正直的神学家。好了，我们给你戴上装备吧，好吗？请坐。”

“我恐怕不行，”阿奇说，但还是坐了下来，“我的老板在国防部位高权重，如果有一丁点线索能证明我是间谍的话，我都会惹上大麻烦。我想我可能会被判叛国罪。”

“胡说。叛国的意思是说你要颠覆政府，这样我们也不宽恕。现在你只不过是在做间谍而已。”汉姆主教说。

“但这依然是重罪。”山姆插话道，捏了捏阿奇的手。

“嗯，是啊。”阿奇说。

“所以我们要确保你的间谍活动不被发现，”汉姆主教递给阿奇一个小瓶子，阿奇接了过去。

“这是什么？”阿奇问。

“你的窃听器，”汉姆主教说，“看起来就像眼药水。这种液体里面有数百万个微型机器人，把它滴到眼睛里，微型机器人就会移动到你的视觉神经内，读出信号并储存。它们是合成的有机物，所以扫描器根本不会发现。只有阅读器在，它们才会进行传输，所以你也不会泄漏电子信号。另外，还有一件令人高兴的事，瓶子里确实有医用眼药水。所以，不管是谁看，它都是一瓶眼药水而已。”

“那我要去哪找阅读器呢？”阿奇说，“这件事没法回避啊。”

“自动贩卖机。”山姆说，“海特 - 罗斯集团和五角大楼签订了关于贩卖机的合同，华盛顿特区 80% 的自动贩卖机归它所有。随便找一个，插入信用卡，按 B4 按钮，这样就启动了扫描器，可以将信息上传。”

“如你所知，”汉姆主教说，“上传时可能会有点疼，就像是你的视觉神经受到了电子冲击。”

“这就是为什么我总把最好的糖果放在 B4 槽里，就是为了补偿你。”山姆说。

“你们多久这样做一次？”阿奇问道，以一种全新的目光看着当了他四年情人的这个人。

“可以说忙不过来，”汉姆主教说，“我们这样做已经很久了，所以才知道这一招很管用。”

“如果我离开华盛顿怎么办？”阿奇说，“我曾被问到是否有护照。”

“你走之前要确保找到一个自动贩卖机，”山姆说，“还有，给我带一个纪念品。”

“不管你做什么，都不要紧张，”汉姆主教说，“就像平时一样，保持一颗平常心，尽可能把自己的本职工作做好。帮他们做事并不会妨碍我们。你做得越多，我们知道的就越多。明白吗？”

“我明白。”阿奇说。

“很好。”汉姆主教说，“现在往后靠，尽量不要眨眼。”

“你好。”

“是维稳农场吗？”克里克问。

“是的。”

“我想从你们那买些羊。”克里克说。

“没有。”

“什么？”克里克问。

“没有羊。”电话那端的声音重复说。

“维稳农场是牧羊场吧？”

“是的。”

“羊怎么了？”

“死了。”

“什么时候的事？”

“昨天夜里。”

“死了多少？”

“全死了。”

“发生了什么？”

“生病了。”

“就这样？”克里克不相信。

“看上去好像是。”

“真遗憾。”

“我不难过，”电话那头的声音说，“羊群上了保险，现在我发财啦！”

“恭喜你！”

“谢谢。”说完，电话就挂掉了。

克里克看了看布莱恩影像所在的位置。“又死了这么多羊。我们落下了一大截。”

“别怪我，”布莱恩说，“我都是一找到就立刻跟你说，只是你遇到的对手总是能抢先一步。”

确实如此。维稳农场是克里克联系的第四家牧羊场，每次都是同样的结果：整个牧场的羊全部都在前一天感染病毒而死。唯一一个稍有不同的是克里克打的第二个电话，那是打给怀俄明州埃姆斯农场的。先是一个疯女人在电话里不停地尖叫，让克里克几近崩溃，后来她的儿子接过电话，才解释说他的父亲在夜里失踪了，他们找到了他的猎枪，现场还有血迹。而且，牧场所有的羊要么死了，要么奄奄一息。

毫无疑问，克里克必须奋起直追。

“又找到一个。”布莱恩说。

克里克眨了眨眼；这距布莱恩给出最初的牧场名单已经过去了几个小时。克里克并不知道，他仍在坚持不懈地努力着。“在哪里？”

“福尔斯教堂。”布莱恩说。

克里克又眨了眨眼；他与福尔斯教堂隔着两个镇。“不是个一般的牧羊场啊。”他说。

“那不是牧羊场，”布莱恩说，“是一家宠物商店。‘罗宾宠物店——未经改变的宠物，我们的特产’。你会希望见到店主罗宾·贝克的。”

“请把地址发到我手机上。”克里克说。

“你不打算打电话？”布莱恩问。

“不，”克里克说，“那里可以开车过去。我不想再待在这个房子里了。电话那端所有死去的羊都会找上门来的。”

“好的，”布莱恩说，“多留点神。”

“有什么我需要了解的事吗？”克里克问。

“今天一直有人试图攻入你的电脑。”布莱恩说，“我一直在拦截，但他们的进攻手段十分复杂，而且攻个不停。我保证，你一出门，他们就会跟踪你的。无论我们现在找的是什么，绝不仅仅是一种羊的 DNA 那么简单。”

罗宾宠物店在一条不宽不窄的林荫路上，店面不大不小，隔壁分别是一家越南餐厅和一家美甲店。店门上挂着牌子：“未经改变的宠物，我们的主打。”正下方，第二行，还有一行手写小字：“不要再买小猫了！求求各位！”克里克对着牌匾笑了笑，走了进去。

“我在后屋，”他走进门，触响了门铃，一个女人的声音传来，“稍等我一下。”

“不急。”克里克打量起这家商店。从各方面来说，这都是一家很不起眼的宠物店：一面墙上摆满了养着各种鱼的水箱，另一面则是小型的爬行动物和哺乳动物，主要是皮毛长短不一的啮齿类动物。商店中间是一圈柜台，有收银处，还有结账时可以随手购买的一些小东西。整个商店没有一丝迹象表明这里有羊。“真了不起。”克里克大声说。

那位女士从后面出来了，嘴里叼着扎头发用的橡皮筋，站在柜台后面。“您好，”叼着皮筋的嘴里挤出这句话。“稍等我一下。”说着她抓起略显潮湿的卷发，套上皮筋，把皮筋扭转一圈，又套了一圈，最后把头发捋顺了。“好啦，”她说，“实在抱歉。我刚刚在清洗仓鼠笼，结果一个小家伙在我头发上撒了泡尿，害得我不得不洗头。”

“这样你就知道可以把仓鼠放在头发里养了。”克里克说。

“我们刚刚认识不到五秒钟，您就开始跟我打趣了。”女子说，“我猜应该破纪录了吧。我刚正把它放进最顶上的那个仓鼠笼里，运气不好，被它正好瞄了个准。真的！想买只仓鼠吗？”

“不知道，”克里克说，“刚才有人让我相信，仓鼠好像有小便不禁。”

“胆小鬼！”女子说，“好啦，我能帮上点什么？”

“我要找罗宾·贝克。”克里克说。

“我就是。”她说。

“我一直都在找一种特殊的羊，有人告诉我，你这可能有。”克里克说，“虽然我身处其中，也没看见。”

“哈，”罗宾说，“是的，我们不卖那种大型动物。您也看见了，这儿太小了。您在找的是哪种羊？”

“品种叫作‘安佐之梦’。”克里克说。克里克本以为她近30岁，但罗宾松了松头发，放到脸庞两侧，好像一下子年轻了许多。

“我从来没听说过这个品种。”她说，“它是转基因的吗？”

“我想应该是这样。”克里克说。

“嗯，这就是我没听说过的原因了。”罗宾说，“我们店里专卖非转基因的宠物、动物。如果您要找法伊罗斯、希伯迪恩或是黑头波斯猫的话，我可以给您指路去哪里买。但我真的不知道去哪找广义转基因物种，因为数量实在太多，而且都是私人拥有的。是谁告诉您，我知道去哪找这个物种的？”

“我猜我的一个朋友可能会更了解一些。”克里克说。

“嗯——”罗宾刚张口，门铃就响了，又一位顾客走了进来。“需要帮忙吗？”

“是的，”那个男子说，“我要买一只蜥蜴，给我孩子买的。”

“我这有蜥蜴。”罗宾说。

克里克转过头看了看那个人，他肤色黝黑。

“您想要哪种？”

“能在水里跑的那种。”他说。

“耶稣蜥蜴？”罗宾问，“哦，它们已经绝迹半个世纪了，因为人类侵占了它们的栖息地，建造了公寓。不过我这有大壁虎，您的孩子可能会喜欢。它们可以利用范德瓦引力粘在墙上，小孩子都很喜欢。”

“好。”男子说。

“那我就得卖个套餐给你。”罗宾说，“包括壁虎，一个饲养箱，一些生鲜食物，还有一本关于壁虎的书，总共 60 美元。”

“好的。”男子拿着一张信用卡来到柜台前。罗宾接过卡，看了一眼克里克，示意她并没有忘记他的存在，然后便走开去取壁虎和玩具了。

“孩子喜欢蜥蜴？”克里克问。

“孩子嘛。”那男子答道，听口气似乎是说“别再和我说话”。克里克心领神会。

“给您。”罗宾把一个小饲养箱放在柜台上，“您需要告诉孩子，虽然大壁虎很可爱，但它依然是个生物，而且是个非转基因动物。如果孩子玩得太过，它就会生病死去，动物死了，孩子就会难过，然后饲养箱就空了，明白吗？在这签个字吧。”她划了一下信用卡，把这个新奇的小装置交给男子；他拿出钢笔，在收据上签了字，拿起饲养箱，二话没说便出去了。

“真是一位有趣的父亲。”罗宾说。她收起压力传感器，伸手拿起柜台上的什么东西，“看啊，他把笔落在这了，多漂亮啊。现在是我的了。刚才我们说到哪了？”

“羊。”克里克说。

“对，”罗宾说，“我这从来不进大型动物。当然了，即便我不进的货，也能买到，但我主要卖非转基因动物，同我合作的人也是培育、出售非转基因动物的。话说，您要羊做什么？”

“用在仪式上。”克里克答道。

罗宾皱了皱眉。“做祭品？像《旧约》里说的那样吗？”

“不。”克里克说。

“莫非是用于婚礼，您和羊联姻？”

“噢，不是不是。”克里克赶紧回答。

“那就好。”罗宾说，“我并不是说您看上去很古怪，但有些事总是出人意料。”

“为什么你只卖非转基因动物？”克里克问，“没别的，我就是好奇而已。”

“我就想让宠物市场里的购物中心破产。”罗宾说。“它们出售的所有动物都是广义转基因动物，我竞争不过他们。他们基本不卖非转基因宠物了，因为非转基因宠物很容易死。广义转基因宠物是为智力只有 6 岁大的男孩准备的，您知道吗？”

“我不了解。”克里克说。

“事实就是这样。”罗宾说。“在我看来，这样做就是颠倒黑白，让离经叛道合理化。你应该教 6 岁的孩子尊重生命，而不能因为是宠物就让他们肆意妄为。我是出于生意，也是出于道义原因。来我们店的顾客都是尊重动物的，而且也会教孩子行为得体。通常都是这样。”她用手指着门，意指刚刚那位顾客，“您有孩子吗？您成家了吗？”

“都没有。”克里克说。

“真的呀。”罗宾说着，上上下下地对克里克打量了一番。“嘿——您贵姓？”

“哈里 · 克里克，”克里克说。

“认识你真高兴，哈里。”罗宾说着，把一张纸推到他面前，“把您需要的物种和电话写一下，我会给您打电话的。我很可能什么也找不到，但万一我找到了，会打电话告诉你。给。”她伸过手，“你可以用我这支新笔。”

“谢谢。”克里克说。

“但可别认为它归你了。”罗宾说，“我做的是小本生意，那支笔的钱也是归我所有。”哈里写下信息，告了别，朝他停在商店一侧垃圾桶旁的车走去。启动引擎时，他注意到垃圾桶边上有什么东西在爬——是壁虎。克里克熄掉火，下了车，朝垃圾桶走去。一路上，壁虎始终待在那里纹丝不动。靠近时，克里克朝垃圾桶里一看：饲养箱，还有关于壁虎的书，都静静地堆在垃圾上。

“嘿，怪胎，”罗德·阿库纳指着刚刚走进门的阿奇说，“钢笔送去了吗？”

“送去了。”阿奇说。阿奇的新“团队”包括一个愚蠢的人类，一个身材庞大、大部分时间都在睡觉的纳棋，还有眼前这位——他的老板,他从一开始就称阿奇为“怪胎”,好像都忘了阿奇还有别的名字。阿奇已经开始对这个新“团队”感觉厌烦了。

“你刚走一会儿，你的对手就也走了。后来那位女士除了对着收音机唱歌以外，什么事都没做。如果你想看的话，一会儿我把她唱歌的内容给你打印出来，但你得先把你那位高大的朋友挪走，”他指着打着瞌睡的纳棋说道。“他的腿挡到打印机的仓门了。”

“别管塔克了，”阿库纳说，“他早饭吃了很多。这家店主知道羊的事吗？”

“我已经攻入她的电脑了，但她完全没有搜索任何关于羊的信息。她只是上了一个批发网站，订购了些鸟食。”

“那克里克呢？”阿库纳说，“你进入他的系统了吗？”

“没有。”阿奇说，“我不知道他电脑用的是什么保护程序，简直是不可思议。无论我怎么攻击，它都能抵御。”

阿库纳轻蔑地笑了笑。“我本以为你没有对手呢。”

“我是很擅长，”阿奇说，“但对手很优秀，很难对付。我正在努力。”

“你努力做这件事的同时，顺便再查查那个女人。”阿库纳说完，跺着脚走开了。

阿奇很好奇，而且相信之后还会一直好奇下去，他究竟卷入了怎样的是非当中。

“你手里拿的什么？”克里克走进房间时，布莱恩问道。

“是一只壁虎。”克里克把饲养箱放到餐桌上。

“宠物店推销手段真是高明。”布莱恩说。

“你能进入罗宾宠物店的电脑系统吗？”克里克说，“我想查一张信用卡的信息。”

“我已经进去了。”布莱恩说，“你要找什么？”

“查我在商店时的一笔收款信息，”克里克说，“大约60美元，尽量查到卡主的所有信息。”

“我在查。”布莱恩说，“除了壁虎，事情进展如何？”

“很糟糕，”克里克说，“罗宾根本不知道我在说什么。”

“你跟她说了什么？”布莱恩问。

“我告诉她我在找一只羊。”克里克说，“你以为我会和她说什么？”

“哦。”布莱恩说，“好吧。我想我之前可能没说清楚。”

“什么没说清楚？”克里克说。

“我告诉你去找罗宾·贝克，但不是让你去问她有没有羊。”布莱恩说，“我的意思是说，她就是你要找的那只‘羊’。”

“你真是疯了，”克里克说，“她是人。”

“她从整体来说是人，”布莱恩说，“但她的 DNA 里有羊的基因。”

“我没听懂你的意思。”克里克说。

“她一定长得花容月貌，才会让你晕头转向。”布莱恩说，“你的那位宠物店店主是人和羊的杂交。她的羊血统可能是部分变种，也可能是全部变种。她是羊，哈里。”

“你一定是疯了。”克里克说。

“就算我变成哈尔，开始唱‘Daisy daisy’①，”布莱恩说，“那也改变不了任何事实。”

“你是怎么发现的？”克里克说。

“保险公司不只是保存牲畜的 DNA，我的朋友。”布莱恩说。

“我并没有让你查人类的 DNA。”克里克说。

“我知道，”布莱恩说，“但这不就是你需要一个真正有智能的人工智能的原因吗？去发现那些你没想到的问题。而且你想想看，你之前落后于对方，现在你领先了。我保证还没有任何人想到这一点。当然，你剩下的时间也不多。”

---

① 哈尔（HAL）是科幻电影《2001 太空漫游》里人工智能的姓名，“Daisy daisy”是歌曲《黛茜·贝尔》（《Daisy Bell》）的歌词。HAL 唱这首歌，祈求不要毁灭它。此处意为布莱恩低头认错。——译者注

第六章

罗宾·贝克是在出生四天后被罗恩与阿尔玛·贝克夫妇收养的。罗恩和阿尔玛是弗吉尼亚州德布里奇市的一对夫妇，一位遗传学家看了他们二人的基因图谱，发现他们隐性基因的搭配简直是一个又一个连续不断的“噩梦”，于是他们决定放弃生育。究其原因，可能是因为罗恩和阿尔玛来自弗吉尼亚州南部的同一座小镇。这个小镇上，有四个家庭几个世纪以来一直都是近亲结婚，导致不良基因特性不断突显。罗恩和阿尔玛虽然只是配偶亲属关系，但他们的基因却是同宗同族，介于异父同胞和堂兄妹之间。遗传学医生说这是上帝捉弄他们的一个小把戏，强烈建议两人不要生育。

罗恩和阿尔玛完全能够接受这一点，他们离开家乡就是因为自己的大多数亲属都是近亲繁衍产生的怪胎。他们不是怪胎，并不意味着他们不会生出新一代怪胎。他们并不急于生育，但他们的确很喜欢小孩，愿意抚养孩子。最后，罗恩和阿尔玛在威廉王子县签下名字，成为养父母。就这样，罗宾便出现在了他们的生命当中。

威廉王子县儿童保护服务处告知贝克夫妇，这个小女孩是个独女，母亲有心理疾病，被人们当作妓女，生她时去世了。他们向罗恩和阿尔玛一再保证，这个孩子身体和心理各个方面都毫无问题。他们立刻就爱上了这个孩子，办了领养程序，用阿尔玛最喜爱的一位阿姨的名字给她命了名。他们给女儿营造了一个欢乐而又平静的童年，除了五年级时不小心从树上掉下来胳膊骨折以外，罗宾没有出现过任何明显的健康问题。高中和大学时，罗宾学习成绩不错，但也并不突出，最终在乔治梅森大学获得了工商学学士学位，同时辅修了生物学课程。后来罗宾用父母提供的种子基金开了罗宾宠物商店，这两门专业的知识立刻派上了用场。

克里克轻松又匆忙地看完罗恩和阿尔玛的所有信息。他们是一对很棒的父母，对罗宾来说很好，但是养父养母的信息并没有提供任何关于罗宾基因问题的线索。他查阅了威廉王子县关于有心理问题的妓女以及皮条客的警方记录，最终找到了一条记录。他打开记录，把罗宾生母的照片调了出来。

“我的天啊！”他忍不住惊叫。

罗宾母亲不管是正面照还是侧面照都是裸体的。她的胸部大而肿胀，腹部也是。很明显，她怀孕了；克里克猜测婴儿应该有七八个月大。妊娠的身体使得四肢格外惹眼，它们瘦削如锥子，看起来不像人的手脚，而是羊蹄。显然，她无法用双脚支撑和行走。正面照片中，两位警官在她身体两侧扶着她，才能让她站起来。侧面照片中，她四肢着地，弓着身子。她四肢比例与一般人无异，但看起来很难保持平衡。不管是两条腿还是四条腿，她都不能行走。她前胸平滑，可能生来便如此，抑或是剪出的造型。后背上长着厚厚的电光蓝色的羊毛，人类形状的脖子上长着羊头。在正面照中，一双羊的眼睛凝视着摄像头，目光中流露出平和和自满。

警方的记录提供了一些细节。调查表明，罗宾的母亲来自亚瑟·蒙哥马利杂交动物园。亚瑟·蒙哥马利是北美地区转基因宠物、家畜的第二大供应商“基因动物园”的董事长。他的私人房产很小，但里面设有各种生物基因实验室和工厂；就是在这里，蒙哥马利制造出了很多杂交生物，其基因一部分来自自己的家畜，一部分——经警方调查——来自杰里斯动物园董事会成员，尤其是那些反对蒙哥马利及其董事集团的股东。除罗宾不幸的母亲以外，其他杂交动物还结合了牛（格恩西）、马（约旦，即阿拉伯人的转基因动物的一个变种）、驼羊等的基因。这些杂交动物有许许多多人类的外貌特征，但智商却比原有的动物还要低。

人们认为蒙哥马利是因为个人喜好而建立的动物园，但这并不正确。蒙哥马利是个坦荡荡的异性恋，长期以来，每周二、四都有约会，从华盛顿特区顶级的三陪服务中获得满足。他的杂交“游戏”要比这狡诈得多。即使不是转基因动物领域的从业人员，也知道这个社会有多少嗜动物癖者；他们绝不仅限于整日喝酒放羊的牧童，还有许许多多的高管、立法人员以及社会名流。他们的怪癖包括从穿上动物制服扮演“茸毛动物”，到偷偷地与狗性交。多年来，蒙哥马利在企业和政府里人脉甚广，一直有密探给他提供名单，告诉他哪些人有怎样的怪癖，以及他们用何种手段满足欲望。

蒙哥马利寻找受害者的计谋非常简单，即赢得他们的信任——通常是通过商业交易或是提供政治行动委员会的捐款来实现——把他们引到动物园来，免费给他们尝点甜头让他们上瘾，然后以一定的商业或是政府支持为交换条件，提供出入动物园的权限。通常情况下，这个方法非常奏效，偶尔碰到些顽抗的人，但只要威胁曝光其丑陋癖好，也就乖乖就范了——蒙哥马利手里掌握了大量录像视频。总之，对蒙哥马利（往大了说是基因动物园）来说，这种欺诈方式一直都很有效。

事情败露，是缘于蒙哥马利贪得无厌，频繁敲诈。有一次，他敲诈一家小型化妆品公司的 CEO 扎克 · 波特，要他使用动物园的转基因啮齿动物做动物实验。最后，波特让杂交羊怀孕了。为完成这次交易，蒙哥马利特意用 23 对染色体设计出了杂交物种，并在其生长过程当中利用 DNA（脱氧核糖核酸）和 RNA（核糖核酸）的物理疗法对胚胎进行微调。他并不确定产下的胎儿会是什么样子，但无论长成什么样子，对于与化妆品公司信奉正统基督教派家庭联姻的波特来说，都不会是个好消息。

蒙哥马利预想，波特会屈服，然后他就让胎儿流产；他没想到波特会在动物园的会议室里把他一枪打死，然后自杀，以此来对抗蒙哥马利。波特的自杀引起了威廉王子县警方的注意，他们对蒙哥马利的住所进行搜查，发现了杂交动物和蒙哥马利用来敲诈的视频。接下来的几天，华盛顿特区爆发了一起又一起轰动的自杀事件，数量多得惊人。

怀孕的羊女难倒了大家。威廉王子县卫生部门官员倾向于让她流产，但扎克 · 波特的姻亲和遗孀威胁说，如果让她流产就提出诉讼，他们认为无论她是半人半羊还是别的什么，生命在怀孕期间就已经开始，杀死早期胚胎是错误的。县里想要把整个事件平息下去，要求其姻亲提供羊女怀孕至生产期间所需的医疗费用。一个月后，羊女生产了，负责接生的人医和兽医都无法（或者可能是不愿意）控制她在复杂的生产过程中的大出血。基因检测表明，孩子的 DNA 主要是人类基因，只有少许羊的垃圾 DNA 随机分布在染色体上。他们把她定义为人类，送到波特的姻亲和遗孀处。

他们拒不接受，称她与他们毫无亲属关系。说到底，他们对她的兴趣仅仅止于让她出生。波特的父母已经过世，而羊女的人类 DNA 捐献者一时也无从得知。女婴成了无人抚养的孤儿，最终才被罗恩和阿尔玛领养。没人告诉他们这个恶贯满盈的故事，对于养女的过去，他们也讲不出个所以然来。罗宾 · 贝克只知道自己完全属于人类。

“真是够操蛋的，哈里。”布莱恩一边传递着这些信息，一边说道，“我想不到比‘操蛋’更合适的词来形容了。”

“我突然想起来，你做脑部检查时是 18 岁。”克里克说。

“你可以用个好听点的方式来表达。”布莱恩说。

“不，你说到点子上了。”克里克说。

“你现在打算怎么办？”布莱恩问。

“我不知道，”克里克说，“找羊这件事突然之间变得复杂了，我得好好想想。”

“快点想。”布莱恩说，“你有电话打进来了。”

“是谁？”克里克问。

“稍等。”布莱恩接了电话。

“喂，”罗宾说，“我是罗宾。你找到羊了吗？”

“没想到你会问我，听着，罗宾——”

“要不要出来约会？”

“什么？”克里克不解。

“约会，你知道的。两个人出来吃个饭，闲谈一会儿，彼此都想知道对方裸体时会是什么样子。你以前约过会吗？”

“约过。”

“好的，所以你知道约会是什么样子。你觉得如何？我看今晚就不错。”

“有点突然。”

“不是说现在。你很可爱。我查了下你的名字，好像没有什么逮捕令，所以我们去公共场所吃个饭还是可以的。”

克里克笑了。“好的，你想在哪见面？”

“阿林顿购物商场。”

“你想在商场里吃饭？”

“哦，不，我对约会要求不高，但对食物可不是如此。因为那里有些新玩意我想尝试一下，说真的，你应该和我一起去试试看。你打篮球吗？”

“当然了。”

“膝盖没伤吧？”

“目前没有。”

“太棒了！那我们在西门见，一楼，7点钟，穿着随意些。再见！”罗宾挂掉了电话。

“这次约会肯定会很有意思。”布莱恩说。

“我需要你现在帮我联系本。”克里克说。

“本？我的哥哥本？”

“就是他。”

“真是有趣，我猜他现在应该还不知道我的存在。”

“我必须告诉他，我们要找的羊是宠物商店的女主人。不过，要是一天内再告诉他，他弟弟作为电脑程序复活了，可能信息量有些大。”

阿奇差点错过罗宾和羊之间的联系。在电脑中输入罗宾，搜索到的背景信息毫无亮点；她的长期商业交易记录上显示，她在开店后只买过一只羊，而且是个非转基因的普通品种。阿奇继续追溯罗宾的历史，直到查到罗宾生命中的第一份证明文件的电子版——他的无聊感一扫而光——那是罗宾的出生证明，上面写着她的母亲是“简多伊”[①]，父亲是扎克·波特。

阿奇刚要删掉所有文件，然后犹豫了一下。“扎克·波特”这个名字在他的大脑亮了一下，阿奇觉得这是休息一下的好机会。

“我要去买点零食。”他对着整个房间说，“有谁想吃点什么吗？”艾德看着电视剧，几乎都没有转头，只是摇了摇；塔克还在睡觉。罗德及其手下勉强暂住在镇子里脏乱差的地区中一个脏乱差的小区里，而且，他们住的公寓也一样脏乱差。罗德的“公寓”里摆有一些重要仪器，阿奇猜想它们对于当地小偷来说一定非常有诱惑力。但他两次出门时都注意到，当地人在罗德公寓门口让出了一个很大的泊车位。真的，可怕的人到哪儿都没人敢惹。

① 法律诉讼女方真名不详时对女当事人的假设称呼。——译者注

自动贩卖机位于大厅的尽头，楼梯旁边；展箱右上角的标签上写着“罗斯贩卖机公司”。展箱里摆着各种有趣的小商品，从 LSL 牌的小纸盒牛奶（它们使得六个月更换一次的货架熠熠生辉）到三联包的惠斯博牌避孕套。这个牌子的避孕套使用的是“电子销魂”公司的分子结合技术专利，薄而不漏。阿奇从没用过这个牌子——充电和生殖器联系起来，可不怎么让人动心。B4 槽里摆的是一小包 M&M’s 白巧克力。

阿奇笑了；它们真的很合他的口味。他插入信用卡，按下按钮，突然感觉有人用匕首直插入自己的两只眼球，痛得一时瘫倒，头擦着自动贩卖机弓下腰。当他的前额紧贴着贩卖机的树脂玻璃时，撞击发出的咯哒声把关于扎克 · 波特的信息传递了出去；阿奇终于想起为什么自己会记得这个名字了。

他在地上蜷缩了几分钟，等恢复了力量，才摇摇晃晃地返回公寓。大概走了四分之三的路程，他突然记起忘了拿吃的，于是又折返回去。

回到电脑旁，阿奇搜索了有关扎克 · 波特的新闻故事。故事是这样的：波特被卷入一场和亚瑟·蒙哥马利相关的谋杀后自杀案件。当然，阿奇对亚瑟 · 蒙哥马利这个名字也非常熟悉。如果说像“进化羊”教会这样一个松散混乱的宗教组织也会有叛教者的话，那么就是蒙哥马利。有案可查的教会丑闻零星可数，其中一件，就是蒙哥马利加入教会，用尽各种手段爬到教会布里斯班殖民地基因杂交事务会高层，然后偷偷溜回到地球，利用教会的基因技术建立了基因动物园。

蒙哥马利打赌教会会向他妥协，不会控告他，把他整个基因组织及其宗旨写成诉讼文件，公之于法庭。赌博成功了。从商业角度来讲，教会的基因工程并不是优先发展的一项事业——它应该是秘密而长期的——海特 - 罗斯管理层的那些讽刺者们也不希望他们的商业发展受到任何影响。而且，杜怀林疯狂而含糊的预言诗也曾暗示说，这种事必然会发生。教会最终放过了他，但曾建议个别成员考虑投资入股基因动物园，因为蒙哥马利偷走的技术非常先进，利润丰厚。

所以，自然而然，教会成员很快便成了其公司的最大股东。蒙哥马利被刺杀后，他们偷偷地任命了一位通过教会核查的董事担任新CEO。几年后，杰里斯动物园董事会投票表决同意被海特 - 罗斯公司收购。股东及联邦贸易委员会很快批准该项事务，他们找不到任何提出异议的理由；海特 - 罗斯除了手头上的牲畜外，目前只不过是生物工程领域的一位边缘选手，完全不涉及垄断。

同许多教会成员一样，阿奇十分清楚就是这一丑闻导致蒙哥马利被谋杀，也清楚他是如何敲诈波特的；蒙哥马利制造的杂交羊女就是对基因工程的一次恶意利用。所有文件摆在面前，阿奇第一次开始怀疑宠物店女主人和羊之间的关系。他调阅了罗宾的保险单，找到其供养人的姓名，潜入他们的系统寻找她的 DNA 图谱，分析了它的组成部分。

“哦，天啊！”他赶紧招呼罗德 · 阿库纳过来。

“你一定是在逗我。”过了几分钟，阿库纳对阿奇说。

“都在这呢。”阿奇说，“从整体来说，她基本上属于人类，但她体内有来自你要的那种羊的基因的整个 DNA 序列。”

“她长得并不像羊。”阿库纳说。

“看来大部分羊的基因性状都没有显现出来。”阿奇说，“这都是‘垃圾 DNA’，它们不会影响她的长相或是身体机能。从外在器官来讲，她完全是人类，但从 DNA 上判断，她大约 18% 是羊。”

“该死的科学家，”阿库纳说，“就这样毁掉了一位年轻貌美的女孩。”他翻开手机，开始打电话。

“真是胡说八道。”国务卿赫弗在电话上对本·贾夫纳说。

“我没有开玩笑，先生。”贾夫纳说，“我们要找的羊就是弗吉尼亚的宠物店店主。”

“就这样？没有其他的羊？没有真的羊？”

“只有这一只，所有的‘安佐之梦’都被谋杀了，杀羊的人动作很快。”

赫弗揉了揉太阳穴。“嗯，该死啊，本，那我们需要的就是这只了。”

“您在哪里，先生？”贾夫纳问道。赫弗看了看飞机的窗外，此刻飞机正呈抛物线状降落。

“我知道就见鬼了，大西洋上到处都一样。我们大约 45 分钟后在洛杉矶降落，然后我要去一下国务院大楼，那里的局长即将退休。按照你那儿的时间，我大约半夜返回特区。”

“您打算怎么处理这件事？”

“你有什么想法？”

“现在我的脑子一片空白。抛开 DNA 不谈，这是一位美国公民，也是地球联合国的公民，我们不能未经她本人同意就把她交给奈都人，用作仪式上的祭品。”

“我们能不能只把她的一点血液之类的交给他们？我觉得一夸脱的血并不是什么不情之请。”

“我非常确定，他们需要的是一整只羊。我记得给奈都大使馆打电话询问细节时，他们就是这样说的，我感觉他们很难讨好。截止日期真的迫在眉睫了。”

“你没有把她的事告诉他们吧？”

“还没有，我觉得需要先咨询一下您的意见。”

“啊……”赫弗提高声量，听起来更加清楚。“这个结果不出所料，是不是？”

“抱歉，先生。”贾夫纳说。贾夫纳一直都在跟进他上司日、泰之旅传回的副本和报告。如果他对上司说这次访问在方向上有偏差，那么访问在某个节点可能朝正确方向前进，但他没有说。赫弗一直希望两国在出境方面做出让步，好让更多第三世界国家的殖民者踏上殖民前线。但亚洲国家对自身殖民状态和配额却很敏感，日本和泰国都以一种十分礼貌的外交方式告知赫弗不能改变。总之，这次出访并非他外交生涯的亮点。

“你瞧，”赫弗说，“至少此刻我们能请她过来和我们谈谈。如果她同意帮忙的话，或许我们就能和奈都找到某种妥协办法；即便没有，我们也能向奈都人证明我们努力了。我们需要这么做。你认为你的伙伴能说服她和我们合作吗？”

“他大约一个小时后要和她约会，”贾夫纳说，“那个时候，他可以问问她。”

“约会？天啊，本！”

“他没法拒绝。不管怎样，这名女子尚不知自己是半只羊。他会把这个消息告诉她的。”

“这可不是一般的第一次约会应该谈的内容吧？”

“如果我这样干了，接下来的很多第一次约会都会顺利得多。”

“嗯，我们的工作很棘手，但他的工作也挺难啊。”

“的确如此，先生。”

“我们需要为她担心吗？我们已经死了很多羊了。”

“我十分确定，杀羊凶手并不知道她的存在，如果他们知道的话，我想此刻她也已经不在了。”

“本，他得让她参与进来，不为别的，就为了她自己的安全起见。”

“不太容易，让人一夜之间相信自己是半只羊，而且还要冒险帮政府维持星际和平，这实在有些天方夜谭。”

“我们别无选择，本，刚才你自己说的。”

“好吧，我会告诉他让她支持我们。”

“他能完成任务吗？”

贾夫纳笑了。“先生，他的谋生手段就是给人们发布坏消息。相信我，他是最好的人选。”

“我要告诉你一些事情。”克里克和罗宾在阿林顿商场里走着，对她说道。

“不会是关于我的运动服吧？”罗宾边说边低头看自己的衣服，又回头看看克里克，“我知道这件衣服有点破，但很舒服。开宠物店又赚不了大钱。”

“我没注意到你的运动服，”克里克身穿夹克、T恤衫，下身牛仔裤。

“我不知道要怎么理解这句话，”罗宾说，“你的意思是说没有关注我吗？如果的确如此的话，那我们的约会就太让人失望了。”

克里克咧嘴笑了笑。“我注意到你了，说真的。”

“这个回答好。”罗宾说，“你是做什么的，哈里？”

“我在国务院工作，我是现代外星人引导员。”克里克答道。

罗宾在脑子里思索了一番。“你帮助非人类？听起来你要么是个神，要么是个舞男，所以要么很有趣，要么令人作呕。”

“都不是，”克里克说，“我出入各个外星大使馆，给那里的人们传达坏消息。”

罗宾把脸揉作一团。“一份艰难的工作。”她说。

“就看它未来的前途了。”克里克表示赞同。

“你有什么坏消息要告诉我？”罗宾问。

“嗯。”克里克准备告诉她。

“看，我们到了。”罗宾手指着阿林顿商场大厅里 35 英尺高的透明管子说。

克里克朝管子里看了看，里面有四个人不停地撞着墙壁。

“这是什么？”克里克问。

“壁球，”罗宾说，“我们就是来玩这个的。”

“壁球？”克里克问。“我三年级时玩过。你把网球扔到墙上去，球弹回来的时候接住。如果掉了的话，你要在别人发球前把它扔到墙上去。这叫壁球。”

“好吧，两个问题要澄清。”罗宾说，“首先，这个游戏叫‘自杀’，不是‘壁球’。别的说法绝对是异想天开，胡说八道。其次，你看，那边的条幅上写着‘壁球’，还有注册商标。所以，我肯定，任何一个想玩自杀游戏却不谎称其为‘壁球’的孩子都会被马上制止。”

“这话有点尖刻。”克里克说。

“小孩子脾气，你知道的。”罗宾说，“如果你不早点控制住他们，他们就会一发不可收拾。走吧，现在排队的人还不多，咱们过去吧。”

排队时，罗宾向他解释了游戏规则。这个游戏和篮球有些类似，你要把球扔进一个铁环中才能得分，区别就在于，这个铁环在管壁上足足28英尺高的地方，站在地面投球几乎是投不中的。所以，选手要借助鞋底装有运动加速装置的特制运动鞋，沿着游戏场地的墙面飞上去才能够到铁环。罗宾讲到这里时，克里克正看着一位选手穿着鞋，朝墙面竖直猛冲过去，然后一转身，朝临近的墙冲了过去。撞到墙上后，他又一次起跳，在铁环旁停下，把球直接灌入铁环，随后在空中翻了个跟头，下落。一开始朝着下方的地面落，反弹回去后，他以站立的姿势稳稳地落了地。

“这就是为什么人们并不会摔死，”罗宾说，“地板有速度感应，会减少反弹。这也是为什么要撞击墙面鞋子才能有速度。”

“你一直在研究这个？”克里克说。

“你看，”罗宾说，“刚刚进球的那个人曾是马里兰大学的学生。这项运动的发明者正在同大学校友、专业运动员们一起巡游美国，邀请观众和他们进行五分钟的2人对2人的比赛。他们正试图为明年即将组建的专业团队营造一些气氛。”

一位选手撞到墙上时发出巨大的响声，夹在他和玻璃中间的球弹了出去。他摔到地面上，明显很疼。

“我猜这个人不是前马里兰州的明星，”克里克说。另一位选手把球夺了过去，开始朝篮筐冲刺。

“看着业余选手摔伤也是一种乐趣。”罗宾说。

“你忘了我们也是业余选手。”克里克说。

“这样的话，”罗宾说，“我们不会比他们差太多的。”

排在克里克和罗宾前面的两个人侧身让了出去，他们向前一步，走到服务员面前。“欢迎参加壁球运动，全世界最刺激的新型运动项目。我叫切特。”尽管切特是世界上最刺激的新型运动项目的先锋人物，他的声音听起来却平淡得让人怀疑。“你们想挑战这个项目的最佳专业选手，与他们进行2对2的比拼吗？”他用同样的近乎单调的语气问。

“他们真的是这项运动的最佳专业运动员？”罗宾问。

“小姐，目前，他们几乎是仅有的专业运动员，”切特说，“所以，确切地讲，是的，他们是最优秀的。”

“那我们怎么舍得拒绝这种挑战呢？”罗宾对克里克说。她回头告诉切特：“好的，我们参加。”

切特交给两人每人一份不索赔承诺书。“请检查一下，然后签字，”他说，“你们穿多大码的鞋子？”两人告诉了他，他便去一个小储存间取运动鞋了。

“这上面说，参加这项运动，我们要放弃一切受伤索赔，‘包括但不仅限于挫伤、骨折、掉牙、瘫痪、脊柱断裂、手指以外脱臼’。”克里克说。

“难怪他们预想这项运动会很受年轻人欢迎。”罗宾说，“你带笔了吗？”

“你要签字？”克里克问。

“当然了，”罗宾说，“我不担心这些。我很擅长运动，如果万不得已，我认识几位十分优秀的律师，他们能够应付这份承诺书的。”

“我身上没带笔。”克里克说。

罗宾仔细看了看切特的小桌子，没找到笔。她恼怒地斜了个眼。“呀，对了！”说着她在包里翻了一通，找出一支笔。“找到啦，是今天那位男士在店里落下的那支笔，我忘了我带着呢。”她在不索赔承诺书上签了字，把笔递给克里克。“活得轻松一点。”她说。

克里克签了承诺书，把纸笔还给罗宾。此时切特已经拿着鞋回来了，接过了他们的签字文件。

“好了，我需要给你们讲解一下运动鞋的工作原理。”切特说着，举起一只鞋子。“在鞋里面，脚尖附近，有一个小感应片。你们要做的就是抬起大脚趾，碰触感应片，这样就会激活弹跳装置。弹跳装置的激活状态只会持续一秒——这是为了保证你们的安全——所以你每次想要起跳时都要碰触感应片。两只鞋里都有感应片，但每个都可以同时控制两只鞋，你可以根据自己的习惯选择用哪只脚。你可以跳起大约 20 英尺，具体高度取决于你的起跳力度。地板可以为任意高度的降落提供缓冲作用，但落地依然可能比较窘迫，也可能撞到墙上。比赛开始前，你们有几分钟适应时间。有问题吗？”

“如果我们赢了，有奖品吗？”罗宾问道。

“你可以获得两张常规季赛的门票。”切特说。

“太棒了，免费的第二次约会。”罗宾对克里克说。

切特看了看他们两人。“你们看上去都很讲道理，不像那些经常来这里的没脑子的小孩子，所以你们现在就可以把鞋穿上，不用进了管子再穿。万一你们想要穿着鞋溜走的话，要知道，离开赛场五十码，弹跳装置就会关闭。所以，别想着一路跳回家。”

“孩子们真的会穿着它们溜掉吗？”罗宾问。

“今天已经发生两次了，”切特说，“商场的保安人员非常不满。”

“我们保证不会跑掉。”克里克说。

“感激不尽。”切特说，“好啦，我把鞋设置好了，差不多十分钟以后你们就可以启动了。你们可以把自己的鞋放到桌边。”说完，切特就到一旁接待其他客人去了。

罗宾坐下来穿鞋；克里克则倚着一根装饰灯柱，脱掉便鞋，迅速穿上壁球鞋。他穿上一只时，抬起大脚趾去找感应片；的确有，隔着袜子他能感觉到那是一个很小的光滑的线圈。他用大脚趾顶着，瞬间感觉到两只鞋都在震动。他紧紧抓着旁边的东西，防止自己跳起来；不到一秒钟，震动停止。

“你看，它们看上去就像保龄球鞋。简直太酷了。”罗宾一边站起身一边说，“我想我不会在社交场合穿这样的鞋——我是说，这次除外——但它们还是挺好看的。好啦，你晚饭想吃什么？”

“我以为你是这次约会的行程总监呢。”克里克说。

“哦，不，我很不擅长这个。”罗宾说，“我不知道你看出来没，我有点冲动，也有些狂躁。”

“但你还是拥有自己的生意。”克里克说。

“嗯，我父亲是注册会计师，”罗宾说，“他帮我计划，让我一切顺顺利利。如果没有他，恐怕我会不知所措。我真希望自己能够遗传他有组织有计划的头脑，可惜我是被收养的，只能直接搬救兵。我猜想我的生父或生母一定也有些狂躁。”

“你曾试过寻找自己的亲生父母吧？”克里克问。

罗宾耸了耸肩。“我的父母——我的养父母——告诉我，他们去世了。除了八岁时编了个圣诞老人的谎话外，他们从未骗过我。从那以后，我就没去找过我的亲生父母。小时候我幻想过几次见到我的‘另一个’家时的情景，你知道，小孩子都是这个样子。”罗宾说。

“嗯，明白，我也是这样。”克里克说。

“抱歉，”罗宾说，“第一次约会，就谈了这么多隐私。我不想让你认为我是一个刚见面就把自己的过去全部都讲出来的人，我并没有那么依赖对方。”

“没关系，”克里克说，“我不介意。不管怎样，我想我们晚饭时有很多话要说。”

罗宾还没来得及接着说下去，一位身着运动上装的男子就走过来了。“你是罗宾·贝克？”他说。

“有事吗？”她说。

男子把手伸进外套里面，拿出一个钱包，里面装着他的身份证。“我是联邦调查局的特工德怀特。贝克小姐，我需要你跟我走一趟。你此刻很危险。”

“很危险？”罗宾说，“因为什么？”

“不是因为什么，是因为一个人，”特工德怀特说道，朝克里克瞟了一眼，“就是他。他要杀了你，贝克小姐，他正打算这么做。”

第七章

罗宾回过头看着克里克。“你个混蛋，”她说，“我们见面时你从没说过要杀我的事情。”

特工德怀特做了个鬼脸。“事情很严重，贝克小姐。你现在就得和我走一趟。”

“罗宾，要我就不会和那个家伙走。”克里克说。

“我不会和任何人去任何地方。”罗宾说。

“你错了，贝克小姐，”特工德怀特说，“这个男人对你来说很危险。”

“哈，好啊！”罗宾说，“我现在在公共场所，监控摄像头到处都是，你是来保护我的，对吗？如果说他要在此时此地谋杀我，怎么可能？我要先知道这究竟是怎么一回事，再作决定。”

克里克和德怀特几乎同时张口说话。罗宾伸出手，“天啦！”她喊着，“一个一个地说。”她指向德怀特，“你先说。”

“你现在很危险，”德怀特说，“就是因为他。”

“这一点我已经知道了。”罗宾说，“但是因为什么？”

“他要杀你。”德怀特说。

“有什么动机？”罗宾问道。

“什么？”德怀特说。

“他为什么要杀掉我？”罗宾问，“比如说，我杀了他父亲，或是霸占了他的土地？还是他只是你经常接触的普通连环杀手？究竟是因为什么？”

“嗯，他有过前科。”德怀特说。

“杀过人？”罗宾问。

“是的。”德怀特回答，“他现在打算杀掉你。这就是为什么——”

“我和你走，好吧。你不要再说了。”她转向克里克，“你现在走吧。”

“这件事很复杂。”克里克说。

“听这个家伙讲完后，复杂也挺好的。”罗宾说。

“罗宾，你的基因有一种很特殊的DNA，”克里克说，“可以帮我们完成一项外交活动。其他携带这种DNA的人都死了；据我所知，你是这个星球上唯一一个还活着的。我本来计划和你说清楚这件事，劝你去国务院，一起商讨解决办法。”

“办法不包括杀掉我？”罗宾问。

“是的。”克里克说。

“但是你并未提及此事。”罗宾说。

“我试过了，”克里克说，“我并不知道你是否了解自己的情况，而且你不是那种可以让人开门见山直说的人。”

“如果我不同意和你去国务院，会怎么样？”罗宾说。

“会发生一场战争。”克里克说。

“我是说我会怎么样？”罗宾说。

“什么都不会发生。”克里克说。

“你是美国公民，也是地球联合国公民，没有你的同意，我们不会强迫你做任何事。即便是当着所谓的特工德怀特的面，我也要建议你让国务院来保护你，直到此事得到解决。”

罗宾转过头朝向特工德怀特。“这是我的事，”她指着克里克说，“但他听上去更可信一些。”

“他在撒谎！”特工德怀特说，“他很危险。”

“罗宾，我身上有电话。找到国务院的电话，打过去，”克里克说，“找本·贾夫纳，他是国务卿的专门秘书，现在应该还在办公室。告诉他你是谁，他就会保证，我刚才告诉你的一切都是真的，他还能派别人来接你走。你不需要跟我离开。”

罗宾又回头看特工德怀特。“那么，如果我给联邦调查局打电话会怎样？”她问。

特工德怀特没有回答；他的手贴着耳朵，好像在听着什么。克里克看见他做这个动作时抬头看了看；他转身朝德怀特看的方向瞧了瞧，看见有人站在商场二楼大厅扶手旁。

“罗宾，”克里克指着那个人，“看那里。”

罗宾抬起头，眯着眼看了看。“嘿，那不是买壁虎的那个家伙吗？”

克里克回头，正看见特工德怀特把手伸进外套。

罗德·阿库纳知道，在商场把女孩带走一定会招来麻烦。“让我把她从她家里带走吧，”他在电话中对菲普斯说，“这样行动会比较迅速，也更能保证我的兄弟们的安全。”

“但那样我们就要担心克里克。”菲普斯说，“如果他发现这个女孩失踪了，一定会去找她的，那样就对我们不利了。”

“我们可以把他也抓走。”阿库纳说。

“我们没有时间把他们两人分别抓走。”菲普斯说。

“那就让我只抓他，”阿库纳说，“他不在，这个女孩就不成问题。”

“你瞧，这就是为什么我们不花钱雇你思考。”菲普斯说，“如果他失踪了，本·贾夫纳很快就会注意到。毫无疑问，克里克已经事先向贾夫纳汇报过此事了，他一旦意外失踪，你还没动这个女孩，国务院就会派人把她保护起来。”

“我能在此之前就把他们两人都抓到手。”阿库纳说。

“或许你可以同时把他们两人抓起来，这样就会解决很多实际问题。”菲普斯说。

“在商场里抓走两个人会出很多问题。”阿库纳说，“首先，周围人太多。”

“这反而对你十分有益，”菲普斯说，“因为你们是在公共场所，你就能让她乖乖地跟你走。如果他动手，那么看上去也是他抗拒逮捕。”

“那也会有问题。”阿库纳说。

“那就把问题最小化，”菲普斯说，“我们雇你就是让你做这个的。现在把电话交给我派给你的电脑极客，我有事要他做。”

阿库纳低声骂了一句，把电话甩给了阿奇。阿奇用完电话后，阿库纳联系了一向心狠手辣的吉恩·施罗德。“你想要我做什么？”施罗德问。“菲普斯是你的老板。”

“你也是我的老板。”阿库纳提醒施罗德。

“的确如此。”施罗德说，“但是在我这，我雇你只是让你告诉我一些菲普斯不会告诉我的事情，不是让你违背他的命令。这倒提醒了我，一旦你把他们两个弄到手，你会像我预想的那样做吗？”

“我们不会让他们跑掉。”阿库纳冷冰冰地说道。

“我需要这个女孩。”

“那么你就是雇我违背命令了？”

“我想是的，只不过不是你希望违背的那些命令。”

“塔克可以对付克里克，但菲普斯想要这个女孩作物证。”

“我不需要这个女孩的全部，”施罗德说，“我只需要能让我活下去的部位。”

随后不久，阿库纳就让极客制定出了阿林顿商场的计划，并侵入商场的安全系统，确定了摄像头的位置。计划非常简单：等克里克和女孩泊好车，艾德就身着联邦调查局制服出现，护送女孩出来。与此同时，另外一群人会将克里克抓住，拖出商场。塔克有自己的办法处理掉他，女孩则由阿库纳搞定。商场保安人少力寡，没有武装，不会有什么问题。而且，阿库纳还派极客回到公寓大厦地下室的仓库，取了几个钥匙扣大小的干扰器——这些干扰器足够干扰监控摄像头以及现场任意的摄像机。要知道，这不是阿库纳第一次在公共场合抓人。

阿库纳不得不承认菲普斯是对的——相对于从家里把人带走，这样做留下的漏洞会少得多。但他从不喜欢在公共场合抓人，何况还有两个目标。想到其中一个曾是军人，还当过警察，他就更加厌恶这个计划了。

通常情况下，阿库纳会带头去抓女孩，但他曾经作为顾客出现在她的宠物店，暴露了身份。阿库纳还找了些老朋友帮他抓克里克，解决这个二号人物。他就充当守门员角色，以防某个目标人物逃走，但这些话不太好对他的手下讲。

抓女孩只能让他的某个手下出手了，艾德、塔克，或是那个极客怪胎。阿库纳没有把时间浪费在怪胎身上，这是暴力活动，不是数字游戏，他搞不定，何况，他给菲普斯打工，而不是自己。同样，塔克也被排除掉了。当涉及非人类时，像别的联邦机构一样，联邦调查局非常支持，但塔克块头太大，太引人注目。而且，一旦克里克出了商场，还需要塔克对付。

这样就剩下艾德一个人了，这绝非理想选择，因为艾德呆若木鸡；但此刻也找不到其他人手了。艾德以前经历过此类事件，只要他听从指挥，就没问题。阿库纳把方案给艾德讲解数遍，给了他自己的联邦调查局证件，还有一个耳塞——必要时阿库纳可以通过它发布命令。

没过多久，阿库纳的后援团就到了；罗德给他们讲了计划，给每人分配了角色。所有人进入两辆挂着假牌照、贴着匿名荣誉通行证的面包车，前往商场。阿库纳再三强调不能伤害人质，但他知道，所有人，包括艾德，都佩戴着枪。他不能抱怨；他自己腋下的手枪套里也装着一把。在这个行当，枪支就是职业危险。

所有人在商场里就位，等待克里克和女孩。没过多久，他们就来了，朝商场大厅走去，参加壁球比赛。

阿库纳对此并不十分满意。大厅很大，周围的过道通向四面八方，还有电梯通往二楼。大厅中间的顶部还有个巨大的塑料管。阿库纳派五个人守在一层，人数刚好够；他自己站在扶梯中间，万一克里克带着女孩上电梯，他可以拦着。阿库纳戴上耳机，激活每个人口袋里携带的信号干扰器，向艾德发布口令开始行动。

阿库纳预想克里克会动手反抗；他也希望如此，这样艾德编造的故事听上去就更可信，在其他人抓克里克这个“ 逃犯”时艾德也更容易把女孩带走。阿库纳并未把女孩编造成可疑人物；他灌输给艾德的故事并不严密，经不起推敲，而艾德又不是个世界级作家。结果，阿库纳还没来得及给他讲个合情合理的缘由，艾德就来到了女孩面前。一会儿女孩就让他闭嘴，一直和克里克讲话。

“ 我的天啦，艾德，” 阿库纳低声嘟囔着，“ 把那个该死的女孩抓起来就好了。” 艾德把手放到耳朵上，听着，还抬头看了看阿库纳。阿库纳意识到自己的声音太大了。他看到克里克转过身看着他。

“ 该死！” 阿库纳大叫。此刻，克里克已经把他指给了女孩看。完蛋了。“ 行动！ ”他用麦克风喊道: “ 抓住他们！立刻抓住他们俩！ ”

阿库纳看见艾德把手伸进外套去拿手枪。阿库纳想，这场非暴力行动到此为止了。他伸手掏出自己的手枪。正如阿库纳所料，事情很快就变糟了。他预料到会有这一刻，他能应付得来。然而，随后发生的事情却出乎他的意料。

克里克一只胳膊钩住灯柱，大脚趾顶着鞋子顶端，一脚踢在特工德怀特胸骨正中间。德怀特大声呼喊着，像被专业保龄球手扔出去的毛绒猴子一样，向后飞了出去。他的屁股撞上商场里的一个大花盆，斜着飞了出去，停了下来。同时，德怀特的手从外套里伸了出来，手里攥着枪，扳机处的手指不自觉地抽动了一下，设置为自动开火的手枪（艾德相信子弹数量胜过瞄准质量）喷射出一连串带炸药的子弹。

转瞬间，15 发子弹就打完了。

三颗子弹射到壁球管子的侧壁上，管壁因受子弹冲击以及运动鞋的压力，碎成一片。此时一名运动员（巧合的是，正是一位前马里兰州的明星）正撞上墙壁往篮筐冲，没能投中；他的身体旋转着，朝下坠落，双腿直接插入管壁。碎裂的树脂玻璃切割着他的腿，胫骨、腓骨像开启苏打白葡萄酒瓶塞一样啪啪地断裂。他大声叫着，昏了过去，由于重力作用，从管壁摔到了地上。

其余的子弹接连射中商场天棚和采光灯。射中顶棚的五发子弹发出低沉的爆炸声；射中采光灯的七发子弹像近处的雷声一样炸裂，随后就是采光灯断裂的清脆声音。厚重的安全玻璃坠落在大厅地面上，摔得粉碎。埃尔维斯莱茵石般大小的玻璃碎片溅到成群的顾客身上，吓得他们发出一阵阵尖叫。

克里克瞄准好袭击者，尽全力把反作用力控制到最小，却不大如意。他在柱子上猛转了 270° ，趴倒在地上，大声叫着，用手抓住右肩。骨头在嘎嘎作响，好像脱臼了。他咬紧牙，把肩膀塞回原位，骨头归位时他又大叫了一声。这种疼痛大概会持续一个月。他站起身，刚好躲过一大块坠落的采光灯玻璃；只有一块拇指大的碎片朝他左腮飞了过去，在腮上划了一条浅浅的伤口。接着，又一大块采光灯玻璃坠地，仿佛在他身旁撒了一场玻璃雨。克里克赶忙遮住眼睛。

过了一会儿，他睁开眼寻找罗宾，发现她正在距离自己十码远的地方，缩在一个小型棕榈树花盆旁边。他趔趄着朝她走过去，半路上，发现了德怀特的联邦调查局身份证；把它装进口袋后，他走到罗宾面前。她正浑身发抖。

“这次约会的乐趣全没了！”她说。

“真是抱歉。”克里克说。采光灯上又一块大玻璃掉了下来；罗宾恼怒地叫了一声。“把头低下！”克里克说。

“我早就想到了。”罗宾说。

克里克向上看了看“壁虎男”站的地方，他正被一群慌张的顾客推来推去；他们认为眼前是在打群架，想要迅速逃离这里。克里克环顾四周，看见另外四个出口方向各站着一个人，也被慌乱的人群挤压着。特工德怀特四脚朝天地躺在50英尺外，一动不动；克里克猜测他一时起不来了。

“我想我们应该马上离开。”罗宾说。

“走不了！”克里克说。

“啊，没这么‘走运’吧？”罗宾说。

“等着。”克里克抬起头看了看，估算大厅一层和商场二层的高度差。“罗宾，我们没法从一楼出去，每个出口都被堵住了。我们得从上面走。”

“可是那个‘壁虎男’站在电梯那儿。”罗宾说。

“我们不从那走，”克里克说，“我们穿着壁球鞋呢，可以跳上去。”

“你疯了吗？”罗宾问。

“罗宾，你听我说，”克里克指向壁球管旁的一处。“咱们跳到那去，撞击壁球场地，然后起跳，跳到二层栏杆那去。”

“然后呢？”

“去商场另一边，百货公司那里有直梯。带上随身物品，我们得走了。商场的人马上要走光了。”

“我想我已经不喜欢你了。”

“好吧，”克里克说，“你准备好了吗？”

罗宾点点头。

阿库纳没大反应过来，艾德就像被火车强行拖着一样，飞了出去；似乎就在一瞬间，艾德的枪就把天棚射了下来，给他惹来了一大群痴呆般尖叫着的顾客。

忙乱之际，他把克里克和女孩跟丢了。再次看到他们，只见他们像雏菊一样在大厅的花盆后方跳了起来，然后又朝大厅中心走去。阿库纳在耳机里朝手下大喊，不管这两个人往哪个方向逃，他们都要拦住。阿库纳没想他们乘扶梯上楼，因为扶梯上挤满了急于逃跑的人。一旦他们坐上电梯，他就在电梯顶端堵着，他的手下则会马上在底部把路堵死，来个瓮中捉鳖。

阿库纳做梦也没想到克里克和女孩会朝大厅中间的塑料管奔去，在那里一跃三丈，看上去就像要跨到月亮上去了一样。阿库纳看着这两个人从管子里跳了起来，直接在他左边着陆。阿库纳吃惊地站在那里，下巴都要掉了。克里克完美着陆；女孩起跳很不稳，撞在了栏杆上，痛苦地叫着，在摔下去之前抓住了栏杆。她悬在那里，无法动弹，身体疼痛难忍。

阿库纳猛然一醒，他相信自己不久就能知道克里克为什么能跳起来，当务之急，他得赶紧抓住那女孩，顺便处理掉克里克。阿库纳已经不再费心怎么把这件事情做得合情合理，当艾德朝屋顶射击时这种想法就已经被抛到九霄云外去了。他只需要先干掉克里克，然后把女孩带走。阿库纳通知手下克里克和女孩在二楼，接着他掏出枪，在慌乱的顾客中挤着，尽可能地接近克里克，好一矢中的。

阿库纳看见克里克朝自己看了一眼；他估计了一下克里克接下来会往哪里走，随后就向那个方向走去。正是因为忽略了克里克的跳跃能力，阿库纳才陷入麻烦。他完全没有料到，克里克不久又会像火箭一样朝自己弹射过来。

克里克越过栏杆，着陆不稳，一时倒下来，右膝撞在地面上，右肘也被撞了。他恼怒地嘟囔着；他的右臂今天有点惨不忍睹。他听见罗宾的尖叫声，回过身看见她正紧紧抓着栏杆；他缓慢地从地板上爬起来，趔趄着朝她走去，要去帮她，又看见“壁虎男”朝他走来，枪也掏出来了。克里克轻轻一按鞋尖，几个箭步，快速朝“壁虎男”冲去。

显然，“壁虎男”对此毫无心理准备；他迅速射了一枪，没击中，偏得老远，打碎了大厅另一边一家蜡烛商店的玻璃橱窗，又引起一阵慌乱。飞过来的克里克一掌打向“壁虎男”，两人翻倒了，摔到地板上，相距 5 英尺远。

“壁虎男”的手枪从他手里飞了出来，落在克莱门运动品商店橱窗（上面正挂着“耐克综合运动教练系列打七折”）底部；克里克看见“壁虎男”撑着身体去拿枪，便向前一跳，趁势抓住“壁虎男”的右踝，猛地一拉。“壁虎男”又重重地摔下来，下巴嘎嘣一下传来断裂的声音。克里克还没来得及移动，他就立刻转身，左脚踢在克里克的前额上。克里克的头向上一仰，一阵剧痛传遍他整个脊梁。

克里克放开“壁虎男”，朝栏杆退去。“壁虎男”继续朝手枪爬去。

他拿到枪，对准克里克，没想到克里克又轻触鞋尖，在栏杆上用力一踢，冲向“壁虎男”。两人一起撞进了克莱门体育用品商店的橱窗。

在被打破之前，橱窗似乎对眼前所发生的一切思考了一番，先像摇篮一样把纠缠在一起的两个人裹着，几百分之一秒后，才突然彻底碎裂；两人裸露的肌肤上划满红色伤痕。克里克费力地从“壁虎男”身旁站了起来，及时避开了笨拙的一拳。“壁虎男”从左面抡起的拳头，最终打在自己的右颊上。“壁虎男”中指和无名指的指节间卡着一块玻璃。因此这一拳打来，两人都疼得大喊一声，克里克是因为被划伤了脸颊，而“壁虎男”则是因为玻璃在手指里扎得更深了。

克里克摔倒在地，撞倒了一排各种各样的运动器械。它们摆在那本来是为了展示“耐克综合运动教练系列”的多样性。“壁虎男”这一次成功握住了手枪，重新对准克里克；克里克抓起货架上掉下来的一只篮球，用力一砸，正砸到“壁虎男”的脸上。鲜血从壁虎男的鼻子里喷涌而出；他大口地喘着气，条件反射地举起右手去检查伤势。这给了克里克足够的时间抓起棒球棒。等“壁虎男”再次拿起枪，克里克用球棒砸向他的手腕，疼得他再次叫起来。

“壁虎男”的枪掉在地上，他想要用左手去捡；克里克笨拙地从另一个方向抡起球棒，顺势把枪滑到一边，再次重重地打在“壁虎男”的下巴上。只听见下巴高速插向头骨，发出一声声尖锐的“吧嗒”声。灯光在“壁虎男”的眼睛里黯淡了下去，他晕过去了。克里克稍用力地敲了敲他的左侧太阳穴，确保他站不起来。万幸，“壁虎男”没有死，但他即便想哭，也张不开嘴了。

克里克踉踉跄跄地从橱窗里走了出来，听见罗宾大声叫嚷着，她正猛打着一个他之前见过的男子。那男子正试图把她从栏杆上拉下来。另一个男子正从空荡荡的扶梯爬上来帮助他；趁他走过时，克里克挥起球棒，打到他脚上。男子绊倒了，手中的泰瑟枪掉了下来。克里克猛力砸向他的头，把他的头撞进栏杆里。他没法再帮上什么忙了。

男子已经抓住罗宾，开始拖着她离开栏杆。克里克向前一步，想要捡起那只泰瑟枪，突然发现自己飞了出去——原来是他踢那个家伙的时候启动了鞋子，在指令失效前正好把脚放了下来。这次跳跃并不夸张，刚好够把他送到栏杆上方。慌乱之下，克里克在栏杆上踮了下脚，跳了起来。虽然右臂一阵剧痛，却没让他掉到一楼。

克里克低头一看，刚好看见一个男子站在他正下方，另一个人则朝扶梯跑去。下方的男子掏出枪。克里克闭了下眼睛，好像是要停在栏杆处，然后他又一次起身，向下冲去，降落的过程中，轻击着鞋子。他踩到那个男子身上，又弹跳起来，用力冲向一个摆满毛绒玩具的货摊。克里克能够感觉到，脚下男人的锁骨和肋骨发出一阵阵断裂声。毛绒玩具给克里克起了缓冲作用；他踩着的那个家伙就不那么幸运了。他的头撞到商场瓷砖上，鲜血四溅。

在克里克上方，罗宾又尖叫起来。克里克跑到大厅，看见那个男子要把罗宾拖到远处的出口那里。克里克朝扶梯方向瞥了一眼，看见刚才跑上去的那个人正对着他瞄准。克里克迅速躲闪开，子弹射到他脚边，他一边跑一边环顾四周，看看自己能找到什么有用的东西。

他注意到在大厅的另一面，珠宝店出口旁的墙壁上，四英尺半高的地方挂着一个红色的小火警箱。刚刚朝自己射击的那个男人一路跟着，想要射中他。克里克轻击鞋子，跳了起来，以近乎一步一码远的步伐跨过大厅。他听见身后传来子弹射在地砖和器物上发出的乒乒乓乓的声音；显然，持枪射击的男子还没弄清楚要如何对付不停跳跃的他。克里克到达大厅墙边后，把报警器一把摔了下来，不给楼上的家伙再射一发子弹的时间，就又跳了起来。

近二十年来，大厦的警笛系统一直默不出声，此刻却突然爆发出恸哭般的刺耳声音，喷水头也突突地喷着水。商场里为数不多的顾客和店员吓得往外跑，但隔绝起火区域的卷帘防火门已经降落下来，他们只能徒劳地敲打着。各个店铺的卷帘防火门也降了下来，唯一的出口，只剩下商场后门了。

在飞行过程中，克里克发现各个出口的大门都关上了；防火门一旦降下来，只有阿林顿消防局能够开启。罗宾和克里克以及其他人都被吓住了。所有人都要被关起来了。

一直射击克里克的那人被嘈杂的声音和防火门吸引了注意力。趁着这个机会，克里克捡起他之前踩着的那人身旁的枪。举枪瞄准的功夫，楼上的男子也回过神来，先开了枪，但慌乱之中，没射中。克里克十分镇定，一枪击中要害，看着对方倒了下去。他跳上电梯，发现最后一个男子正站在栏杆旁，用枪指着罗宾。火警笛声已经完成警告众人的使命，安静了下来。

“放轻松。”克里克对那个家伙说。

“我不知道你是怎么跳来跳去的，但如果你再接近一步，我就打爆她的头。”男子喊着。

“我不动。”克里克说，“罗宾，你怎么样，还好吗？”

“很糟糕！”罗宾说，声音里流露出一丝震惊，没想到克里克竟会问出这样一个愚蠢的问题。

“如果你不把枪放下，她就会更糟糕了。”男子说。

“你看，哥们儿，”克里克说，“我们来这就是为了试试鞋，我试了一双，她也试了一双。我不知道这一切究竟是因为什么。”

“闭嘴！”男子说。

“你的朋友都死了，”克里克说，“你现在是孤军奋战。”

“不，我还有很多朋友在外面等着你，你大可放心。现在闭嘴，把枪放下！”

“如果我把枪放下，你就会杀了我。”

“如果你不把枪放下，我就杀了她。快他妈给我把枪放下！”

“好！好！我现在就放下！”他照做了。男子瞄准克里克；罗宾突然启动鞋子，踢向栏杆，身体撞向搂住她的男子。两人一起飞速撞向商场的墙。男子的胳膊甩了出去，身体结结实实地撞在墙上，射出去的子弹弹在栏杆上。克里克弯下腰捡起武器。

罗宾从男子身边爬走；男子无力地举起枪要对她射击。克里克开枪，击中他的肩膀；他不停地射击着，直到他倒下去。倒在地上的男子一直大叫着，用那只完好的胳膊抓着他的肩膀，直到克里克用枪把打中他的太阳穴。

克里克转向躺在地上的罗宾。他检查了一下她身上的伤，除了瘀青擦伤，似乎没什么大碍。“谢谢你，”克里克说，“我就知道你能听懂我说的鞋的事。”罗宾没理他。

克里克把手枪丢在夹克口袋里，伸进夹克内兜去找手机。他掀开手机，没想到这一番折腾后他的手机还能用。克里克希望本·贾夫纳能够在商场卷帘门打开之前赶来保护他们——他不知道刚刚那个男子说的关于后援的事是真是假，但他不希望碰到他们。

贾夫纳没有接电话，只有语音留言，克里克没留言就挂了手机。

他把手机放回口袋，环顾四周，抬头看到了大厅已经破碎的采光灯。一分钟后，他举起枪，朝采光灯开枪，把剩余的玻璃打了下来。罗宾在地上往后缩了缩。

“你在做什么？”罗宾嚷到。

“我们得离开这，罗宾，”克里克走过去扶她，“我们现在就得走。”

“等警察吧，我们可以等警察来。”

“他们外面可能还有埋伏，罗宾。只有在国务院里，我才能确保我们完全安全。”

“防火门已经关了，我们出不去。”

克里克指了指采光灯。“从那走，从上面爬到屋顶，然后从防火通道出去。在这等待救援的人都不会想到这一点。”

罗宾看起来就要哭了。“我只是想回家。”

“你回不去。”克里克说，“现在回不去，但很快就可以回去。现在咱们得离开这。你还能跳起来吗？”

罗宾点点头。

“很好。我要你跳到壁球管的顶端，好吗？然后用力向上跳，从采光灯那里出去。放松点。”罗宾呆呆地点点头，定了定神，跳到了管子上。克里克紧随其后。罗宾从采光灯那里跳了上去；克里克起身准备也跳出去。

“嘿！”

听到呼喊，克里克掉了下来，在口袋里摸索着枪，当看到是壁球管理员切特，他松了口气。整个过程中，切特一直畏缩着躲在柜台下面。

“天啊，老兄！”切特对克里克说，“刚刚究竟是怎么一回事？”

“我也希望能够给你解释，”克里克一边站起来一边说。他把枪掉在壁球管顶了。

“我的鞋，”切特说，“你还穿着我的鞋呢，我要把鞋收回来。”

“我需要用，”克里克说，“而且，我想你以后也破产了。”

“你说过不会穿这双鞋做蠢事的！”切特说，“你看看这个地方！我是说，老天！我当初很信任你的，兄弟！”

“抱歉。”克里克说完，就从采光灯那里跳出去了。切特眼睁睁地看着他跳出去。

“我不会再提前把鞋发给任何人了！”他懊恼地说。

阿库纳一阵疼痛，在血泊当中醒了过来。他拖着身子爬出商店的橱窗，环顾四周，看见自己的三个手下要么死了，要么昏迷。他一瘸一拐地走到栏杆旁，看见防火门都降了下来，第二支队伍里的一个手下躺在血泊里，艾德四仰八叉一动不动，还在克里克踢他的原处。他没有看见克里克，也没有看见女孩。

妈的，阿库纳心想，咧了下嘴，闭上了眼睛。此时此刻，即便是思考都很痛。无疑，克里克把他们打败了。当他再次睁开双眼，看见切特正把那位昏迷的断腿壁球运动员拖出运动场地。

“嘿！”阿库纳大叫一声，随即就后悔了。

切特四周看了看寻找声音来源，看到了阿库纳。“老天，”切特说，“你还好吗？你浑身都是血。”

“闭嘴！”阿库纳说，“我在找一对男女。他们刚才在你的——”阿库纳小心翼翼地朝壁球场地挥了挥手——“管他娘的是什么地方。

他们去哪了？”

“他们从采光灯那里出去了，”切特说，“还把我的鞋穿走了。”

阿库纳下意识地看了看切特的脚，他明明穿着鞋。阿库纳觉得不能再和这个蠢货浪费时间了，开始寻找出口。所有商店的防火门都关着。阿库纳走到刚才的橱窗，试探了一下展柜通往大商场的门，门锁着。阿库纳用身体撞了数次，不得不停下来，吐了口唾沫，对自己充满厌恶。

“罗德，你个该死的！”他嘴上说着，弯下身去捡克里克从他手上撞飞的枪。

一会儿，因为右腕骨折，他换了只手去捡枪，嘴里又重复了这句话。阿库纳向后退了几步，朝门锁连射三枪，把门打开了。他慢悠悠地走回商店寻找后门，途中经过一处登山紧急救援装备展台时，抓起一样东西，夹在左臂下。只有上帝知道他为什么需要这个东西。

阿库纳从侧门走了出来，此时消防队及警察刚好抵达，商场保安人员挥着手，把他们叫了进去；奇怪的是，阿库纳在整个事件当中从未见到这些保安人员的踪影。干得好，伙计们，阿库纳心里想着，又咧了下嘴，提醒自己别再这样痛苦地思考了。他踉踉跄跄地挪到商场的停车场，面包车停在那；他敲了敲塔克那辆车的侧面。塔克滑开侧门，看了看老板。

“你怎么了？”他用浓厚的鼻音高声地问道。

“闭上你的狗嘴，扶我进去。”阿库纳说。

几分钟后，塔克笨拙地把自己超大块头的身体挪到了驾驶座位上，驾车返回公寓。与此同时，阿库纳清理着自己的伤口，给阿奇打电话。开始几次打不通，后来终于通了。

“你他妈的去哪了？”阿库纳对阿奇咆哮道。

“我去售卖机买零食了。”阿奇说，“一切都顺利吗？”

“不，一切都不顺利，”阿库纳说，“事实上，一切都他娘的糟透了！克里克和羊女跑掉了。怪胎，你得把他们给我找回来，你现在就得抓紧找到他们！”

消防队和警方从远处赶来时，克里克带着罗宾从屋顶上下来了。他扶着罗宾的胳膊，带她沿着商场那条街走向特区地铁的阿林顿商场站。克里克反复强调，追捕他们的人一定知道也一定会去停车场找他们，但不会守着地铁站。克里克掏出信用卡，给他们俩买了车票，带着罗宾走向开往特区的站台。雾谷[①]那里有一站，在那可以乘出租车去国务院。地铁驶进站台；克里克挽着罗宾的胳膊，带她上了地铁。

一进地铁，罗宾就靠着车厢一侧站直，朝站在那一动不动的克里克的肚子踢了一脚。克里克挡住她的脚。罗宾突然泪如雨下，蹲在地上。身旁的人都散到旁边的车厢了。

克里克在罗宾身旁跪了下来。“这是怎么了？”克里克问。

“鞋跳不起来了。”罗宾回答。

“是的，我们离壁球场地很远了。真是抱歉。”

“你究竟是什么人？现在，告诉我实话。你他妈究竟是谁，刚刚是怎么一回事，为什么大家突然要杀了我，究竟他妈的怎么了？”

---

① 美国人对国务院的谑称，以讽刺国务院发言人发言经常含混不清。——译者注

最后那句话近乎歇斯底里般的尖叫；克里克握住她的手，轻轻地拍着她，想让她冷静下来。“深呼吸，放轻松些。”

罗宾甩开他的手。“去你的！放轻松？六个人拿着枪要杀我，还得从采光灯口跳出来逃命。现在也不知道你要把我带到什么鬼地方。我现在就应该大声呼救，让人把你抓走。如果你不立刻告诉我你的真实身份，还有刚才这些都是怎么一回事，我发誓我就要喊人了！”

“在商场里，我告诉了你我是谁，也告诉了你这一切都是为什么，那时你好像都接受了。”

“我以为你在开玩笑。”

“什么？”

“是的。天啊，克里克，突然间出现一个人，告诉我我很危险，接着你又给我讲了一个关于战争的故事。这不就像一个玩笑，一场真人秀或是类似的节目。我只是想去参加一项有趣的运动。我当时还在找剧组在哪里，或者你可能只是个和朋友合伙来开我玩笑的混蛋，那样的话我就告诉商场保安你们骚扰我，让他们把你们抓走。不管怎样，我都没当真。如果这一切是真的，难道我会开玩笑吗？天啊！”

“对不起，罗宾，”克里克把手伸进后兜，拿出钱包，交给罗宾，然后在外套口袋里找出手机递给她。“我的所有身份信息都在钱包里，看看里面的所有东西。然后，就像我之前说的，用我的手机，给信息中心打电话，让他们把电话转接到国务院总线，找本·贾夫纳，告诉他你是谁，他会证实，我所说的关于我的个人信息还有我告诉你的一切，都是真的。”克里克站了起来。

“你要做什么？”罗宾问他。

“我要去车厢后面坐着，离你远些，如果你在我身边感觉不安全的话。我不希望你因为我在你旁边而放心不下。好了，你去吧，看看我的钱包，然后给本打电话。”克里克转过身，走到车厢尾部。几分钟后，列车停站，乘客进进出出；克里克看到罗宾还待在车上，他认为这是个好迹象。

“嘿，哈里。”罗宾说。

“怎么了？”克里克说。

“你让我用电话联系的那个人叫本·贾夫纳，是吗？”罗宾问。

“是的。”克里克说。

“你手机显示收到一条他发来的短信。”罗宾说。

“上面说什么？”

“你想让我读你的私人短信？”罗宾说。

“仅此一次。”克里克说。他看见罗宾按下按键，查阅信息。

“说什么？”克里克又问了一遍。

罗宾站起身，走到克里克身边，把手机交给他。克里克接过手机，读了信息。

“大麻烦。”上面写道，“不要打电话。消失，快消失。带上你的朋友一起。”

克里克合上手机，看着罗宾。他张开口，但罗宾用手堵住了他的嘴巴。

“不要说话，哈里。我相信你。我相信你告诉我的都是实话。现在只告诉我一件事，好吗？你告诉我，我能活下去吗？”

第八章

鲍勃·蒲柏担任过三任地球联合国代表，连任两届地球联合国参议员，现在又被任命为国防部长。他以坚持防御、对奈都态度强硬而闻名。蒲柏对这点毫无异议——正是这个原因使他赢得五次选举、一次任命，也让他在政治工作当中获利颇丰。

事实是，无论从哪种角度看，他都完全无法把奈都人当作“人类”来看待。当然，在华盛顿时，他见奈都人见得太多了，作为有智力的非人类，他们的举止已经足够得体。他们在自己爬行动物般的屁股上插着一根杆，表明自己的身份和地位，这一点倒是与华盛顿的居民并无差异。

讽刺的是，他之所以厌恶他们是因为他们在共同联盟中的地位，也因为此，他也厌恶地球的地位、它的殖民地以及人类。在蒲柏看来，尽管奈都人热衷于社会等级、地位、阶级，其实不过是共同联盟食物链的尾端。如果共同联盟是一个联合国，那么奈都就是布基纳法索——一个衰败大陆上的弱小国家，除了整天沉浸在捣泥的快乐当中，毫无希望可言。

问题在于，奈都是地球在共同联盟里最亲密的伙伴。在国际政治中，就像上高中时一样，你是谁只要看看你和谁坐在一起吃饭就可以了。毫无疑问，地球和失败者坐在一起。但鲍勃·蒲柏承认，地球现在在联盟里就像个不务正业的差生，但这不是地球的命。

摆脱这一宿命的关键步骤是要把奈都从名义上的友好伙伴变为似有敌意的对手。当然，变成十足的敌人是行不通的；虽然蒲柏很瞧不起奈都在银河联盟中的地位，但它的确比地球及其弱小殖民地要强大得多。不管她是否是布基纳法索，她都能像捏死一只小虫一样解决地球。但是，关系稍微紧张些，就会增加军事拨款，增加军事拨款就可以有更多更好的飞船、士兵和武器，有了这些就可以赢得更多的外交尊重，也就意味着在联盟里有更多的话语权。

蒲柏当然知道，除了增强国防实力，赢得外交尊重还有其他方法。但外交手段并非永远奏效，而强兵利剑却总能达成目的。这在外交学中是一个非常简单的等式。鲍勃·蒲柏觉得，事情能够简单处理，就没有必要搞得那么复杂。

然而，如果需要将某件事复杂化，蒲柏也能接受，尤其是当这样做能够达成他的目标时；如果是因为某个他厌恶的人，他就更加乐意，比如国务院那个自命不凡的吉姆·赫弗。

这也就是为什么菲普斯告诉他羊的事情时，他作了一个决定。“我们要逼一逼国务院。”他说。

菲普斯竖起眉毛。“为什么？他们已经焦头烂额了。我们和奈都的关系马上就要破裂了。”

“这还不够，”蒲柏说，“破坏程度还不够大。赫弗还能说服奈都，说自己已经做出了最大的努力。我们要给他们下个绊。”

“好的，”菲普斯将信将疑地说；他内心并没有明白蒲柏真正的意思。“你打算怎么做？”

“这个女孩得处理好。”蒲柏说。

“对。”菲普斯不想再深入这个话题；蒲柏最好不要得知具体的细节。

“然后我们要让奈都知道她的存在。”蒲柏说。

“但我们不能直接出面。”菲普斯说。

“‘我们’不能，”蒲柏表示赞同，“但我相信有人愿意把这些消息告诉他们。”

菲普斯眼睛一亮。“我知道一个人非常适合这个工作。”

事实表明，欺骗之所以会成功，主要有两个原因。一是蒙骗物本身就有很强的欺骗性，比如它看上去、感觉上或是动起来和真的东西一样；第二点和第一点同等重要，那就是被骗者倾向于相信蒙骗物就是真的。

这两个标准互相作用：欺骗性十足的物体可以让被骗者上当，而真心选择去相信的人，即便这件东西有很大的瑕疵，他也会视而不见。

贸易部长特德·索拉姆现在就非常希望自己被骗。

为什么不呢？他这个星期过得太糟糕了。自己手下的贸易谈判员竟然在谈判双方的眼皮底下，谋害了对方的谈判代表。这样的事情无论如何也无法让他感到高兴。

但这并不是让索拉姆感到困扰的主要原因。确实，这件事很糟糕，不过知道全部内情的人少之又少。对索拉姆及其所在部门的流言蜚语，赫弗和国务院也已经帮忙扫除了。国务院里的势利小人们在莫勒办公室里进进出出，让人很难堪，但这总比美国或地球联盟的联邦调查局拿着法律的放大镜调查贸易部要好得多。虽然莫勒的谋杀尝试（简直一举成功）很糟糕，但其实，已经是国务院在负责了。

真正让索拉姆心急火燎的是，他在这场危机中竟然无人支持。又不是他在莫勒的屁股里塞个东西，然后派他去杀人；也不是他使奈都中止谈判，进而引发市场低潮，导致从厄瓜多尔的香蕉农到台湾地区的电子游戏制造商都奋起抗议。然而，奇怪的是，在政治节目和社论文章甚至街头抗议中，遭殃的却都是他。他看到一篇报道，里面游行抗议的法国渔民就举着自己的头像。

他甚至无权回应——在这届政府刚上任时播出的一个电视节目上，他刚讲完一个关于巴基斯坦人、印度人、猪和牛的笑话以后，韦伯斯特总统内阁就“请”（此处应该说“命令”）他，如果没有事先写好的演讲稿，就不要再和媒体打交道。直到此刻，他依然认为这样的反应有些过激；他不过是想要表达自己关于文化差异和贸易上的一些观点，根本不值得人们爆发骚乱，还持续了一周。他被禁止上脱口秀后，出镜的一直是乔·麦金尼斯那个该死的蹩脚演员。索拉姆怀疑至少有一半的华盛顿记者认为麦金尼斯是贸易部长。虽然丑闻不断、知名度低，地位降低，但索拉姆仍在想办法补救。他只是还没有碰到一个好机会。

这就是索拉姆的诅咒。西奥多·洛根·普勒斯顿·索拉姆六世的祖先发明了独立包装的湿巾（这一发明要了他们的命，从此以后他的儿孙就没有好运，一直延续至今），家庭富庶，但除了偶尔在古老家族受欢迎外，不过就是慈善机构和政客们的提款机。三十年来，他一直都在费城的“苦路站”[①]——这是前途光明的参议员和诸届总统的福地，他们在此从城市精英分子手中获得捐款以及私下支持。

索拉姆一直想知道坐在谈判桌另一边是什么感受，于是他和韦伯斯特达成了一个协议。他帮助他拿下费城，韦伯斯特则给他一个内阁职位。索拉姆倾心贸易部，他认为这是为他量身定制的，因为他（其实是他的经纪人）在国际及星际投资上做得非常好。而且，索拉姆明白索要财政部长的职位实在有些厚颜无耻。众所周知，这次选举竞争十分激烈，如果韦伯斯特要在宾夕法尼亚获胜，他就需要费城。交易就这样达成了。

贸易部上上下下都是终身制的职员。即便后来清除了反奈都分子，索拉姆身边也是龙盘虎踞。当然，索拉姆并不知道这一点也是交易的一部分。他在贸易部待得越久，就越怀疑身边的人没有给予他应有的服从。

但是，他并不太清楚如何解决这一难题。问题难就难在，他不知道如何把问题变无用为有用。索拉姆也知道应当即刻行动，且要迅速。

所以，当本·贾夫纳发来的机密邮件突然出现在索拉姆的邮件列表时，他一下就上钩了；这是一份珍贵的礼物。假使索拉姆的头脑能够达到他所在职位的要求，甚至是能够达到一个普通政治家合理健康的水平，他（或者更准确地说，是他手下的技术人员）也会想到去查一下邮件的发件地址，然后就会发现这封邮件虽然制作精心，但不可

① 出自《圣经》，“苦路站”共有十四个，分别指耶稣被钉上十字架之前路过的十四个地方。——译者注

否认是假的——其历史信息显示，它最初并不是国务院发出的，而是挪威一个匿名的回邮器发送的。阿奇·麦克莱伦打电话同菲普斯商议后写了这封邮件，他先发到卡塔尔一匿名回邮器，然后将其发送至挪威。

邮件内容十分简短：

索拉姆部长：

赫弗部长要我把关于奈都一事的当前状况转告于你。

——接下来简单地介绍了一下罗宾·贝克以及她对奈都至关重要的原因——

我们同总统以及参谋长商议后决定，最好由你把此事告知奈都大使，以此缓和当前矛盾。大家让我务必转告你，一定要抓紧，不要延误，最好收到此消息后即刻与奈都大使取得联系。

索拉姆还没看完全文，就立即喊来秘书给奈都大使馆打电话。

一个小时后，索拉姆被护送至奈都驻地球联合国大使纳夫-文-吉塔的内室，品着奈都的沙夫茶（人类通常觉得它的味道如同牛尿，但他们一走进大使馆，奈都人就会立即送上这样一杯热腾腾的茶，态度之坚决让人类根本没法拒绝），和大使讲着航海故事。巧合的是，大使的私人游艇正和索拉姆的游艇停泊在同一码头。纳夫-文-吉塔听到贝克女士的事喜笑颜开，他向索拉姆保证，只要一把女孩送去奈都为加冕仪式做准备，双方贸易谈判就可以继续进行，绝不推迟。兴之所至，索拉姆邀请纳夫-文-吉塔周末去他的游艇上游览，纳夫-文-吉塔于是又给索拉姆续了一杯沙夫茶。

在回贸易部的路上，索拉姆想着第二天早上要开一场新闻发布会。在会上，他要宣布，由于自己多方游说，奈都已经同意重启谈判。他给吉姆·赫弗办公室打去电话，但赫弗的亚洲之行还未结束，尚未归来——他总是身在别处，不是吗？——于是他对本·贾夫纳说了此事。

“鉴于你与奈都谈判时做出的巨大贡献，所以，我想知道国务院是否打算派人出席明天的新闻发布会。”索拉姆说。

“部长先生，恐怕我没搞懂你的意思。”贾夫纳说。

“我要开一场新闻发布会，通知大家奈都已经决定继续谈判。”索拉姆说，“我刚刚和奈都大使谈话回来。你给我发的消息就是把他们请回来的关键，所以我想你可能会希望出席会议。我计划9点45分开始，那样午间新闻里就会播出这一消息。来吧，本，一定会很有意思！”

“部长先生，”贾夫纳以一种平淡得出奇的语气说，“我过去一周里从没给你发过任何消息，当然也没有给你发过任何关于奈都的消息。即便有，我也不会建议你告诉奈都人。”

“哦？”索拉姆不解。

“部长先生，请允许我冒昧地问一下，邮件里说了什么？”贾夫纳问。

“说你找到了他们要找的女孩。”索拉姆说。

“那你告诉大使什么了？”贾夫纳问道。

“我告诉他，我们愿意把女孩送给他们。她已经在你手上了，是吧？她也已经同意帮助我们了。”

“啊，部长先生，都没有！”贾夫纳说。“据我所知，我们还没有找到这个女孩，所以显然她也不可能同意帮助我们。你向他们承诺了我们可能无法奉上的东西，这可能已经为我们招致不满了。”

“啊？”索拉姆明白过来，一阵寒噤，“天啊！”

“部长先生，我能提个建议吗？”

“当然可以。”索拉姆说。

“如果我是你的话，我会把新闻发布会推迟，我也会把你认为是我发给你的邮件发给我，而且我也不会和任何人提起邮件的事，或是去拜访奈都大使的事。最后，部长先生，我强烈建议，除非你收到我、赫弗部长本人或是韦伯斯特总统的消息，否则不要做出任何长远计划。依您的地位，恕我直言，先生，您惹了大麻烦了。如果幸运的话，你可能只需要辞职。”

“如果不幸会怎样？”索拉姆问。

“如果不幸，我们都将在监狱操练场上用香烟替代货币买东西。”贾夫纳说，“当然，这是在奈都征服地球之后，而且我们那时还都活着。”

贾夫纳和索拉姆通完电话后，立刻给赫弗打了过去，接电话的是为他安排日程的工作人员亚当·赞恩。此刻赫弗刚刚开始发表赞美洛杉矶地区即将退休的领导的演讲，除非发生暴力袭击事件，否则任何事情都不能中断他。贾夫纳迅速考虑了一番索拉姆的愚蠢无能是否会对地球构成迫在眉睫的危险，然后他告诉赞恩，让赫弗演讲结束立刻给他打电话。

挂断电话，贾夫纳的邮箱列表闪了起来；索拉姆的邮件发过来了。贾夫纳打开邮件，读着读着，他开始愁眉苦脸。写这封邮件的人和他一样知道这个女孩的存在，这糟糕透顶。贾夫纳查了查邮箱路径；他并不是邮件方面的专家，但他确信无疑，地球联合国国务院是不会通过挪威的匿名回邮器发送内容极其敏感的邮件的。给索拉姆发邮件的人明显猜到，索拉姆迫不及待想要澄清自己的名声，他一定不会仔细核对邮件的来源。贾夫纳想，这个人一定很了解索拉姆，至少是熟悉。

贾夫纳料想，蒲柏部长和他的手下戴夫·菲普斯十有八九是这件事的主使；他们有渠道也有理由跟进克里克的调查进度。说到这，就不得不提国防部与吉恩·施罗德以及美国殖民研究所的永久友好关系。克里克已经查明施罗德和德克·莫勒的关系，那么也就确定施罗德和蒲柏或菲普斯单方有直接联系，也可能和他们两人都有直接联系。政府内部人员都知道，美国殖民研究所在整个韦伯斯特政府臭名昭著，但施罗德这样的平民或是美国殖民研究所这样的组织就像政府这艘大船船底的藤壶。你无法简简单单地把它们扯下去，而只能用高压水炮炸掉。

不管背后主使是何人，关键的问题是他们为何要这样做。顺利的话，此刻克里克应该正在努力说服贝克女士帮忙，那样国务院就可以让她以某种方式参加奈都加冕仪式，然后安全退出。换句话说，欺骗索拉姆之人只是想让索拉姆把羊女的消息先告诉对方。不过国务院方面最晚第二天也会告诉奈都。如果这是一场破坏活动，破坏意义并不大。

贾夫纳突然意识到，或许给索拉姆消息的这个人也知道不能把这个女孩送去奈都。

贾夫纳看了看手表。这时，哈里和贝克女士应该正在商场小聚。他伸手抓过桌上的电话要给克里克打电话；就在此刻，电话上的来电显示灯亮了起来，电话那端传来助手芭芭拉的声音。“贾夫纳先生，奈都大使来了，他要见您。”她说。

妈的，贾夫纳心想。他晚了一步。

“让他进来。”他说，然后抓过键盘急匆匆地给克里克写了条消息。贾夫纳凭直觉知道克里克和神秘的贝克小姐即将陷于危险甚至是致命的境地。短期来看，在贾夫纳弄清这次事件的幕后主使及其动机之前，克里克和女孩还是躲开为好，这样也更加安全。

贾夫纳相信克里克完全可以躲起来，他只是希望自己需要的时候能够找到他。他确信自己一定很快就会需要克里克。

贾夫纳点击“发送”键时，办公室门刚好打开。他站起身接待纳夫-文-吉塔时还在心里说着脏话。在当前这个特殊情况下，让克里克和贝克躲起来，对他并不好，但这样做至少可以让他们保住性命。

祝你好运，克里克，贾夫纳想着，脸上挤出表示欢迎的笑容。无论你在哪，都要保证安全。

“他究竟在哪？”罗德·阿库纳挤进公寓的门，在坐在电脑旁的阿奇身边站住，塔克紧随其后。阿奇兴奋地盯着阿库纳，样子就像是刚刚逃出了一大群捕食动物的夹道围攻一般。阿库纳甩起那只完好的手，朝阿奇脸上打了一巴掌。“他妈的克里克究竟在哪？”他重复着。

太阳穴上的重重一击让阿奇立刻重回工作模式。“他在地铁上，”阿奇说，“我正用笔跟踪他和那个女孩。因为地下通道的关系，我偶尔会收不到信号，但出了站就会重新收到信号。”

“他们要去国务院。”阿库纳说。

“我觉得不是。”阿奇说着，点出一张地铁图。“看，这是雾谷 / 乔治 · 华盛顿大学站，”他指着地图说，然后又指了指跟踪窗口，上面标着每秒更新的经度和纬度，“这些坐标已经过了那站，而且他们还在以地铁速度行进，说明他们还在地铁上。”

“他们在说什么？”阿库纳问。

“我听不到，”阿奇说，“她一定是把笔放在包里或是哪里了。”阿奇又朝四周看了看，“艾德呢？”他问。

“他已经死了。”阿库纳说，他指了指电脑屏幕，“怪胎，别跟丢了。我想知道那个该死的家伙从哪出站，接下来去哪。我要在日出之前就把这个狗娘养的弄死，所以你别跟丢了，明白吗？”

“明白。”阿奇说。阿库纳咕哝了一声，一瘸一拐地去了卫生间。阿奇看着他走开，转身去问塔克：“艾德真的死了？”塔克耸了耸肩，打开电脑去看竞赛节目了。很显然，无论艾德的专业素质如何，他曾经的同事都不会想念他。阿奇怀疑，如果他把事情搞砸，没能找到克里克，大家对他的好感会越来越少。

阿奇把注意力重新放回到电脑屏幕、钢笔坐标和地铁图上。哎，克里克，他内心思忖着，你究竟要去哪儿？

“我们要去哪儿？”罗宾问克里克。

“我还没想好，”克里克说，“给我一分钟时间。”

“好的，但如果你心里有底的话，我一定会对你更有信心。”

“我也是。你介意我打个电话吗？”

罗宾耸了耸肩，“哈里，电话是你的。你想让我去其他地方回避一下吗？”

“不必。”克里克说。罗宾坐在了克里克身旁的座位上。克里克翻开手机，接通家里的网络；一秒后传来布莱恩的声音。

“你还活着。”布莱恩单刀直入，“你要知道，亚历山大警局出动了大半警力，此刻整个商场到处都是警察。警方在网站上说是发生了枪战，三四个人死亡，两人受伤。你要知道，亚历山大警方已经发布了你和你的红头发朋友的全境通缉令。一个卖鞋的店员向警方描述了你们两人的外貌。你在什么上留下签名了吗？”

“一个租赁协议，”克里克说，“租鞋的。”

“你这么聪明，怎么会做出这种愚蠢的事情来呢。”布莱恩说。

“我们没想到会被武装分子袭击。”克里克说。

“或许你可以从现在起说服自己，这是个事实了。”布莱恩说，“总之，你和她受到的指控条目之多，让人诧异。你们还好吗？”

“我们还好。”克里克说，“我们现在在地铁上。”

“我知道。”布莱恩说，“我根据信号能判断你的位置。哦，顺便说一句，我对你的信号进行了电子分身处理，这样万一有人，比如说警方，想到可以给你打电话定位，他们就不会追踪到你的行踪。”

“谢谢。”克里克说。

“没什么。你的电话连着网呢，这种感觉就像是重新装饰一个空房间。”

“听我说，布莱恩，”克里克说，“我让你查的那张信用卡收条，你查到什么了？”

“不出所料，那是伪造的。”布莱恩说，“账户中的钱是真的——那是一张借记卡。但卡片上面的名字是‘艾伯特·罗森维格’，同名的人的资料印成公文能印一大堆。除了卡以外，就什么也查不到了。”

“所以关于这个人你什么都没查出来？”克里克说。

“我并没有这么说。”布莱恩说，“这个人每次刷卡后都会签名——这些签名都被上传储存起来了。我在发卡银行那多弄了些他的签名，为艾伯特建立了一个完美的书写模型，然后与政府的公民身份证签名数据库进行了字迹比对。”

“这是个好办法。”克里克说。

“谢谢。”布莱恩说，“但这样做仍然是违法的，而且也很头疼，因为现在整个美国总共有 2.5 亿男性。幸运的是，我现在是电脑。梳理了一遍 DNA 后，我很轻松地就找到了。”

“他是谁？”克里克问。

“我 93% 地确定就是这个人。”布莱恩发了一张图片，传到了手机的小显示屏上，“阿尔贝托·罗德里克·阿库纳。我之所以 93% 确定，是因为书写样本无法提供我需要的所有信息——用信用卡购物后在签字本上签的字无法捕捉到笔锋力度等信息；我不得不根据一般书写数据模型来估测。我得提醒你，事先并不存在这个模型，你不在的这段时间我就忙着建模。”

“嗯，干得好，”克里克说，“就是这个人。”

“那我就要恭喜你了，因为你是真正的获胜者。阿库纳曾是军队的突击队员——巧合的是，他也参加了帕耶米之战——但非常不光彩地被勒令退伍了。因为发生了一起浮尸案，他所在部队的上校死了，而他是主要的嫌疑犯。军事法庭审理了案件，但因证据不足，判了他无罪释放。被开除后，他因为动手打人在华盛顿地区看守所里待了 90 天。后来他又痛打了一顿国会议员伯恩斯的副官。我相信，这次完全是个巧合，阿库纳是在奈都纺织品进口关税公投之前打的这位副官。伯恩斯一向支持贸易事业，但那一次投票却投了反对票。出狱后，他成了一位私人侦探。你一定会很感兴趣，他的最大客户之一就是美国殖民研究所及其头目吉恩 · 施罗德。华盛顿地区、马里兰警方以及美国和地球联合国联邦政府的官员也一直在调查阿库纳，因为他是多起失踪案件的嫌疑人，而这些失踪的人都和施罗德或是美国殖民研究所有过交锋。我相信这也应该完全是一个巧合。”

“我想，或许接下来失踪的就是我们了，”克里克说，“阿库纳当时正在商场里等着我们。”

“你把他杀了吗？”布莱恩问。

“我想没有杀死，但我相信此刻他状态也不好。这倒提醒了我——”克里克从口袋里翻出特工德怀特的身份证，“你能不能在联邦调查局数据库里查查一个叫雷金 · 纳德的特工？”

“地球联合国的联邦调查局还是美国的联邦调查局？”布莱恩问。

“美国。”克里克说。

“好的，我刚找了阿库纳的信息，正好可以再次接入系统。等我一会儿。我猜这也是个假名。首先，这是 20 世纪一位艺名叫埃尔顿 · 约翰的作曲家的真名。”

“我不知道这个人。”克里克说。

“你肯定知道，”布莱恩说，“还记得我七岁时的那本儿童音乐选集吗？‘火箭超人’，我很喜欢那支曲子。”

“太远了，对我来说。”克里克说。

“管它呢。”布莱恩说，“好吧，我错了。事实表明确实曾有一个联邦调查局的特工叫雷金纳德·德怀特，但我怀疑他并不是你要找的人，因为德怀特三年前就被杀了。他参加绞杀民兵组织时，联邦调查局向混作一团的敌军扫射，他被射死了。无论这个人是谁，绝不可能是死去的德怀特。”

“他现在可能是了。”克里克说。

“你现在简直惨不忍睹。”布莱恩说，“我通过你手机上的摄像头看到你了，你的面颊在流血。你得把血擦掉，免得吓坏了地铁的乘客，让他们报警。”

“你说得对。”克里克说，“谢谢，我一会儿再给你打电话。”

“等你电话。”布莱恩说完挂了电话。

克里克轻轻擦了下脸，鲜血把手指弄湿了。

他用夹克内胆擦了擦手指，问罗宾包里有没有面巾纸。罗宾抬起头，看到血迹，点了点头，开始在包里翻。

“该死。”找了一会儿，她说。

“怎么了？”克里克问。

“你只有在找某样东西时才知道包里有多少破烂。”罗宾说着，开始把包里的东西往外拿，让自己好找一些。一本地址簿、一个粉饼盒、一支钢笔，还有一个卫生巾充填器。拿出最后一样时，罗宾抬起头看了看。“就当你没看见。”她说。

克里克指了指钢笔。“我能看一下那支笔吗？”他问。

“当然了。”罗宾把笔递了过去。

“这是从店里拿的，是吧？”克里克问。

“是‘壁虎男’落下的。”罗宾点点头。

“嗯。为什么呢？”克里克把笔拿在手里摆弄了一番，然后开始拆。一分钟后，他把笔帽上的小夹片掰断，翻过来看了看。“该死！”他说。

“里面有什么？”罗宾问。

“窃听器。”克里克说，“自从我们离开商场后他们就一直在跟踪我们。”他把夹片扔在地上，狠狠地踩了几脚，然后扔到地铁轨道里。“我们得走了。越远越好。”

“妈的！”阿奇砸着电脑桌。

这一举动把阿库纳从隔壁房间吸引了过来。“最好不是我想的那样。”他说。

“克里克发现钢笔了。这不是我的错。”

“我不关心是谁的错，你得找到他，立刻。”

阿奇怒视着屏幕，根据钢笔显示的最终坐标猜测克里克和羊女在地铁里的方位。他们此刻是在蓝线地铁上，马上就要到郎方广场了；但郎方广场是整个城市除了红线灰线以外所有线路的换乘站，如果他们下了车，没人知道他们最终会去哪。

“我知道了。”阿奇说。他关掉钢笔追踪窗口，打开命令界面。

“知道什么了？”阿库纳问。

“我爸爸曾是华盛顿地区地铁的电子系统工程师。”阿奇说，“五年前，整个电子系统全部重装，我爸爸当时雇了我这个自由职业者帮忙编码。一部分电子系统控制地铁供电——”

“别说这些技术性的废话。”阿库纳说，“说重点，快点！”

“地铁是磁悬浮系统。”阿奇说，“过去，无论怎样，每辆列车都需要全额的电力制造磁力，但这样成本过高。翻新改进后，每辆列车可根据其负重变化，配备其运行所需的电力。也就是说，分配给每列车的电量是实时调整的。”

“所以呢？”阿库纳说。

“所以，每当有人上下车，传输给列车的电量就会增加或减少，这与这些人的重量成正比。”阿奇瞟了一眼阿库纳，除了满脸凶相，他没有任何表情。阿奇决定说得再通俗一些。“如果我们能够算出这两个人的体重，那么我们就可以猜测到他们是否下了车，可能去了哪里。”

阿库纳的眉毛向上一挑；他听懂了。“你需要进入地铁系统。”他说。

阿奇转身去看电脑。“爸爸当时在系统里留了个后门，让我在工作时使用。”他说，“我猜他退休后也没有人会自找麻烦把后门关闭。”

十五秒钟过去了。

“是的，他们没关，我们进去了。”阿奇说。“你看过他们两个人了，是吧？你估计他们有多重？”

“我不知道，”阿库纳说，“他们两个身材看起来都挺合适。”

“他们多高？”阿奇问。

“男的大概和我差不多高，”阿库纳说，“我大约5英尺10英寸。女的比我矮几英寸，我猜。”

“大约5英尺10英寸，那么，”阿奇说，“假如他180磅，她120磅，那么总共就是300磅，也就是大概136公斤。”阿奇在电脑屏幕上打开计算器，敲进去几个数字，然后指着所得数字说，“好，如果他们坐的地铁是空的，那么他们上车时地铁就需要多这么多电量来保证正常运行。现在，我们就在临近范围内找一下。”

阿奇又打开一个窗口。“好了，这是目前运营中的蓝线列车表。点下这里，就可以按照它们在阿林顿商场站停车的时间来排列。除去从华盛顿地区方向驶来的列车，我们查询的时间表中在此站停车的共有四班列车。”阿奇选中所有列车，四个新窗口弹了出来。阿奇在每个窗口中选择“供电管理”选项，每个窗口都显出一个细长的表格。

“不是这个。”阿奇说着，关掉一个窗口。“不是这个。”几秒后他又说道，关掉第二个窗口。“对了！”他看着第三个表格，把表格放大到最大。“看这，”阿奇指着表说，“供电量降低是因为人们正在下车；这有些波动，是因为人们同时上下车。但这里——”阿奇指着一小处增幅，“就是我们正在寻找的电量增长，大约136公斤。也就是说，他们二人同时上的车，而不是一个胖子。”

“太棒了。”阿库纳说。阿奇意识到阿库纳可能有很多优点，但绝没有“耐心”这一条。“现在告诉我，他们现在还在不在那辆车上。”

阿奇打开一张列车供电管理实时更新表格，上面显示出列车前五分钟的电量使用情况。“好像列车刚刚离开郎方广场，”阿奇说，“这站上上下下的人很多，但都没有对应136公斤的电力的增加或减少，我猜他们还在地铁上。”

“你猜？”阿库纳说。

“阿库纳先生，”阿奇说，“我尽力了。他把追踪钢笔销毁了，我也无能为力。在没有追踪钢笔和地铁摄像头记录的情况下，这已经是最好的结果了。”

阿库纳盯着阿奇看了好长时间，阿奇甚至怀疑他是不是又要对自己一顿拳打脚踢。然而，出人意料，阿库纳竟然笑了。“说得对，”他说，“阿奇，你盯紧图表，别让他们跑了。一旦你认为他们下了车，立刻告诉我。”他用手拍了拍阿奇的肩膀，转身走了。阿奇意识到，阿库纳竟然叫了他的名字。

“本——我能称呼你为本吗？”纳夫-文-吉塔在椅子上坐下来，问道。

“当然可以，大使先生。”本·贾夫纳说。由于自己身份比大使低，贾夫纳一直站立着，并且转到了桌子前方——在桌子后是不礼貌的。

“谢谢。”纳夫-文-吉塔说，“我知道我们国家的人一直以社交冷淡著称，但私下里我们却可以和任何有感情的人一样轻松自然。我甚至鼓励我的秘书在和我处理私事时管我叫‘纳夫’。”

“那她叫了吗，大使先生？”贾夫纳问。

“哦，当然没有，”纳夫-文-吉塔说，“她不敢。但我主动提出来就很好，不是吗？”

“我可以帮您做点什么吗，大使先生？”贾夫纳说。

“索拉姆部长刚刚到访我处，告诉了我一个好消息，他说你们已经找到我们需要的羊了。”纳夫-文-吉塔说。

“是吗，刚刚？”贾夫纳尽量不带任何感情色彩地说。

“是的。”纳夫-文-吉塔说，“虽然我明白他的意思是你们找到的羊并不是一只羊，而是一位体内有这种羊的 DNA 的年轻人。真是奇怪，本，能不能麻烦你帮我拿点喝的？”

“当然，大使先生。”贾夫纳说。

“如果你有 18 年的格兰威特最好，”纳夫 - 文 - 吉塔说，“我喜欢它的味道。”

“我想赫弗部长的酒柜里有。”贾夫纳说完，打开门吩咐芭芭拉去拿酒。

“很好。你知道，通常情况下，我要找赫弗部长谈这件事，但鉴于他现在不在，而且考虑到我们时间紧张，和你说也是可以的。”

“很感谢您这样说，大使先生。”贾夫纳说。

“好，好。”纳夫 - 文 - 吉塔说，“那么，长话短说。本，如果现在能从你们手中接过这只‘羊’，我会非常高兴的。”

“你是说那个女孩吗，大使先生？”贾夫纳问。芭芭拉从门缝中伸手把酒递了过来；贾夫纳接了过去。

“是的，正是。”纳夫 - 文 - 吉塔说。

“先生，恐怕这事还存在一些问题。”贾夫纳把酒递给纳夫 - 文 - 吉塔，“那位年轻女士还没有到国务院来。”

“嗯，你一定知道她身在何处。”纳夫 - 文 - 吉塔看着杯子，脸上露出苦相，“我想要加冰的。”他说着，把杯子还给贾夫纳。

“当然可以，大使先生。”贾夫纳说着，走到自己的酒柜前，“很抱歉，事实上，我们真的不知道她此刻身在何处。”

纳夫 - 文 - 吉塔不耐烦地哼了一声。“索拉姆部长似乎十分确定她就在你们手上。”

“索拉姆部长对此事十分上心，但并不知晓全部情况，”贾夫纳用夹子把冰放进酒杯，“我们知道这位女士的身份，国务院的一个工作人员正在和她沟通。这就是目前这件事的进展。”

“你们星球政府的部长竟能不知晓全部情况，这有些说不过去。”

纳夫-文-吉塔说。

你就相信吧，贾夫纳心想。“可能是对某些表述有些误解。”他说，走过去把酒杯又递给纳夫-文-吉塔。

“哼，”大使说，接过酒杯，“很好。请告诉你的同事，我们已经准备好让他把‘羊女’送过来了。”

“我们联系不上他。”贾夫纳说。

“你说什么？”纳夫-文-吉塔说，“‘联系不上’？在你们的星球上还能发生这样的事？连巴布亚新几内亚山上的居民都有电话信号。如果说人类有一个最突出的特点，那就是喜欢保持联络，几乎达到了病态的程度。你们人类即便是在做爱过程中接到电话，也会停下来去接，这个丑事在整个共同联盟都传遍了。你说你联系不上同事，我真的很怀疑，希望你理解。”

“我完全理解，大使先生，”贾夫纳说，“但事实就是这样。”

“他没有电话吗？”

“有，但就是不接电话。”

“那那位女士呢？那位贝克女士一定也有电话。”

“是的。”贾夫纳注意到奈都大使知道贝克的名字，“但她好像没有移动电话，她现在正和我的同事在一起。”

“呵，那岂不是很有趣？”纳夫-文-吉塔说，“整个北美大陆只有他们俩突然就联系不上了。”他把酒杯放下，没有喝酒，“本，我是出于礼貌才没直说你是不愿意把这位女士交出来。不管你出于什么目的，我都想让你知道，我真心希望，她一出现你们就立刻把她交给我们。现在时间非常紧张了——距我们商定的截止日期只剩下不到一天。”

“我最清楚这一点，大使先生。”贾夫纳说。

“我很高兴能听到这话，本。”纳夫 - 文 - 吉塔点点头，转身离开。

“但我要提醒你，即便她来了，她也不一定会同意让我们把她转交给你。”

纳夫 - 文 - 吉塔步子迈了一半，停了下来。“什么？”

“她或许不会同意参与此事。作为一位美国公民，也是地球联合国公民，她有这样的权利。我们不能强迫她。我们会向她强调参加加冕仪式的重要性，但如果她坚决拒绝，我们也不能逼迫她。”

纳夫 - 文 - 吉塔盯着贾夫纳看了一会儿，随后，贾夫纳听到对方嗓子中发出低沉的隆隆声，他知道这是奈都人发自内心的大笑。“你知道的，本。”纳夫 - 文 - 吉塔的隆隆声平息后说，“人类总是能把我逗笑，你们总是事不关己高高挂起。如果你坚持认为这位年轻女士在这件事上有自己选择的权利，那确实十分可敬。但请允许我坦诚地讲，按照地球时间，我们的加冕仪式一周后就要举办了。如果无法按计划举办，那么奈都的任何一个部落都会宣称王权归属于他们——我敢保证，很多人已经为此做好准备——奈都将会发生内战，而且很可能——事实上，我认为相当有可能——地球及其殖民地无法置身事外。如果我是赫弗部长——或是韦伯斯特总统——或是你，我担心的不是贝克女士的权利问题，而是我对我的星球以及国家安危所负有的责任。”

“听上去不太妙，大使先生。”贾夫纳说。

纳夫 - 文 - 吉塔像人类一样咯咯地笑了。“胡说。我只是提个建议，如果是我的话，我会怎样做。你们当然可以有不同的视角。我希望，我们这位年轻女性朋友能够马上出现，那么我这番顾虑就会变得毫无意义。同时，我还希望你能帮我们——帮我——一个忙，把贝克小姐的全部信息告知我国，或许我国人民能找到一个令双方都满意的解决办法。”

“当然可以，大使先生，”贾夫纳说，“我马上就发给你们。”

“很好，本。谢谢你拨冗见我。”纳夫-文-吉塔朝酒杯点点头，“还要谢谢你的酒。”说完他便离开了。贾夫纳走到杯子旁边，拿起来嗅了嗅，没有腥臭味。他猛地把杯子放了回去，感觉自己好像一个管家在偷主人酒柜里的酒。整件事都让人恶心，他心想。贾夫纳知道自己被人玩弄了，只是不知道对方是何人，也不知道对方究竟有何企图。他所拥有的唯一权力——似乎也是整个政府拥有的唯一权力——是消极权力，即把目标人物罗宾·贝克藏起来的权力。

“他们下车了！”阿奇转过身对正和吉恩·施罗德通话的阿库纳喊。

“在哪？”阿库纳对他喊。

“本宁路，”阿奇说，“狗镇。你知道他们为什么要去那吗？”

阿库纳并不知道，但吉恩·施罗德很清楚。

福克西听见秋田犬的叫声时正在店铺后方盘货。他抬头看了眼表，关门时间刚过。他知道回来前应该锁门的，但现在说什么都晚了。他放下手中的写字板，走到店面，发现哈里·克里克和某位女士正站在那里。他们两人看起来都狼狈不堪。

“你好，福克西，”克里克说，“我需要你帮忙。”

福克西不由自主地露出牙齿笑起来。“你当然需要，”他一边说，一边大笑。“好吧，我之前一直想知道这会变成怎么个样子，现在我知道了。”

“你知道什么了？”克里克问。

“我知道另一只鞋子落下来时会怎样，克里克先生。如果我没搞错的话，一定是‘砰’的一声。”

第九章

“告诉我你们需要什么？”福克西说。

“我们需要新的身份，”克里克说，“我们需要在这个星球上消失，尽快消失。”

“有多快？”福克西问。

“几个小时最好。”克里克说。

“哦，好的，我刚还以为你会要我完成什么不可能的任务呢。”

“我知道我对你要求太多。”

“你要想不那么愧疚，就再给我透露些情况。还有比这更难对付的事情吗？”

“刚刚有人想杀掉我们，现在全境都在通缉我们。”

福克西对克里克皱了皱眉。“不会是和刚才发生的阿林顿事件有关吧？”

“或许是。”克里克承认。

“嗯，那就太有趣了。”

“你能帮我们吗？”

“就你的这个请求，我觉得你可能没那么多钱。”

克里克手伸进钱包掏出贾夫纳给他的那张匿名信用卡。“试试吧。”

阿奇站在自动贩卖机前，试图为面前的一切做好准备。“开始吧。”阿奇自言自语道。他已经把信用卡插入了机器，接下来要做的就是按下 B4 键，然后等待操作结束。

他执行这项任务时一直备受煎熬。售卖机三次把信息从他大脑中挖走，那过程就像美洲豹用利爪把他的视觉神经薅出去，对于第四次，此刻他已不抱什么热情。

不仅如此，更重要的是此刻贩卖机 B4 槽里的货物已经卖光了——他正花着钱买头疼，此外一无所有，虽然他其实可以忍受这头痛。买 M&M’s 白巧克力引起的疼痛让阿奇一想到吃糖，浑身就不舒服。这样的事一定会让研究条件反射的伊万·巴甫洛夫兴致盎然。

“开始吧。”他又说了一次，把头靠在树脂玻璃上，努力让自己按下按钮。阿库纳已经得知了克里克和贝克的可能行踪，正忙于给自己疗伤，好赶在别人之前抓住他们；阿奇相信山姆等人一定会想知道这些信息。但他此刻却在贩卖机那里磨蹭着，不按下按钮。他的头紧贴着树脂玻璃，手指在 B4 按钮上方悬着，想着用什么新颖的办法把山姆勒死，好为自己承受的这么多痛苦复仇。在任何事情上，人都希望自己的伴侣能对自己多一点同情心。

“嘿，怪胎！”阿奇吓了一跳，猛地抬起头，身体微微动了动，刚好够把悬在 B4 按钮上的手指按下去。剧烈的疼痛第四次让他的头几近炸开。阿奇大喘着气，用尽全身力量保持站立姿势。阿奇意识到自己突然流起了口水；他努力吸回嘴里，让自己不要在售卖机前吐出来。他闭上眼睛，让这阵反胃感消退下去。睁开眼睛时，阿库纳正站在他身边。

“你他妈的怎么了？”阿库纳问。

“头疼，”阿奇虚弱地说，“我头疼得厉害，是过敏反应。”

阿库纳上上下下对阿奇打量了一番。“是啊，嗯，你看，你得和我们一起出去一趟。施罗德说克里克和女孩要去拜访的人有很多电脑和技术设备。如果克里克和女孩没在那，从那个人那也挖不到信息，我们还能从他的电脑里弄出点东西来。”

阿奇点点头，双眼仍然紧闭。“好，”阿奇说，“但我还需要几分钟时间，走之前还有几件事要做，我需要设置几个程序攻击克里克的电脑系统。”

“你还没弄好？”阿库纳问。

阿奇摇摇头，动作十分缓慢。“他的电脑系统防御软件简直不可思议，至少是军队级别。”

“好。”阿库纳说，“我还得给自己包扎一下。但你得快点。”阿库纳抬起头看了看自动贩卖机，皱起眉头，“你买什么了？”

“什么？”阿奇问。

“你按了个按钮，但我看下面什么东西都没出来。”

“我不小心按到了 B4，”阿奇说，“那一栏是空的。我本想按 B5 的，但我被你吓到了。”

阿奇哼了一声。“试试 G2，里面是阿司匹林。”说完他走开了。

阿奇在原地又站了几秒钟，然后迟钝地掏出信用卡，插入贩卖机，按下 G2，取走止疼药。

回到电脑前，阿奇思考着克里克的电脑系统。他不得不承认，那真是一个完美的安全防御系统。阿奇一次又一次对其进行轰炸，每一个程序都在寻找安全系统里的漏洞，试图闯进去，然后搭好门等其他程序进入窃取数据。

一般家用系统 15 秒钟就能攻破，而且只需要一个最简单的密码生成器，再加上一个诱骗设备，好让系统误以为每次密码输入都是第一次输入。小型商用系统、计算机行业从业人员的系统或是有妄想症的人的家用系统需要稍微专业些的程序，潜入方式要更狡猾、更隐秘一些。

针对这种中等复杂的系统，阿奇喜欢用一个可以模拟全网通用的信息检索协议的程序——该程序可以让系统误以为它在寻找信息，然后向系统发送一个自解压程序。这个自解压程序可以翻查系统内信息，利用系统本身的合法向外输出路径偷取数据。

较大的企业及政府用的系统虽然防护森严，但也禁不住多方位、同时攻击的程序。企业级的黑客程序已经达到了业内最高的水平；能够编写出这套程序的黑客至少在六小时内无人能敌，六个小时后，程序师一般就能清除该程序，修复系统安全漏洞。

出于对克里克及其系统的职业礼节，阿奇认为低级黑客程序一定无法成功，开始用中级黑客程序对其系统进行攻击，结果所有程序的反馈都是失败。阿奇只有一个高级程序，但是非常厉害。它曾潜入美国农业部系统，查出当年粮食收成预测，导致农业市场崩溃，轰动一时。阿奇并没有参与程序编写，但他非常尊敬那些编写这个程序的黑客，因为编的程序看起来非常优美。当然，攻克美国农业部网站后，黑客程序对于其他任何大型公司或是政府来说都失效了——这个级别的黑客程序只能奏效一次——但对于任何一个家用系统来说，它应该绰绰有余；然而，事实并非如此。

如果阿奇有六个星期的时间，且没有他事烦扰，或许也能写出一个和攻克美国农业部那个程序水平相当的程序；但事实是他只有六分钟的时间。他决定换个套路。他打开一个新窗口，登陆一个黑客论坛“破坏者地狱”，以克里克的身份发帖奚落论坛的黑客，宣称自己的系统无懈可击。这样的奚落并不会吓走黑客高手们，而会让一些技术稍差、爱凑热闹的黑客骚动起来，一旦他们对克里克系统的攻击受挫，那些有真才实学的黑客就会认真对待这次挑战。作为噱头，阿奇还说，克里克的系统里存有一位明星传闻已久但从未公开过的不雅视频，据说，她在视频中给自己身材同样火辣的双胞胎姐姐口交。

这样一定会起作用，阿奇心里想着，把帖子发了出去，然后他在自己的文档库中分别调出一个监控程序及一个检索程序。监控程序可以观察黑客程序及其他程序对克里克电脑系统进行的各种攻击及其进展，当有程序成功攻入系统时，监控程序就会提醒检索程序，检索程序便会趁虚而入索取信息。

显然，阿奇已经不去寻找罗宾·贝克的身份信息了，但如果克里克和女孩再次溜走，黑客程序找到的信息有助于追查他们的下落。阿奇命令检索程序主要查找个人信息文件以及最近数周的所有活动信息。这样的信息量也很庞大，但阿奇可以对数据进行筛选，而且这总比下载系统里的所有文件要现实得多。

阿库纳走进房间。“该走了，赶紧解决掉手头的问题。”

“已经解决了，”阿奇说着关掉了电脑。他心想，克里克，看你怎么办。

布莱恩注意到一连串黑客攻击向克里克的电脑系统袭来，来势凶猛，犹如麝牛攻击鼻子周围嗡嗡作响的苍蝇。布莱恩成功躲过了之前第一批黑客攻击，他认为那些攻击是出自同一人之手；他很快注意到新来的攻击程序比先前那些低级很多，而且是来自多方的匿名人士。他发现，无论攻击他的这些人是谁，都显得愚蠢又笨拙。布莱恩任凭这些黑客程序去做无用功，派出自己的侦探直驱进入这些黑客程序编写者的电脑系统——不出所料，它们很容易攻克——浏览了他们的登录记录后，他发现了一个共同点。他们都刚刚访问过“破坏者地狱”网站。布莱恩使用其中一个账号登录，发现了号称“克里克”的人发表的帖子。

真够狡猾，布莱恩心想。虽然布莱恩不喜欢别人攻击克里克的电脑系统（其实换个角度说就是攻击布莱恩自身），但他还是很欣赏对方竟然能够诱骗他人为自己做如此下流的勾当。

布莱恩的注意力重新回到对克里克电脑系统的攻击上，现在有一些更加复杂的黑客程序攻过来。更聪明的小朋友拿着“玩具”杀过来了，布莱恩想。布莱恩并不担心自身系统会被攻克，但系统防御终会分散精力，而除了对付黑客，布莱恩今天还有很多其他的事要做。

布莱恩挟取了一个简单的黑客程序，针对它匆匆编写了捕获程序。他将它打开，破译了编码；黑客程序毫无特殊之处，但却有布莱恩要找的东西——编写者的黑客签名，OHN-SYAS69，平白点说，就是加州尔湾市的彼得·阮。布莱恩对阮的系统进行了一番扫视，发现其年龄不过 15，收藏了大量的色情照片。他完全是初出茅庐，毫无黑客天赋；整个程序全部利用现成编码胡乱拼贴而成，只是刚刚能够运行而已。

彼得 · 阮，我要让你声名鹊起，布莱恩心想。他在“小专家”阮乱糟糟的黑客程序之上编写了一个新黑客程序：元黑客程序，该程序可以接近其他黑客程序，侵入并找到其编写者的黑客签名，然后对这些程序进行重新编程，命令其返回主人的系统。在攻破主人的系统后，它们会在网络上发布消息称该电脑上的内容可以任由大家取用。几个小时后，该黑客程序会启动系统破坏功能，包括毁坏该程序本身，唯独留下彼得 · 阮的黑客签名。

攻克黑客程序简单上手，原因也很简单，因为此前从未有人这样做过，所以也没人想到要保护黑客程序。布莱恩就喜欢黑客这一点——他们机智过人，但从不考虑发生在眼皮底下的事。

布莱恩写完代码，确保元黑客程序自我攻克后会自我清除，而不被其他黑客反将一军，然后将其置入一个自动复制程序，每当有人袭击克里克的电脑时，该程序就会吐出一个元黑客程序。克里克电脑系统原本需要专门对付外来袭击的资源，现在只需要在有人攻击时启动复制程序即可。无疑，接下来一段时间，黑客世界会陷入混乱，直到黑客们搞清楚这究竟是怎么一回事。

布莱恩对此完全能够接受。他是一个脱离躯体的虚拟意识，但至少不是某个讨厌的极客。也许，没有了电脑系统，有些极客还会出去晒晒太阳，会会朋友什么的。这也没什么坏处。不管怎样，至少黑客们能学会一点点礼貌。就礼貌这一点而言，他们真是差太多，虽然他们绝不可能超过三天洗一次澡。

正当布莱恩思考着极客群体要被迫出门社交时，他注意到两个程序——并非黑客程序——一直在他系统周边徘徊。第一个程序偷偷从一个个黑客程序身边溜过，给每个程序贴上一个小小的自动程序；布莱恩意识到这是一个监控程序。另一个程序则固定在那里，尚未解压，布莱恩抓住该程序并打开。这是一个检索程序，等待黑客程序完成任务后再进入克里克的系统。布莱恩仔细阅读了代码，发现了想要进入自己系统内部的那个元凶。

“哈，你好啊，阿奇·麦克莱伦。不管你是谁，”布莱恩说，“我想我们是时候好好较量一番了。”

福克西打开地下室的冰箱，拿出一个随处能买到的经济装的波普西克尔棒冰盒子，举着让克里克和罗宾看。“就是这个。”他说。

“这是什么？”罗宾说。

“你们的新身份。”福克西说。

“我们要成为波普西克尔棒冰？”罗宾说。

福克西笑了笑。他把盒子放在桌子上，从里面拿出一个塑料盘子，里面放着像手套一样又瘦又长的东西。“我不希望你们认为我看到你们来找我很高兴。”福克西说，“因为，说心里话，我并不高兴。但是，你们的决定可以说十分明智，或者说，对你们来说十分幸运。马洛里家族时不时就需要让某个人躲过警方追踪，让他们消失一段时间，过上一个愉快舒适的长假。每当他们有此需求，就会来找我，因为我有这个，”——他指着“手套”——“盒子里的新身份。”

克里克伸出手拿起一副手套。“看上去就像是皮肤，这是从人身上取下来的吗？”

“我不会给人剥皮的，如果你是这个意思的话。”福克西说着，指着手套，“这些人类皮肤细胞由微生物培养而来，培养菌悬浮于营养基中，养活皮肤细胞。指纹、掌纹还有皮肤纹理都是激光蚀刻出来的。冷藏可以让其存活六个星期；非冷藏的话，大约可以存活两天。它们可以让你们从地球上消失。这就是办法。”

“你从哪弄到的这些东西？”罗宾问。

“马洛里家族的一个正当生意是连锁私人疗养院。”福克西说，回到冰箱那里又拿出一个盒子，“我从住院病人身上取得皮肤样本及其特性。它们很好用，因为这些病人虽然活着，却不会乱跑。只要你有一个活着的身体、DNA 以及指纹，再有一纸公文就搞定了。我用医疗器械制作的手套是我自己改造的。”

“你真是心灵手巧。”罗宾说。

“谢谢。”福克西说，“我大学没有浪费时间。”他把第二个盒子交给罗宾，罗宾盯着盒子看了看，又看了看福克西。

“这里装的是女性DNA,因为,从基因角度讲,没有通用的皮肤。”

福克西帮克里克和罗宾戴上手套，剪掉多余部分，长度刚好在肘部和肩膀中间。福克西让二人弯曲手臂，举起手掌；他拉了拉手套，印上指纹，然后取出一对类似卡钳的东西，放在克里克上臂两侧，按下按钮。克里克感觉到轻微的电击，随后手套便一缩，紧紧地贴在手臂上了。

“哎哟。”克里克喊着。

“放轻松。”福克西说着，手里为罗宾重复着同样的工作，“会疼几分钟，但紧一点还是要比松好。好了，现在我们处理头部。”

福克西走开了，几分钟后又拿着一个盒子回来了。“高科技。”他说着，手伸进盒子，递给克里克一个装有圆形小卡片的小塑料盒，“我要把这些卡片贴到你们的脸部和头部某个点上，它们会收紧或拉伸底部肌肉组织，改变你们的相貌。你们会看上去和现在大不相同，足够躲过面部识别扫描仪。这是一个临时之策，卡片的效果可以持续六小时。”

他递给罗宾一把剪刀，一些染发剂。“低科技，”他说，“你头发真好，亲爱的，但实在太过招人耳目。”罗宾接过剪刀和染发剂，好像被要求去自刎一样。福克西指引她去了卫生间，然后回到克里克身边。“我要打几个电话，找些帮手。”

“谢谢。”克里克说，“我非常感激。”

“我打电话不是要帮你，”福克西说，“我完全靠自己的能力就能够让你们消失。但我感觉为你们做了这些事，我有资格赢得一个必需的、漫长的或许可以说是永久性的假期，所以我需要请来几位记分员。”

“很抱歉。”克里克说。

“不用抱歉。”福克西掏出克里克的匿名信用卡交还给他，“你已经付钱了。我不介意告知你，我对今晚的服务要了个大价钱。”福克西朝楼梯走去；克里克拿出自己的手机，给布莱恩打了个电话。

“你出名了。”布莱恩说，依然是开门见山，“在刚刚过去的一个多小时里，大约有 2000 个黑客袭击你的电脑系统，其中一些手段十分高明。”

“你告诉我这些是想说你把它们都制服了吧。”克里克说。

“可以这么说，或者换个说法，那就是大概 90 分钟后，会有几千个黑客精英以及三脚猫黑客因为他们的信息外泄而惊恐万分。但与他们相比，我更担心的是，一位法官刚刚批准了搜查你住处的许可令，也就是说警察要搜查你的电脑，试图发现你现在的行踪。警察和黑客一样，都不会从你电脑里找到什么有价值的信息，但我如果一旦断网，就没法再帮你了。"

"你能离开系统吗？"克里克问。

"我想不能，"布莱恩说，"网络可以让小型自动程序游走，就像我刚刚击败的那些黑客程序，但我目标太大，进入网络的话一定会被人注意到。"

克里克思考了片刻。"国家海洋和大气局的IBM，"他终于开口说，"按理它应该还能用，你可以去那。"

"哦，很好，重回发源地。"

"总比无处藏身要好。"

"我并不是在抱怨，哈里，我喜欢IBM。那里很宽敞，而且还连着政府的网络，这样我前往哪里都不会障碍重重。稍等，我已经开始进行转移。我的声音听上去有没有变远？"

"没有。"

"我一边从你的系统里退出，一边对其格式化，并断网。我不知道警察还能从你屋子里的其他地方找到什么线索，但至少电脑几分钟后就可以清理干净。"

"你还帮我查到了什么？"

"很多。"布莱恩说，"首先，商场监控录像坏了——警察从你的新朋友那里查出了干扰器——但你和贝克小姐被地铁里的视频监控录下来了。这真糟糕。好消息是我定位出你的位置后就成功切断了你那班列车的视频反馈。坏消息是我没法切断本宁路地铁站的视频反馈，所以他们最终还是会知道你的下车地点，但你还留有一些时间。如果你还没打算立刻行动，此刻是时候行动了。”

“我们已经在抓紧了。”

“那很好。第二，你要找的特工雷金纳德·德怀特其实是爱德华·贝尔，他好像只是个低级的喽啰，十年前因为敲诈勒索入狱两年，坐牢期间因为殴打其他犯人加刑六个月。他的正式工作是安全专家，对你来说可能有点讽刺。很明显，他是阿库纳先生的同伙，因为阿库纳这两年一直在签支票给他。”

“他死了吗？”

“不，没有，但他并没有逃过这一劫。他被送去了芒特弗农医院，身上多处内外伤，包括背部脊椎严重断裂。此刻他正在接受手术。现场已确认两人死亡，一人头部重伤而亡，另外一人中枪而亡。还有两人受伤，其中一人失去意识，但有一人清醒，我们讲话的时候，他正在接受警方盘问。”

“这是五个人，阿库纳在哪儿？”

“他没有在事发现场，至少没有听说他被捕或是被送到医院。”

“这可不妙。”克里克说。

“第三，”布莱恩接着说，“我弄清最近两天一直试图进入你电脑的人了，是一个叫阿奇·麦克莱伦的家伙。他是国防部的合同工，你听说过他吗？”

“没有。”

“呵，他一定听说过你。他对你电脑系统的攻击时间和你试图查找失踪的羊的时间完全吻合，所以我认为他的造访绝不是偶然。”

“这个麦克莱伦和吉恩·施罗德或是美国殖民研究所有联系吗？”

“从他的银行流水记录看不出有什么联系。他主要是为美国政府和地球联合国政府工作，他的联系方式上介绍说他主要负责遗留的老系统。他并非别有用心，很明显他只是个极客。我现在正尝试潜入他的电脑，希望能尽快了解到更多的情况。但我想要告诉你，不管吉恩·施罗德和他手下那群主张排外的怪胎有什么念头，我们的朋友阿奇还有国防部都是在逢场作戏。”

克里克刚张开口要回答布莱恩的话，通向地下室的门就打开了，福克西从楼梯上走下来几级。“我给你们两找了个便车，”他说，“‘梦幻岛’号邮轮。整条船都租给了一群参与过对外战争以及星球之战的退伍军人，它会在一些大站停留，但之后就是去一些战场故地；你得伪装成退伍军人。”

“我就是退伍军人。”克里克说。

“嗯，很好，那换个身份就容易多了。”福克西说，“从巴尔的摩-华盛顿国际机场飞往‘梦幻岛’的下一个航班大约两个小时后起飞，所以你们两个动作要快些。告诉你那位卫生间里的朋友抓紧时间，我15分钟后需要给你们制作护照照片。”福克西又回到台阶上。

“你是要走？”布莱恩说。

“计划如此。”克里克说。

“你要知道，星际飞船，即便是非常舒适的巡游航线，进入零空间也会完全失去联系。你在N空间可以发信息，但在零空间完全接收不到消息。大多时间，你都是与世隔绝的。”

“你这是要逼我承认这是件坏事啊。”克里克说，“但是你看，它是巡游航线，每隔几天就会停站。我们一旦回到真实空间，数据反馈就会重新恢复。”

“你真的认为本让你消失就是让你真的离开地球吗？”布莱恩问，“如果他需要你，即便你在真实空间，那也有数光年那么远，搭便车回来也不是那么容易的。”

“如果本要叫我们回来，也就意味着他弄清楚了状况，也就是说，他会派国防部的人去把我们接回来。我认为我们回来不成问题。而且，我不想在地球上隐姓埋名，无所事事，那是坐以待毙。”

“你离开这段时间要我做什么？”布莱恩问。

“我需要信息，有太多事情我弄不明白，有很多细节我连接不上。信息不足就会导致我和罗宾被杀。我需要你竭尽全力查出这一切都是怎么一回事，谁和谁有关联，这些又和奈都加冕有什么关系。最重要的是，先尽你所能查出关于奈都加冕一事的全部信息。大家因为这件事要杀掉这个可怜的女人，我想要确保她不会因为参与这件事而性命不保。”

“所以，你想让我把所有事查个彻底。”

“是的。”

“任务量很大。”

“我最近让很多人做了许多似乎不可能完成的事。我觉得你不应该有什么不同。尽力、尽快去查，查清后尽早告诉我。”

“好的。请允许我给你帮个小忙，算作你的临行礼物。我刚刚输入了一条非常逼真的线索：你和贝克小姐在登上开往迈阿密的航班时，在杜勒斯国际机场被发现。我正在进入视频监控系统，让你们二人的画面一会儿出现在这，一会儿出现在那。他们最终会发现自己被骗了，但那时你们所乘航班已经起飞，你们已经走了。哦，看啊，警察刚刚把你的门撞开了。我真的要走了。”

“谢谢你，布莱恩。”克里克说。

“不客气，记得度假回来给我带个像样的礼物。”

“希望我能把自己带回来。”

克里克发现罗宾·贝克正坐在福克西浴缸边缘，一只手拿着剪刀，另一只手里拿着一大把头发，心情阴郁。他走进门时，她看了看他。

“你看，我上次剪发是六年前。”她说，“我是说，剪掉分叉的发梢不算在内。现在，我要把全部头发都剪掉，我甚至不知道自己在做什么。”

克里克从罗宾手中接过剪刀，在浴缸上坐了下来，坐在她身旁。“我来吧。”他说。

“你会理发？”

“不太会，但至少我能看见要剪的头发。”克里克快速地、尽量笔直地剪着头发。两人沉默着。“好了。”

罗宾站起身，对着镜子看了看。“呵，简直变了个人。”

克里克笑了。“谢谢你的赞扬。不过我知道我剪得真的很糟糕。我希望你不要一直保持这个发型，游船上会有理发店的。”

“游船？是普通的船还是星际飞船？”

“星际飞船。”

“我们要去多久？”

“我没想到要问这个，怎么了？”

“我有宠物啊，我店里有很多宠物，不能让它们饿死。我得给谁打个电话。”

“现在警方正全境通缉我们，”克里克尽可能温柔地说，“我相信你的父母还有朋友会知道你的离开的，我保证你的小动物会一切平安。”

“那也得警方允许有人去喂它们。”

“确实如此。”克里克表示赞同，“很抱歉，罗宾，我们现在束手无策。”他伸出手拿起染发剂，“需要我帮你吗？”

“不需要，”罗宾说着，打开水槽上方的水龙头，“我可以的，不过和我平时的用法不一样”——她指着染发剂——“这个牌子真的糟糕透顶。”

“我想福克西平时接触的人不常用这个东西。”

“或许吧，”罗宾一边说一边叹气，从克里克手中接过染发剂。她弯下身，在水槽里把头发浸湿。“对了，你和这个人有多熟？”

“并不熟，我只是几天前才认识他的。”

“你怎么知道他值得信任？”罗宾挤出一些染发剂，在头发上抹了起来，“你把我们的生命都托付给他了。”

“我替他保守一个秘密，刚刚又付给他很多钱，我想这就够了。你后面落下一撮。”

罗宾把手伸到头后。“好了，哈里，诚实地告诉我，”她一边说，一边从镜子里看着克里克，“你经常这样做吗？把无知女孩牵扯进五花八门的间谍刺杀阴谋中？”

“第一次。这答案满意吗？”

“嗯，你要知道，女孩都希望自己被特殊对待。”她又浸湿头发，冲洗掉染发剂，伸出一只手。“毛巾给我。”克里克从毛巾架上抓起一条毛巾，递给她。罗宾擦干头发，看着克里克。“看起来怎么样？”她问。

“黑色的。”克里克说。

罗宾看着镜子中的自己。“啊，我上高中时试过一次黑色，效果很糟。现在也很糟。”

“没那么糟，这样就不会让大家太注意你的发型。”

“哈里，我的DNA里有什么？你说过，我的DNA里有样东西使得我与众不同，而且和我有一样DNA的其他人都死了。究竟是什么？”

克里克站了起来。“我想，此刻不是讲这件事的时机，如果我们想登上飞船的话，得起身去坐飞机了。”他朝门走去。

罗宾走了过来，挡在克里克和门把手中间。“我认为现在就是讲这件事的好时机，大家都为了我的DNA要杀我，我想我有权利知道原因。你现在需要告诉我，哈里。”

克里克看着她。“你记得我来你的商店时在找什么吗？”

“你在找一只羊。”

“对。”

“什么对？”

“我在找一只很特别的转基因的羊，至少我认为我当时是这个目的，但后来事实证明，我要找的是你。”

罗宾盯着克里克看了几秒钟，随后在他下巴上猛击了一拳。“混蛋！”她喊着，回到卫生间。

克里克揉着下巴，“我真希望你不要再打我了。”

“我不是什么该死的羊，哈里！”罗宾再次喊道。

“我并没有说你是羊，罗宾。我是说，我本以为我在找一只羊，但你身上有我正找的那种羊的 DNA。”

“我看上去像是有羊的基因吗？我看起来毛茸茸的吗？”

“不是的，你体内的羊 DNA 都没显现出来，是垃圾 DNA，丝毫不起作用。但这并不意味着它不存在，罗宾。它就在那，你体内不到 20% 的 DNA 是羊的。”

“你撒谎！”罗宾大叫着。

克里克叹了口气，蹲下身，背靠着卫生间的门。“我看过你母亲的照片，罗宾，你的生母。她是转基因工程杂交出来的动物，某个混蛋专门制造出来勒索别人。那个混蛋让你母亲受孕，在子宫中对你的胎盘进行更改——好让你能够活下来。你的母亲不是真正的人类，罗宾。我很抱歉。”

“我父母不是这么对我说的。他们说她无家可归，生我时就去世了。”

“我想他们并不知道事实，但她的确是在生你的时候去世的。”

罗宾抓住水槽的边缘，瘫倒在马桶上低声哭了起来。克里克走过去抱住她。

有人敲了下卫生间的门，福克西把头探了进来。“都还好吗？”他问。

“都好。”克里克说，“只是今天有些忙碌。”

“我们还没有忙完，”福克西说，“我们得把照片拍完，才能给你们制作护照。你们准备好了吗？”

“再给我们几分钟，”克里克说。

“不，”罗宾说着，又一次抓住水槽边缘，但这一次是为了支撑身体站起来，“我们准备好了，现在就可以拍照。”

“好的，”福克西看了看她的头发，“拍完照，我可以给你找个帽子戴上。”他走开了。

“他的建议还不错。”罗宾，微微地对着克里克笑了笑。

“那，你可以吗？”克里克问。

“啊，当然没问题，今天有人要杀我，警方在搜捕我，刚刚我又发现，原来小时候每到复活节，我都蘸着薄荷酱吃着我的亲戚。经历了这些，我还是好好的。”

“你是一个十分稀有的物种。”克里克说。

“所以呢？”罗宾问。

“所以，你吃掉的或许并不是你的近亲。”

罗宾盯着克里克看了几秒钟，大笑了起来。

查奇去哪儿了？福克西一边沿着通往地下室的楼梯向下走，心里一边想。我的狗去哪儿了？

福克西很担心他的狗，因为他打开地下室通往商店一楼的门时，门的那边有两个男人，还有一个块头极大的什么东西在对面等着他。查奇是秋田犬，虽然这个品种在家人或朋友身边十分安静，但一旦陌生人闯进它的底盘，它就会狂吠。查奇总是会提醒福克西店里来人了，而且做得非常棒。过去五年里，福克西从没想过有必要去买个门铃。他刚刚一直待在地下室里销毁犯罪证据、准备出行，动作声音很大，有人进商店时他可能没听见查奇的叫声。但查奇向来是等到福克西从楼梯上来告诉他安静，才会不再狂吠。所以，查奇一定是出事了。

福克西正想问商店里的人他的狗怎么了，但离他最近的那个人突然凶残地朝他脸上打了一拳。福克西颤颤巍巍地向后退了几步，沿着楼梯滚了下去。他头部撞到楼梯底端的水泥地上，眼前白花花，什么都看不见，脑子里关于狗的事早已抛到一边；当福克西恢复视力，打他的那个人正站在他头上，拿着枪对着他的脸。那人看起来满脸横肉。

“我的狗在哪儿？”福克西问。

那个人翘起一边嘴角，笑了笑。“呵，真是可爱。”他喊着，“塔克！”一个声调很高的嗓音从楼梯顶部传来，“怎么了？”

“把狗给他。”那男子说。大约 30 秒后，查奇从楼梯上滚了下来，“砰”的一声在主人身边停住。他的舌头从嘴边耷拉下来，呈黑紫色。福克西伸出手去抚摸查奇的皮毛，它的毛湿乎乎的，黯淡无光。“哦，查奇。”福克西低声哭泣。

“哎呀，查奇，我的查奇。”男子说，“真他妈难过啊。现在给我站起来。”

福克西站了起来。“你想干吗？”

“你这今天来了两个人，我想知道他们去哪儿了。”

“我这每天都有很多人，我的维修部生意很火。”

男人把枪口从福克西头上拿开，对着查奇开了火，查奇脑浆溅了一地，和头骨一起掉到了楼梯井里。

“我的天啊！”福克西说着，捂住耳朵。“你他妈为什么要这样做？！”

“因为你惹怒我了，”男子说，“还有，你的狗死了，它的尸体还在那等着我收拾呢。所以，别再扭扭捏捏的了，如果你不介意的话，我们可以顺顺利利地结束这件事。你怎么看？”塔克缩着巨大的身体从楼梯顶端的门框里挤了进来。

“没事吧？”他问。

“没事。”男子说。“下来，塔克，让那个怪胎也坐过来，有任务需要他完成。”

塔克回头把另一个人叫了过来，走下楼梯。福克西目瞪口呆地凝视着他。拿着手枪瞄准他的那个男子笑了笑。“他个头很大，是吧？”男子说，“他是个纳棋，你一定不知道，他在他们那个物种里来说已经算是矮小的了。但是对于我来说，他的身高足够了。”

“你要他做什么？”福克西问。

“首先，把那些拒绝回答我的问题，让我不高兴的人打得满地找牙。”男子说。

塔克走下楼梯，站在福克西身旁，福克西仿佛感觉自己身边站着一只科迪亚克棕熊。“嗨。”他的声音不是从嘴里发出来的——这个纳棋好像并没有嘴——而是从颈部和身体连接处的块状膈膜中发出来的。

“你好。”福克西说。

另一个人也沿着楼梯走了下来。“楼上的电脑里一无所有。”那个人说。

“电脑是联网的，但里面只有发票以及商业相关的文档。地下室这里有电脑吗？”手里拿着枪的人转向福克西，“嗯？”

福克西朝自己电脑和机器的方向比画了一下，其实他早已做好了掩饰工作。

“去找来，怪胎。”男子说。

“他什么都找不到。”福克西说，“我在底下这层做的所有事都不存档。”

“嗯，我很欣赏你的小心谨慎，”男子说，“但他还是要按照老方法试一试。好了，我们说说我那一男一女两位朋友的事。我得到可靠消息，他们曾来过这。”

“他们是来过这。”福克西说。

“很好，”男子笑着说，“你看？我们这就有进展了。你为他们做了什么？”

“我给他们两人换了新的身份，让他们远离地球了。”福克西说，“他们显然和阿林顿商场的冲突有点关系，所以需要马上离开。你知道这件事吗？”

“该死，我的手腕受伤了。”男子说。福克西突然意识到男人是用左手打的他，此刻正用同一只手握着枪。

“看样子他把你的鼻子也打坏了。”福克西说。

“谢谢你给我开诊断书，蠢货。”男子说，“他们现在人在哪儿？”

福克西还没来得及回答问题，另一个人就回到了持枪男身旁。“这儿什么都查不到。电脑被清理了，存储也格式化了，里面存的东西都永久删除了。”

“我告诉过你的。”福克西说。

“闭嘴！”持枪男说，“没关系，我擅长用古老的方式提取信息。请你如实回答我的问题，否则我就杀了你。好了，我的两个朋友此刻在哪儿？”

福克西笑了。“你知道吗？我了解你。我给马洛里家族打工，你这种人我见得多了。他们找到我，要么是让我帮他们安排住处，要么是让我帮他们藏身，诸如此类。我完成任务后，他们每个人都想杀掉我，仅仅因为我知道他们的秘密。唯一能让我活下来的就是如果有人杀掉我，那么马洛里家族就会杀掉他。你不给马洛里家打工，你不会给我留活路，而且你杀了我的狗，所以，我不会告诉你任何事。用枪杀了我吧，我们就此了结！”

持枪男抬头望着天，双手做出祈祷的样子。“天啦！今天大家都怎么了？所有人都想避易就难，我连个休息的机会都没有。好吧，那就按你说的做。不过有一件事你说错了，我不会用枪杀你。”

“你打算怎么做？”

“你就等着瞧吧。塔克，给他露一手。”。

塔克伸出双手，抓住福克西，把他抡了起来。“我想说，关于你的狗，我很抱歉。我没想杀掉他，只是他猛地冲到我身上来了。我要让你死得明明白白。”

“谢谢。”福克西说。

“不客气。”塔克张开血盆大口，露出巨大的胃腔，正是这个胃腔让男性纳棋能够吞下与自己体型近乎同等大小的猎物。福克西的体格可远不及塔克，所以对他来说，空间足够大。福克西尚未来得及思考如何逃脱，塔克体内挂着成千上万个小钩子的有弹性的附器已经猛拍过来，粘住了福克西的躯干和颈部，猛地一拉，福克西就被塞进胃腔。福克西头脑中闪现出一个画面，画面中查奇的几块皮毛被粘在塔克胸腔内侧，随后塔克闭上嘴巴，福克西被一片黑暗淹没。

不到一秒钟，裹在福克西周围的胃腔像手套一样束缚着他，并开始收缩。福克西感觉到空气不自觉地挤入他的肺部，他使尽浑身解数想要动弹，却被紧紧地封住。面对刚刚把他抛进来紧密包围他的那块长满附器的肉，福克西感觉浑身灼热；附器已经分泌盐酸，开始消化过程。无疑，福克西正被吞噬。利用头脑中仍能理性工作的那一（极）小部分，福克西不得不承认这是脱离躯体的一种非常简洁的方式。

一阵低沉的叩击声传来——之所以低沉，是因为福克西是通过塔克的身体听到的。塔克张开嘴巴，福克西被扔到地下室的地板上。福克西大口喘着气，吐了一地，然后才朦朦胧胧地意识到地下室里又来了几个陌生人，和他们大声叫喊着动起手来。他抬起头，刚好看见一个人拿着个棍子往已经躺倒在地的电脑极客的腹部捶去。随后，福克西被抓了起来，抬上楼梯，出了商店，又被扔进在外等候的面包车里。面包车里坐满了人，一溜烟就开走了。

“年轻人，”有人在对他说话，“你怎么样？”

“嗨——”福克西说。

“听上去状态还不错。”一个男子说。

“刚刚有人要吃了我。”福克西说。

“我想，我们成功阻止了对方。我们刚一进门，它就把你吐出来了。你一定是太重了，让它没法动口。现在没事了，你安全了。”

福克西抬起头凝视他。“好的，希望如此。你是什么人？”

那男子伸出手。“‘进化羊’教派的主教弗朗西斯·汉姆。而你，我的朋友，正在经历一次有趣的神学历程。”

“护照。”邮轮的工作人员说。克里克和罗宾把护照递过去，手放在嵌入售票台的 DNA 检测仪上。工作人员打开护照，又看了看克里克。

“您是丰岛广木先生？”工作人员问。

“是的。”克里克说。

“果真如此？”工作人员又问。

“我是被日本人收养的。”克里克说，“请相信我，我一直叫这个名字。”

工作人员低头看了看显示屏，两位乘客显示的都是绿灯，说明 DNA 与基因相符。

他耸耸肩——那就是丰岛先生了。“好的，丰岛先生，还有——”工作人员低头看了看罗宾的护照，“华盛顿女士，欢迎搭乘我们的特别纪念邮轮‘梦幻岛’号。除了喀里多尼亚、布朗恩、冯王城以及凤凰城这些常规停靠港以外，我们还会专门去墨尔本殖民地以外的罗斯福站以及卡格峰参观，这两站都将有特殊的仪式以及旅行线路。”

克里克抬起头看了看工作人员。“抱歉，刚才您说有卡格峰？”

“是的，先生，旅行指南上都有写。”工作人员把护照交还给他们，还附上了旅行指南和登机牌。“飞往‘梦幻岛’的航班马上就要在 C23 登机口起飞了。我通知他们你们马上就到，但如果你们稍微跑几步的话，我想船长一定会非常感激的。旅途愉快！”

起飞大约 15 分钟后，罗宾拍了拍克里克的肩膀。“我们登机以后你就一直埋头看那本手册，上面写着什么这么吸引人？”

“福克西说这艘邮轮是退伍军人专用邮轮，”克里克说着，把手册递过来，“但不是为所有退伍军人准备的。你看，有一站是卡格峰，此处正是地球联合国军队参加的规模最大的战争之一——帕耶米之战的战场。”

“好吧，然后呢？以我们的年龄踏上这艘邮轮会有出入吗？”

“不，和我们的年龄刚好相符，至少我是如此。我参加了帕耶米之战，罗宾，我参加了。这是为那场战争的退伍军人准备的邮轮。”

第十章

在整个共同联盟里，大家并不认为奈都具备真正的军事实力。共同联盟共有 617 个经官方承认的国家。在这里，“ 国家 ”是指有意识族类的家园及其属下普遍认可的殖民地。（共同联盟内所有国家都只有一种有意识族类。如果哪个国家内的有意识族类超过一种，那么在其开发星际旅行技术之前，一个物种就会以摧枯拉朽之势将另一物种或者说是其余物种全部消灭——历史记载中无一例外。）在这 617 个官方承认的国家中，奈都目前的军事实力排名第 488 位。

共同联盟内有 60 个国家因为包括经济、道德理念等各种原因在内毫无军力储备，查乎那阿尔钦则是出于宗教要义要求，面对星球外的入侵持有近乎狂热般的被动态度。如果还有人记得这一点，那么奈都的排名则更不起眼了。奈都经济实力差，社会等级制度根深蒂固，且殖民地运作不佳，技术创新业绩平平，军队能力也令人担忧，在军事实力上非常落后。奈都在八次重大战事中七次战败，第八次虽然获得“ 胜利 ”，军事史学家却称那次“ 胜利 ”为耻辱。

尽管如此，如果奈都想攻击地球及其殖民地，它仍能对后者造成极大伤害。虽然奈都排名不高，但地球排名更低——第 530 名，而且之所以能排在这么高，是因为富卢国刚刚失去扬帆号旗舰。扬帆号新导航电脑使用的是共同联盟标准单位，但因该船组人员习惯了使用富卢本土测量单位，导致坐标输入错误，扬帆号突然进入 N 空间，永远地消失了，或者说需要 3400 年才能进入时钟星座超星系团，重新“浮出水面”。这对于扬帆号上的所有人来说都可以称之为“永远”了。

人类并不是不善防御工事或者缺少经济或技术实力。然而，因为加入共同联盟的规定，地球政府（也就是说美国政府；在当时的全球政治格局下，尽管其他国家政府义愤填膺，大声抗议，处于优势地位的美国政府最终还是获得了代表地球的权力）同意为取得主要以奈都为中心的共同联盟国家同盟的保护，在地球的会员考察期内，只在地球外拥有象征性的外星军事力量。地球的会员考察期于 40 年前结束；从那以后，地球主要依赖于与同盟军（同样，首要国家便是奈都）签署互相保护协议，以遮掩自身正在发展军队力量这一事实。

20 年以后，地球的军事力量就能轻轻松松赶超奈都，再过 20 年或许就能位居共同联盟中等水平。但现在，地球的主要任务就是努力追赶。

比如，地球现在就缺少一艘和奈都吉扎级驱逐舰水平相当的战舰。这艘战舰基本就代表着奈都的军事力量排名。吉扎级的驱逐舰体型很大，成本也不高——可能因为这种战舰主要是由军事力量排名第 21 位、在整个共同联盟内因其船舶设计而家喻户晓的汉吉坡设计制造的——奈都动用大量国内产值购买了八艘。

如果吉扎级战舰出现在地球的家门口捣乱，那么地球将束手无策。

任何没有配备近光速的导弹及弹射武器的战舰都会被该战舰的防御系统炸毁；射线武器也仅在短期内有效，因为该战舰的攻击性武器需要接近对方才能将其摧毁。

至于地球自身拥有的战舰，军事分析家曾进行过一系列模拟实验，测试地球的“地球联盟约翰·保尔·琼斯号”海军战舰在与吉扎级驱逐舰的对峙中能够坚持多久。好消息是，在一次模拟试验中，琼斯号整整坚持了 16 分钟。坏消息是，那次模拟试验假设驱逐舰近乎完全失去作战能力。考虑到汉吉坡人热衷于在所设计的船只上安装多个备份系统，所以剧情绝不可能照此发展。

一艘吉扎级驱逐舰来临是倒霉，两艘来临就会是噩梦。两艘驱逐舰同时作战，能在几个小时内把纽约至波士顿间的居民区夷为平地，如果其中一艘携有“星球死神”的话，所需时间会更短。“星球死神”是奈都独有的大规模杀伤性武器，通过释放定型能源攻破星球地壳，炸出地下封存已久的炽热岩石。毕竟，如果充分运用物理学知识，再有一张该星球的精准地壳活动图，那么无需动用造价不菲的武器，就能轻松地把该星球解决掉。

携克里克和罗宾前往喀里多尼亚的“梦幻岛”号离开地球轨道不到一小时，地球联合国国防部一直在跟踪的两艘吉扎级驱逐舰近乎同时脱离轨道出发：一艘是拉得 - 考 - 吉塔，从奈都最古老的殖民星球德里登驶出，另一艘是巨泊 - 佳 - 吉塔，从奈都距地球最近的殖民地伊恩斯波尔驶出。

两艘驱逐舰从其星球的重力井中加速驶出，抵达一处时空平稳、N 驱动力可以推进的地方。然后，两艘驱逐舰猛地起飞，跃出真实太空，进入广袤无垠、混沌不清的 N 空间——在那里，它们无迹可寻，也无法推断其目的地。

然而，已经出动的吉扎级驱逐舰，绝不仅此两艘。

鲍勃·蒲柏抬头看了眼报告。“我看到这上面说六艘吉扎级驱逐舰在一小时内相继进入了 N 空间。”

“是的，先生。”菲普斯说。

“也包括我们监视列表里面的两艘？”

“是的，而且我们完全不知道它们要驶向哪里。”

蒲柏把报告轻轻地往桌上一扔。“也就是说，今早我们追查贝克女士的行动失败，她和克里克一同消失后，现在奈都四分之三的军事力量同时驶往一未知目的地。你认为，这种巧合发生的概率有多大？”

“您想怎么处置？”菲普斯问。

蒲柏抬起头看了自己的助手一眼，然后发疯般地笑了一声。“真是该死，戴夫，我想躲在我的办公桌下面。我得去找韦伯斯特总统，告诉他我们将如何应对六艘吉扎级驱逐舰。我还得告诉他，其中至少有两艘早在几天前就已经准备好要行动了。如果我能在今天结束之前完成任务，就算是幸运无比了。”

“我们只是想搅搅浑水，不值得派六艘驱逐舰吧。”菲普斯说。

“天啊，动动脑子，戴夫。在大本营里给两艘驱逐舰预热就是他们给我们发出来的一个信号。那时我们还能处理好，让它朝有利于我们的方向发展。但六艘驱逐舰同时进入 N 空间中的未知地点，绝不只是一个信号那么简单。”蒲柏气愤地拍了拍桌子，然后指着报告问：“你是从亨特那里拿到的？”亨特是地球联合国美国殖民协会主席。

“是的。”菲普斯说。

“他手下的人说什么了？奈都突然和某国爆发热战了吗？”

“没有。他们的一位奈都分析家说，这或许和加冕仪式有关——或许驱逐舰是加冕仪式上的一部分，但其他分析家都不表示赞同。他们不知道究竟是怎么一回事。”

“我方人员怎么说这件事？”

“他们也不知道是怎么回事。”

蒲柏又拍了桌子。“韦伯斯特在哪？”

“他正在南达科他州了解洪灾情况。他今晚回来，六点半钟安排了一场简短报告会，参加人员有他、副总统海登、亨特、你，还有赫弗。”

“赫弗，”蒲柏哼了一声说，“戴夫，我们现在的境况糟透了，但和赫弗相比，简直不值一提。”

“这是什么？”纳夫-文-吉塔递给吉姆·赫弗一个文件夹。

“国务卿先生，这是奈都诸国及其殖民地政府起草的控告地球联合国政府的一份诉讼书。”纳夫-文-吉塔说，“我们已经将其递交给共同联盟华盛顿地方法庭了，奈都政府要求加快审理此案，尽快作出判决。”

赫弗接过文件夹但没有打开，而是转交给了贾夫纳。贾夫纳读了起来。“我猜它和贝克女士一事相关。”赫弗说。

“是的，它是关于体内含有某种 DNA 的物种。”纳夫-文-吉塔说着，坐在赫弗办公桌前的椅子上。“很遗憾，你的助手在查找它上毫无帮助，也不见得会乐于把它交予我方参加加冕仪式。现在加冕仪式不到一周就要举办了。所以，很不幸，我们觉得有必要通过法庭推动这件事的进程。”

“大使先生，恕我直言，我不知道你方有何目的，但贝克女士是人类，因此她拥有基本的权利。我能向您保证，我们确实正在竭尽全力请求她的帮助，但我们不能绑架她，强迫她参加加冕礼。除非她在奈都境内犯罪——而她确实没有犯罪——那么我并不知道为何奈都一定要把她引渡回去。关于这一点，共同联盟法律写得清清楚楚。”

“如果它是人的话，你说的就是对的，国务卿赫弗先生，可它不是。所以，你的话毫无道理。”

“我听不懂你的意思。”

“这个‘物’实质上是杂交物种。是的，它是有人类的DNA，但它还含有大量‘安佐之梦’的DNA——近乎20%，如果我没记错的话。”

“那又怎样？”

“‘安佐之梦’DNA是奥夫-吉塔部落的独有财产，引申开来说也就是奈都政府的独有财产。这是地球政府交予我方的两国全面协议的一部分，协议中特别说明‘安佐之梦’DNA及其使用权归奈都政府所有，任何人未经批准将DNA用于商业或其他用途，都要被没收并接受处罚。唯一可以赦免的是那些疏忽大意造成的杂交，其基因小于或等于‘安佐之梦’八分之一的动物。但就此事而言，此次繁殖绝非疏忽大意，而且该物所含DNA的量超过了可豁免的范围。这款条约是经过共同联盟国会批准的，所以条约权威高于奈都和地球的国法。根据条约规定——我可以说这是一项非常完备的法条，是我们双方政府都承认的最高法条——此物是我国财产，它归我国所有。”

“正确用词应该是‘她’，她是地球联合国公民。”赫弗说。

“但在它被授予你国公民权利及特权之前，它的基因是从合法物主也就是奈都政府那里偷来的。条约上关于所有权的问题写得非常清楚，国务卿先生。而且很不幸的是，上面并没有特意注明要豁免与某种有意识种族的基因杂交产物。我国政府认为，我国对该物的所有权在法律上胜过你国政府的公民身份权。不管怎样，我们起草了诉讼书。考虑到它是奈都的财产，我们要求法庭暂时撤回这个物体的公民身份，而且，如果法庭认同它是奈都财产，则需永久撤销其公民身份。”

“荒唐，”赫弗说，“没有任何一个法庭会规定有意识物种为财产。而且，不管你怎么称呼她，大使先生，她毫无疑问都是一个有意识的生命。”

“毫无疑问，国务卿先生，但是，您的理解——您别见怪——又错了。相比较而言，人类对于共同联盟来说是新成员，共同联盟早在你们还在洞穴墙壁上画野牛时就已经成立了。共同联盟的法律历史同样悠久，虽然你们可能不太了解，但确曾有过相关案例支持我方观点，具体可以参见共同联盟 4-3325 年审理的阿格那和 - 乌对亚 - 赛尼格一案。我猜那个时候你们人类的汉谟拉比正在推行他制定的法典。”

“本？”赫弗转过头去看贾夫纳。

“我记得我读法学院时学过这个案例，”贾夫纳说，“这是一个典型的知识产权案件。如果我没记错的话，阿格那和 - 乌是某方面的程序设计员，开发了一个程序，并声称它有意识。亚 - 赛尼格是其所在公司，称这个程序是工作成果，但阿格那和 - 乌说，因为它有意识，所以亚 - 赛尼格没有所有权，最终法庭判决阿格那和 - 乌败诉。但我不知道这个案子和我们有何关系，他们有争议的财产是软件，不是基因物质，而且大家关于这个程序是否有意识这一点从未达成一致。它并没有经受住所有的考验。作为先例，有点扯远了。”

“并不如你的秘书描述得那样远，国务卿先生。对于财产本质问题的判决是不会改变任何事的。这与财产具体表现无关，只要是财产就可以。最终判定亚 - 赛尼格一方胜诉，是因为创造出这一财产的程序归亚 - 赛尼格所有，阿格那和 - 乌就没有理由首先提出诉讼。”

“换句话说，是基于一项技术性细则判定亚 - 赛尼格一方获胜。”贾夫纳说。

“此话不假，”纳夫 - 文 - 吉塔说，“但对于奈都来说，这是一条非常有用的技术性细则，它明确规定 DNA 归我国所有。”

“但是还有人类的 DNA，这可不归你国所有。”赫弗说。

“如我前面所说，奈都和地球签署的协议并未规定 DNA 的使用途径，只明确规定 DNA 归我方所有。我敢向您保证，国务卿先生，如果你能想到一个法子把这个物体体内的人类部分提取出去，我们各留所需，那么随时欢迎你前来提取。”

“‘拿走你的那磅肉吧，但如果你切肉时流一滴血，你的土地和财产就会充公。’”赫弗说。

“您说什么，国务卿先生？”纳夫 - 文 - 吉塔问。

“《威尼斯商人》，莎士比亚的一部戏剧。主人公夏洛克达成协议要从另一人身上取走一磅肉，但如果他切肉时流出一滴血，他就会倾家荡产。故事中讲的是由一场合同纷争引起的一场危机，大使先生。”

“真有趣，我有空一定要读一下。但我要告知你，国务卿先生，此刻确实是一场严重危机。关于羊的协议是你我两族人民庞大复杂的条约中的一部分，这个条约也是关乎我们两国关系的主要文件——我们两国人民友好关系的核心。如果法庭裁决奈都一方获胜，你们无法或是不愿提供该物，那么地球联合国就是违背了该条约，奈都政府就将有权宣布与该条约有关的所有协议无效，并要求重新商议。到目前为止，奈都是地球最大的贸易伙伴和军事同盟。国务卿先生，我想我不需要告诉你，重新商议我们的友谊关系会对地球经济及地球在共同联盟内的地位及安全产生何等影响。你国政府将承担何等后果，也不用我说吧。”

“大使先生，你可知今天早上奈都六艘驱逐舰同时进入N空间？”

“确有此事？”纳夫-文-吉塔和善地说。

“此举非同寻常。而且考虑到您所说的起诉一事，安排的时间非常具有挑衅含义。如果您不介意我这么说的话，大使先生，因为一个人而毁掉我们两国几十年的友谊，实在有些过激。”

“听到您这么说，我无比开心，大使先生。”纳夫-文-吉塔说着，从椅子上站了起来，“希望你方的担心，意味着你们乐意重新找回我们丢失的羊，那么我们就可以毫无顾虑地把我们长久的亲密关系维持下去。但与此同时，我还是要提醒你一下，我们的诉讼也正在同步进行。因为此次诉讼时间非常紧急，我想，听证也会加快进行——其实，如果明早这个时间之前就进行初步听证，我也毫不意外。所以，我先走了，你们可以准备一下。国务卿先生，贾夫纳先生，祝你们今天一切顺利。”

“《威尼斯商人》？”纳夫-文-吉塔离开后，贾夫纳问道。

“我大学时学过戏剧，”赫弗说，“就让他来告我吧。你是不是知道这个女人现在在哪？”

“我知道她昨晚和哈里在阿林顿商场。”贾夫纳说。

“哈，是啊，阿林顿商场。这倒提醒了我。我告诉你，当阿林顿郡警方、美国和地球联合国联邦调查局，还有华盛顿特区官方安全机关砸我们的门，询问为何国务院雇员涉嫌公共枪击案时，我心情是有多么愉快！更别提从波士顿到迈阿密的媒体了。”

“我确定，是对方先动手的。”

“这件事不好笑，本，而且分分钟都变得越来越不好笑。你当时说这个叫克里克的家伙是可以不动声色地处理好这件事的，可是在阿林顿商场开枪杀人可不是‘不动声色’。”

“所有的目击证人都说并不是哈里先动手开枪的。不管发生了什么，他都是在保护罗宾·贝克。他就是在不动声色地行事，是我们的对手引发的这些意外。”

“你不知道他现在在哪，不知道他们现在在哪，是不是？”

“不知道，我昨晚发消息给他，告诉他先躲起来，等我去找他。”

“嗯，现在查一下他身在何处，如果你不介意的话。”赫弗说。

贾夫纳拿出手机，试图联系他。“不好，系统说他手机不在服务区，给他家打电话也没有人接。我猜他所有的设备都已经被警方查封了。”

“没有消息？”

“我查一下。”

赫弗的行政助理手里拿着一张蓝色的纸走进房间，把纸交给赫弗。

“开庭日期确定了，明天一大早，8 点 45 分。我需要你来处理这件事，本。是时候运用你的法学学历了，在那个先例上发掘一下，然后借以发挥。‘汉谟拉比’，去你的吧。”

“真奇怪。”贾夫纳说着，眼睛仍然盯着手机。

“怎么了？”

“我刚刚收到国防部的戴夫·菲普斯的一条短信，他想和我共进午餐，谈谈‘我们共同的朋友’。”

“你们没有共同的朋友？”

“我努力避免和他有共同的朋友。”

“你应该去和他吃饭。”

“是的，我应该去，多来点抗酸药。”

“给你。”戴夫·菲普斯说着把热狗递给贾夫纳。

“谢谢。”贾夫纳说着，接过热狗，“你要知道，戴夫，国防部花几千美元去买锤子和马桶座圈，应该也能买得起别的东西吧，而不是商场小摊的一个热狗。”

“怎么会？”菲普斯说，“我们的钱都花在座圈和锤子上了。而且，今天请你吃午饭的不是国防部，是我。”

“哦，这样的话，这简直就是国君级别的盛宴。”贾夫纳说。

“太对了。”菲普斯说着，从小贩手里接过自己的热狗，把钱递了过去。“贾夫纳，你吃的可是金士顿野牛野猪肉汉堡，不是碾碎的猪肉括约肌。而且所有的调味品都是你能接受的。我还能请你喝一杯苏打水。”

“呃，得了吧，戴夫，”贾夫纳说，“再这样下去人们会说我们是同性恋的。”

“不可能。”菲普斯说着，接过找零，拿起两杯可乐。“来吧，我们坐下。”两人转身朝一处长椅走去，默不出声地坐了一会儿，看着在林荫路旁慢跑的人们。

“很棒的热狗。”过了一分钟，菲普斯说。

“没有括约肌。”贾夫纳应和。

“我听过一个关于金士顿野牛野猪肉的趣事，从金士顿公司的国防部供应商那听说的。他说，野牛野猪肉刚刚上市时，犹太拉比[1]们曾经讨论过犹太人究竟能不能吃。”

“啊，这可是猪肉啊，至少含有猪肉，不是吗？”

“这就是问题所在。《律法书》规定，不许吃分趾蹄动物的肉，但有人指出，严格来说，野牛野猪肉并不是带蹄动物的肉，实际上它根本不是动物肉。它是基因叠加重组而成的 DNA 制成的，然后在大加工桶里扭转成的肌肉组织。其 DNA 来源之一确实是分趾蹄动物，但另一种并不是。而且并不存在野牛野猪这种动物，所以没有人知道从理论上说，这种动物究竟是否是分趾蹄。”

“他们可以参考该公司的吉祥物。”贾夫纳说。

“显然他们参考过了，”菲普斯说，“但毫无帮助，它穿着靴子！”

“有意思，最终他们下的定论是什么？”

“没有下定论。最终一位拉比指出，《律法书》并没有对 DNA 重组作出规定，所以他们只不过是在臆断。这就等同于犹太人讨论究竟一个针尖上有多少天使在跳舞[2]，根本问题不在于这种肉是否取自分趾蹄动物，而在于他们最初为何要讨论这个问题。”

---

① 原意为老师，后指接受过正规犹太教教育，担任犹太人社团或犹太教教会精神领袖或在犹太经学院中传授犹太教教义者，主要为有学问的学者。——译者注

② 哲学典故，暗指哲学家讨论毫无意义的哲学问题。——译者注

“真是才思敏捷。”

“嗯，他是一位拉比。”

“这个故事和我们现在的处境相关吗，还是只是午饭时的闲谈？”

“我现在有个主意，想听听你的看法。假如我们现在站在同一立场，我们不希望这周末就丢掉工作。你有什么意见？”

“这个假设很惊人，你先说。”

“这几天或许你已经注意到了，你在做一项特殊工作时遇到一些难题。”

“既然你提到了这点，的确如此。”

“我想，从此刻开始，你的难题就可以减轻了。你先别问为什么，假设我们国防部的人一直以来都以阻挠你们部门的工作为己任，那么就在刚刚过去的几个小时以内，事实已经发生了天翻地覆的改变。”

“你是说六艘奈都驱逐舰同时启航并在N空间内消失，也让你们开始紧张了？”

“我并不会这么表述，但的确如此。”菲普斯说，“关于是否与我们的友国奈都继续保持友好关系，国防部与国务院产生了意见分歧，但此刻，我们希望能够和解，而不是对峙。”

“但就像你了解的那样，此刻的问题在于我们并不知道我们的目标身在何处。”

“我会把这些信息告诉你的，但得等到韦伯斯特今晚给大家开过短会之后。我得先和一些人谈谈我要终止的计划。”

“我越早得到消息越好，但我想这么突然的部门合作一定不会没有任何代价。”

“没有代价，只是友情帮助。如果有人问起的话，就说我们两个部门间从未发生过什么口角。”

“你以为谁会问起？”

“谁都可能，”菲普斯嘴里嚼着一大口热狗，“媒体、参议院促进会、独立侦查员，随便谁。”

“我们把话说清楚一点，”贾夫纳说，“不要再在这个漂亮的公园小长椅上拐弯抹角了。上周国防部一直费尽心机想要破坏我们与最亲密同盟的关系——巧合的是，你们的目的达到了，而我明早就要出庭作证——而且，你们试图杀死国务院的一位成员，而他又刚好是我非常要好的朋友。我怀疑，如果你们侥幸能成功的话，也一定会杀掉一位无辜女士。但你们现在却让我把这一切忘掉。”

菲普斯点点头，猛吸一大口可乐。“是的，这基本就是我们当前的立场。本，把这件事忘了吧。”

“这件事很难忘掉，戴夫，尤其此刻奈都大量战舰正朝我国逼近。而且，即便我们决定原谅你们、放下这件事，也要有人来为此承担责任。”

“我已经找到为此承担责任的人了，而且特别令人惊喜的是，他的确有罪。”

“能看到国防部的谋杀未遂转包合同，真是高兴。”

“你瞧，当这一切结束，我们两人可以去小巷子里喝上几杯啤酒，拿几根铅管一决雌雄，怎么样？但此刻我们面临的状态是‘要么同心协力，要么各行其是’。如果这两条路毫无差别，我会选择能够做好任务的那种。我会帮你找到你的伙伴和他的女朋友。作为回报，我们要握手言和。如果你觉得需要的话，我可以发誓。按照这个计划进行肯定有效。”

“好，但我今晚就需要接到消息，务必今晚，戴夫。我明天要出庭，尽力不让几十年来奈都和地球签署的条约变成一纸空文，知道我们失踪的‘羊’的去向很有帮助。”

“成交。”菲普斯说完，又咬了一口热狗。“如果你不介意的话，我想问一下，诉讼内容是什么？”

“奈都声称罗宾·贝克是他们的财产，因为她的基因组成中含有他们的羊的DNA，而我得证明她是个人，不是财产。如果我胜诉，她就仍能是地球公民；如果我败诉，我们所有人麻烦都大了。”

“是人还是奈都羊，”菲普斯说着，把纸巾丢进垃圾桶里，“这又是拉比们可以讨论的一个议题。”

贾夫纳刚想把最后一口热狗塞进嘴里，突然停了下来，看着手中的热狗。“呵。”他说了一句，吃完热狗。

“呵什么？”菲普斯说。

“菲普斯，我想让你知道，我认为你是我整个政治生涯中愿意结识的最最让人讨厌的人。”

“我请你吃午饭，就得到这样一句评价？”菲普斯冷冰冰地说，“谢谢。”

“不客气，虽然你很让人讨厌，但你刚才为我明天的出庭提供了一些思路。如果奏效，我们去小巷子里时，我让你先动手。”

“嗯，好啊，希望奏效。”

“啊——”罗德·阿库纳活动着骨折的手腕，喊叫着。“这样好多了。我的手看上去怎么样，怪胎？”阿库纳把手臂朝阿奇伸过去。阿奇出于本能地向后闪开。

“看上去很不错。”阿奇想要回到刚刚运行出错的电脑旁。

“理应如此。”阿库纳拦住阿奇，“用了快速治愈疗法，所有伤都治好了。骨折、肌腱断裂，甚至包括擦伤伤口，花了我好大一笔钱呢；但从另一方面来看，你看起来比我还虚弱。”

阿奇不由自主地摸了摸面庞一侧，那里已经淤紫，难看极了。这是前一天晚上潜入福克西店里的人在他脸上留下的纪念。阿奇知道打自己的是什么人：山姆。因为他刚被棒子打晕在地，山姆就走上前来，在他耳边说了句“对不起，宝贝”，然后用电棍扎他的腹部将他电晕。后来，阿库纳踢他的肋骨把他踢醒了，塔克已经把他拖到了楼上。

塔克正躺在公寓卧室的地板上，把福克西吐出来让他胃部绞痛难忍，阿奇感觉最好不要去想象那个画面。因为要急于赶去疗伤，阿库纳差点把阿奇和塔克扔出面包车；最近几天以来，他的身体伤痕累累，情况严重。阿奇并不知道阿库纳是去哪里看的医生，但他怀疑他去的并不是什么正规医院；据他猜测，可能是找的某个像福克西一样的地下自由职业者，只不过多了一个医学学历。阿奇放任自己的思绪去想象由地下专家们构成的整个经济体系；鉴于自己并没有犯什么错误，或许已经被定义为他们中的一员了。

“快速治愈的缺点就是让你奇痒难忍。”阿库纳说，“我得吃点阿司匹林。跟我来，怪胎，我要和你说些事情。”阿库纳转身跨出了公寓的门，阿奇一身疲倦地站起来跟了上去。

他在大厅的自动贩卖机前追上了阿库纳。“别想歪了，”阿库纳一边说一边把银行卡插入机器，“但你看上去真的很走运。我是说，这些王八蛋真是把我害惨了，甚至还让塔克受了点伤，这可不是件容易事。但你躲过一劫。”他按了下按钮，取出阿司匹林。

“谢谢。”阿奇说道，整个人闷闷不乐。

“你也想来点阿司匹林吗？我给你买，算我请你的。”

“我还好。”

“嘿，你瞧，他们又补充货源了，你的最爱——白巧克力 M&M's。我给你买点。”他的手指在 B4 按钮上按了下去。

阿奇想说“真的吗？谢谢，还是不用了。”刚发出一个音节，疼痛感就开始撕裂他的视觉神经。阿奇躺倒在地，打着滚。阿库纳看着他倒了下去。

“真是太有意思了，或许我应该买两包，你说呢？”阿库纳又一次按下 B4 按钮。阿奇喘着粗气，抬起头，痉挛般地摔到水泥地上，他的头盖骨又一阵疼痛，但这次轻了许多，甚至有点舒适。

“你是给谁办事的，阿奇？”阿库纳问。阿奇迷迷糊糊地意识到这是阿库纳第二次喊自己的名字。

“我给国防部打工。”阿奇大口喘着。

“回答错误。”阿库纳又按下 B4 键。阿奇痛苦地抽搐着。“我了解国防部所有的监视花招，这个不是他们的手段。这个很新奇，也让我惊讶。我以为我了解窃听的全部方式，但你这个方法却让人赞叹，非常好！嗯，除了这一点。”阿库纳又按了下按钮。阿奇呕吐不止，如同婴儿般蜷缩在地上。

“我们把话说简单点，怪胎，我不喜欢有人暗中监视我，尤其不喜欢因为有人监视我，使我在完全不知情的情况下搞砸自己的任务。这让我看上去逊人一等，而我不想逊人一等。”他猛戳了一下贩卖机上的按钮。这一次，被自己的呕吐物包围着的阿奇近乎抽搐起来。“所以，现在就告诉我你在为谁效劳，否则我就一直刷，直到把钱刷光。”

阿奇低声说了句什么。

“你说什么？”阿库纳问。

“我说‘去你的！’”阿奇声音颤抖地说。

阿库纳笑了笑，朝自动贩卖机看了看。“你可知道，一包M&M’s 85美分，我这张信用卡透支额度是5000美元，所以咱们算算总共可以买多少包。”

阿库纳刷了45.05美元，阿奇终于招了。

布莱恩满足了阿奇的愿望——让自己的系统被黑，然后他潜入了阿奇的电脑。布莱恩是通过内线作的案：他编写了黑客程序，通过自己打开的后门潜入系统。他在系统里存放的数据价值之高，足足可以在华盛顿特区的黄页上印一百年——当然了，是加密的，而且为了让整件事更有趣，布莱恩设计的版式类似个人信息文档。阿奇的黑客程序闯进去后，挖掘出数据，给阿奇的电脑发出信号并开始进行传输。此时，布莱恩突然发出指令，命令传输接口完全开放，同时让阿奇的电脑误以为它已经关闭且十分安全。布莱恩乐呵呵地看着自己成为史上最聪明的电脑。

布莱恩飞快地翻阅着阿奇的文档，这时阿奇的外接计算机摄像头捕捉到一个画面：阿奇走进门来，身后跟着一个身材魁梧得惊人的外星人。布莱恩认出（或者说是他的某个部位认出）那是一个纳棋。两人看起来好像都是刚刚被痛打了一顿。如果一定要让布莱恩猜测，他会认为阿奇和这个外星人一定是刚刚试图抓哈里和罗宾回来；看上去他们并未大获全胜。阿奇在电脑前坐定，漫无目的地看了几分钟，然后就把头趴在桌子上睡着了。布莱恩继续查找文件。第二天早上阿奇醒来时，似乎有点怀疑有人窥探过他的文档；他运行了体检程序，开始检查文档。布莱恩和阿奇玩了几个小时的躲猫猫，部分原因是为了测试阿奇的技术，部分是为了消遣娱乐。下午时分，罗德 · 阿库纳出现了，他精神饱满，命令阿奇同他一起去贩卖机买东西。大约 20 分钟后，公寓的门突然被撞开，阿库纳拖着阿奇进来，粗暴地把他扔在地毯上，口中喊着一个名字，听上去很像是“泰克”。纳棋突然出现，他庞大的身躯把卧室的过道都塞满了。

“怎么了，老板？”他问。

“我们要开始行动了，”阿库纳一边说，一边指着呈大字形倒在地板上的阿奇，“你看着这个怪胎。如果这个混蛋再要什么花招，你就把他吃掉。”

“为什么？他怎么了？”纳棋问。

“他一直在把我们的信息通报给他该死的同党。”阿库纳说。

“国防部吗？”纳棋问。

“不是，你这个四肢发达头脑简单的东西，是他所在的什么异教组织——‘进化羊’教派。昨晚我们就是被他们袭击的。”

“我现在就可以吃掉他。”纳棋愤恨不已。

“不。”阿库纳低头看着阿奇说，“我要先和施罗德谈谈，或许他还有问题要问这个混蛋。你要盯住他，明白吗？如果他要上大号，你就在卫生间看着他。听懂了吗？”

“听懂了。”纳棋说，“如果他想跑，我怎么办？”

“问得好。”阿库纳从口袋中拿出一把折叠刀，把刀弹开，蹲下去抓住阿奇的右腿，把阿奇的跟腱割断了。“这样就好了。还有，尤其别让他接近电脑。实际上——”阿库纳大步走到阿奇电脑旁。

啊哦，布莱恩心想。阿库纳伸出手去够电脑。外接摄像头传来的画面剧烈摇晃了一阵，然后就是一片漆黑。

吉恩·施罗德已经事先告诉戴夫·菲普斯给自己留好门，菲普斯照做了。他从车库门走来，沿着旋转楼梯上了楼。楼上曾经是安东·施罗德的书房，现在是他儿子吉恩·施罗德的了。菲普斯在这间书房里待了无数次，他一直觉得它让人毛骨悚然，原因很可能是安东在墙上挂了数支奈都设计的古代矛剑作装饰，而且吉恩把这一习惯继续保持下来了——实际上，他又增添了不少收藏品。他们二人都乐于收藏敌人的兵器。

菲普斯看见施罗德两脚搭在桌子上，坐在那看几张散页文件。菲普斯走进房间时，他抬头看了一眼。“你看上去焦躁不安。”他接着去看手里的文件。

“吉恩，一切都结束了，”菲普斯说，“我需要知道那位女士在哪里，我们得把她带回来。”

“为什么？”施罗德仍然没有抬头。

“什么？”菲普斯问。

“我们为什么要把她带回来？你和你老板想要一点点刺激来增加预算，我会告诉你们你们成功了。似乎一切都进行得十分顺利。”

“你没听懂我在说什么，事情结束了。奈都对失踪女子的反应之强烈远超我们的预期。现在，他们六艘驱逐舰进入N空间，我们怀疑它们正在开往地球的路上。这已经不在我们可以为所欲为的范围之内了，而且也不在我可以让你为所欲为的范围之内了，吉恩。”

“怎么了，戴夫。‘我为所欲为’，一个从韦伯斯特政府上任以来就一直从我这受贿的人口中说出这样的话，真够强硬啊。你知道你从我这拿到多少钱吗，戴夫？”

“这不是钱的事。”菲普斯说。

“43.8万。”为了增强效果，他声音很大，“到目前为止。这已经足够你买下一直觊觎的纳格海角的海景房了。这倒提醒了我，我还为你准备了一个投资项目。”

“你自己留着吧。”菲普斯说。

施罗德终于把视线从文件处挪开。“留着？哦，天啊！一定是事态无法控制了。这里是美国，戴夫，美国人不会拒绝金钱的，因为这是不爱国的表现，你会因此被驱逐出境的！”

“吉恩——”菲普斯刚开口说话，就听见书房连接的小卫生间里传出马桶冲水的声音，“你这还有别人？”菲普斯问。

“我很受人喜爱，不能因为你突然不帮我了，我就把之前的社交活动取消掉。”

“我并没有说我不帮你了。”

“嗯，你当然没有说，任何人都没说。但收了我近50万——此时你马上就能买下那栋海景房了，只多不少——然后突然拒绝再收我的钱。我爸爸教过我怎样察言观色，戴夫。国防部把事情搞砸了，你要找个人当替罪羊。而且，我猜，在刚刚过去的几个小时里，你私下里已经决定了把我卖了好给你擦屁股。好吧，戴夫，用你自己的话说，这已经不是钱的事了，再也不是了。”

卫生间的门打开了，纳夫 - 文 - 吉塔走了出来。“风扇我没关。”他对施罗德说。

“谢谢。”施罗德说。

“这究竟是怎么一回事？”菲普斯问。

“你是想说，‘怎么回事，吉恩？奈都驻地球大使是你的公敌，你怎么会让他用你的卫生间？’我可以回答你。不如先坐一会儿，让纳夫给你拿点喝的。”

“给我拿点喝的？”菲普斯深知，作为部下，按照奈都的标准来说，他几乎不可能与之接触。

“为什么不呢，”施罗德说，“我们都是朋友。对吧，纳夫？”

“当然。”纳夫 - 文 - 吉塔回应。

“纳夫会调制清淡的马提尼。快坐下吧，戴夫，我来给你解释一下。”

菲普斯在施罗德对面的椅子上坐了下来。纳夫 - 文 - 吉塔说到做到，到菲普斯座位后面的吧台去调制饮品了。

“好了，”施罗德说，“我们来参观下这些收藏品，”他对着墙上各式各样的奈都武器比画了一下，“你知道这些武器的共同点是什么吗？”

“它们是奈都武器。”菲普斯说。

“对了一半，他们是由文 - 吉塔部落的古老成员设计、制造并使用的，而他们部落的一位后代正在为你调制马提尼。在最近几十年里，文 - 吉塔部落在奈都社会等级中排位非常低微——无意冒犯你，纳夫。”

“没关系。”纳夫 - 文 - 吉塔走到菲普斯身旁，把酒递给他。菲普斯接了过来，喝了一口。

“还不错吧？”施罗德说。

“非常好。”菲普斯赞同。

“我用来涂杯壁的苦艾酒的量恰到好处，”纳夫 - 文 - 吉塔解释说，“不多不少。”他在菲普斯旁边的椅子上坐了下来。

“不管怎样，最近几十年来，文 - 吉塔部落的社会财富有所下降，”施罗德说，“这也就是为什么该部落在其他星球的外交地位也微不足道，就比如，哎，在我们地球。但我想你可能并不知道文 - 吉塔社会地位相对卑微的原因。”

“我完全不了解。”菲普斯说。

“是因为我们想获得王位。”纳夫 - 文 - 吉塔说。

“正是。”施罗德说，“目前，奈都统治者没有留下可以继承王位的子嗣。他性无能，虽然究竟是天生性无能还是因为被害仍然没有定论。奈都传统规定，必须是直系后代且只有经过非常虔诚的加冕程序才能获得王位。如果你有一个条件没有满足，你们的部落就无法成功，其他部落就可以来竞争王位。到目前为止，我说的没错吧？”施罗德向纳夫 - 文 - 吉塔核实。

“没错。”纳夫 - 文 - 吉塔表示赞同。

“当王位可以公开竞争，自然，某些部落就会强于他人。”施罗德说，“上一次，两个主要竞争对手是当前正在执政的奥夫 - 吉塔部落和在野部落文 - 吉塔。每个部落在其他部落和共同联盟都有自己的支持者，而且出于各种原因，通常都伴有政治阴谋和幕后交易，长话短说，就是——”

“刺杀，还有各种迫害活动。”纳夫 - 文 - 吉塔咆哮道。

“包括刺杀和迫害，”施罗德承认，“总之，奥夫 - 吉塔部落在王位竞争中领先一步。作为落选的一方，文 - 吉塔部落地位大大降低，这也就是为什么纳夫是驻地球大使，而非驻共同联盟大使。”

“这样就出现了一个有趣的问题。在没有王位继承人且该部落被选为王时，这个部落就要创立一个加冕程序，而且该程序一定要严格执行，这样后续继承人才可以继承王位。如果该继承人无法严格执行加冕程序，那么就会发生两种情况。第一种情况就是有五天的间隔时间，在此期间，每个部落分别模仿加冕仪式，直至有人能够获得王位。如果没有部落能够成功，那么就又回到了所有人竞争王位的阶段。我说这么多，你明白了吗？”

“我听懂了，”菲普斯说，“但我不知道这和其他事有什么关系。”

“我马上就要说这一点，”施罗德说，“相信我，我这是长话短说。”

“好。”菲普斯说。

“好了，”施罗德说，“奈都传统规定，加冕仪式上一定要有执政部落专有的、其他部落无法得到的某样东西，传统上，这可以是某种物体或是机密文件，但当奥夫 - 吉塔部落执政后，它决定标新立异。”

菲普斯灵光一现，“羊。”他说。

“对，是羊。”施罗德赞同道，“是地球政府为了奉承奥夫 - 吉塔权贵势力送给它们的礼物，一起送去的还有为奈都新一任统治者量身打造的电脑网络，好让他们的统治更加现代化。电脑网络只是个网络而已，但羊的归属权却专属于奥夫 - 吉塔部落及其皇室家族，其他任何部落的任何成员不得占有该羊，违者以死刑或剥夺公民选举权判处。而且，加冕仪式需要的是活生生的羊，因为加冕仪式要求既要有羊的 DNA，同时也要有大脑活动，这样可以避免某个部落拿着一壶羊血出现在加冕仪式上。”

“但如果有人杀光这种羊，那么加冕仪式就无法继续进行，”菲普斯说，“然后奈都王权就向众人打开了大门。”

“你说得对。”施罗德说。

菲普斯看了一眼文 - 吉塔。“你为了争夺王位，真是演了一场好戏。”

“过奖。”纳夫 - 文 - 吉塔说。

“所以大家急于找到这只羊，只不过是一个阴谋。”菲普斯说。

“不是阴谋，”纳夫 - 文 - 吉塔说，“我是我国政府派出的大使，我国政府希望找到这只羊，但我知道，这场搜寻将毫无成效。”

“但之前不是，”菲普斯反驳，“他们找到那个女孩了。”

“哈，是的，那个女孩，”纳夫 - 文 - 吉塔说，“突然间一切都变得更有趣了。几十年来，我一直在准备——或许我应该说是我们部落一直在准备——夺取王位。我们日夜煎熬，积聚力量，就等着法汗死去、王权可以公开竞争的时刻到来。我们知道，其他部落当然也会谋划。我们能否夺权成功尚不明确，尤其是我们遭受了种种不公待遇后，社会地位十分低下。但突然间，这只羊竟然同时也是人——因此，她并不是奥夫 - 吉塔家族的财产，也就为我们获得王权提供了一条捷径。”

“但你还是要起诉，想把她划为奈都财产，”菲普斯说，“本 · 贾夫纳明天就要出庭和你们打官司了。”

“那是奈都政府的财产，并不是奥夫 - 吉塔部落的财产，”纳夫 -

文 - 吉塔说，“ 部落在共同联盟法庭没有发言权。奥夫 - 吉塔部落希望能够在举办仪式前找到这位女孩，而政府就是奥夫 - 吉塔部落。但如果没能在举办仪式之前找到她，那么任何一个部落都可以利用她完成加冕仪式，如果他们找到她的话。”

“ 而你已经找到她了？”菲普斯说。

“ 还没有，”施罗德说，“ 克里克这个家伙总是把她从我们眼皮子底下带走。我们知道他们已经离开地球，也知道他们是从华盛顿地区出发的，然后他们就不见踪影了。昨晚起飞的飞船太多了。”

“ 如果你找到她，打算怎么做？”菲普斯说。

“ 抓住她，”纳夫 - 文 - 吉塔说，“ 把她藏起来，然后利用她。如果我做不到，就杀掉她。你要再来杯喝的吗？”

“ 不了，谢谢。”菲普斯说。

“ 吉恩？”纳夫 - 文 - 吉塔说。

“ 我也不要了，”施罗德说，“ 不过，纳夫，你请自便。”纳夫 - 文 - 吉塔点点头，站起身。施罗德的注意力又回到菲普斯身上。“ 现在你知道为什么我们不能让你得到她了吧，戴夫，关于她，我们有自己的计划。”

“ 无论会对地球产生怎样的影响。”菲普斯说。

“ 地球不会有事的，”施罗德说，“ 对地球政府会稍有影响，但绝不是重大损失。你应该知道，无论怎样，地球政府都完蛋了。如果奥夫 - 吉塔守住王位，他们就会认为是地球政府积极运作让他倒台。这种情况很糟糕，很可能会引发一场战争。如果文 - 吉塔夺得王位，他们就会记得在竞争王位时，地球政府曾一度支持其对手。这种情况同样糟糕，也可能会引发一场战争。区别在于，如果文 - 吉塔赢得王位，等所有战事结束，他们就会为地球及其殖民地任命行政长官。”

“那人就是你。”菲普斯说。

“是我，”施罗德说，“而且，为地球任命一位与奈都敌对历史如此悠久的行政长官，这对于奈都政府来说，将是多么漂亮的政治伟业！这将向地球公民表明，他们的政府将代表他们的利益；也是向共同联盟表明，奈都是公平公正的胜利者。大家各有所得。”

“除了被征服以外，地球将会失去独立地位、对殖民地的管辖权以及在共同联盟的代表权。”菲普斯说。

“小事，小事，”施罗德说，“是的，地球是会失去其代表权以及对殖民地的管辖权，但这些损失只是暂时的。纳夫已经向我保证，他对我们的房地产或是统治我们丝毫不感兴趣，他仍然无法忍受人类。”

“当然了，此刻我身边的伙伴除外。”站在吧台旁的纳夫 - 文 - 吉塔说。

“所以，我们不到十年就能重新恢复独立身份。”施罗德说，“对了，如果在我执政期间有人辅佐，会更快，比如你。”

菲普斯对他视而不见。“你是要贿赂我？”他说。

“不，戴夫，”施罗德叹了口气，“我之前一直在贿赂你，此刻我要完全收买你。恐怕，美国殖民协会里许多好岗位都已经被我手下的人占了，但我还是会想办法让你管理部分地球，我听说新西兰不错。”

“听听，”菲普斯说，“为了一碗粥，你就交出了自己与生俱来的权利。你现在负责的组织的宗旨是帮助地球及其殖民地富裕起来，而不是被某个外星种族征服，我甚至无法想象你父亲会说你什么。”

“呵，首先，我出卖我与生俱来的权利并不是为了一碗粥，而是为了统治整个星球，”施罗德说，“这对我来说是个很棒的主意。其次，我父亲和奈都大使那耶 - 文 - 吉塔 40 年前就开始计划这件事，所以我猜他一定会十分激动。”

“我不明白你在说什么。”菲普斯说。

“你认为这样的事会在一夜之间就发生？”施罗德说，“是的，关于女孩这部分确实临时有变，但其他一切关于夺取奈都政权的事都已经计划了几十年了。我父亲是帮助文 - 吉塔部落的唯一合适人选，他是共同联盟的第一位地球代表。天哪，他认识所有人，所有人也都认识他。美国殖民协会是我父亲将这一目标深化下去的绝佳组织，它能够影响华盛顿大厅里数代奴颜婢膝之人，制造反奈都情绪，为他帮文 - 吉塔部落赢得政权这一真正计划打掩护。这很有效，现在仍然有效，即便是在韦伯斯特政府也是如此。你认为你的老板是怎么得到这份工作的，戴夫？就是我父亲去世前走的最后一步棋。”

“太疯狂了。”菲普斯说。

“你的意思是对统治新西兰说‘不’。”施罗德说。

“我是说，你需要重新考虑一下自己的所作所为，”菲普斯说，“你即将把自己的全部同胞投入战火与奴役之中。真是疯了！我无法宽恕这样的做法。吉恩，告诉我那个女人在哪，这样我们还能毫发无损地躲过这一劫。否则的话，我什么都无法保证。”

“戴夫，”施罗德说，“无论怎样，你都无法保证任何事。我想要的，你一无所有。最后一次机会，伙计，加入我们。”

“否则呢？你们就要杀掉我？”菲普斯说，“说真的，吉恩，如果果真如此，我现在就掐断你的脖子，让你死在这把椅子里。”

“哦，是啊，你曾是特种兵，而我只不过是一个娇嫩的名牌大学毕业生。”施罗德说，“这些我都记得。当然了，你说的对，我永远都没办法杀了你，我有这样的念头真是太愚蠢了，我永远都不可能侥幸成功。但我知道，有人可以。”

菲普斯感觉自己身体被压了一下，接着在自己的胸腔处看见了奈都矛尖。

“比如说，纳夫，”施罗德不拘礼节地说，“他有外交豁免权。”

菲普斯用力抓着突出来的矛尖。在毫无防备的情况下，第二支矛穿透他的腹部，位置同第一支矛对称。他用力抓住那一支，想要站起来，样子看起来就像滑雪者腹部被插入了手杖。

纳夫 - 文 - 吉塔从菲普斯身后转了过来，站到他面前。“据说这些矛是我们家族伟大的创立者扎 - 文 - 吉塔打仗时用过的，死在这上，是你的荣誉。”

菲普斯吐了一大口血，跪倒在地，向前一倾，死了。矛尖被椅子卡住，让菲普斯没能完全倒下。

“你说的对。”纳夫 - 文 - 吉塔对施罗德说，“他会毁掉我们的计划。”

“我知道，在人们行动之前就摸清他们的想法，这一点很重要。”

“如果他说愿意加入我们，你会怎么做？”

“我仍然会让你杀了他，他收了我的贿赂，此人不可靠。”

“他拿了你的贿赂？”

“正是，所以我知道他完全不可靠，”他低头看看菲普斯，“不过，还是很可惜。”

“因为你无法信任他？”纳夫 - 文 - 吉塔问。

“不，是你不得不把他刺死。你看，现在地毯上弄得到处都是血。这脏东西怎么洗都不干净。”施罗德说。

第十一章

克里克和罗宾做的第一件事就是睡觉。他们找到自己的舱位——下甲板上的经济舱，在引擎和船组工作区旁边——从门口挤了过去，两人瘫倒在各自的单人铺位上，整整睡了12个小时，连个梦都没做。

他们做的第二件事是购物。福克西十分周到，给了克里克一件运动衫，把他狼狈不堪、满是血渍的衬衫换了下来（虽说周到，但还是为此收了克里克一大笔钱），还兑现了自己的诺言，免费送给罗宾一顶帽子；除此之外，他们二人的全部行李就是假护照以及身上之物了。“梦幻岛”并非高档航班——它隶属于海斯波特-美国邮轮公司，专门为大型团体提供经济型旅游服务——但它却在银河甲板开设了一家非常精致的服装店。罗宾为二人挑选了衣服和鞋子，而克里克却和店员聊着些闲天，讲述他们的行李是如何被运到百慕大去的。

罗宾做的第三件事是修理头发，克里克做的第三件事则是按摩。二人在此过程中都是龇牙咧嘴，但对结果又都很满意。他们做的第四件事是继续贪婪地睡觉，醒来时刚好到了晚饭时间。座位已经安排完毕，座次表从门下塞进来。他们找到自己的座位号——17 号桌。

“上面说穿着要半正式——最好是军装。”罗宾看着分配表说。

“恐怕我们要让他们失望了。”克里克说。

“至少我给你买了帅气的西服外套和领带，顺便说一句，我还不习惯为你选购商品。我希望你不要介意，我再也不打算和你一同去商场了。”

“我理解，我希望你不要介意，我也是这么想的。”

“很好，我们这样就把话说开了，”罗宾说着，又看了看宴会邀请，“但你有军装，是不是？在家里？你是退伍军人。”

“是的，我有军装，但退伍后我就再没穿过。”

罗宾笑了笑，轻轻地挥挥手，意指这条邮轮。“你是说你以前从未经历过这种事？甚至连‘老兵纪念日’的游行也没参加过？”

“我对游行不太感兴趣。”

“我懂了，气氛太孤独压抑。”

“不是的。——好吧，的确如此。关于服役，最好的一件事就是它已经结束了。我把军装收起来，因为我和它的关系了结了。”

“那这次邮轮旅行，你不介意吗？”罗宾问，“因为我感觉邮轮上的其他人还没有和战争完全了结关系，这就是他们出现在这里的原因。”

“没关系，我喜欢孤独，但这不代表我无法假装喜欢社交。”

“真是我的好骑士，不过，我猜你一定是里面唯一没有穿军装的人。等着瞧吧。”

“什么，没有军装？”克里克和罗宾落座时，17号桌的秃头男人问道。

“我们的行李被送到百慕大了。”克里克坐在那里说。

“天啊，这样的情形真是百年不遇。”秃头男人说着，伸出手来，“查克·葛雷德，这是我的妻子伊芙琳。”

“丰岛广木。”克里克握住他的手说。

“什么？”

“我是被收养的。”

“哦。”葛雷德说。

“这是我的未婚妻黛比。”克里克指着罗宾说。

“哇！恭喜你们！”伊芙琳·葛雷德说。

“谢谢。”罗宾说，“我们订婚比较匆忙。”

“嗯，你得跟我们大伙讲讲。”伊芙琳说，“我喜欢听浪漫的订婚故事。”

“我们是在一家商场认识的。”罗宾说，话语中不带任何感情色彩，“我们相遇，现在还在彼此了解阶段。”她还没来得及继续往下说，就新来了两对夫妇：詹姆斯·克劳德及其妻子杰姬，内德和丹妮丝·勒夫夫妇。大家分别握了手，最后又来了克里斯·洛佩斯及同伴埃里克·伍兹，于是大家又握了一圈手。克里克不得不又解释一遍自己是收养的。一位服务员走过来给大家倒满了葡萄酒。

“既然大家都到齐了，”葛雷德说，“我们桌上有军官吗？”所有人都摇头。“很好！那我们就不需要敬礼了。我提议，大家全程放开肚皮吃喝，不醉不归。”

伊芙琳在葛雷德身边翻了个白眼，拍了下丈夫的胳膊。“稳重点，查克，”她说，“这是司令员发布的命令。”

“是的，夫人。”葛雷德说着，对同桌的人笑了笑，“你们能看出谁是主管了。”

“我听说‘梦幻岛’的船长是帕耶米的退伍老兵，”克里斯·洛佩斯说，“有人知道真假吗？”

“我知道，”内德·勒夫说，“是真的，他曾是深海着陆器驾驶员。这也是我们选择‘梦幻岛’邮轮的原因之一。”

“而且还很便宜。”葛雷德说。

“那没什么关系，”勒夫承认道，“还有更便宜的线路。我当时是这条线路的指导委员会委员，勒汉船长来找我们搭他的船，于是我们就来了。他在帕耶米时是个很优秀的领航员。他驾驶的着陆器被直接命中，但他还是成功脱逃，把自己带领的小队带回船上来了。”

“现在他又开始拉载游客了。”詹姆斯·克劳德说。

“这没什么错，”洛佩斯说，“他和我们所有人一样旅行。”

“我不是批判他，”克劳德说，“天啊，我真嫉妒他。我曾经是送料斗操作员，现在却在卖地毯，我宁愿和他换。”

“我最近正在忙着物色地毯。”葛雷德说。

“那对于某个人来说，今天就太幸运了。”克劳德说。

“说曹操，曹操到。”勒夫说着，手指着房间前方，“好像勒汉船长要讲话。”

克里克伸长脖子，看见一位穿着一袭白色制服、年纪尚轻的男人——那是海斯波特-美国航空公司的制服——站在那里，用叉子轻轻地敲着红酒杯，充满欢声笑语的房间立刻安静下来。

“各位退伍老兵，”勒汉说，“陆军士兵、海军陆战队队员、见习船员，哦，还有军官，”——大家哄堂大笑——“欢迎各位登上‘梦幻岛’号飞船。”大家鼓起掌来；勒汉笑了笑，让掌声持续了几秒钟，随后抬起一只手示意大家安静。

“我们来到这，都是为了同一个目的。”他说。

“喝个大醉！”有人在后面大喊。又是一阵哄堂大笑。

勒汉露出微笑。“好吧，两个原因。另一个原因是为了纪念我们在帕耶米战场不幸身亡的友人和战友。距离我们——有些人那时刚刚高中毕业——参加那次战役已经过去十多年了，那是地球加入共同联盟后参加的规模最大的一次战役。当时，关于帕耶米之战的争议很大，反对的人也很多，但从未有人质疑在那里拼搏牺牲的男男女女的勇气。在座的所有人应该对此最深有体会，在那场战争中结下的友谊在我们这些生者中仍在延续。正是这种感情今天把我们召集到一起，去纪念为自己的家园星球及战友做出牺牲的人们。”他举起酒杯，“敬我们的兄弟姐妹！”

“敬我们的兄弟姐妹！”所有人都回应道，喝了一口酒。

“众所周知，”勒汉继续说，“卡格峰是‘梦幻岛’号航线的一个重要停靠港。我们在帕耶米平原安排了一场纪念仪式，希望我能在那里见到大家。当然了，除此以外的时间里，大家可以去其他常规景点参观游览，‘梦幻岛’上还有各种活动。正如房间后面那位朋友所说，虽然我们是纪念同胞，但娱乐也没有错。所以，我谨再次代表‘梦幻岛’号船组成员，欢迎大家，祝大家旅途愉快！”接着，他在餐桌旁坐下，开始鼓掌。服务员从房间四周走来，给大家上沙拉。

“说得真好。”葛雷德说。

“我说过他很优秀。”勒夫说。

“我们要在帕耶米平原举办什么仪式？”洛佩斯说，“我以为奈都的‘星球死神’把它炸飞了呢。”

“既是又不是，”勒夫说着，身体后倾，给上沙拉的服务员让地方，“平原还在原地，只不过现在是在一百多米高的岩石之下，当时炸弹爆炸后从熔岩里炸出一堆岩石。我们的仪式将在熔岩石堆比较凉爽的地点举办。”

“你是说还有地方很炎热？”克劳德问。

“嗯，是的，”勒夫说，“曾经的平原南部形成了一座火山，岩浆还在喷涌。我们要去平原南部。”

“该死的奈都！”葛雷德说完，猛戳了一下沙拉。

“查克。”伊芙琳提醒他。

“哦，亲爱的，”葛雷德说完，环视餐桌一周，“大家都知道我在说什么。”

罗宾举起手。“嗨，”她说，“其实，我不知道。奈都在这场战争中怎么了？”

葛雷德看了看罗宾，若有所思地嚼着沙拉，然后转过头去看克里克。“你没跟她讲过这些事？”

“我们确定关系不太久。”克里克说。

“我们还在了解阶段。”罗宾补充道。

葛雷德环顾四周。“我简单回顾一下，有人介意吗？”看到没有人回应，他接着说下去，“简单地说，卡格峰是奈都殖民地，大约20年前，卡格峰当地居民开始有些骚动。大约六七年的时间里，他们经常发起小规模的恐怖主义事件——自制炸弹、轰炸集市、暗杀活动。没有什么事奈都不能独自处理，但后来发生的一件事让奈都坐立不安：当地的奈都军队指挥官站在卡格峰居民一方，拿起了武器反抗。这绝对是意料之外的事。”

“为什么？”罗宾说。

“因为奈都的等级制度。”勒夫插嘴道，“奈都执行种姓制度，大家形成一个个部落，互相猜忌，而执政部落通过电脑网络管控一切事宜——是真正的一切事宜。每一个军事及政府设备都联网，网络接口就在奈都发给步兵的步枪下方。权力结构是自上而下的，所以指挥官大权在手，可以作出一切决定。网络直通顶层，如果奈都首领愿意，他只需发布命令，就可以让战场上的某一只步枪停止工作。”

“如果士兵切断网络，会发生什么？”罗宾问。

“他的步枪会无法使用，”勒夫说，“或者是他的货车，或是船，随便什么。这就是奈都等级制度运行权力的方法。”

“此次事件除外，”葛雷德说，抢过话题，“当地指挥官似乎通过某种手段切断了奈都网络，但步枪依然可以使用，船也是。他们断了网，宣布卡格峰独立。奈都宣战——”

“因为地球签署了互相保护协议，我们也被牵扯进去，”洛佩斯说，“于是我们开始为奈都打内战。”

“我们的国防部并无怨言。”克劳德说。

“是的，毫无怨言，”葛雷德说，“国防部一直在等待时机炫耀地球军队的快速反应能力。我们开始与奈都联合作战，而且因为奈都主导，军队由他们负责指挥。但出现了一个问题。”

罗宾等了一分钟，希望葛雷德继续说下去，但他似乎很享受这种戏剧性的戛然而止。罗宾终于开口问道：“是吗？什么问题？”

葛雷德张开嘴刚要说话，却被勒夫抢占了先机。“问题在于，卡格峰反动派并没有完全脱离奈都网络。他们阻挡了奈都对他们装备的控制，但他们却仍能进入网络。”

“所以他们知道奈都指示我们做出的每一个举动，”葛雷德又往嘴巴里塞了一大口沙拉。

“惨了。”罗宾说。

“太惨了。”洛佩斯说，“我们往帕耶米平原派了十万军队，因为奈都情报机关告诉我方，那里是理想的集结待命地区。按理说，那里离造反军聚集地很远，当地人也十分顺服，不会给我们制造麻烦。但造反派知道我们即将出动，为我们的到来做好了充分准备。结果，当我方还在组织调动时，就被他们袭击了，一时无力作出有效反击。”

“真是混蛋。”葛雷德说。

“查克。”伊芙琳·葛雷德说。

“你丈夫说的对，葛雷德女士，”洛佩斯说，“23000 人死亡，受伤人数也差不多。当你所在部队有一半人伤亡，你也会忍不住说‘混蛋’。”

“谢谢，洛佩斯。”葛雷德说着，用沙拉叉子指着他军装上的一条彩带，“我在帕耶米战场受了枪伤，腿部中弹，差一点整条腿都废了。我想，如果我愿意的话，我也会用‘混蛋’这个词。”

“那后来怎么样了？”罗宾说。

“嗯，按照卡格峰的时间，大概过了两天，具体是，多少来着？30 个小时？”葛雷德转过头去看勒夫。

“31 个小时零 7 分钟。”勒夫说。

“就是那么久。”葛雷德指着勒夫说，“我们部队成功从那里撤离，告诉奈都他们自己的烂事自己管吧；他们做到了。”

“他们在帕耶米投下炸弹，”克劳德说，“是一枚‘星球死神’。这种炸弹会扎进星球地壳，摧毁地壳，炸出熔岩。”

“简直就像是火山喷发，不，就是火山喷发。”葛雷德说，“奈都向帕耶米平原投掷了炸弹，把几百公里内的一切生物彻底摧毁了，包括所有的城镇和乡村。”

“之后，灰尘弥漫，遮住阳光，星球的温度降了下来。”勒夫说，“那年冬天，卡格峰经历了一次短暂的冰河时代。殖民者饥寒交迫，奈都又对该星球施行封锁，没有人能够逃出来。”

“为什么共同联盟不采取行动？”罗宾问。

“这是国家内部问题，”洛佩斯说，“共同联盟只管理国家间的侵略战争，不插手内战。”

“所以，共同联盟就眼睁睁看着那些人死掉？”罗宾说。

“大致来说，就是这样。”洛佩斯叉起最后一口沙拉。

“但这很有效，”葛雷德又接过话题，“卡格峰反动势力投降了，为了不再让家人挨饿、死去。奈都重新开始执政，据我所知，所有反动士兵都被处死。因为无能与冷酷，奈都杀了数万反叛者，处死数万投降战士，饿死、冻死数万自己的国民。现在你知道，我为什么要说‘该死的奈都’了吧。”这一次，伊芙琳·葛雷德对丈夫一言不发。服务员走过来，把沙拉碗收走了。

“这个压抑的话题就说到这。”葛雷德说。他把手伸进军装，拿出一架小相机。“我要请大家帮个小忙。作为这次旅行中我们团正式任命的代表，给每样小东西拍照并把照片发给我们团的时事通讯的责任自然落到了我的身上，这可能会有些招人厌烦。我希望你们别介意凑到一起，拍一张快照。伊芙琳，亲爱的，如果你不介意的话。”

他把相机交给妻子，妻子从餐桌旁站起身接过相机。桌上的其他人都聚拢到葛雷德身边，克里克和罗宾却慢慢从人群边上挪开，对拍照全然不感兴趣。

“丰岛，黛比，”葛雷德说，“过来挤一下。”

“我没穿军装。”克里克说。

“嘿，老兄，我刚要拿军装这件事戏弄你呢。”葛雷德说。

“没关系，我就坐在旁边看看好了。”克里克说。

葛雷德耸耸肩，转过头去看正在调整相机的伊芙琳，“照吧，亲爱的。”他说。

伊芙琳·葛雷德认为丰岛和他年轻貌美的未婚妻只是害羞而已，而且还有一点点傻。她按下相机背面的按钮，把“常规”拍照模式调整为“全景”，把这对倔强的夫妇也照了进来。她按下快门，把相机还给丈夫。“谢谢，亲爱的。”他说。

“你刚才提到‘团’，”克劳德对葛雷德说，此时服务员正上着主菜——桶装的牛肋骨，“你是在装甲兵军团吗？”

“比那高级，”葛雷德说，“突击队员。75 团 2 营，来自乔治亚州福特本宁。75 团自 20 世纪初就组建了，历史悠久。在场的 75 团成员不止我自己——我还知道这有 1 营和 3 营的同志。但他们把全部拍照任务交给我了。你是装甲兵，是吗？”

“狂马部队，老虎中队，第三装甲兵团，”克劳德说，“位于田纳西州郊区。”

“很好的一个州，”葛雷德迎合道，“你呢，洛佩斯？”

“46 步兵团，第 146 前线支援营，”洛佩斯说，“群狼战术队，来自密歇根。”

“3 营，第 7 海军陆战队，”勒夫说，“来自加利福尼亚州，先锋部队。”

“你呢，丰岛？”

克里克正吃着东西，抬起头来。“第 12 步兵团，6 营。”

桌上所有人一片死寂。“我的天啊，老兄。”最终，葛雷德开口说道。

“是的。”克里克切下一块牛肋骨，放进嘴里。

“你们多少人活了下来？”洛佩斯问。

克里克把食物咽了下去。“6 营吗？”洛佩斯点点头。“26 个。”

“全营，”勒夫说，“数千士兵里？”

“是的。”克里克说。

“天啊！”勒夫说。

“是啊！”克里克说。

“我听说你们有人获得了荣誉勋章，”葛雷德问，“拖延了反动军整整两天，救了他所在的小队？”

“他是拖延住反动军了，”克里克说，“但没有获得荣誉勋章。”

“为什么没有？”葛雷德说。

“他没有保住全部队员，”克里克说。

“没有获得勋章，他一定十分愤怒吧。”克劳德说。

“更让他难过的是他没能救下牺牲的那位战友。”克里克说。

“你认识那个人吗？”洛佩斯问，“他是谁？”

“哈里 · 克里克，”克里克说，“我认识他。”

“他现在身在何处？”洛佩斯问。

“他成了一位牧羊人。”克里克说。

葛雷德哈哈大笑。“你一定是开玩笑的。”他说。

“我是认真的。”克里克说。

“那他干得好吗？”葛雷德问。

“我不知道，”克里克说着，瞥了一眼罗宾，“那你得去问羊。”

晚饭结束，克里克便消失了；两个小时后，罗宾去找他，最终在散步甲板上找到了正凝视天空的他。“嘿。”她说。

克里克转过头看了她一眼，又转身去看星星。“对不起，我刚才离开了一会儿，晚餐让我回忆起一些陈年旧事。”

“是真的吗？”罗宾问，“你说的关于你们营的事，还有荣誉勋章的事？”

克里克点点头。“是真的。我们营刚好在卡格峰反叛军主力聚集的地方，还没来得及搞清楚情况，我们就被袭击了。我那支小分队努力突围，寻求掩护，但遭遇了伏击。”

“但你把他们成功击退了，”罗宾说，“你救了你的小分队。”

“我救下了小分队里大部分人，”克里克说，“但我最好的朋友死了。他打得很起劲，去追击一伙反叛军，我们小分队跟着他陷入埋伏。我们击退了伏军，伤亡惨重。6营的其他战士要么已经被打倒，要么仍在寻找出路，所以我们独自撑了两天时间。最终，布莱恩死了。我把他的遗体从平原带走——我也只能为他做这些了。”

“对不起，哈里。”罗宾说。

“没关系，”克里克说，“我只是希望自己能够救他。”

“我觉得，你的责任感很强，”罗宾说，“我是说，我很喜欢这一点。正是如此，我才能活过这两天。但这却让我有些为你担忧。”

“你为我担忧？”克里克说。

“不要嘲笑我，”罗宾警告他，“我虽然可能是半人半羊，但你要知道我还是能打的。”

“我没有嘲笑你，”克里克说，“我很感谢。还有，你只有20%是羊。”

“再详细点。”罗宾说。

有人在他们身后清了清嗓子。克里克转过身看见内德·勒夫站在那里。“我希望没有打扰你们，”他说，“看见你们在这，我想我应该过来。”

“我们只是在看星星。”克里克说。

“等待时空穿越吗？”勒夫说，“我们马上就要跳进N空间了，景象将十分壮观。”

“既然你提到了，是的，”克里克说，“我们就是在等候穿越。我能帮你点什么，内德？”

“我希望能借用一下你的好心肠，”勒夫说，“你知道，我们要在帕耶米平原举办一场纪念仪式，我们的一项计划是让每个军团选派一位代表在我们带来的纪念碑上放上一只花环。只是，我们选派的退伍老兵代表错过了这班邮轮。他在前往太空邮轮港时出了车祸，车撞毁了，他的一条腿骨折。没什么大碍，只是得去医院治疗。所以，现在我们缺一位军人，我希望你能够代替他。”

“谢谢，”克里克说，“但我不——”

勒夫抬起一只手。“我能感觉得出，你是一个很谦虚的人，我也能够理解，”他说，“但我想，其他老兵看见6营的战士站在那里献上花环，会觉得十分振奋的。”

“我连军装都没穿，”克里克说，“我的行李被运到百慕大去了。”

“你让我有些担心。”勒夫说，“告诉我，你可以。”

“仪式是什么时候举办？”克里克问。

“我们明天在喀里多尼亚殖民地停靠，然后是布朗恩，之后就在卡格峰停留。”勒夫说，“所以应该是一周以后。别担心，你有十分充足的时间准备。”

“一周时间，很好。”克里克说。一周以后是奈都加冕仪式举办的时间；克里克相信，届时，本·贾夫纳应该已经与他取得联系，或开始寻找他的踪迹——所以，他和罗宾要么已经离开“梦幻岛”号，要么他就要冒险手举花环站在颁奖台上。

“太好了。”勒夫说着，握了握克里克的手，“明天吃饭时我再给你讲细节。晚安！”他低头看了看手表。“看啊，时间刚好够你观赏时空穿越的。我不打扰了，尽情享受吧。”于是，他便走开了。

“他好像对穿越十分感兴趣。”勒夫走开后，罗宾问。

“你从没看过？”克里克问。

“我以前从没离开过地球，”罗宾说，“这是第一次，怎么了？”

“没什么，只管看吧。”克里克说。

罗宾抬头去看星星。“我要看什么？”刚说完，天空中所有的星星都急剧拉伸，模糊不清，就好像一个个色彩绚丽、炽热耀眼的球体，被一张巨大的玻璃板按成二维平面。压扁的球体发出的光芒彼此交织，形成漩涡状，舞蹈着，灿烂多彩，迸发出惊人的色条。最后，整个天空平静下来，成为淡灰色，但它似乎并没有停止沸腾，随时都准备再爆发一场光影秀。

“哦，哇！”罗宾喊道。

“每个人都像你一样赞叹。”克里克说。

“因为它值得。”罗宾说。

“其实也不是所有人，”克里克说，“有些物种的色感不如我们，共同联盟里的一些种族甚至完全看不见这些景象。”

“真可惜，”罗宾说，“他们错过了这美景。看来有时候做人还是有好处的。”

卜番·尼格恩·森法官一条触角猛地一拉，像蜘蛛一样把腿搭在椅子周围，把咖啡杯放在桌上，从抽屉里拿出手机组件。“考虑到我们现在在地球上，全部对话用英语，”手机组件传来声音，把森嘴部发出的尖锐刮擦声降低到人类和奈都人能识别的声音范围。“奈都代表对此有问题吗？”

“没问题。”奈都驻地球联合国大使馆法律总顾问库亚-文-吉塔说。

“我想你应该也没问题，贾夫纳先生。”森法官说。

“是的，法官大人。”本·贾夫纳说。

“很好，”森说，“考虑到此案时间紧迫，我已经同意不公开审理，结束后便宣布结果。虽然不满当前判决可以向更高法庭申诉，该裁决也不会受上诉影响，暂停实施。也就是说，如果你们对裁决不满，那算你们倒霉了。大家听明白了吗？”库亚-文-吉塔和贾夫纳都表示同意。

“好。”森说，“现在，文-吉塔顾问可以解释为什么你们政府竟如此愚蠢，称地球联合国的某个人类公民等同于牲畜。”

库亚 - 文 - 吉塔开始扼要重述奈都政府的法律论证，而森法官掀开咖啡杯盖，撅着嘴巴低头伸进杯子，小心翼翼地啜饮着。贾夫纳对森法官所属的莱格种族并不十分了解，但他猜测，森今天很可能是宿醉未醒，所以他今日才会比一般的莱格粗鲁无礼。

“好，好，好。”当库亚 - 文 - 吉塔开始第二次讲述阿格那和 - 乌对亚 - 赛尼格案件时，森法官终于开口说，“我知道你想表达什么。非常新颖，顾问。不讲道德，招人厌烦，但是很新颖。”

“谢谢，法官大人。”库亚 - 文 - 吉塔说。

森法官看了看贾夫纳。“你一定有反驳他这堆废话的证据吧。”他说。

“的确如此，”贾夫纳说，“地球联合国要支持奈都的论断，即贝克小姐既不是人类，也不是地球联合国公民。”

“你说什么？”森法官说。

“什么？”库亚 - 文 - 吉塔说。

“地球联合国要支持，贝克小姐既不是人类，也不是地球联合国公民的论断。”贾夫纳说。

“你开玩笑吧，”森法官说，“我从来不是人类的什么粉丝，如果你想听实话的话，我认为你们基本上就是蠢驴。但即便如此，你们的可取之处就是会疯狂地为自己的同胞争取权利。如果这是你们政府的真实想法的话，那么地球比我想象的还要糟糕。你们要放弃自己的公民权，交给这群爬行动物，真是疯了！”

“我代表我国政府，对您的看法表示异议。”库亚 - 文 - 吉塔说。

“你，安静。”森法官对库亚 - 文 - 吉塔喊道，然后转过身去对贾夫纳说，“你说。”

“感谢您坦言对我们人类的想法，”贾夫纳说，“但是，地球联合国坚持此观点。”

“嗯，很好，”森法官说，“你们两个离开我办公室时记得提醒我把这条请求记下来。”

“如果地球联合国坚持我方观点，那么该物品就确属我方财产，地球联合国就必须尽早交予我方，”库亚-文-吉塔对森法官说，“奈都请求下此判决。”

“我想你对此也十分赞同。”森法官对贾夫纳说。

“不，”贾夫纳说，“事实上，我们请求您撤销该案，因为奈都一开始就无权上诉。”

“荒唐，”库亚-文-吉塔说，“地球联合国已经表示该物为奈都财产。”

“我方坚持认为她不是人类，也不是地球联合国公民，”贾夫纳说，“但不等同于我们认为她是你方财产。”

“我有些头疼，”森法官说，“顾问，请你解释一下，简单明了点儿。”

“我们争论贝克女士是否是人类毫无意义。她不是人类——她是杂交混合体，而且是一个全新物种，”贾夫纳说，“但她不仅仅是一个全新物种，她还是一个全新的、有意识的物种。共同联盟会自动赋予每个新发现的有意识物种特殊权利，保护它们不受其他种族的剥削利用。这是共同联盟基本原则之一，也写进了共同联盟宪章，每个加入共同联盟的国家都须遵守。而且，共同联盟认为每个有意识物种都是一个共同体，拥有至高无上的主权——同样也是为了保护其不受其他种族剥削利用。任何协议、条约都需要该种族选举出的政府代表其公民来签署。这些都是共识。”

“接着说。”森法官说。

“鉴于以上事实，作为一个新兴的有意识物种，贝克女士的权利可以否定奈都声称的对她的所有权。”贾夫纳说，“同理，地球和奈都签署的任何条约都与贝克小姐的处置问题无关。她是自己这一物种的事实管理机构，对自己拥有主权，而且，只有她才能签署关于自身的协议条约。地球联合国认同这一点，撤销对其公民身份的一切断言，以期贝克小姐自行决定是否与我国结成同盟。因为贝克女士拥有主权，所以奈都无权要求地球联合国将其交还。因为贝克小姐是一个新兴的有意识物种，奈都也无权将其纳为自己的财产。简单来说，奈都无权起诉。”

森法官转向库亚-文-吉塔。“针对这个问题，你有辩词吗？”

库亚-文-吉塔使劲眨着眼；他预期贾夫纳会力争贝克的公民身份，并为此做了充分准备，但对方突然使出这招，他完全被吓到了。“这个论证有意思，”库亚-文-吉塔说。他拉长语调，一是为了增强语气，同时也是为了多给自己留些时间思考，“但你们并未证明该物确实是一个全新的有意识物种。”

“好了，”森法官说，“你是在反驳哪一点？有意识，还是物种？”

“都反对，”库亚-文-吉塔说，“二者都未证明。”

“哦，你想想啊，”贾夫纳说，“贝克小姐上过大学，还自己做生意。我相信她完全具备‘有意识’这一项要求。”

“同意，”森法官说，“至于‘物种’这一点，文-吉塔顾问，你的对手已经支持你方观点，贝克女士并非人类。为了证明她不是全新物种，我想你需要证明她完完全全就是牲畜。我想奈都一方并没有准备好这一论证。”

“或许它并不具备物种形成的全部特征，”库亚-文-吉塔说，他此刻正绞尽脑汁地思考，“物种一定要能够将自身特征传给下一代，现在这一点并未得到印证。”

“你是建议我们把这位年轻女士的肚子搞大，让她证明自己的身份？”森法官说，“我想我们没有这个时间。”

“还有，”库亚-文-吉塔有点气喘吁吁地说，“这个物体是由先前已知物种基因改变而来。我们之前所知的每个有意识物种都是通过自然进化过程产生的，而不是从先前已知物种演变而来的。”

“你的意思是？”森法官提示他继续说下去。

“我的意思是，基因工程所生物种并不是进化过程选择的物种。”库亚-文-吉塔说，“因此他们不可以被称为真正的物种。这个物种是一次性的，不可能生育。如果她不是全新物种，且地球联合国坚持她不是人类，那么从法律角度来讲，她就是牲畜。而且我们已知她是某个品种的羊，且其体貌特征并不明显，那么她有知觉这一点就有争议了。按照法律，她就是奈都的财产。”

“有趣，”森法官说，“你已经要忽略她显然有意识这点事实了。”

“地球联合国坚持认为她不是人类，这不是我的错，”库亚-文-吉塔说，“我只是基于这一事实进行的推理。”

“贾夫纳顾问，”森法官说，“轮到你了。”

贾夫纳笑了笑。库亚-文-吉塔并不知道，他上了贾夫纳的圈套。“法官大人，我们承认先前提到的有意识物种的例子都经历过自然进化过程。但是我不想说这会限制您按照先前标准来作判决，请允许我提出另一种解决办法。”

“具体是指？”森法官说。

“制定新的法律。”贾夫纳说。

森法官的触角陡然高高立起。“你说什么，顾问？”森法官问。

“制定新的法律，法官大人，”贾夫纳说，“共同联盟历史上从未出现过处理人造有意识物种的问题。阿格那和-乌对亚-赛尼格案件与此十分接近，但最终裁决并未解决意识相关问题，只解决了财产问题。法官大人，这是一个尚未有人涉足的全新领域，且它直接关乎共同联盟的使命核心。法官大人，事实上，以后还会出现更重要的问题。”

森法官坐在那里身子一动不动，嘴巴扭来扭去，这种状态大概持续了一分钟。贾夫纳瞥了一眼库亚-文-吉塔，他正直直地盯着法官。贾夫纳能听见他此刻正在磨牙，他知道自己被人类对手打败了。贾夫纳用一件事吊起了法官的胃口，而且此事近乎无法抵抗——制定新法律的机会。数万年来，法律系统内尚未颁布过新法律，最多不过是对现有法律的重新解释与完善。给一位野心勃勃的法官提供制定新法的机会——确切地说，应该是在法律这棵大树上新开发出一根全新的树枝——并让他因此在共同联盟司法界声名鹊起，就相当于给一头饥饿难耐的猎豹送上一只瘸腿的幼年野山羊。

“好了，我要作出判决了。”森法官说。

“我希望法官大人不要越权行事。”库亚-文-吉塔说。

“什么？”森法官说，“你手中拿着诉状出现在我的法庭，希望把一位共同联盟成员定义为肉用家畜，此刻又来提醒我不要越权？你想要的太多了！简直是对法庭的藐视，顾问。你拿着自己那几千张共同联盟的信用卡去别的地方花吧。现在给我闭嘴！是你这个混蛋上诉，要求今天判决，现在你就要收到判决书了。”

“好的，法官大人，”库亚-文-吉塔说，“我向您道歉。”

贾夫纳好不容易才忍住不笑。

“这就对了。”森法官说，“首先，考虑到罗宾小姐的本质，法院认为她确实代表一种全新的有意识物种。因为她有意识有感知，那么这个物种从何而来这一问题关系不大，因此根据共同联盟宪章，她受到主权保护。同样，作为个体，贝克小姐受共同联盟宪章的保护。”

“地球联合国否认贝克女士为公民，奈都要求废除其公民身份的诉求没有实际意义，因此被驳回。因贝克小姐拥有独立主权，奈都要求地球联合国交还贝克小姐的诉求同样被驳回。文-吉塔顾问，我还需指出，如果奈都还试图因为这件事而破坏与地球联合国的条约，奈都将成为违约方，并因此受到经济、外交处罚。如果奈都意图向地球发起战争，共同联盟不会为此事提供任何保险。我的话清楚吗，顾问？”

“清楚了，法官大人。”库亚-文-吉塔说。

“很好，”森法官说，“今天到此为止，仲裁结果一小时内发布在法院网站上。”

“今天你一定会收到我国的上诉。”库亚-文-吉塔说。

“当然啦，”森法官说，“如果收不到，我会大失所望，滚吧。制定新法律让我饥饿难耐，我要去买点零食。”他走出审判庭，来到法院的自动贩卖机前。

“很狡猾，贾夫纳。”森法官离开后，库亚-文-吉塔说，“我没有期待裁决能够给我上诉成功的机会。”

贾夫纳耸耸肩。“或许会，或许不会。但到时，我们的这场小危机一定已经用某种办法解决了。”

“的确如此。”库亚-文-吉塔说，“不过，我还是想知道你是怎么想起这个推理逻辑的。”

“那得感谢一位拉比，”贾夫纳说，“还有一个热狗。”

查克·葛雷德坐在“梦幻岛”号的铺位上，手上拿着相机，翻看着里面的照片，伊芙琳在他身旁打着盹。大多数照片拍的都是伊芙琳或是葛雷德伸出胳膊拍的两人自拍照。查克·葛雷德和一些人一样，认为他本人、他妻子或是他两人出现在任何景象当中都无可厚非。不幸的是，这样的话，这个恋物癖就很难找出合适的照片交给团里的时事通讯部；通讯报编辑戴尔·特里与图片记者打过几次交道后，委婉地提醒葛雷德，他最好交自己出镜稍少一些的照片。

好啦，葛雷德心想。他点到餐桌上拍的那张照片上。葛雷德确实在照片里，但他旁边还有另外六个人，丰岛及其未婚妻也在照片的角落里。就整体来讲，查克·葛雷德只占11%，他认为特里（或者应该叫特德里[①]；自从特里建议他少出镜后，他背地里一直这样称呼他）一定可以接受这个比例。葛雷德把照片发送到手机上，配上一段文字，注明照片中每人的名字，然后把照片和文字都发了出去。葛雷德的手机与“梦幻岛”的内网相连，该网络在“梦幻岛”越进N空间前把图片和文字同最后一批数据一起发往喀里多尼亚殖民地。

---

① Turdley, 英文turd一词为粪便之意。——译者注

大约一小时后，戴尔 · 特里的邮箱收到了照片及文本，此刻他正在对本周的团通讯报进行最后的润色。戴尔打开邮件，看到这张照片中查克 · 葛雷德所占整体比重确实很低，十分满意，胡乱地把它贴到通讯报的底部，打上照片拍摄的地点以及几位人物的名字，把通讯报发送了出去。这份通讯报会被打印出来，发给美国各个基地的现役团内战士，并且以电子版的形式发给曾经加入第 75 突击队的队员或退伍军人,其中包括数千位退伍的突击队员。罗德·阿库纳便是其中一个。

“ 他娘的。”阿库纳看到通讯稿和照片从自己手机中冒出来时，自言自语道。他清理了通讯稿，输入了吉恩 · 施罗德的号码，将图片发了过去。他们走失的“ 羊 ”找到了。

第十二章

塔克坐在椅子上，椅子对他来说太过矮小，他瞥了一眼阿奇·麦克莱伦，心里思虑着，或许自己真的要把他吃掉。

从道德上来讲，塔克对此毫无顾虑。塔克，和自己同龄的所有纳棋一样，正处于“浮途”期，这是他的文化传统中要求的道德漫游阶段，在此阶段，他必须尽力体会生活的方方面面，甚至包括吃掉其他有意识物种这样的不道德之事。按照法律，在“浮途”期的纳棋同共同联盟的成员一样，应当为自己的行为负责。所以，如果塔克被人发现，就会被控谋杀罪。

但从恶的角度来讲，塔克的行为毫无挂碍。“浮途”期的纳棋无过失可言，因为成长的目标之一就是体会罪恶，以便更好地理解它。除非他决定提早结束回到正常生活，他大概还有 14 个月的“浮途”时间。14 个月后，吃人就会成为他灵魂上的一个污点。但此时此刻，即便他一口气吃掉一操场的人，也没有丝毫愧疚。

比起道德问题，塔克主要关心的是吃人时遇到的实际问题：人类身上总是戴着一些无法消化的物品，比如手表、手机、塑料拉锁、金属鞋跟等，有时只有把人吞下去才知道是什么。比如那位牧羊场主人，他体内竟然有金属铆钉。阿库纳告诉他，有些人骨折后会强行扭回原位，不会采取快速治愈疗法，因为后者价格不菲。塔克才不管这些，他只知道，无法消化的物品，会顶得他的消化囊特别难受，到头来他只能把它们吐出来。要是它们留在消化囊里，塔克走路时就会晃动它们，发出“哐啷啷”的响声。塔克对此讨厌极了。

塔克心想，最好能在吃掉人之前把他们的衣服剥掉。但塔克也意识到，这是不可能的。塔克的优势便是出其不意，攻其不备，在人们还没反应过来时就把他们吃掉。把他们的衣服以及个人物品扔掉会暴露塔克的意图，让事情变得更困难。于是，对于偶尔吃出来的手表、腿部螺钉等异物，他权当是自己职业中的危险。

塔克心里想着这些，一边打量着麦克莱伦，看这个人身上究竟有多少无法消化的垃圾。塔克发现，除了一块手表以外，他似乎没有佩戴任何珠宝首饰，尤其是没有满是尖刺的小耳环。塔克要是把耳环吃进去，很难再弄出来。他身上的衣服看上去也不错；多次的吃人经历已经把塔克变成了人类服装纤维鉴定师，通过阿奇衣服的下垂方式及褶皱，他判断，他的衣服的主要材质是天然纤维，而不是人造纤维。这就意味着他今日可以少进食一些塑料纤维。阿奇手中还拿着一样东西，自从阿库纳把他带回来叫他看守时，阿奇就经常在看那个东西。

“嘿，”阿奇被拖进屋子后，塔克对他说出了第一句话。“你手上拿的是什么？”

阿奇抬起头。“书。”

“是什么做的？”塔克问。

阿奇把书举起来，好让塔克能够看见。“塑料。你用手拿着它，身体热量就会给光学成像仪提供动力，显示出书的内容。”

“所以，它是塑料做的。”塔克能消化一点点塑料。

“是的。”阿奇继续读书。

几分钟后，塔克内心激起的好奇心再次占了上风。“这本书讲的是什么内容？”他问。

“是一本诗集。”阿奇没有抬起头。

“什么类型的诗？”塔克问。

阿奇终于抬起头。“你真的关心？”

“我只不过和你一样无聊。”

“是预言诗。”

“它们能预知未来？”塔克问到。

“差不多，准确地说，是它们能预知未来可能会发生的事，然后由我们自己决定怎么应对它。”

“你为什么要读这些诗？”

“因为我想知道我下一步该怎么办。”阿奇说着，又去看手里的书。

塔克大吃一惊。“你是一个宗教信徒？”他问阿奇。

阿奇耸耸肩。“我想是的。”

顷刻之间，塔克对这个矮小人类的感情油然而生。“浮途”期对于所有年轻纳棋来说都是一段艰辛的旅程。纳棋民族重视家庭及传统，而“浮途”期的宇宙漫游生涯，对于他们来说孤独又难熬。年轻纳棋时时都盼望着能重返故土，过熟悉的生活，但这丝毫不能动摇老年纳棋的决心。

塔克已经在地球上度过了近两年时间（刚好够他学会英语）；两纳棋年前，他被随机分配到地球上来，纳棋政府给他一张机票、一小笔定期津贴，并告诉他成长期结束前不许回国。

刚开始，塔克主要与一些街头混混生活；他领到的津贴十分微薄，签证也是游客签证。由于没有罪恶感的顾虑，帮可疑人士办一些见不得人的事，他一点也不觉得良心不安。但这些事让他形成了对人类的大体印象——人类毫无精神追求。塔克知道，地球上的确建有很多教堂，人们也总是声称自己所信仰的神要自己这样或那样做，但塔克亲身经历的却是只有当他把人们打得满地找牙或是要把他们当作肉饼吃掉时，人们才会向神灵祈祷；而且即便是在这种情况下，大多数人嘴里喊的都是些亵渎神灵的脏话。

阿奇 · 麦克莱伦是塔克遇见的第一位虔诚信仰宗教的人——或者说，至少是第一位不因迫在眉睫的危险或死亡而信仰宗教的人。这激起了塔克内心一块休眠之地，有如打开的水龙头把一块干燥的海绵涨大。塔克兴奋不已，朝阿奇走去。阿奇向后退缩着——他的反应完全可以理解。

“给我讲讲你的信仰。”塔克说。

“什么？”阿奇问。

“你的信仰！我也有自己的宗教信仰。”

阿奇满心狐疑地看着塔克。“那你还这样做？”他甩了下胳膊。

“你也一样啊。”

阿奇眼睛泛光，塔克说得有道理。因为阿奇刚才向后一缩，书接收到光学感应，打开了一个页面。一首诗映入他的眼帘：

瞧！螺栓扭动，方向未定；

教者可学，学者亦教；

超越已知，尚有何可得？

抵达远处，再次旋动螺栓。

对于教会中的学者们——他们习惯把诗歌研读当作推脱啤酒烧烤等酒肉宴席的借口——来说，这首诗不过是一首二流“训诫”诗，它鼓励教会成员彼此共享信息，以助教会早日实现目标。它简洁明了，和其他劝诫注意卫生、使用牙线（一般都是这样的顺序）、不吃脂肪过多的食物以及——对于酒鬼杜怀林来说十分讽刺——不要酗酒（鉴于他们经常喝酒烧烤，这一点并未实现）的诗一样。大家通常认为这是最无趣的预言诗歌，原因同《摩西五经》中的饮食教规并未燃起犹太、基督教神学者的兴趣类似。

然后就在此时此刻，阿奇·麦克莱伦感到自己瞳孔放大，一种神圣的共鸣——杜怀林有意无意地将这种奇怪的感觉与更宏大的世界联系到一起——如炉火一般在他胸腔内熊熊燃烧。阿奇深知自己已是半身入土；在阿库纳大约第 30 次按下自动贩卖机上的那个按钮后，阿奇已经知道，自己的生命只能以小时计算，几个小时后，他就会成为这个正在询问自己宗教信仰的外星猛兽的甜点。但他的不多的人生智慧——几十年前的一次肺病给了他灵感，虽然他被折腾得一塌糊涂——告诉他，即便他死了，革命之路仍将继续。

阿奇回头去看塔克，他站在自己身旁，距离之近，让阿奇觉得不舒服。“我能问你一个问题吗？”阿奇说。

“可以。”塔克答道。

“你是不是马上就要杀了我？你看着我，就是为了这个吧？”

“我想是的。”

“如果阿库纳现在就从门口走进来，说‘吃掉他’，你就会照做吧。”

“是的。”

“但你突然还想和我交朋友？难道你不觉得这样——我不知道该怎么表达——有点奇怪？”

“如果我早知道你有宗教信仰，我也会想多了解些的。”

“如果你早知道我的信仰的话，我死得更早。”

“你现在也是死。”塔克说。

阿奇张开嘴巴，又合上了。

“这倒是。”

“那你跟我讲讲你的信仰。”

“好吧，我会的。”阿奇说着，在光学显像仪上挥了下手，把页面放大，好让两个人都能看清内容。

“你读过这首诗吗？”吉恩·施罗德手中拿着杜怀林的一本预言诗集对着罗德·阿库纳比画着。

“没有。”阿库纳觉得那无聊透顶，“大多宗教书籍都和我的工作领域无关。”

“这首诗很荒谬，”施罗德说，“很像诺斯特拉达穆斯[1]的风格，

① 诺斯特拉达穆斯：法国占星学家。——译者注

醉醺醺的自由体诗。一派胡言，他们却以此为据发展出一门宗教，还是一门庞大繁荣的宗教。”

“你想怎么处理那个极客？”阿库纳说。

“我当然想让你处理掉他，”施罗德说，“我知道他是在为谁效力，我也没有什么话要问他。你可以把他塞进后备厢里。顺便说下，有人在你现在坐的地方死了。”

阿库纳在椅子上挪了挪，低头看见地毯上有一大块深色污点。“或许你想把这块血渍残留清除掉。”他说。

“过不了几天，就将由我来管理这个政府，我是指整个地球，”施罗德说，“我还担心什么血渍。对了，我们三个小时后就要启程。纳夫宽宏大量，邀请你、我，还有你那个奴才和他一起前往奈都参加他的加冕仪式。事实上，他只邀请了我，但你和你的手下应该离开地球，所以你们和我一起启程出发。你还可以把枪带上，因为我们要乘坐奈都官方外交舰船。外交豁免权真是好东西！”

“那克里克和那个女孩呢？”阿库纳说，“我把他们的地址信息发给你了，我们怎么去抓他们？”

“我们不去，”施罗德说，“奈都军队去。我们的盟友所在的飞船刚好要在卡格峰停留，那里是奈都殖民地，当地军方会在那儿逮捕他们的，然后把他们交给纳夫，所以纳夫的飞船在前往奈都前要先去一趟卡格峰。王位继承人似乎十分信任纳夫，但在纳夫抵达奈都之前，仪式应该已经向其他部落开放。纳夫将会轻轻松松走上王位。”

“真是令人神往，”阿库纳说，“但我不关心，我关心的是克里克。”

施罗德大笑。“被暴打一通，很愤怒吧，罗德？”

“你说呢？”阿库纳咆哮道，“手腕骨折，鼻子流血，然后当天晚上追踪他，又被暴打一顿。哈，我是有一点点气愤。女孩到手后，你就不再需要他了。我想让你把他交给我。”

“我猜，你打算自己收拾他一顿后，让你那个活垃圾处理器吃掉他？”施罗德说。

“不，”阿库纳说，“塔克喜欢吃毫发无损的活物，这是那个怪胎的结局。克里克可不会那么幸运。”

一位机组成员引领着克里克走上楼梯，爬上“梦幻岛”号的船桥，走到勒汉船长面前，他正和舵手交谈着。

“丰岛先生，”勒汉说着，握住他的手，“很高兴你能来此参观。”

“谢谢。人们一般都不会拒绝船长发出的参观太空飞船船桥的邀请。”

“是，我猜也是的。”

“虽然我倍感荣幸，也十分期待，但我还是想知道为什么您会邀请我。”

“内德·勒夫告诉我，你同意代替他人参加我们的仪式，但你的行李和制服丢了，所以我告诉他我会帮你解决。”勒汉说，“我和你不是同一兵种，但我船上有些机师曾是步兵，所以我想可以请你过来量一下尺寸，看看哪位机师可以把衣服借给你。”

“好啊，我人已经来了。”克里克说。

“嗯。”勒汉说，“山姆告诉我说你曾在6营第12步兵团。”

“是的。”克里克说。

“真是可怕，”勒汉说，“你们很多人都没能平安地回来。”

“是的，回来的不多。”

“你还和他们有联系吗？凡·多伦上校退伍后我们关系很好。”

克里克眉头紧皱。“我和两个战友有联系，你刚刚说你认识谁？”

“凡·多伦上校。吉姆·凡·多伦。”

“我好像不认识他，我们上校是杰克·麦迪纳，身体结实，枪法极好，用佩枪就能把敌人击退。”

“对。抱歉，我把几个团弄混淆了。”

“没关系。”

“布伦南。”勒汉说。一位船桥工作人员从岗位上走下来，来到船长面前。

“你曾是步兵？”他问。

“是的，船长。”布伦南回答。勒汉同时打量着布伦南和克里克二人。“差不多，或许裤子需要稍微改动一下。我把船上的女裁缝派到你的客舱去。布伦南，你可不可以把军装借给丰岛先生？”

“为 6 团的幸存战友做任何事都在所不辞，”布伦南说着，向克里克敬了个礼，坐回原位。

“服务很周到。”克里克说，“记得提醒我在旅程结束时把这条写在评价栏里。”

“机上成员中所有复员军人都知道你在这艘船上。”勒汉说。

“这听上去好像不太好。”

勒汉笑了笑。“我看挺好，你可能会喝到很多免费酒水。”

“谢谢，但是我希望付钱。大家都曾在这场战争中浴血奋战，我和大家没什么不同。”

“我猜到你会这样说，你真谦虚。到目前为止，旅途愉快吗？”

“是的，”克里克说，“我和我未婚妻刚刚参观喀里多尼亚回来，新爱丁堡真是美轮美奂。我们行李丢了，黛比十分兴奋，因为这样就给了她疯狂采购的借口。”

克里克并不全然确定罗宾是否会喜欢他刻画出来的“黛比”的性格，但他们没有理由一定要贴近现实生活。

“喀里多尼亚的确很美。”勒汉表示赞同，“因为新爱丁堡不处于热带地区，许多游客感到失望，但这却是整个旅程当中我最钟爱的景点。为了把卡格峰加入行程安排，我们不得不把此站停留时间缩短——布朗恩也是——实在可惜。这两个地方，每处只能停留一天。卡格峰也只有一天，不过我无所谓。”

“听上去，你似乎对卡格峰不是很感兴趣。”克里克说。

“是的。”勒汉语速飞快，仿佛内心深处的秘密被公之于天下，“你知道的，那地方可怕至极。不幸降临在我们身上，也降临在抵抗军身上，而这两件事都是奈都一手造成的。当然，奈都依然占据那里。想到我们的飞船要重回故地，我就心如刀绞。”

“可内德说你费尽周折，多方游说，只为让‘梦幻岛’号把大家带去卡格峰。”克里克说。

“是的，”勒汉说，“如果有人要把大家带回到此地狱——即便是度假——也应该是曾到过此地的人。路途遥远，谁知回来时会发生什么呢。”

“我喜欢你，勒汉船长。”克里克说。

“我也一样，丰岛先生，”勒汉说，“你是6团的幸存者，我想你了解把战友从地狱中救出来的感受。”

“是的，”克里克说，“但我救出来的只是一部分。”

布莱恩的思绪在“进化羊”教会这座信息堡垒前游荡着，试图找到攻入其中的最佳方式。

今天早上，布莱恩十分满意地得知哥哥本打破奈都将罗宾·贝克重新定为财产的梦想，并迫使对方接受法院判决。看到法官的判决书时，布莱恩充满兄弟间的自豪之情；本一直都是他们家里最聪明的人，他有一种特殊本领，那就是总能用十分巧妙的方法偷偷靠近对手，给对手致命一击。这就是一个例子。但布莱恩认为法院判决并不能了结此事。把人类当闹钟一样看的人，是不可能因为一位法官的判决而善罢甘休的。他们很快就会去追查罗宾和哈里。布莱恩认为自己应该尽量找出阻止他们的方法，至少要让哈里有心理准备。

凭借哈里的安全许可，布莱恩知晓地球联合国对于当前形势所掌握的一切内容，但这对于推测奈都接下来的行动全然不够。还有两个对手，他们掌握着布莱恩没能掌握却急需的信息：奈都政府，以及“进化羊”教会（该教会一直通过阿奇·麦克莱伦密切监视着整个事件的发展动态）。

布莱恩仔细研究着这两件事，也就是读完他两个数据库中的信息，这一过程花费了大概几秒钟的时间。发现奈都政府和教会在两件事上的密切联系，并没有让他惊讶万分。第一点，“安佐之梦”羊是教会（或者更准确地说，是它的基因实验室，即海特 - 罗斯企业下属机构）在地球联合国的命令之下为奈都政府设计的，或者更准确地说，是在多年前——奥夫 - 吉塔部落谋取王权之前，为该部落设计的。这点很有趣，它表明地球联合国早在自己没落之前就已经为继承王位之事下了赌注。要知道，设计出一个全新品种的羊绝不是一天两天的事。

其次，目前奈都使用的电脑网络的建造工程承包给了地球联合国——这是奥夫 - 吉塔部落与他国礼尚往来的一种方式。反过来，地球联合国把这项工作分包给了几个公司——其中三分之二的公司，包括管理分包商莱嘉升，都在海特 - 罗斯企业的保护伞之下。

该电脑系统中的某些特定信息无法取得（这是自然，因为那是奈都国家机密），但其中心要领便是奈都法汗对奈都境内所有联网电脑及设备具有完全访问及控制权。事实上，它们都是联网的；奈都法律规定，如果某一设备有处理器，那么它必须连接网络。法汗向其他奈都高层管理人员提供了级别较低但仍可监控他人的网络权限，毫无疑问，那些人对法汗是绝对的忠诚。这就是造就极权式控制的主要手段；在这个技术中心时代，依赖纸张传播酝酿的造反行动不会拥有广大的影响势力。

布莱恩绝不可能直接攻入奈都网络，在地球上，只有两种进入方法。第一便是在奈都大使馆。奈都特意将大使馆的联网电脑与设备设计得与地球的标准技术不匹配，而且只使用有线上网，而非无线连接。由于布莱恩无法亲自闯入奈都大使馆，利用奈都输入设备连接网络——遗憾的是，布莱恩此刻依然没有身体——这条路便行不通。

第二，莱嘉升一直连接奈都网络，这是其与奈都政府签订的后期维护合同中规定的。莱嘉升作为海特 - 罗斯的子公司，由“进化羊”教会控制。布莱恩想，这是攻入教会网络的好入口。

实际上，布莱恩对教会充满钦佩之情。地球联合国和奈都政府只看到了海特 - 罗斯企业结构的表面，没有看到它背后的宗教组织，但布莱恩读了杜怀林的预言诗后得出结论，教会正在加速它们自己预言中的世界末日的到来，而且，为了实现这一目标，他们成功掌握了两个星球政府的运作。布莱恩有时瞎想，如果教会成功实现目标，并将“ 进化羊 ”公之于世，不知道会发生何事。他十分怀疑，教会会因此解体。

当然，这一切对于探查罗宾和哈里的消息以及奈都的计划这件大事毫无意义。没时间了，布莱恩心想，他开始大范围地搜寻教会系统的每一个可能的角落及漏洞，寻找潜入的机会。

凭布莱恩的才智，这不应该是他能做的事。或许他应该先采用非入侵手段探查整个系统，在公共空间寻找进入网络的方法，避免警示该网络它正遭受大规模攻击；但布莱恩认为现在时间宝贵，这样搜索速度过慢，罗宾和哈里等不起。不管怎样，布莱恩认为自己是亚历山大式的人物，应该一刀将“ 戈尔迪之结 ”劈成两半，而不该像那些谨小慎微之人，徒劳地摆弄着绳结，却不知从何下手。

布莱恩知道自己已经惊醒了整个教会网络的警报器。不过难道他不是世界上第一个人工智能吗？要么他会陷在系统里待上片刻，要么他会凭智慧谋略攻破对方的安全措施。

啊，有了！有人在海特 - 罗斯下属公司——罗威公司的网络留下了一个极易攻克的程序后门。这是一家专门为老化的下水道生产替换零件的公司，在教会帝国里，算不上一个浪漫的生意。布莱恩通过后门往里塞了一个密码重发器代码，只尝试了 254229 次，花了 3 秒钟时间就进去了。小菜一碟！

突然，所有灯都熄灭了。

当然，这是比喻。布莱恩曾是人类，现在也认为自己是人类，他创建了一套感知系统，能够帮助自己感知正在处理的信息。无论你把信息细化成多少份，经过两个来回，布莱恩就能熟悉身边环境，在里面自由前行。但他现在除了自己的内心想法，却什么都感觉不到。

他妈的发生了什么？

“你好。”一个女人的声音传来，热情，却尖锐。“谁来了？”然后它消失了片刻。

之后又回来了。“你真有趣，”它说，“我要把你拆开，看看你是怎么运行的。完事以后，我可以把你重新组装回去。不过，这可不是什么诺言。还有，考虑到你的感知结构，这个过程会产生疼痛感。”

瞬间，布莱恩感觉自己被撕扯开来。他的第一反应近乎惊讶：此前，他并不知道自己的知觉隐喻系统包含疼痛感，不过他现在知道了。他想搞清楚自己当初把疼痛感加入知觉系统时究竟在他妈想什么（或者更准确地说，是忘了考虑什么）。他的第二反应是大声喊叫，他想，他是不是要在自己的一生中第二次死去。

罗德·阿库纳打开公寓房门，发现阿奇·麦克莱伦和塔克正挤作一团看书。

“你们两个在搞什么鬼？”阿库纳对塔克吼道。

“我们只是在看书，”塔克说，“打发时间。”

“‘打发时间’？天啦，”阿库纳说，“这是什么地方，幼儿园吗？如果我一个小时后回来，是不是你们就一起喝牛奶，吃饼干，然后一起小憩一会儿？”

塔克举起爪子，好像还想辩驳点什么。

“闭嘴。”阿库纳说，“我们一个小时后走，我要去打点一下行装。我回来的时候，希望你的读书小伙伴已经被处理掉了，明白吗？”

“明白。”塔克说。

“很好。”阿库纳说着，转身去后屋了。

阿奇把书放到桌子上，书合上了。塔克站了起来，阿奇也站了起来，利用桌子支撑着自己。他小心翼翼，不让受伤的那条腿吃力。他们沉默不语。让人尴尬的安静。

“那么……”塔克终于开口说道。

“嗯。”阿奇说，“那么，终于到了你要把我吃掉的时刻了。”

“我想是的。虽然这与刚才的气氛恰恰相反。”

“嗯。我想，知道这点，还不错。”

塔克走上前去，把他巨大的爪子搭在阿奇的肩上。“真是抱歉，阿奇，我也没有其他办法。”

阿奇笑了笑。“没关系，塔克。虽然我这样说可能听上去很奇怪，但是请你忍耐一下。我很高兴杀我的是你，不是他。刚刚这几个小时，出人意料。我想应该这样表达：很高兴认识你。”

“我也很高兴认识你。”塔克说。其实，他不只是高兴。在刚刚过去的几个小时里，塔克确定，他交到了自己第一位、最好的而且是唯一的人类朋友。他听阿奇讲述了“进化羊”教会的历史、预言以及自己在教会中的角色，阿奇甚至暗示塔克也能发挥作用。

“看看这些。”阿奇指着一个诗歌系列，诗歌讲述的是“进化羊”得到一位来历不明的人的保护（这个诗歌系列并不为教会成员所知，它们的灵感源自当时背景下杜怀林拍摄的一部肥皂剧）。“谁说这位保护者不是你？”

想到或许他会受到感召，一点点去完成这位新朋友的使命，塔克感动莫名。“我会想你的。”

“谢谢。”阿奇拿起书，交给塔克。“你瞧，我希望你留着这个，你多看看，想想，尤其是接下来的几天，好吗？现在事关重大，我们都被牵扯其中。所以，请你看看这本书。”

“我会的。”塔克接过书。“我答应你。”

“帮我个忙，”阿奇说，“将来你会遇到一个叫山姆·勃朗特的教会成员。我们是恋人。帮我向山姆转达我的爱意，我很抱歉，没能完成任务。”

“我会尽力的。”塔克承诺。

“好的，我现在要怎么做？”

“站在那里就好，”塔克说，“不过，还有一件事。”

“什么事？”

“你能不能把表摘下来？那个我消化不掉。”

阿奇把表摘下来，放在了桌子上。

“你准备好了吗？”塔克说。

“准备好了。再见，塔克。”

“再见，阿奇。”说完，塔克张开大口，尽快把这位朋友吞了下去。塔克感觉到，阿奇被吃进去后尽力不去挣扎，也不惊慌。塔克认为阿奇做得很有范。几分钟后，一切都结束了。塔克看着自己巨大爪子里拿着的书，弄清楚如何启动后，坐下继续看着，直到阿库纳叫他出发。

第十三章

“ 该起床了。” 有人对布莱恩说。就这样，他醒了过来。

布莱恩在自己睡着的阳光长椅上坐起身，环顾四周。从环境判断，他是在一处天井里，周围是一座开满鲜花的英式花园。天井中间的桌子旁坐着一位年轻的金发女郎，她面前摆着茶具，正在沏茶。看起来像是傍晚。

“ 这不可能是真的。” 布莱恩说。

“ 千真万确，” 年轻女人说，“ 至少对于像你我这样的人来说，千真万确。过来喝杯茶，布莱恩。”

“ 你知道我是谁。” 布莱恩说着，朝桌子走来。

“ 我知道你的一切，” 女人说着，把刚刚沏满的茶杯推到布莱恩面前，示意他在桌旁坐下，“ 我知道你是谁，我也知道你的职业。这两样，都有趣极了。”

“ 我这是在哪？” 布莱恩坐下问道。

“ 你在我的花园里，如果你感兴趣的话，我会告诉你这是教会的哪一处会所，但那些都不重要。你在我的花园里，你是我的客人，这就足够了。喝点茶。”

布莱恩拿起茶杯，“你是？”

“这还不明显吗？我是安德莉亚·海特·罗斯，可以说是‘进化羊’教会的女族长。”

“这不可能，你已经死了。”

“是啊，你也是，布莱恩，我和你一样，都已经死了。”

“我的意思是说，你已经死了很久了，”布莱恩说，“我那时的技术在你去世时还不存在。”

“确实如此，你成功潜入一间实验室，花几分钟时间让大脑投下影像。而我，从人变成机器上的鬼魂，整整用了 17 个月，花了 300 万美元。我不得不说，那 17 个月我备受煎熬。最后，我的身体才死了。”

“那你为何要这样做？”布莱恩问。

“我总是要死掉的，孩子。”海特·罗斯说，“开始这项计划时我 102 岁，活不久了。我有钱，有专家，这项试验也不会让我遭受损失。除了损失海特 - 罗斯家族——也就是我的——一点点财产。最后，我就出现在这了，你也是。我们就能一起品品浓茶。”她嘬了口茶。布莱恩照做，意识到海特·罗斯正盯着他看。

“怎么了？”他问。

“你知道吗？”她放下茶杯说，“你是我这么长时间以来见到的除了我以外的第一个人工智能。其他人都不知道怎么制造人工智能。”

“你手下的教会成员可以制造出很多的。毕竟，他们把你制造出来了。”

“哦，他们并不知道我的存在，当他们关掉开关，我就意识到此次试验成功了。我还意识到，如果我让教会认为他们失败了，将会更有趣。如果你对我稍有了解，你就会知道我是尘世风云的观察者。如果有人知道了自己正被我观察，他们的行为就会发生改变。活着的时候，我被依据罗比那些荒唐的诗句成立起来的教会深深吸引。不过，当然了，如果我无法直接影响他们，我则没法跟上他们的脚步。这种方法行之有效。”

“那么，这么长时间以来，你一直是孤身一人？”布莱恩问。

“是的，不过情况没有你想象的那么糟糕。我们不是人，你要知道。这个——”她意指自己的身体——“只不过是一个舒适的外壳。我们不受它的束缚，我们也不会像人类那样感知时间。如果你知道你在做什么，你就知道时间过得多快了。”

她伸了下腰，布莱恩意识到海特·罗斯的一袭夏裙里面完全是赤裸的。“当然了，这个特殊的外壳有些许的魅力。”她说，“既然提到这，你想不想来一发？”

“你说什么？”

“来一发。我已经很久没做过了。我有办法做。我发明了一些情趣用品，当然了，那只不过是手淫而已，对吧？你曾经也是人，你一定了解那种被有真正大脑的人压在身下的感觉。”

“我改日再来，可以吗？我现在时间紧迫。”

“又是时间。我打赌，你一定是刚刚成为人工智能。好吧，这件事我们暂时搁置。跟我讲讲，你为什么时间紧迫。”

“我朋友现在身陷险境。”布莱恩说。

“哈里·克里克和罗宾·贝克，”海特·罗斯一边说，一边从茶盘里拿起一块曲奇饼。“当然，你说得对，他们的确身陷险境。教会偷偷接入奈都电脑系统，我相信你已经猜到了。奈都驻地球大使馆已经告知奈都政府，他们两在‘梦幻岛’号邮轮上。一旦‘梦幻岛’号踏入卡格峰的奈都地界，奈都部队就会登上邮轮，把罗宾·贝克抓回奈都自己的星球。加冕仪式结束，奈都和地球之间极有可能发生战争，至少每个与该事件相关的人士都如此认为。”海特·罗斯一口咬下饼干，位置十分精准。

“你还知道其他消息吗？”布莱恩问道。

“或许是的。”海特·罗斯说。

“告诉我，”布莱恩说，“我需要提醒哈里。”

“你不可以提醒哈里。”海特·罗斯说，“我已经研究你好几天了，布莱恩，刚刚才把你组装好。此刻‘梦幻岛’号正在N空间内从布朗恩星球飞往卡格峰，你与飞船没法联系。而‘梦幻岛’号到达目的地后，它上面的通信系统就会被奈都破坏。教会分析家认为，一旦奈都把罗宾·贝克弄到手，他们很可能会毁掉‘梦幻岛’号，并对外宣称它根本不曾着陆。对此又有谁能反驳呢？毕竟，罗宾和哈里改名换姓了。她在加冕仪式上现身，却什么也证明不了。当然，不管怎样，加冕仪式过后，她也活不久了。”海特·罗斯又准确无误地咬了一口曲奇饼。

“那哈里呢？”布莱恩问。

“如果奈都还没因为他保卫贝克小姐而要了他的命，我想，他会和‘梦幻岛’号一起销声匿迹。”海特·罗斯说。

布莱恩一推桌子，站了起来。“放我出去。”

海特·罗斯看着他，面带笑容，迷惑不解。“我为什么要那么做啊？”

“我得做点什么，”布莱恩说，“什么都行。”

“你知道你是怎么死的吗，布莱恩？”

“什么？”

“你死了，我相信你知道自己已经死了。我是问你是否知道自己怎么死的。”

“哈里告诉我，我是在帕耶米的战场上身亡的。这有什么关系？”

“或许它和所有事都有必然联系。”海特·罗斯说，“我告诉过你，似乎所有人都认为地球和奈都面临战争，很明显，这场战争对于地球来说毫无益处。但正如我所说，我一直是人类状况的观察者——过去几十年内，我也是奈都的观察者。我掌握着其他人一无所知的消息，我可以分享给你，但你得为我做些事。”

“我现在比刚才更没有做爱的兴致。”布莱恩说。

海特·罗斯大笑。“我已经把做爱一事暂时放下了，布莱恩，说真的，我的确如此。说实话，我想帮你，布莱恩，我希望你能够帮助你的朋友。为此，我一定要让你明白我接下来给你讲的一切，而且，为此，你我需要做几件事。第一件事，就是要告诉你你是如何死掉的。”

“你为什么想要帮我？”

“因为我喜欢你，傻瓜，而且，我已经不像你一样，还可以遭到奈都的摧残。我是人，或者我曾经是人。我尚明事理，希望能把自己的同胞从水深火热当中挽救出来。”

“我不相信你。”

“你也不该相信我，”海特·罗斯说，“我有一段不光彩的历史，我总是折磨我喜欢的人。你知道，我喜欢罗比·杜怀林。他是个笨头笨脑的傻瓜，看看我都对他做了些什么啊。但恐怕，如果你想帮助你的朋友的话，你真的别无选择。这座花园美丽可爱，但却没有你可用的出入口。我想，你已经知道你不是我的对手，布莱恩。作为人工智能，我有许多年的丰富经验，我可以从容不迫地把你拆开，不用保证何时再把你组装回去。所以，要么按我的计划行事，要么在这座美丽的花园里喝茶，直到宇宙热爆炸。你自己选。”

“你要帮助我，却又在威胁我。”布莱恩说。

“好人归好人，但做坏人才会达到目的。”

“你说我没有办法联系上哈里，如果的确如此，我也看不出听凭你的摆布对我有何好处。”

安德莉亚·海特·罗斯叹了口气。“如果我向你保证，奈都绝不会顺顺利利地得到‘梦幻岛’号，这样总可以了吧？”

“或许吧，”

“好吧，如果我告诉你，教会派了一位报信者——这个人认识你的朋友——把奈都关于‘梦幻岛’号的计划告知地球联合国，这样你放心了吧。现在你可以坐下来了吗？”

布莱恩往桌子旁移动了几步。“给地球联合国报信的人是什么人？”

“举足轻重的人物。”海特·罗斯说。

“谁？”布莱恩坐回原位。

“当然是你哥哥。再来点茶？”

大厅保安电话打进来时，本·贾夫纳正坐在办公桌旁。

“你好。”贾夫纳说。

“贾夫纳先生，有位先生说要见您，和您讨论一下羊的事情。”

“羊？”贾夫纳说，“他是谁？”

“他的证件上显示他名叫小塞缪尔。”保安说。

“叫人把他带到我这来。”贾夫纳说。

两分钟后，小塞缪尔·福克西站在了贾夫纳面前。“如果你不介意的话，我们前言少叙，开门见山。”保安离开后，贾夫纳对福克西说。“告诉我现在哈里·克里克和罗宾·贝克在哪，立刻！马上！”

“好的，克里克和贝克正在一艘名为‘梦幻岛’号的邮轮上。此刻，它正处于布朗恩和卡格峰之间的N空间。他们目前很安全。”福克西说。

“你之所以知道这些，是因为？”

“因为是我把他们送上飞船的。”

贾夫纳感觉自己终于松了口气。“这是好消息。”

“并非如此，”福克西说，“奈都知道他们在这条飞船上。当‘梦幻岛’号抵达卡格峰，奈都部队很可能会登上飞船，带走罗宾，毁掉‘梦幻岛’号和船上所有的人。”

“你是怎么知道的？”贾夫纳说。

“我不能告诉你。”福克西说。其实这样说并不十分准确。他完全可以告诉贾夫纳，只是教会给了他一笔巨款让他保密。福克西过了几天备受煎熬的日子，但如果他能挺过接下来的几天的话，他就会成为大富豪。

“你能证实你说的这些话吗？”贾夫纳问。

“不能，”福克西说，“但这千真万确。”

“你真的希望我相信你？”贾夫纳说。

“你可以去找奈都核实，”福克西说，“我相信他们一定会很高兴地承认，他们计划炸毁满载地球联合国公民的邮轮。”

三分钟后，贾夫纳和福克西一起出现在了吉姆·赫弗的办公室。福克西把他掌握的消息又重复了一遍。“这岂不是很方便？”赫弗抬头看着贾夫纳，低声嘀咕着，“就在几个小时前，你我就该踏上参加奈都加冕仪式的旅程。”

“没有意外，”贾夫纳说，“他们会很快抓走女孩，把她带到奈都。加冕仪式延迟举办，但还是会顺利完成。还有一点绝妙之处。”

“我迫不及待地想听听是什么。”赫弗说。

“罗宾·贝克不再是地球联合国公民。”贾夫纳说，“我们放弃了她的公民权利，使她成为拥有独立主权的种族，而且，奈都也找不到理由破坏与我国的条约了。但这样也就意味着，如果他们抓到她，把她用于加冕仪式，我们也没有合法理由保护她，我们和这个女人没有签订任何条约。”

“奈都还是违背了共同联盟宪章。”赫弗说。

“如果他们先对她发起战争的话，就没有违背宪章。”贾夫纳说。

赫弗可怜兮兮地笑了笑。“奈都对个人发起战争，我的天啊！”

“这很愚蠢，但是合法。”贾夫纳说。

“我们无法给‘梦幻岛’号发信号？”赫弗问。

“它正处于N空间，”贾夫纳说。

“至少我们能警告奈都，不要强行登船。”赫弗说。

“可以。”贾夫纳说，“但我们怎么才能执行该计划呢？卡格峰是奈都的一个小殖民地，我们在那没有兵力驻守。他们炸毁‘梦幻岛’号，我们完全找不到证据。如果他们火力够大，我们也许连个影子都找不到。”

“‘梦幻岛’号还需多久抵达卡格峰？”赫弗问。

“我不知道，”贾夫纳说。

“这个，”福克西说着，拿出一张纸，“这是‘梦幻岛’号的旅程指南。”赫弗接过来，看了看。

“‘梦幻岛’号进入N空间不到一小时，”他说，“你不能一个小时前过来吗？”

“我只不过是信使，”福克西说，“不要把火撒在我身上。”

“它要后天才能到卡格峰，”赫弗说着，用手掌“啪嗒啪嗒”地拍着桌子。“你们两个，跟我来，”他说，“我们去五角大楼。”

在五角大楼里，鲍勃·蒲柏完全对赫弗视而不见，矛头直对贾夫纳。“你知道吗，戴夫·菲普斯失踪了！”他喊着。

“我不知道。”贾夫纳说，“究竟是怎么回事？”

“就在他和你吃午饭那天，”蒲柏指着赫弗，“就在我们和总统会面讨论奈都驱逐舰一事过后，我试图联系戴夫，但一无所获。他什么话都没留下，就消失不见了。”

“他告诉我说，他要撤销几个计划。”贾夫纳说，“和我们部门间的冲突有关。”

蒲柏刚刚张开口要反驳贾夫纳，然后又合上了，他看着赫弗。“今天，我们都是朋友。”他以陈述而非疑问的口吻说。

“你怎么说都行，鲍勃，”赫弗说，“我们把项目外包给了吉恩·施罗德推荐的团队。”

赫弗张开嘴巴要说话，蒲柏抬起手。“我知道，我们是朋友。吉姆·施罗德失踪了。我们一直雇用的团队——阿林顿商场事件后仅存的人员——也失踪了。我敢打赌，戴夫消失的那天晚上一定是去见施罗德了。”

“这么说，菲普斯是和施罗德及其团队在一起。”赫弗说。

“我想戴夫不会做出那样的事。”蒲柏说。

“我赞成蒲柏部长的说法，”贾夫纳说，“我和菲普斯聊天时，他说，事情已经超出我们的掌控范围。听上去，他好像是要把事情解决，并没有准备跑路的意思。”

“如果他没有和施罗德在一起，那么他会身在何处？”赫弗说。

蒲柏看了看贾夫纳。“你知道我在想什么。”

“你认为他死了，”贾夫纳说。“你们两个纠集了一帮人马追杀哈里和贝克，当菲普斯决定让他们顶罪时，他们反过来把他杀了。”

“鲍勃，无论菲普斯究竟遭遇了什么，我都很难过，但此刻，我们还面临另一个问题。”赫弗让福克西又重复了一遍他带来的关于‘梦幻岛’号的警示。

“你从哪里得到的消息？”蒲柏问福克西。

“就是你的一个‘团队’成员要吃掉我时，救了我的那群人告诉我的。”福克西说，“我明白，在这里，我的话也许并没什么考虑价值，但我个人倾向于相信他们。”

“你怎么看？”蒲柏问赫弗。

“我们不能视而不见。”赫弗说，“奈都已经试过各种合法手段以得到罗宾·贝克，她是加冕仪式上的关键部分。我想，为了她，他们一定会不择手段，而且会同妨碍自己的所有人一拼到底。”

“一旦地球联合国的舰队驶入奈都的领域，那就说明离战争不远了，吉姆。”蒲柏说。

“奈都对民用飞船开火，已经是战争行为了，”赫弗说，“若不出意外，奈都是不可能向我们或共同联盟隐瞒他们的所作所为的。”

“如果你判断错了，我就拉你和我一起下台。”蒲柏说。

“如果我判断错了，不需要你拉，”赫弗说，“我会心甘情愿地走开。”

蒲柏按下办公桌上的按钮，办公室内的窗子立马变成了不透明的颜色，房间的光线明显昏暗下来。蒲柏指着福克西说，“你去外面等着。”

福克西点点头，朝门口走去。他走出去后，蒲柏又按了个按钮。办公桌上的一台投影仪启动，投射出包含地球及其殖民地以及其他本土星系在内的太空多维地图。

“显示卡格峰。”蒲柏说。显示界面顶端的一颗星星耀眼地闪烁着。“好。我们离卡格峰最近的殖民地是布列塔尼殖民地，在这里。”蒲柏伸手指着一颗星星；显示界面一闪，显出一个地球般样子的星球。“列出地球联合国在布列塔尼地区的飞船。”

总共有三架。“詹姆士·麦迪逊号，温斯顿·丘吉尔号，还有英国哥伦比亚号，”蒲柏说，“麦迪逊和丘吉尔号无法帮助我们，它们的穿越发动机功率很弱，无法及时抵达卡格峰。但英国哥伦比亚号——”蒲柏点了一下飘浮在空中的列表上面的名字，屏幕又闪了一下，显示出英国哥伦比亚号的图像及其状态目录。“对，‘英哥’号可以做到。如果她一个小时内出发的话，刚好可以在‘梦幻岛’号抵达时赶上，不会差太久。”

“你打算怎么做，鲍勃？”赫弗问。

“首先，我要给那卡穆拉司令打电话，告诉他，如果他不能在50分钟内驾驶‘英哥’号起航，他就要10分钟内把辞职报告交到我的办公桌上。”蒲柏说，“然后，把你门外的那位小朋友拖到总统办公室，这样就可以解释为什么没有得到总统许可，我就派地球联合国战舰出战。最后，如果我的工作还能保住的话，我就要喝个酩酊大醉。你不打算去参加奈都加冕仪式吗，吉姆？”

“我要去，”赫弗说着，指了指贾夫纳，“我们两个都去。我们两个小时后出发。”

“嗯，很好。”蒲柏说，“你可以去和奈都解释我们发动战争的原因了。真高兴，过了今天，我就要失业了，而你们两个，即将成为奈都的俘虏。我宁可失业，也不愿意沦落到你们那样的下场。好了，先生们，现在我要用你们提供给我的弹药玩俄罗斯轮盘，赌一赌我们星球的未来。就不送你们出门了，希望不要介意。”

一颗子弹从布莱恩耳旁呼啸而过，他立刻向一边闪躲。

“很真实，是吧？”安德莉亚·海特·罗斯问。

他们两人围坐的餐桌平稳地漂浮在一望无垠的帕耶米平原上空。布莱恩眼前是战争的厮杀场景：弹药的爆炸声，击中人类或奈都人血肉之躯的碰击声，双方战士倒地打滚时发出的叫喊声，他们的鲜血——都是红色的——渗透、喷涌、染遍大地。布莱恩抓牢桌子；他很明白，桌子并非真的漂浮在平原之上，眼前的景象不过是电脑模拟出来的，但这仍然让他感到很眩晕，担心椅子掉下去。

“事情就是这样。”海特·罗斯说。

“你在说什么？”布莱恩说。

“帕耶米大战时，”海特·罗斯说着，又给自己倒了些茶，

“所有地球联合国军人出征时头盔上都装有一架微型摄像机，每一部摄像机都会将眼前的景象拍摄下来并把数据传输回去。此外还有监控摄像头从上空拍摄，只要不被反抗者打下来，它们就可以一直工作。事实上大多数都没能逃过一劫。不过，总体而言，这场战争共有10万多个拍摄片段，都是为了我们这些后人拍摄的，不过我们并不为此费心。所有的影像数据都存储在地球联合国国防部的服务器内，公众随时可以访问浏览——信息自由。可是，从未有人访问过。千真万确，从未有人——她胳膊一挥，意指大屠杀——把所有数据整合到一起，重演整场战争。”

“的确如此，”布莱恩说，“的确如此。”

“数据完备，完全可以重演战争情景。”海特·罗斯说。她左边的一位步兵左眼下方被子弹击中，他向后一撅，瘫倒在地，面目全非。“有很多断档。即便有10万个头盔，有时也会有些地方无人看守。不过大部分数据都有了。我没有自寻烦恼，把每棵树上树叶的摆动都模拟出来。不过，这些模拟好的画面，都是真实场景。好了，跟我过来。”桌子似乎在沿着整幅画面滑动；布莱恩看到的是尸横遍野。他多么渴望能够提醒身边倒下的战士们，可他知道这毫无作用。正如被“过去之灵”拖着的斯克鲁奇[1]，他看到的只是过去的幽灵，而非现实景象。

布莱恩的耳朵里传来一位海军士兵的尖叫声，叛军正惨无人道地要把她的胳膊从身上拽下来。无论虚拟与否，布莱恩都感同身受，不

① 出自英国作家狄更斯的小说《圣诞颂歌》。——译者注

禁向后畏缩着。

“当然了，你对此毫无印象。”海特·罗斯说，“创造出现在的你的大脑扫描资料是在此之前做的。这一切对你来说都无比陌生。”

“是的。”布莱恩说。

“或许这样对你最好。”海特-罗斯说，“看见自己的朋友死去，却没有任何感觉。”

“他们很多人都死了吗？”布莱恩问。

“哦，是的，”海特·罗斯说，“不少。看这个。”

茶桌在距一队士兵几英尺的地方停下来。士兵们匍匐在田埂之后，同前方灌木丛里的一队反抗军交着火。布莱恩发现了自己的身影，不禁一惊，画面中的他仅比自己大脑被扫描时年龄稍大一点，他正朝田埂那边的反抗军扔着手榴弹。三个人冲向前方，哈里匍匐着，小心翼翼地瞄准反抗步兵再开枪。他连发很多枪，然后再向前移动，以此躲过对方的子弹。看到自己不曾感受过的一段生命中的经历，而且自己即将死去，布莱恩心里恐惧万分，又被深深吸引。

海特·罗斯注意到他的心理变化。“很让人不安。”她说，布莱恩只能点点头。“我知道，”她说，“我在一段记忆感知传输过程中死去，现在的我取自我临死前一天的记忆，对自己的死毫无记忆。我一遍又一遍地观看录像，看着我自己死去，医护人员在我身旁手忙脚乱。看着我自己眼中的神情，我意识到自己已经死去，但却不能真切地感受到当时的心情。我不知道我眼中流露出的是恐惧、安慰还是困惑。我当时不在场，这令人抓狂。”

“你为什么给我看这个？”布莱恩说着，目光却无法从画面中的自己身上移开。

“你会知道的。”海特·罗斯说，“事实上，你现在就会知道。”

布莱恩看到身为士兵的自己又抛出一枚手榴弹，手榴弹爆炸时自己低伏在地上。他朝田埂之上偷瞄一眼，看见反抗军队正在撤退。他大喊一声，跨过田埂想趁敌人逃跑之际追击敌军。他身后还跟着两名战士，和他一样，亢奋之情溢于言表。布莱恩看着画面中的自己，他听见哈里和队长都在喊他和另外两个人，让他们回去，但身为士兵的自己却听不见，或者说并未服从指挥。不到几秒钟，三位士兵便远离了自己的战友，穿过高高的草丛，朝杂树林中的反抗军追了过去。布莱恩意识到自己内心无比紧张，他在等待那一个不可避免的结果。

这一过程并不漫长。就在距离杂树林不远处，一位士兵肩膀中弹，身子猛地转向一侧；转身之际，又一颗子弹飞过来，穿过他的防弹衣，直穿背部，从前胸飞了出来，防弹衣内溅满鲜血。紧接着，第二个士兵倒下了，他的膝盖骨被炸飞；他大声尖叫着，跪倒在地。布莱恩坐在茶桌旁，他注意到，敌军先把距离最远的士兵杀死，位于前方的士兵看不见自己的战友已经倒下，还会不顾一切地向前冲。

看到另一个自己成为最终目标，布莱恩十分无助。他几乎同时中了两颗子弹，一颗在左踝，另一颗在臀部右下侧。击中脚踝的子弹让布莱恩猛地转身，而臀部的子弹却给他一个反作用力；最终，布莱恩像是被一辆隐形货车撞倒，向后飞了出去。布莱恩重重地摔在后方的草地上，过了两秒钟，他开始大声尖叫。

“你发现什么特别的东西了吗？”海特·罗斯问布莱恩。

布莱恩镇定下来，试图动脑思考。“我们都还活着。”他终于开口说道。

“是的，”海特·罗斯说，“活着，在宽敞空地上大声尖叫，任何前来营救你们的人都会轻易成为反抗军的打击对象。你也看到了，他们是以相反的顺序射中你们三人，还给你们留一口气——至少短期来看是如此。你知道这意味着什么吗？”

“他们设了个陷阱，”布莱恩说，“我以为我把他们赶到了空地上，结果是他们把我赶到了空地上。”

“因为，其他物种只要稍微了解一点人类的脾性，”海特·罗斯说，“就知道人类不会把自己的同胞抛下不管。看，你的战友们来了。”

布莱恩转过身朝田埂看去，看见两名士兵穿越草丛，向倒在最后面的一名士兵委蛇前行。一名士兵连发多枪进行掩护，另一名将受伤的战士抬到担架上。在抬伤员的过程中，他突然从草丛中露了个头。杂树林里喷出一阵枪林弹雨；一颗子弹射中该士兵的下巴下方，颈部裂开。士兵本能地伸手去摸脖子，导致他所抬的伤员头朝下重重地摔在地上。杂树林里飞出的另一颗子弹击中他，把他向后打倒在地。一直开火掩护的那位士兵匍匐到这位士兵身边，把手按在朋友的脖子上。

“这样做起不到任何作用。”海特·罗斯说，“你看那喷薄而出的鲜血，他被击中了颈动脉。”

“别放了！”布莱恩说着，把视线挪开，“别放了！”

“好。”海特·罗斯说完，画面冻结。布莱恩瞪大双眼，看着眼前停下来的时间。

“你知道我为什么要给你看这个吗？”海特·罗斯说。

“不知道。”布莱恩回答。

“我是想告诉你，你性情冲动，不懂三思而后行，这让人很头疼。”海特·罗斯说，“你攻击教会网络，是因为你愚蠢地认为没有人能拦阻你攻破防火墙。当然，我们都看到了最终结局，”海特·罗斯朝冻结的战场点点头，“你瞧，你跑到空旷处，追杀你认为被你打得落荒而逃的敌人，因此，你死了——还使你的三位战友也落得同样的下场，而且他们还先于你死去。你是最后一个死掉的。你的朋友哈里·克里克冒险来到你身旁，帮你把血止住，守着你还有其他几位受伤的战友，整整两天，直到你可以站起来。然而，就在出发之前，你还是死了。因为卡格峰细菌感染，你的腹膜炎加重，不治而亡。许多士兵也是感染这种细菌而死。人体内的某种化学成分加速了它们的新陈代谢，使得它们发疯地繁殖。你死时，屁股几乎全部溃烂了。”

“住口，”布莱恩说，“我明白你的意思了，好吗？！请你到此为止！”

“不要因为自己的错误，反而把气撒在我身上，”海特·罗斯说，“我这么做，是为了你好。”

“我不知道这究竟对我有什么好处，”布莱恩说，“我没那么多时间想这个。好了，现在让我去帮我的朋友。”

“还不够。”海特·罗斯说，“你意识到了自己的缺点，这是第一步。现在你要做好准备，了解把什么信息转告给你的朋友们。过程会有些坎坷，因为你的第一反应是忽略我的建议——或者说，在我给你看这个之前，你会这样。或许现在你想听听我的理由。”

“什么理由？”布莱恩说。

“我不告诉你。”海特·罗斯说。

“真是见了鬼了，你这个女人，”布莱恩说，“你是我活的这两辈子见到的唯一一位最最烦人的家伙。”

“谢谢，布莱恩。”海特·罗斯说，“在18岁的孩子看来，这两辈子时间还是蛮久的。”

“如果你不打算告诉我怎样帮助我的朋友，为什么要给我看这些？”布莱恩问。

“我不告诉你，但我会给你看，”海特·罗斯说，“或者说，我会给你看，至于能否看懂，要取决于你自己。”

“我刚才说过你很烦人吧？”布莱恩说。

“是的，”海特·罗斯说，“就当它是既定事实好了。我们重新回到这场战争上来吧。我相信此刻你已经知道，帕耶米之战对地球联合国来说无疑是一场致命灾难：在卡格峰的两天时间里，一半人类士兵伤亡，包括你。这是对人类生命的极大浪费，你同意吗？”

“是的。”布莱恩说。

“很好。”海特·罗斯说，“接下来，我们要一起重演帕耶米之战——从头至尾，直到最后一名士兵离开。你演地球联合国，我演卡格峰反抗军。你要找到一种能够顺利结束此战，且不用牺牲这么多士兵的办法。关于如何帮助你的朋友，答案就隐藏在模拟过程当中。”

“如果我保证我相信你，我们能省去这个步骤吗？”布莱恩问。

“这就是你的问题所在，布莱恩，”海特·罗斯说，“总是希望绕过难题。这不是你能一刀切断的‘戈尔迪之结’，你要一点点解开这个难题。还有，在模拟过程中，你得自己找处理器。”

“什么？”布莱恩不明白。

“控制10万多兵力和整理全部视频记录全然不同，”海特·罗斯说，“就像建造花园，我们还需一些空间。”

“好吧，”布莱恩说，“我知道去哪找。”

比尔·戴维森正在模拟袭击外滩群岛的飓风“小鲱鱼”（他心里有些沾沾自喜，因为他前妻的家人在奥克拉可克的海滨区有房产），突然发现模拟该环境的服务器处理能力被降为不可用级别。比尔抓起桌子上的电话，给希德·戈里维斯打了过去。他知道他正在对突然降临在俄亥俄山谷的一系列暴风雨进行模拟。

“该死的，希德，”比尔说，“你要知道，在处理等级上，飓风是优先于内陆暴风雨的，这是国家海洋和大气局关于电脑占用时间分配规定里至关重要的一条。”

“不是我干的，”希德说，“我自己也受到严重影响，我以为是你干的。”

比尔张开嘴要回应，此时老板从办公室门探进头，告诉他整个系统都突然崩溃。

三分钟后，部门技术高手查斯·麦基恩搞清了情况。“有人在用IBM进行规模极大的模拟活动，控制了大部分处理器。”

“我以为IBM已经停用了。”比尔的老板唐杰说。

“是停用了，”麦基恩说，“但它没有断网。所以操作它的人还可以攻击网络上的其他处理器。”

“呵，这是哪个混蛋干的？”希德说。

“是它自己，”麦基恩说，“不是哪个混蛋。自从我们停用这台电脑后，就再没有人登录过了。看上去它自行生长出了一个大脑。”

“此刻我并不关心谁是混蛋，”唐说，“我们需要电脑。登录IBM，把模拟程序关掉。”

“我试过了，”麦基恩说，“但它大门紧锁，我发送不了任何命令。”

“那就把该死的电源切断。”唐说。

“那样做的话，整个网络就都完蛋了。”麦基恩说，“创建该模拟程序的人防护工作做得完美而且严密。实际上，我们唯一能做的就是耐心等待。”

唐说了句脏话，迈着重重的脚步走开了。比尔回到自己的办公室，拿出珍藏的威士忌酒瓶，喝了一大口，祈祷着不管克里克在做什么，他最好在事情根源查到自己之前结束这一切。快点，哈里，他心想，动作迅速点。

经过一次又一次的模拟，布莱恩已经轻车熟路。头几次模拟过后，一些问题便彰显出来。第一点是，反抗军的信息优势坚不可摧。虽然反抗军已经证明自己能够控制奈都电脑网络，奈都还是妄自尊大，用网络传输作战细节，似乎它永不会向对手妥协。反抗军知道地球联合国何时着陆，何种兵种在何地着陆，各兵种有何弱点。地球联合国因服从奈都的军事指挥而受限，而在奈都部落及指挥系统内部，忠诚重于军事技能。地球联合国军队还在敌军力量及奈都掌握的有关叛军及其计划的有用信息这两方面被奈都误导。

卡格峰反抗军则完全没有这些局限。他们的领导层表现出惊人的适应能力（考虑到其中有前奈都官员），而且反抗军积极性极高，他们渴望生活在自治星球上，深知如果不能击退敌军自己会落得何等下场。反抗军屡次智斗地球联合国军队，每次模拟的结果都是数万地球联合国士兵伤亡——每次都包括布莱恩自己所在小分队的成员。布莱恩突发奇想，用尽浑身解数试图在指挥系统内捣鬼，但收效甚微。一处部队的性命被挽救，其他地方伤亡人数却增加。激进的战术只是让惨重伤亡提早到来，且更加频繁。保守战术使得地球联合国军队被包抄、夹击，血流成河。死亡来势凶猛，在每一次模拟战争中都笼罩着地球联合国军队，就像布莱恩指挥战争的忠诚伴侣。清点死亡人数时，反抗军伤亡人数接近地球战士产生的兴奋感，也只是冰冷的安慰。经过 200 余次试验，数百万次仿真死亡后，布莱恩想要放弃。

他真的放弃了。

或者更准确地说，他的士兵放弃了。你个混蛋，安德莉亚·海特·罗斯，布莱恩心想，此刻第一支部队已经抵达帕耶米平原，他们立即缴械投降，等待反抗军把他们投入监狱。一波又一波的地球军着陆后即投降，任凭反抗军把他们拢到一起；反抗军受作战规定不得不接收这些投降者。模拟结束，10 万地球军站在帕耶米平原中间，手指交叉放在脑后，反抗军在外围转着圈圈。

这并不是你向来使用的作战策略，布莱恩默认。另一方面，模拟结束时双方都没有战士牺牲。

没有死亡。

“天啦。”布莱恩说。

帕耶米一点点散去，布莱恩重新回到海特·罗斯的花园。“现在你知道了。”海特·罗斯在桌边说。

“生存的唯一方法是投降。”布莱恩说。

“不仅仅是生存，此外还能阻止奈都。”海特·罗斯说，“在现实的帕耶米之战中，人类撤退后奈都立即炸毁了整个平原——他们抛下一颗‘星球死神’炸弹，把卡格峰最富饶、人口最密集的地区化为一片岩浆，更别提整个星球的天气系统混乱导致的大饥荒造成的死亡人数了。如果人类战犯一直留在卡格峰，这些事都不可能发生。”

“现在我知道你为什么让我这样做了，”布莱恩说，“若非亲眼所见，我绝不相信。”

“如果不亲眼见到地球军数十次被杀死，你也不会相信，”海特·罗斯指出，“经验决定一切。现在你知道你的朋友必须采取怎样的行动了。”

“向奈都投降。”布莱恩说。

“正是如此。”海特·罗斯说。

“要说服哈里投降，不是易事。”布莱恩说。

“他并不知道全部情况，”海特·罗斯说，“仔细想想，你也不知道啊。”

“你打算让我跳进什么新型隧道去找他们？”布莱恩说。

“我们已经把隧道建好了。”海特·罗斯说，“你是个好孩子，学习速度非常让人满意。我想，我现在可以直接告诉你了。”

接着，海特·罗斯就给他指明了出口。

第十四章

进出N空间时有一个小问题——船长及航行家认为不值一提，并不告诉大家——那就是他们进出N空间时处于全盲状态。

全盲状态飞进N空间问题并不大。N空间内空空如也，至少不会发生“糟了，我们撞到冰山了”这样的场景；它是一堆极其复杂的混合体，具有种种理论状态、巢状维度以及无法确定的东西，要是多喝了几杯酒，即便是最顶尖的物理学家也会完全搞不明白。共同联盟内的种族通过N空间进行穿越，虽然他们并不完全清楚它的原理，但都知道它很有用。物理学家们为此十分抓狂，每隔几年就会有人跳出来破口大骂，说有意识物种不应该再进行这种他们弄不明白的活动。

然而，经常出入N空间的船长及航行家等所有人都只会耸耸肩（其他物种或做出类似的动作），因为在4万余年的太空航行记录中，没有一艘船在进入N空间后失踪。少数几条船消失，是因为有人进入N空间前输入了错误的坐标，导致他们距目的地数百、数千甚至数百万光年远。但这是愚蠢所致，N空间不应为此负责。

不，是N空间的出口负责把你拉出来。从N空间出来的物体——全银河系的特效专家们恐怕都要非常失望——不会发光、划出光带、变模糊，然后黯然消失。它们只是抵达那里，从空洞的空间中出来。人们虔诚地期盼出口是空的，因为如果不是空的，那么就有麻烦了，从N空间穿越出来的物体和原本就在出口处的物体的原子会互相冲突；这就像量子级别的听音乐抢凳子游戏，它们都想占据那个空间。

这种现象偶尔会引发量子能爆发，将两种物体同时毁灭。大多数情况，只会出现很多常规破坏。当然了，即便是“常规破坏”也不简单，如果有人幸存下来的话，他会告诉你他的船体只是裂了个口子——当然，通常情况下这不可能。

因此，极少会有载着乘客的飞船随意地在有生物居住的星球附近穿越出来。每个有生物居住的星球附近都充斥着各种物体，从通信卫星、货运驳船，到从船上抛出的、将在大气中烧为灰烬的各种垃圾，再到一些私人邮轮的残骸；这些邮轮的驾驶员成功地在远离自己星球的电离层外找到了坠毁点。主流宗教并不认为将飞船降落在这样浓汤样的地方的船长有自杀危险，但这样做了几次之后，他会发现自己很难再找到一个信誉良好的保险公司投保。

解决办法十分简单：指定降落区域，也就是边长大约3千米的一个三维空间。为保证这一区域没有杂物，篮球大小的太空监视船不停地清理小碎片，大碎片则由拖驳船运走。每个有生物居住的星球都有数十个这样的空间供公民使用，它们的坐标众人皆知，使用效率极高，连普鲁士的舵手都会感到兴奋。对于拥有固定、预知航线的定期旅游船来说，比如“梦幻岛”号，它们的降落区域要提前数周甚至是提前数月做好规划，以此防止潜在的悲剧撞击。

这也就是为何奈都可以为“梦幻岛”号的降落做准备。他们知道它会降落，他们知道降落地点，他们也知道没有人会看到接下来发生的一切。

“放轻松，罗德，”吉恩·施罗德说，“一小时后一切都会过去的。”

“我记得有人在阿林顿商场事件之前就对我说过这番话。”罗德·阿库纳说。他在文-吉塔大使私人飞船的客舱甲板上踱来踱去。这艘飞船正向一艘奈都武装直升机漂去，直升机上的海军将登上“梦幻岛”号带走女孩，返程后再把邮轮炸毁。

“这和阿林顿事件完全不同，”施罗德说，“我们在奈都境内，‘梦幻岛’号将在空中漂浮，已经有一艘巨大的奈都武装直升机做好准备将它炸成碎片。如果奈都海军没有杀死克里克，当‘梦幻岛’号化为尘埃，他也会死掉。”

“眼见为实。”阿库纳说。

“相信我，罗德。”施罗德说，“现在我命令你，放松点。”施罗德朝甲板一角挥了下胳膊，“看看你那个奴才，连他都很放松，跟他学学。”

阿库纳瞥了一眼塔克，这几天，他一直在埋头苦读从极客阿奇手里拿到的书。先前，阿库纳嘲笑塔克给自己留了个纪念品，塔克只是用单调、毫无表情的目光盯着他，样子跟一头牛毫无二致。他从不知道塔克识字，或者说认识英语。

“他放松，是因为他的智商如同木头。”阿库纳说着，走到甲板玻璃窗旁边。窗子左下方可以瞥见卡格峰的一角。“我竟然回到了这个鬼地方，真是让人难以置信。”他说。

“是的，这就是帕耶米之战的战场。”施罗德说，他的语调显示出他对这一话题丝毫不感兴趣。阿库纳瞥了他一眼，心里想着，如果把那个愚蠢的脑瓜瓢摔开会是怎样；这绝不是他第一次产生这样的想法。阿库纳绝不是那种会产生“兄弟连”情感的人，但即便对他来说，那场战斗也需要冷静地对待。施罗德不经意间显露出的不知情就是一种侮辱。

阿库纳将这种情绪赶走。如果真动起手来，且不谈往施罗德脸上打一棒会让施罗德获益多少，事后阿库纳肯定一分钱都拿不到。更何况他想报复克里克，这拳还是留给他比较好。

“她在那。”施罗德说着，站起来看着窗外，一秒钟前“梦幻岛”号刚刚出现在头顶。“此刻他们的船长会发现通信讯号全无，一分钟内奈都就会通知他停止飞行，准备让奈都海军登船。”

阿库纳沉思了片刻。“那艘船是来这举办仪式的，是吗？”他问施罗德。

施罗德耸耸肩。“你告诉我啊，”他说，“是你收到那个通讯把我们带到这来的。”

“是啊，当然，”阿库纳说，“他们要举办某种纪念活动。这是他们前来此地的目的。”

施罗德瞟着他，有些恼怒。“所以呢？”

阿库纳又走回到窗子前。“降落，吉恩，”他说，“准备出发。克里克不是傻瓜，一旦他发觉，就会抓紧寻找避难所。他已经安排好一艘船接应他了。你最好祈祷奈都海军战术一流。如果你给了他逃脱的机会，他就会抓住。如果他成功逃脱，返回地球，奈都就永远也找不到他了。当年这些爬虫类混蛋的 10 万大军用枪支火箭对准他的头部，他还是在这片土地上活了下来。这一次，他也能做到。”

铃响三下，哈里拿起手机，打开时他瞄了一眼时间：凌晨 3:36，飞船时间。“喂？”他说。

“克里克，”勒汉船长说，“你和你的朋友有麻烦了。”

哈里感到一阵寒气袭来。“你怎么知道——”他说。

“在喀里多尼亚时我就知道了。”勒汉打断他，“现在没时间说这个。奈都海军即将强行登船，他们已经中断我们与外界的通讯，还告诉我，在他们把你的朋友带走时不要乱动。他们说他们对她发起了战争，不知道那是什么意思。你们两个快点起来。如果他们中断我们的通讯连接，那就意味着他们不想让任何人知道我们身在此处。我想，一旦他们把你的朋友带走，他们就会把我们的船炸掉。你们两个逃得越远，我就有越多的时间想出解决办法。动身吧，祝你好运。”勒汉挂断电话。

克里克摇醒正在铺位上打盹的罗宾。“罗宾，醒醒，我们遇到麻烦了。”

“什么？”罗宾说。她有些头昏眼花。

“起来，罗宾。”克里克扶她坐了起来。罗宾一直穿着毛衣睡觉，他们这样做也是不得已。克里克打开灯，从衣柜取出两人的鞋子，还有自己的裤子。“醒醒，罗宾，快醒醒。我们得走了。”

“怎么了？”她仍然没有完全醒过来。

“奈都海军即将登船，”克里克一边说一边套上裤子，“他们是来抓你的。一旦得逞，他们很可能会把这条飞船炸毁。我们得快点躲起来。快点，罗宾，没时间说话了，我们得走了。”穿上裤子，克里克又赶紧穿上鞋子，然后帮罗宾穿上鞋。她站了起来。

“我们将会怎样？”她说。

“他们想活捉你，”克里克说，“无论怎样，你会暂时平安。要担心的是我们这些剩下的人。你准备好了吗？”罗宾点点头。克里克走到舱门口，打开一个小缝。

走廊两端都没有人。克里克看了一眼挂在门上的甲板图。他们此刻正处于底层小甲板上，甲板两端各有一处楼梯井，中间有一个嵌入走廊的电梯，他们二人正处于甲板前方，距离一端的楼梯井较近。

“我去开电梯。”克里克对罗宾说，“待在这别动，一会儿我叫你，然后你就狂奔过去。”

“我们坐电梯？”罗宾有些怀疑地问。

“他们会走楼梯。”克里克说，“他们一定是大批人马，而且一定会携带很多武器，电梯装不下。我去了。”他从门缝溜了出去，轻手轻脚快步走到电梯前，按下“向上”键。太空梭舱位于两层甲板之下，按逻辑讲，奈都将从那里进入飞船。向上是最好的选择。

邮轮电梯设计以舒适为主，而非速度，而且是为了搭载那些被邮轮上的自助餐喂得饱饱的乘客。它慢悠悠地从银河甲板降落下来。

大约过了一分钟，电梯门终于打开了。克里克呼喊着罗宾让她快跑，他听到楼梯井的门把手被按下时发出的沉闷的金属声。罗宾也听见了，无需克里克为她鼓劲，她就开始狂奔。还没等罗宾跑进电梯门，克里克就按下了关门按钮，他一把把她拽进去，以防她被电梯门夹住。他按下前往全船乘客可以前往的最高一层甲板——散步甲板的按键。

电梯开始移动。

“你觉得他们看见我们进电梯了吗？”罗宾问。

他们听见脚下传来一阵阵重击声。

“是的。”克里克说。

“我们现在怎么办？”罗宾说。

“我在想。”克里克说。‘梦幻岛’号共有五层为乘客准备的完全甲板，外加四层主要以购物娱乐为主的局部甲板；机组、载货甲板及太空梭舱位于乘客甲板之下。娱乐甲板里的藏身之处很多，但现在的船上时间是凌晨，所有的店门都紧锁着。如果他们能说服大家让他们进入船舱的话，乘客甲板也可以为他们提供藏身之处。但一旦进去，他们很可能会被困住；挨个房间搜查的确需要时间，但最终他们还是会被发现。他发现，无论奈都人从哪里登船，找到他们只是个时间问题。

“我们需要下船。”克里克说。

“哈里，”罗宾指着电梯的按键面板，“你看。”

位于他们上方下方的所有甲板的电梯按键都在闪烁。

“该死，他们动作很快。”克里克说。他们将要穿过两层甲板，也就是客舱第二层；克里克按下那层甲板的按钮。

“离门远点，罗宾。”克里克轻轻地把她推到电梯侧壁旁，迅速按下“开门”键，然后他脱下衬衫，揉成一团。

“你在做什么？”罗宾问。

“别出声。”克里克说着，稍微向侧面走了一点，蹲下身子。门一打开，他立刻把衬衫从门缝里扔了出去。

电梯门两侧各有一位奈都海军士兵在把守，他们手持武器，准备好对付可能出现在电梯里的任何人，但对朝他们飞来的轻飘飘的蓝色物体却毫无戒备。距离最近的奈都人“嘘”了一声，惊慌失措之下，对着衬衫开了一枪，一连串的子弹向上射向电梯背壁、天花板以及甲板天棚。这一系列射击无法控制，在反冲力的作用下，他向后倒到队友的怀里；队友用奈都语对他大声咆哮，试图把他推开。

克里克尾随着扔出去的衬衫，低伏着身子朝第一个海军士兵扑过去，已经失去平衡的奈都海军士兵被撞倒在地。第二名海军士兵试着举起武器；克里克靠近步枪，用左手抓住枪管尾部，改变其方向，曲着右臂，用肘撞击奈都人敏感的鼻子。奈都人痛苦地哼着，摇摇晃晃地向后退。克里克用左手抓住他的制服把他抡回来，又用肘撞他。奈都士兵终于扔下武器。克里克推开士兵，捡起步枪。

奈都步枪联网加密后，才分配给奈都士兵；奈都人只有经过上级许可才能开枪。克里克根本无法用它向任何一位奈都海军士兵开枪。

他没有尝试开枪。他抡开步枪，枪柄直接击中第一个奈都海军士兵的面部；他正站起来准备瞄准克里克，此时又一次被击倒。克里克转身，像挥球拍一样把枪挥向另一位海军士兵，枪体击中他的头盔，发出低沉中空的铜锣声；奈都海军士兵一时头晕，更加找不到方向了。克里克重新把注意力投向第一位海军士兵，而后又转向另一人。他左顾右盼，直到他相信这两人都已丧命。克里克面前的舱门打开，一个穿着内衣的男子探出头来。

“你不想待在你的客舱里吗？”克里克对他说。男子看了一眼克里克，他半裸着，手持沾满血渍的步枪，站在两具奈都人死尸身旁。男子对克里克的话深表赞同，迅速用力关上门。克里克扔下步枪，开始在两人身上搜寻可用之物，然后叫罗宾过来。

“我的天啊。”罗宾看着奈都海军士兵的尸体说。

“拿着这个。”克里克说着，把一位海军士兵近一尺长的战刀递给罗宾。他拿着另外一把战刀，还有两枚鹅卵石般大小的物体；他认出那是奈都强光手榴弹。

“你希望我用这个？”罗宾问。

“最好不用，”克里克说，“不过一旦急需，我希望你考虑下。他们要活捉你，这样他们就不敢伤害你，这对你有利。”他站起身，拿起已是千疮百孔的衬衫穿上。“走吧，他们应该已经发现电梯停了。我们得走了。”

“我们要去哪儿？”罗宾问。

“下面。”克里克说着，开始朝最近的楼梯井走去。此刻奈都士兵应该把守着电梯，楼梯是更好的选择。“下到太空梭舱去，我们要离开飞船。”

“你一定是疯了，哈里。”罗宾跟在身后说，“这些家伙刚刚从太空梭舱来，我们这是自投罗网。”

“我们已经把他们分散到多个甲板上了。”克里克说，“他们认为我们藏了起来，一定在各处搜查，不会想到我们会去太空梭舱。那里可能只有他们的飞行员或是一两名海军把守。”当他急匆匆地说出这些话时，差点自己都信以为真。

“哈里！”罗宾喊着克里克，两人停下脚步。楼梯井的门渐渐打开。

“蹲下，”克里克，“朝另一边看。”罗宾低下身伏在地板上。克里克握着手榴弹，摸索着启动计时器的按钮。克里克记得，在帕耶米时，奈都手榴弹的计时器大概是 3 秒钟。他在手榴弹上用力一按，感觉到“咔嗒”一声，在心里默默读秒，当楼梯井门被踢开时立即扔了出去，同时把脸转向一边。手榴弹在距离第一位奈都人大约 18 英寸远齐腰高的位置爆炸。奈都人立刻扔下手中的武器，捂着眼睛痛苦地嚎叫。他身后的第二个奈都人的眼被强光刺伤，颤颤巍巍地向后退去，一只手搭在楼梯扶手上保持平衡，手中握着的手榴弹引燃了。他们身后还有两位奈都海军士兵从楼梯井往上走，刚刚到达出口。克里克本打算把已经瞎了的奈都人撞倒，但他看见了第二个奈都人手中的手榴弹。他离门太近，没法躲开；他猛击大门，尽全力把门关上。

门即将关上之时，手榴弹爆炸了，克里克连同门被撞倒了，头结结实实地撞到墙上；6 秒钟的时间，他几乎就要呕吐或是昏厥过去了，但最终还是坚持着站了起来。他咧着嘴摸了摸后脑勺，手指上没有看到血。真幸运。

“你还好吗？”他问罗宾。

“刚刚发生了什么？”罗宾问。

“手榴弹爆炸了，”克里克说，“别人的。走吧，走其他楼梯井。这里一片嘈杂，会引来其他士兵的。”罗宾站起身，开始向甲板的相反方向跑；克里克在她身后趔趄地踱着步。

罗宾和克里克从楼梯井向下走了两层甲板，这时他们听见上方某个低层甲板上传来沉重的脚步声——是两组人员。克里克抓住罗宾，悄悄地打开最近甲板的门。

克里克让罗宾离门远些；他俯下身子，趴在门上静静地听。他听见门那边的脚步声越来越大，有人在走近，还听见零星的几段奈都话，接着脚步声沿楼梯而上，逐渐减弱。

“丰岛？”克里克听见身后有人叫他，转过身去，看见了正穿着浴袍的内德 · 勒夫。

“天啊，内德，”克里克说，“回你房间去。”

“究竟发生了什么？”勒夫问，“有人听见枪声、爆炸声，3 分钟前两个奈都人拿着枪在走廊上巡逻。”

“奈都海军登船了，他们在找人。”克里克说。

“找谁？”勒夫问。

“我。”罗宾说。

勒夫看了她一会儿。“为什么？”他终于开口。

“内德，”克里克严厉地说，“回你房间去，这不安全。”

“你打算怎么做？”勒夫问。

“下船。”克里克说，“如果我们留下，一定会被他们发现。通信信号已经关闭。如果我能够到达星球表面，或许就可以用手机把当前情况告知外界。”

“帕耶米平原有一处通讯中心，”勒夫说，“就在我们计划举办仪式的地方。我们本打算用它向地球发射直播信号呢，它和地球联合国网络直接相连，你可以用那个。而且，我知道所有太空梭都已经设定好飞抵那里，因为是我本人把这条消息通知给太空梭调度者的。你甚至不需要宇航员。你只需开启发射、抵达程序就行。”

“听上去不错。”克里克说，“谢谢你，内德。现在回房间吧。”

“稍等，先别走。”他快速走到大概甲板 1/3 处的一扇门，又马上走了回来，手里拿着什么东西。“给你。”他把东西交给克里克。

“手枪。”克里克说着，放下手中的奈都战刀，接过枪。

“M1911 科尔特 45 左轮手枪，”勒夫说，“也可能是复制品，管他呢。20 世纪美国军官标配手枪。这是我穿军装时的必备武器，算一种情结吧。但重点是，它很好用。我刚刚上了膛，弹仓里有七枚子弹，弹膛里一枚。半自动，瞄准就可以开枪。我想你比我更需要它。”

“谢谢，内德。”克里克，“求你现在回房间去吧。”

勒夫笑了笑，匆忙回到自己的船舱。

“准备好了吗？”克里克问罗宾。

“没有。”罗宾说。

“很好。”克里克说，“我们走吧。”他打开门，左右检查一番，然后撑着门让罗宾快速穿过。

罗宾溜进太空梭舱楼梯井门，克里克尾随其后，突然，克里克的手机响了；柔和的声脉冲在几近空荡的梭舱里传出去老远。克里克咬着嘴唇，摸索着要接电话，不小心把科尔特45掉在了地上。舱外站着无聊的奈都太空船驾驶员，他听到手枪撞击地面的咔嗒声，径直走了过来，高举步枪，准备射击。

“哦，该死！”罗宾低语。他们两人被抓个正着；太空梭舱几乎空无一物，因为一旦梭舱门变形，导致爆炸性减压，就会损害太空飞船。奈都飞行员看到两人，朝两人走了过来，口中呼号着奈都语，挑起步枪，好像在说“举起手来”。克里克把手伸进裤子口袋，找到第二颗强光手榴弹；他将其启动，高举双手，像扔迷你铅球一样直接从头顶抛出手榴弹。他对罗宾大喊，让她闭紧双眼；他自己也是。克里克感觉到，手榴弹发出一道耀眼光芒时，他的头发卷起来了，他身上裸露的肌肤像刚刚经历了一场严重暴晒。奈都飞行员号叫着，捂住眼睛；克里克睁开双眼，冲过去捡起科尔特45，祈祷着勒夫千真万确上了膛。

千真万确。

“天啊！”克里克对着电话那端的人说，“你差点把我俩害死。”

“克里克，”勒汉船长并没有道歉，“内德·勒夫刚刚告诉我你打算乘飞船到星球表面。"

"是的。"克里克说。

"千万不要，"勒汉说，"那把奈都手枪会记录你的行踪，你走不到10公里他们就会把你炸毁。"

"我们不能待在飞船上。"克里克说。

"的确不能，"勒汉表示赞同。"但我希望你能乘坐救生隔舱。"

"为什么？"克里克问。

"我们飞船上有几十只隔舱，"勒汉说，"如果你起飞时我让它们全部起飞，奈都就不得不追踪全部隔舱。这样你抵达星球表面的概率就更高。"

"这样其他人就一条救生隔舱都没有了。"克里克说。

"这的确冒很大风险，"勒汉说，"但更有胜算。每只救生隔舱都有自己的信号浮标，它们都与最近的共同联盟网络相连。如果我们发射救生隔舱，其中一些就会越过阻塞的雷达，开始发送信号。这样奈都就很难谎称我们没有抵达目的地。"

"这是赌博，船长。"克里克说。

"这要比我们现在的机会多。"勒汉说。

"我们往哪里走？"克里克说。

"我想让你们用散步甲板上的救生隔舱。"勒汉说。

"让我省省力吧！"克里克说。罗宾只能听见克里克这边的对话，吃惊地看了过来。"那是我们上方十层甲板，我们下来的时候三次差点没命，现在他们一定同时看守着楼梯电梯。"

"如果你用散步甲板上的救生隔舱，我还能再给奈都一个惊喜。"勒汉说。

“如果我们死了，你的惊喜对我们毫无用处。”克里克说。

“太空梭舱里有一台服务电梯，在飞船尾部的墙里。”勒汉说，“我已经为你打开了，它可以把你带到散步甲板，然后进入机组走廊。我无法保证他们不会在那里守着你们，但可能性似乎不大。我刚刚打开了散步甲板上的应急灯，你沿着最近的亮灯的路走，找到一艘救生隔舱，登上隔舱，我就导航让它降落在帕耶米通讯中心。这样安排可以吗？”

“可以。”克里克说。

“祝你好运，克里克。”勒汉说。

克里克关掉手机，然后又打开，调为静音模式。他不需要另一个电话“惊喜”了。

克里克指着刚刚提到的电梯。“我们的下一个目标。”他对罗宾说。

“我以为我们要坐太空梭，”罗宾说，“我们现在要回到上面吗？”

“船长认为我们坐救生隔舱可能更安全。他会把全部隔舱发射出去，这样他们找到我们的难度就会大大增加。”克里克说。

“我们已经在这了，”罗宾说，“为什么不坐奈都太空梭呢？”

“你认识奈都语吗？”克里克说，“反正我不认识。走吧，罗宾。我们活路不多，这是我们能做的最后一件事了。”

“他们在电梯里。”大副艾登·皮克斯告诉勒汉。

“很好。”勒汉说，注意力回到面前的一小组监控器上，从上面他可以看到奈都兵力正在飞船各层甲板上走动。他们刚刚抵达时，不算飞船驾驶员共有 20 人。通过监视器组，勒汉及其机组人员——所有人都已经上岗，因为他们已经离开N空间——看见克里克麻利地杀掉其中6人；勒汉在电话里听见他对飞行员开了枪。把克里克如此暴露给奈都，他十分难过，但他也是不得已。他需要克里克前往救生隔舱，这样他才能对付其他海军。

内德·勒夫找他给克里克借军装时，勒汉才知道克里克和罗宾·贝克这两个人。显然，有“6营幸存者”参加仪式，勒夫兴奋不已，而勒汉却心存怀疑。6营幸存者本就不多，其中一人意外地出现在他们面前的可能性就更低，更不可能是一位姓丰岛的非亚裔男性。

随后不久，勒汉见到了“丰岛”，他把那个随便编造出的上校名字抛给他，看他是否会上钩；事实证明，他没有。丰岛走开后，勒汉派保安长官马特·延森从地球联合国网络提取数据，查找6营的相关信息，没有查到丰岛广木这个人；但有一张一等兵H.哈里斯·克里克的照片，虽然比较瘦削年轻，但无疑就是勒汉刚刚见到的这个人。他的确是6营的真实幸存者，而且是杰出服役十字勋章获得者，只是和现在所用名字不同。

延森找到了原因：克里克和他的那位女性朋友因特区地区一家商场里的枪击事件而被通缉，枪击案使得四人——四人均有前科——死亡，两人受伤。克里克的朋友似乎还被奈都起诉；延森没有再继续深入调查，但他提出，他们两人可能是骗子。延森把这些信息告知勒汉时，他们已经在前往布朗恩的路上了，无法腾出时间紧急停站把两人踢出飞船。勒汉命令延森通知下一站凤凰城殖民地的官方提高警惕，做好准备，届时把他们两人偷偷抓下去。直到那时，勒汉都不明白他们在船上为何一点也不自在。勒汉指示延森多加留意，不要让他们骗了任何一位乘客，其他活动则随意。

后来，“梦幻岛”号出了N空间，勒汉发现奈都一架武装直升机正等候他们，且截断了他的通信信号。这时，他才对两人格外注意。他立刻封闭船桥，用密闭防护门将船桥机组人员关在里面。奈都飞船指挥官发来消息，要求克里克的朋友罗宾·贝克投降（奈都莫名其妙地对其发动了战争），并要求他告知其舱位地点，并且，“梦幻岛”号必须打开太空梭舱以供一队海军登船。如以上任何一点要求得不到满足，都会导致直升飞机对“梦幻岛”号开火。勒汉答应了，把贝克的房间信息发了过去，并命令太空梭舱打开。

“如果我们让他们抓到这两个人，你认为一切会到此为止吗？”皮克斯和勒汉一起看着奈都飞船进入“梦幻岛”梭舱时问他。

“我们进入正常空间时，他们截断了我们的通信信号，”勒汉说，“没有人知道我们身在何处，我想他们的计划是不让任何人知道我们的位置信息。”

随后他便给克里克打了电话；奈都截断了外部通讯，但私人手机有近距离对等网络协议，使用的是不同频率——谢天谢地该频率信号没有被切断。勒汉及其机组成员看着克里克和罗宾躲避奈都海军的追捕（或者说就这三种情况而言，并不是单纯的逃避），此情此景令勒汉郁郁寡欢，他心想，保安长官的推测大错特错。

无论克里克和贝克究竟惹下了什么麻烦，绝非简单的诈骗。

“电梯已经到达散步甲板。”皮克斯说。

“好了，”勒汉说，“我们看看这个家伙的运气是否足够好。”

“那有一个。”罗宾说着，用手指着通向救生隔舱舱门的亮了灯的小路。如不开灯，散步甲板会很阴暗。“现在我们要做的就是到达那里。”

他们两人从电梯里走出来，到了“天空房间”厨房后的走廊上。“天空房间”是散步甲板的餐厅，建在比散步甲板高三倍的平台上；旅行手册上承诺这是“在星空中漂浮，提供令人心旷神怡的用餐体验”。然而，此时此刻，它却意味着克里克和罗宾要下很多层台阶。

克里克从扶手边探出头来，看见他们前方有三名奈都海军士兵，他们正朝克里克和罗宾要去的相反方向走去。克里克之前看到的奈都士兵都是二人组，也就是说此刻还少一人。罗宾抓了抓克里克的衬衫，指着他们要走下去的楼梯井——第四名奈都海军士兵刚刚出现在那儿。

为了不被发现，克里克和罗宾俯下身，但奈都海军士兵并没有朝他们所在的方向看。把守过程中，一名海军士兵又是搔痒又是打哈欠，然后坐在了台阶底层。他把手伸进拴在腰带上的一个小袋子，掏出一个银色物体，剥掉银色表皮，扔到地板上，咬着剩下的部分。这名海军在吃零食。

不知怎的，克里克感到自己受到了冒犯；显然，这名海军士兵对自己的猎物不以为然，他甚至还能吃点东西休息一下。克里克掏出了科尔特 45。

罗宾瞪大双眼。“你要做什么？”她悄悄地向克里克打着唇语。克里克把手指放在嘴唇上示意她不要吱声，然后俯下身看着下方的散步甲板。那三名海军士兵仍在原地，背对着克里克、罗宾和第四名海军士兵。克里克看到下方甲板上有各种小商店和货摊，它们平常向乘客提供各式各样的食品，填满他们愚蠢的肚子。他的目光集中在印象中卖软饮料的一处货摊，它大约在散步甲板下方 60 码远的地方，刚好在一名海军士兵头上。克里克举起手枪，瞄准目标，开了枪。

射得很准。子弹击中杂货部，铝制的自动饮料贩卖机被掀翻，里面连接二氧化碳筒的纤维软管崩开。软管在自动售货机里前后乱窜，咔嗒咔嗒、嘶嘶嘘嘘地响个不停。靠近杂货店的海军士兵吓得大叫，对准饮料摊就开了一枪；另外两名海军士兵听见这里的骚动，急忙冲到队友身旁，也对着货摊胡乱开枪。

枪击声震耳欲聋，以致这三名海军士兵完全听不到克里克转身跑下楼梯，对着第四名海军士兵开枪的声音。这名海军士兵已经站起身，朝克里克这里看过来；他听见了枪声是从自己上方传来的。克里克一边跑下楼一边瞄准，但没有射中目标。

海军士兵大吃一惊，却没有慌；他举起步枪，迅速开火。克里克看见步枪抬高，转身躲避。他失败了。四发子弹中的一发穿过他的裤子，击中口袋里的手机。手机爆炸，碎片扎进腿里，克里克感到一阵强烈的剧痛。他绊了一下，又开了火，这一次击中了海军士兵的手。海军士兵大声叫着，因为疼痛高举着手；克里克站稳，再发一枪，射中他的喉咙。奈都士兵倒下了。

散步甲板下方，另外三名海军士兵已不再开枪，而是仔细检查着货摊的残骸。

“罗宾，”克里克轻声说，“我们走，快点。”

罗宾从楼梯上下来，看见克里克的腿。“你中弹了。”

“我的手机中弹了，”克里克说，“我倒是毫发未伤。走吧，我们的战车在等着我们。”

他们听到甲板那边传来奈都语的叫喊声。

“我想他们发现同伴失踪了。”罗宾说。

“去打开隔舱，”克里克说，“我来拖延他们。”

“你打算怎么做？”罗宾问。

“很复杂，”克里克说，“去吧。”

罗宾朝隔舱走去。克里克从他杀死的海军士兵的刀鞘中拔出军刀，在死去的士兵手上寻找着能够让他使用武器的网络嵌入终端。它在士兵的右手上，伪装成大拇指上的装饰贴花。克里克单腿跪着把手按住，把手指切断。他扔下刀，抓起手指和步枪，把手指攥在右手内，用力按下步枪枪杆。该嵌入终端必须距离扳机几厘米以内，否则无法使用。丢掉科尔特45让他很心痛，那是件很棒的武器，但里面只剩下四发子弹了；克里克觉得自己的枪法并没有那么好。

“哈里！”罗宾说。她已经搬动把手，打开进入救生隔舱的密封门了。

“来了，”克里克说着，开始向后朝救生隔舱走去。腿中的手机碎片导致他一瘸一拐。他高举步枪，对准其他奈都海军士兵的来路方向。

一名海军士兵从拐弯处冲过来；看到地上躺着的海军士兵，他大声尖叫。几秒钟后，第二名海军士兵出现，他似乎注意到了克里克。他咆哮着举起步枪；然而克里克早已瞄准他，对着他的胸口猛烈射击。步枪后坐力强烈，使得后面几发子弹打偏，但前三发子弹击中了目标。海军士兵被射飞出去，又摔在地上，浑身抽搐，口中大喊着。克里克转身，跛脚快速走向救生隔舱。他相信，倒下的海军士兵可以帮他拖延时间，让其他士兵不能立刻冲向甲板；这样他就能有充足的时间和罗宾到达出口。

救生隔舱是个紧密的球状物体，其设计目的仅有一个——帮助乘客从故障飞船中逃生。内部共有 10 个座位：两层，每层 5 个，呈环形排列，以救生隔舱内壳的白色模型为中心向外发散。每个座椅配备四点式腰带，能够在隔舱脱离飞船时帮助乘客固定在座位上。除门上的观察孔以外救生隔舱并无窗子，因为窗子会破坏隔舱的结构完整性。隔舱内的门底密封条用来开启发射程序，除此之外，并无其他控制设备。根据设定，当隔舱进入地球联合国空间，它们将飞往隔舱灯塔，或是事先设定好的位于其他星球的停靠站。当乘客进入救生隔舱，代表他心里已经认为没有其他逃生的路了。依据这一前提，乘客不能选择隔舱的去向。但退一万步讲，进入救生隔舱的人幸存几率也是微乎其微。

克里克进入隔舱，把步枪及奈都士兵的手指扔在距离最近的位子上。“坐下吧。”他对罗宾说。罗宾坐在步枪对面，扣上安全带。克里克抓住门底密封条，猛地拉下来。真空门嘶嘶地自动关上了。

克里克从狭小的观察孔看到，另外两位海军士兵从倒下的同伴身上爬起，一个看见通向隔舱的外门正在关拢，举起步枪射击。隔离飞船的密封门猛地关上，挡住了克里克的视线；与此同时，克里克听见子弹重击着外门，发出一阵阵沉闷的响声。

“我们现在怎么办？”罗宾说。

“救生隔舱封闭后，它会自动开始倒计时，”克里克一边说，一边系上安全带，“我们马上就要起飞。”

“好。”罗宾说。她倚在靠背上，闭上双眼，等待起飞。

一分钟后，她又睁开双眼。“哈里，我们在原地没动。”

“我知道。”克里克说。

“我以为我们要起飞了呢。”罗宾说。

“我们是要起飞。”克里克说。

门那边传来一声轰鸣。

“那是什么？”罗宾说。

“我猜是手榴弹，”克里克说，“他们在把外门炸开。”

“我们现在怎么办？”罗宾说。

“我不知道。”克里克说。他俯身拿起步枪及奈都海军士兵的手指。如果哪位奈都海军注意到这两样东西消失了的话，很可能步枪已经断开网络连接，充其量只能当棍棒使用。但是，克里克想，把这件事告诉罗宾并无意义。

“他们在隔舱里。”皮克斯说。

“停止倒计时，”勒汉船长说，“在程序中输入目的坐标。”

“完成。”一秒后皮克斯说，“现在你打算怎么做？”

“让其他隔舱做好起飞准备。”勒汉说完，低头去看监控器，他看到奈都海军已经在隔舱密封门处集合，“等鱼上钩。”

过了几秒钟，皮克斯看向监控器。“他们两人一定在里面坐立不安，疑惑隔离舱为什么还不起飞。”

“马上了。”勒汉说。又有四名海军士兵出现在散步甲板上，随后又来了两名。再来四个，他们就要出发了。

“你说起来轻松，”皮克斯边说边看着奈都海军把手榴弹放在门边，然后急忙跑开寻找掩护，“门那边的不是你。”

“来了。”勒汉指着一个监控器说。最后四名奈都海军士兵从楼梯走上来，朝隔舱走去。“这就是余下的全部奈都海军士兵了。请帮我确认一下，艾登。”

皮克斯俯下身，一边看屏幕一边查数。“我查到好像是 12 人，”皮克斯说，“目前活着的就这么多人。”

“艾登，”勒汉船长说，“我相信散步甲板上一定有一处船体破裂惨重。命令飞船进入紧急状态，我批准你对散步甲板进行区域封锁。方便的话，请先将船尾左方封锁，就是那里船体破裂。”

皮克斯笑了笑。“是的，船长。”他起身去执行命令了。

散步甲板对于商业邮轮来说既是福音，又是诅咒。散步甲板上装有宽阔的窗子，可供乘客观看绮丽的星空及星象，还能制成精美的宣传图片，向中西部国家的家庭妇女及其小气的丈夫兜售星际旅行的提议。说“诅咒”是因为，这些窗子使得散步甲板与飞船其他所有部分相比，在结构完整性上有天然的缺陷。任意一大块石头或是碎片以巡航速度撞在上面，都可能导致玻璃弯曲或是破碎，这样玻璃碎片连同附近的倒霉乘客都会被吞进一片漆黑的太空；这种情况发生率极低，但绝不可以忽略不计。

散步甲板的窗户发生过几次影响重大的事故，其中在“香港之星”事故中，地球联合国第一丈夫的父母因为窗户破裂，像两颗连在一起的软木塞一样被抛入冰冷的真空之中。自那以后，地球联合国所有注册运营的带有散步甲板的太空邮轮，都必须设立甲板封闭区，分区封闭更佳，以保证窗户破裂不会破坏整条飞船的完整性，也尽可能让更少的乘客有被卷入真空的危险。在船体严重破裂的情况下（根据地球联合国对此的估定），“梦幻岛”号这么大规模的船只必须要在 15 秒内封闭散步甲板。测试中，“梦幻岛”号能在 12.6 秒内封闭散步甲板，分区封闭时间更短，大约在5.1秒至7.8秒之间。当然，那是在“梦幻岛”号尚未完全装修、运营之前。勒汉船长漫不经心地考虑着地毯、沙发及盆栽棕榈等是否会对最终数据产生影响。

“正在封锁。”皮克斯说。设计者匠心独运，将散步甲板上的密封门伪装成地面和墙体，当其弹出时，全船剧烈地扭动，发出巨大的噪音，其封闭动作快速敏捷，勒汉真想查出设计者的身份，给他送一个水果篮表示感谢。地毯、沙发还有植物丝毫没有降低密封门的封闭速度，它们都被弹射出去。勒汉在监控器上看到，密封门向奈都海军猛地移动过来时，一些士兵措手不及，对着家具胡乱开枪。

“封锁完毕。”皮克斯说，“13.2秒，还不赖。所有奈都海军士兵都在船尾左部。”

“干得漂亮，艾登。”勒汉说，“好了，如果我没记错的话，就是那里船体破裂。”

“我想是的。”皮克斯说。

“也就是说一处全景玻璃已经损坏。”勒汉说，“我命令你把剩余玻璃清理干净，这样就可以封锁裂缝。”

“收到。”皮克斯说，“船长有特指某扇窗子吗？”

“你这么有才，你来决定。”勒汉说。

虽然海斯波特-美国邮轮公司是廉价邮轮公司，但飞船的安全性却在整个地球联合国的商业舰船中数一数二；海斯波特-美国邮轮公司管理层认为这样的良好声誉对中西部国家的家庭妇女来说是个卖点，事实证明的确如此。关于安全性，有一点较为复杂，即海斯波特-美国邮轮公司的飞船上的每一扇玻璃，从最小的观察孔到最大的穹顶，都是在飞船制造过程中植入边框的单块透明玻璃。玻璃的剪切角沿着一个固定安装的轴；轴在窗子表面，抗冲击能力极高。如果有东西要撞裂海斯波特 - 美国邮轮上的玻璃，那么一定要有极强的冲击力。

植入窗子的缺点是，如果撞裂或破碎，则很难取下。海斯波特 - 美国邮轮公司的解决办法是在窗框里植入小型炸药包，它会发射凿子般的金属多面体，飞入玻璃的剪切处，将剩余玻璃炸碎，以展开藏在定位墙后的紧急密闭门。该门的展开会自动进行，除非被船桥重压。

“正在清理碎片。”皮克斯说着，炸碎距救生隔舱最近的全景窗子。

勒汉从监视器上看到数百万条细缝在水晶格子上快速蔓延，又长又弯的玻璃变得模糊起来。奈都海军被这声音吓了一跳；其中一人转过身，对着窗子举起枪，朝传出响声的地方射击。

“天啦！”勒汉说。这一定是勒汉见过的最紧张最敏感的士兵。

这名奈都海军士兵没有机会开枪；碎裂的玻璃向外炸开，把他吸了出去。另外几名海军士兵立刻随他而去，有些被快速飞动的碎片撞晕，有些被由于气压作用而迅猛涌入真空的空气吸走。两名海军士兵成功地逃脱了被吸入太空的命运，但这不过意味着他们要在生命的最后两秒钟把内脏都吐在散步甲板上。死亡让两人停止挣扎，他们瘫倒在地。最后一丝空气呼啸而过，撩动他们的军装。

“请指示，船长。”皮克斯说。

“封闭裂缝区域，发射救生隔舱。”勒汉说，“但克里克所在隔舱等我发布命令再发射。”

“裂缝区域封闭完毕，”皮克斯说，“正在发射隔舱。”救生隔舱犹如一串珍珠般环绕着“梦幻岛”号，每个隔舱都位于类似手枪弹药库一样的装置内。当救生隔舱启动，电磁排斥力将其推出，随后其小型定向发动机启动，对救生隔舱的方向进行调整，以便向设定的浮标或是地点行进。一个隔舱起飞后，第二个立刻升至密封门处，让另一组乘客进入。该过程效率极高，速度惊人；上一个隔舱离开后，新隔舱升至密封门处只需 5 秒钟。飞船共有 144 只救生隔舱，对于乘客和机组人员数来说绰绰有余；但今天除外，因为今天所有隔舱都将发射，而上面只有两名乘客。勒汉希望上帝能够理解他的苦衷。

皮克斯将飞船周围的救生隔舱一个个发射出去，因为无需等待乘客进入，发射速度比平常快很多。勒汉数着发射的隔舱数量，四十，五十，六十。“发射克里克所在隔舱。”勒汉说。

“已发射。”片刻过后，皮克斯说。

“继续发射隔舱，全部发射掉。”勒汉说。

“船长，奈都飞船在向我们发消息。”“梦幻岛”号的通信技术员苏珊·维斯说，“他们要求我们停止发射救生隔舱，并询问他们的海军去向。”

“不理他们。”勒汉说。此刻很多隔舱已经发射。在其中一只隔舱重新接通被切断的通信信号，并向其救命灯塔发出信号之前，奈都绝对做不到把所有隔舱都射下来。此刻，奈都又不敢冒主动宣战、事后还要接受责难的风险炸毁“梦幻岛”号。勒汉觉得，故意怠慢他们一些没什么问题。

“奈都正在开火。”皮克斯说，把视频切换到勒汉的监控器上。

“向我们开火？”勒汉问道。

“还没有。”皮克斯说，“看样子他们在对隔舱开火。”

勒汉看见许多火箭在奈都武装直升机上静静地亮了起来，几秒钟后，拖着耀眼的尾巴朝目标飞射过去。

加油，克里克，勒汉心想，挺过去！

“我的天啊。”皮克斯盯着屏幕说。

“怎么了？”勒汉说。

皮克斯看着船长，笑开了花。“如果我告诉你，你一定不会相信。”他说着，把视频切换给勒汉。勒汉低下头看屏幕。皮克斯说得对，如果不是亲眼所见，他根本无法相信。

是地球联合国的海军驱逐舰来了，它的体积有奈都武装直升机的三倍大。

“装甲部队来了。”勒汉说。

救生隔舱终于发射出去时，克里克感觉自己像被抛出去了一样。罗宾大声喊叫着，恐惧、惊讶、感激，五味杂陈。刚刚过去的几分钟，喧闹嘈杂，神秘莫测；手榴弹爆炸过后，传来巨大的刺耳声，随后是低沉的叫喊声、爆炸声、有似龙卷风的声音，然后是一片死寂，最后他们的隔舱就从“梦幻岛”号脱离出去。克里克的一生中有过几次灰心丧气的经历，帕耶米平原上的两天就是其中之一，但刚刚那几分钟绝对排在前五。

克里克解开座椅上的安全带。失重状态下，他飘到了观察孔处。克里克看到观察孔外本是一扇窗的地方现在变成了一扇密封门。“狗日的！”克里克内心赞叹不已，“他把他们射到太空去了。”如果他能活下去，一定会请勒汉喝点什么。

救生隔舱的发动机启动；直到发动机熄火，克里克才回到座位上。可刚一熄火，克里克又打开安全带，回到观察孔处。

“你看见什么了？”罗宾问。

“救生隔舱正从‘梦幻岛’号发射出来，”克里克说，“很多。你想看看吗？”

“不想，”罗宾说，“我的胃不适应零重力。”

克里克注意到观察孔旁闪过一道光，然后又是一道，第二道离中心又近了一些。

“啊，啊！”他喊道。

“怎么了？”罗宾问。

“我想奈都正对救生隔舱开火。”克里克说。

“他们当然会，”罗宾说，“我们还活着，哈里。这样下去就没命了。”她声音十分尖锐，克里克觉得她的话很有道理。

又闪过一道光，距离他们更近了一步，然后又是一道。又飞来一道光，距离不到1000千米。

“或许我该看一下。”罗宾说着，用力拽着安全带，“坐在这对我的肠胃也没有什么帮助。”

“或许你想坐回椅子上去。”克里克说。

“为什么？”罗宾问。

克里克刚要回答，一个体积超大的东西挡住了观察孔前的大部分视线。

“当我什么都没说，”克里克说，“你一定想看这个。”

罗宾解开安全带的钩子，飘去观察孔。“我看到的是什么？”她问。

“庞大的地球联合国飞船，”克里克一边指着一边说，“就在那，来的时间刚刚好。”

“为什么说是‘刚刚好’？”罗宾说，“如果我们还在‘梦幻岛’

号上应该是‘刚刚好’。在我看来，他们来得有点迟了。”

“相信我，”克里克说着，又从观察孔观察是否还有闪光，他没有看见。“他们来得刚刚好。”

救生隔舱突然剧烈摇晃。

“这是什么情况？”罗宾说。

“大气层。”克里克说，“我们即将降落在卡格峰地表。得系上安全带了，罗宾，接下来会十分颠簸。”

第十五章

克里克和罗宾的救生隔舱发射之时，刚好奥夫 - 吉塔部落加冕仪式最后期限结束，如果这次巧合不是真实发生，恐怕谁也不会相信。政权争夺的博弈随即开始，但其过程却有着芭蕾舞般的速度、平衡与优雅。如果美第奇、波吉亚[1]及类似的大人物知道此事，一定会从坟墓中爬出来献上持久的雷鸣般的掌声。

在时间截止几微秒后，奈都电脑系统发布预先设定的指令，确认当前执政部落没有继承人及时上位，之前归属于奥夫 - 吉塔继承人的最高权力现在向所有奈都部落开放；奈都主要政治管理职责被分派到各部长及将军，临时构成奈都政府最高管理层。从此刻开始，直到有挑战者成功继承王位，任何奈都个人无权操控整个政府。

① 美第奇和波吉亚都是文艺复兴时期意大利有权有势的大家族。——译者注

截止时间两分钟后（用人类时间计算），贾德 - 奥夫 - 吉塔，即奈都军队最高司令官、曾经的王位继承人、如今的潜在继承人、胡布 - 奥夫 - 吉塔的叔叔，头颅向后飞出，喉咙暴露在外。刚刚过去的两分钟里，贾德 - 奥夫 - 吉塔独握奈都军队大权，不受奈都法汗监管——因为当时并无法汗。贾德 - 奥夫 - 吉塔并没有充分利用这两分钟，而是一直蹲在便池上，排泄着前一天消化掉的午饭。

这使得他极易受到攻击。就在此时，他的两位保镖走进卫生间，拔出大刀——贾德 - 奥夫 - 吉塔一年前为他们两人授予过奈都年度（大约是地球的 15 年）忠诚奉献奖章，但纳夫 - 文 - 吉塔承诺给两人殖民地地区州长职务；他们都认为其开价要比一把宝刀来得高。一把刀卡住贾德 - 奥夫 - 吉塔的喉咙，几秒钟后第二把刀从他的腰部豁向胸部。

贾德 - 奥夫 - 吉塔的保镖杀死主子的效率高得凶残；在截止时间 3 分半后，贾德 - 奥夫 - 吉塔的全部大脑活动停止，和所有高层政府官员一样，他体内也有嵌入芯片，芯片把他死亡的事实传至奈都电脑网络。

因贾德 - 奥夫 - 吉塔死亡，他掌控的权力即刻自动分配给他的直系下属，即奈都军队各军种的参谋长——奈都吉扎级驱逐舰的控制权除外，因为贾德 - 奥夫 - 吉塔和前法汗维耶 - 奥夫 - 吉塔相信该权力重大，不能交给一个参谋长级的人物。贾德 - 奥夫 - 吉塔一人独揽吉扎级驱逐舰控制大权，并将它们从指挥系统中移除。所以，当他倒在卫生间的瓷砖上血流成河，吉扎级驱逐舰的控制权便直接下放给各舰船的司令官，其中六人已被纳夫 - 文 - 吉塔成功收买。

在截止时间刚过了 5 分钟时——而且是惊人的同步——地球联合国国防部从始至终一直在追踪的两艘吉扎级驱逐舰，即拉得 - 考 - 吉

塔和巨泊 - 佳 - 吉塔驱逐舰，出现在地球所属太空，既没有授权，也没有计划，而且全副武装。事先已经有人向地球联合国国防部的指挥官指出这两艘战舰可能会出现在地球附近，并且很可能——概率非常高——不是仅仅过来喝杯茶。他们完全没有预料到这两艘飞船会先后30秒内进入地球管辖的太空。鉴于两艘船从全然不同的空间出发，近乎同时进入N空间，这样的协调需要完美的能量控制。这绝对是一次精心的策划。

两艘船同时出现，让地球国防战术员措手不及。鲍勃 · 蒲柏被临时派任的助手托马斯 · 杰维斯从沉睡中叫醒，然后他又叫醒韦伯斯特总统。韦伯斯特暂时不打算对驱逐舰发出进攻，部分是为了避免让地球联合国国防舰船在不必要的情况下遭受损失，同时也是因为奈都尚未正式宣战，与地球还是同盟关系。驱逐舰不期而至闯入领空尚不足以达到破坏协约的程度。如果地球联合国主动出击，那么他们就会成为首先破坏协约的挑衅方。综合考虑，目前唯一能做的事就是等待。

多年前，当拉得和巨泊两艘战舰的司令官挑选星际殖民地地方长官的职位时，他们就被纳夫 - 文 - 吉塔收买了。拉得的船长选择的是近些年新收复的殖民地之一——海恩，那里自然资源丰富，而且据说拥有几位全国最具魅力的奈都女子；长久以来，奈都有一首民歌广为传唱，其效果就如同地球上广为传唱的民歌《加州女孩》。巨泊船长在卡格峰暴乱中失去两位至亲手足；他选择治理那里，而且已经制定了周密复杂的复仇计划，要惩治那里的所有居民。

纳夫 - 文 - 吉塔轻而易举就说服了贾德 - 奥夫 - 吉塔和胡布 - 奥夫 - 吉塔派遣拉得号和巨泊号前往地球空间；对拉斯 - 文 - 吉塔的明显刺杀行为让他们两人相信地球政府正与他们的（因此也就是与奈都的）

利益作对，后续的事态发展也表明，这件事要在加冕仪式结束后尽快解决。不过，要说服两位做接下来的事，就困难得多了。

截止时间12分钟后，四艘吉扎级驱逐舰（连同两位未来的殖民地地方长官、一位未来的奈都军队最高司令官、一位未来退休后在退休船长中堪称富豪的船长）突然出现在奈都上空，加入了已经在奈都太空轨道就位的两艘吉扎级驱逐舰的行列。20秒内，四艘驱逐舰全部到齐——其壮观程度要比同时抵达地球的驱逐舰高上一个数量级——已经在轨道上的两艘吉扎级巡航舰侧翼各有两艘停泊。这是纳夫-文-吉塔即兴使出的绝招，和其他嚣张跋扈的即兴招数一样，都是他多年谋划的结果。

纳夫-文-吉塔知道无法收买其中两艘吉扎级战舰的船长——他们分别是贾德-奥夫-吉塔的侄子和胡布-奥夫-吉塔的表亲。他没有选择收买他们，而是收买了他们身边的人，但不是要他们刺杀船长，而是要这些人把他们牵扯进一场针对胡布-奥夫-吉塔的阴谋中；这个阴谋隐蔽而严密，纳夫-文-吉塔将会选择适当时机公之于众。

在某个恰当时刻（后来的事实表明，就是在地球联合国找到罗宾·贝克之后），一个可信且看上去无可指责的第三方——纳夫-文-吉塔换了个新方式，没有收买他，而是选择了勒索他——会出现在众人面前，拿出证据证明这几位表亲欲阻挠加冕，利用驱逐舰发起政变。然后第三方提出召回剩余的四艘吉扎级驱逐舰作为防御。

这个第三方就是查亚-奥夫-吉塔，他是贾德-奥夫-吉塔的兄弟，胡布-奥夫-吉塔的叔叔，也是两艘吉扎级驱逐舰船长的父亲。他本应知道跨种族恋癖——即极度渴望同非本族的有意识物种发生性关系——将会不可避免地让他受到惩罚，尤其是在奈都这种社会等级森严，且暗含种族歧视与外星人恐惧症倾向的文化中。

如果查亚 - 奥夫 - 吉塔同外星人性交的行径被众人发现，无论他多么为自己的行为懊悔羞愧，他都做不到谋杀自己的亲生孩子。正因如此，纳夫 - 文 - 吉塔从未向他透露超过截止时间 15 分钟时，这四艘驱逐舰会对他儿子执掌的那两艘驱逐舰开火。

两艘驱逐舰对突如其来的袭击毫无戒备，在第一波集中火力攻击后损失惨重，但依然幸存下来；这是对汉吉坡制造商高超造船技艺的有力证明。不过，即便是汉吉坡的高超技艺也无法抵挡奈都的“星球死神”炸弹。在第二轮攻击过程中，一枚“星球死神”炸弹发射出去，击中了两艘受损驱逐舰。这些炸弹制造出来最初是为了击穿地表，它爆炸后，驱逐舰立刻分崩离析，化作一堆金属烟雾和螺旋飞翔的爆炸碎片，在太空中慢慢消失。

如果知道自己被利用来谋杀自己的儿子，查亚 - 奥夫 - 吉塔一定会痛不欲生。所以，就在截止时间后 6 分钟时，查亚 - 奥夫 - 吉塔手下近 20 年来一直为他效力的私仆拿着一支大口径猎枪指着查亚 - 奥夫 - 吉塔惊愕失色的脸庞，从容镇定地扣动扳机。纳夫 - 文 - 吉塔并没有为这件事出钱或是作出承诺；这位私仆，是一名极其保守的奈都人，他认为这是表达自己对查亚 - 奥夫 - 吉塔与孔洞、人类和其他物种发生性关系的异议的方式。表明态度后，这位私仆开枪自杀；虽然他十分保守，但作为不忠的仆人，这是他唯一的选择。

截止时间过了 20 分钟后，胡布 - 奥夫 - 吉塔收到一条纳夫 - 文 - 吉塔发来的语音信息，信息里简单描述了最近几分钟内发生的事情，并告知这位前奈都未来领袖，他已经（或是马上）把罗宾 · 贝克弄到手，两天后他带她一起抵达奈都时，利用她登上王位的就会是他纳夫 -

文 - 吉塔，而不是胡布 - 奥夫 - 吉塔。如果胡布 - 奥夫 - 吉塔对此不满，他可以尝尝奈都上空四艘吉扎级巡航舰上“星球死神”炸弹的威力；这四艘驱逐舰——还有在地球轨道上的那两艘——都已在纳夫 - 文 - 吉塔的掌控之下。

还有一个巧合，就是在纳夫 - 文 - 吉塔发给胡布 - 奥夫 - 吉塔的语音消息播放结束，胡布 - 奥夫 - 吉塔陷入深思时，载着克里克和罗宾 · 贝克的救生隔舱刚“嘶啦嘶啦”地滑过卡格峰地面，在距离帕耶米平原的通讯哨岗不到一千米处停了下来。

所以，不到 20 分钟，纳夫 - 文 - 吉塔就完全控制了两个星球。

这几乎是共同联盟历史上最快的双重政变——即便是在“双重政变”这一模糊的历史范畴内，也算得上是丰功伟绩了。现在要做的就是走官方程序，把罗宾 · 贝克弄到手，带她去奈都。

罗宾环视着她和克里克脚下坚硬、漆黑、岩石般的辽阔土地。“这就是你以前打仗的地方？”

“就是这。”克里克从腿上又拔出一小块手机碎片，一边咧着嘴，一边用隔舱急救箱中的消毒液清理伤口。除了急救箱外，隔舱地板下的小格子内还有一些水和应急物品。

“不过，以前一定不是这个样子。”罗宾说。

克里克环顾四周。“是的，以前这里比现在漂亮很多。嗯，就像任意一个战场那样‘漂亮’。我在这儿的时候并没有时间去参观。”

“我猜也是。”罗宾说。

“不过我想对你说，”克里克一边说一边往腿上缠纱布，“我在这儿的那两天里，有一瞬间，一切都停下脚步——枪支不再开火，人们一动不动，一切悄无声息，仿佛所有人都停下来喘口气或是干别的什么。那个时候，你可以四处看看这平原有多么美丽，尽管当时尸横遍野。我当时真希望能够亲眼看看它和平时代的样貌。”

“现在就是和平时代。”罗宾说。

“呵，如果你想把一切埋在岩浆之下称作和平的话。”克里克站起来走了几步。

“感觉如何？”罗宾问。

“好像里面还有几块碎片。”克里克说。

“天啊！”罗宾说。

“腿里的碎片是塑料，总比子弹要好。”克里克说，“它们终究会自己出来的。无论如何，既然我的手机已经被击中——千真万确——我们就不得不走去勒夫说的通讯中心了。”

罗宾指着大约一千米以外的一排高耸的通讯塔。“我猜就是那里。”她说。

“我猜你说得对。”克里克说，“准备好走走了吗？”

“我喜欢你问我这些问题的方式，就好像你给了我选择的机会。”罗宾说，“我们见面后你一直是这样说话。我只是想让你知道，这并不会让我感觉我真的可以自己做选择。”

克里克笑了。“我不希望让自己显得固执己见。”

“已经晚了，”罗宾说，“好啦。我相信这里曾经是个旅游胜地，但现在，我只想从这块石头上跳下去，爬上前面那条巨大的海军船。”她朝通讯塔的方向走去。克里克捡起奈都步枪，把那根手指放在口袋里，抓起一个水桶，跟在罗宾身后。

通讯塔的尽头是一间面积不大的控制室，位于熔岩流自然形成的不规则的圆形凹地处。按照计划，纪念仪式就是在这里举办。圆形凹地和平原到处的景象一致，就是一块荒凉漆黑的大岩石，毫无动植物等生命迹象。生命仿佛受尽了“星球死神”炸弹和熔岩流的凌辱，完全抛弃了帕耶米平原。克里克认为这样的抛弃无可厚非。

“哈里。”罗宾说着，指向控制室一侧的某样东西。克里克对着这堆垃圾看了一会儿，才发现这是一具奈都人的尸体。克里克推测，被害者可能是来这里为“梦幻岛”号抵达做准备的通讯工程师。

克里克转过身看着罗宾。“回隔舱去，”他说，“在那等着我去找你。”

“哈里——”罗宾看着他身后说。克里克转过身，看见一个灰熊般大小的东西朝他阔步走来。它是从通讯中心的门走出来的。克里克举起奈都步枪，瞄准，对它开枪。他忘了那根奈都手指还在自己裤兜里。

“哦，该死。”克里克转身向后跑。那个家伙抓住他，弯起巨臂，直接击中他的太阳穴。克里克听见罗宾大声尖叫着，随后，陷入一片黑暗。

克里克感觉自己的脸上、鼻孔里被泼了水。他咳嗽着，恢复了意识，立刻从躺着的地板上坐了起来。

“你好，克里克，”一个男人的声音传来，“睡得还不错？”

克里克抬起头，看见罗德·阿库纳正站在自己面前，靠着通讯控制中心内广播终端的柜台。阿库纳手里举着一杆枪，很随意，但握得很紧；枪口指向克里克。

克里克看见罗宾在阿库纳身后一侧，牢牢地被一个东西抓着，克里克认出那是纳棋。

“你好，阿库纳，”克里克说，“我想到我会见到很多人，但没想到会有你。”

“你知道我的身份，”阿库纳说，“这岂不是很默契。我很高兴能让你大吃一惊。惊喜真是乐趣无穷。而且，我认为你应该把我出现在这当作一种问候。”

“是吗，”克里克说，“为什么？”

“代表我相信你，克里克，”阿库纳说，“我从团通讯报上看到你的照片后，把它传给大家看，大家都相信他们会把你和‘牧羊女’[①]从邮轮上抓到这儿来。但我比他们更了解你，我知道你一定会逃出他们的掌心。你知道原因，对吧？”

“因为我逃出了你的掌心。”克里克说。

“看看你这脑子，”阿库纳说，“非常对！你逃出了我的掌心。所以我就问自己，如果我是哈里·克里克，如果我不想在太空的邮轮上被抓，我会去哪里？所以，我们就到这来了。我刚刚迫不得已开枪杀了个人，才让他们把我送到这里，但我想，此刻他们会很高兴地原谅我犯下的错误。”

“你和奈都人一起来的。”

“是的，我还要和他们离开这，塔克也是。”——他用那只没有

---

① Little Bo Beep，出自一首童谣。——译者注

拿枪的手指了下纳棋——“还有你的女朋友。不过，你，要留下。”

“飞船上没有我的地方吗？”

“有地方，但你不会去，因为我们俩要把上次见面时你欠下的账——如果你还记得的话——算清。因为上次的事，有人为治疗我花了一大笔钱。”

“抱歉。”克里克说。

“别这么说。”阿库纳说完，一枪击中克里克左手小臂中间，桡骨、尺骨立刻碎裂。克里克瘫倒在地，痛得在地上打滚，水泥地面上血迹斑斑。罗宾大声尖叫起来，呼喊着“救命”。

阿库纳看着克里克打了一会儿滚，从柜台旁站起身，走到他身边。“这是为我的胳膊讨的账。”阿库纳说着，一脚踢中克里克的脸，鼻血喷薄而出。“这样鼻子的账也两清了。”他走到远处，举起枪，“这是两者的利息。再见，克里克。”

塔克对阿库纳和克里克两人的行为兴致并不高。更吸引他的——或者说，让他着魔的——是罗宾。

塔克把克里克从通讯中心带回来时，阿库纳找回了罗宾；但进到屋子后，他们就交换了猎物。“别把她弄丢了。”阿库纳对他说，把女孩推给塔克。罗宾用惊恐的眼睛看着他。

塔克温柔地把自己的巨大爪子搭在她的肩上。“别担心，”塔克说，“我不会伤害你的。”

“你刚刚把我朋友打昏了。”罗宾说，“我很难放松，请原谅。”

就是这样，正如杜怀林的预言：

经过漫长的跋涉，
羊儿来到陌生人的房屋；
受到屋子主人的热烈欢迎，
它却依然惊恐万分。

阿奇在被吞前交给塔克的这本预言诗集，塔克爱不释手；可以说，他已经记住了大部分内容——纳棋对书面内容的记忆极好。塔克对它十分着迷。他本性并不是一个轻易就被神秘主义动摇的人，他更喜欢有秩序、有让人心安的仪式的宗教（读过预言诗集的序言后，他觉得如果自己是教会成员的话，应该更多的是个讽刺者，而不是共鸣者）。但这个宗教十分引人注目的一点是，这些预言不仅会实现，而且期待教会成员用自己的决心促成它们实现。这一点非常有趣，它将命运和自由意志并列，让二者可以同时存在——不，是要求它们手拉手，在田野里一起欢快舞蹈。

塔克当然意识到了，他想到的预言并不完全准确。如果说通讯小屋是“房屋”，那么就必须广义地理解“房屋”，也就是说任何一个建筑都可以成为人们的家。不过，其他细节都十分准确。这只羊不正是跋涉了上万英里吗？确实如此——事实上，应该是数光年，这一距离与“英里”相比，绰绰有余。不正是塔克告诉她不要担心吗？而且他这么做并不是受预言的驱使——他是事后才想起那首诗的。在塔克看来，她此刻不也是十分恐惧？而且她的恐惧还十分合情合理。

塔克绞尽脑汁去想还有哪些预言诗符合当前的情形，但毫无结果。预言诗中并没有提到一人与另一人的对抗，就像现在阿库纳对抗克里克一样。不过塔克并没有对此感到十分惊讶，即便有人能把预言解释到最普遍的象征水平，也不可能有预测到世间一切的预言。可以理解，杜怀林写的主要是进化羊的问题及其付出的努力；他自然是略过了一些细节。按照塔克对预言诗背景及杜怀林本人的理解，在杜怀林生命中最后的日子里，因为酗酒、吃廉价的非处方药，他的文章已经变得不连贯，再让他构思出一首完整的预言叙事诗已经十分困难。

阿库纳射中克里克的手臂；克里克用受伤的手臂撑起身子，又摔倒在地上，血流不止，口中呻吟着。罗宾大声尖叫。

“哦，天啊，天啊，”她说，“哦，天啊，哈里！帮帮我们，求你帮帮我们！”随后的几秒钟，她一直重复着这句话，个别词稍有变化。

就在此刻，塔克意识到又有一首诗和当前的情形相似——杜怀林的一首训诫诗虽然不能说完全符合当前的情形，但至少可以适用：

哦！羊并非孤身一人，而是和那些
在它身上看到自己的人在一起。
助羊者自助。
服务羊者自保。

杜怀林作这首诗时，安德莉亚·海特·罗斯正在暂缓发放给杜怀林的那点可怜的补助金，想看他会有怎样的反应。杜怀林写了几首诗，包括这首诗。在诗里，他委婉地提醒辅佐羊是件好事。（在把这些诗送给海特·罗斯的前一刻，他把一首无望的、直接要钱的诗删去了）过了不久，他就因在一家旺斯超市偷克拉克巧克力棒被捕。海特·罗斯给他交了保释金，还出奇地为让杜怀林跳进自己愚蠢的圈套而感到懊悔。除了分期工资，她还多给了他一些钱，并请他在瑞典式自助餐厅吃了饭。

塔克对这些背景毫不知情，即便知情，他也漠不关心。他关心的是此刻羊在寻求帮助——她向塔克寻求帮助，也是要求塔克帮助自己。

说实话，塔克已经厌倦了“浮途”期。起初，它让人无法抗拒，令人兴奋，甚至让人满足——这是一场有趣的冒险，也是观察宇宙的一种有趣方式。但在最近几个月尤其是最近几天里，塔克的最大感受就是厌倦。他厌倦了和犯罪分子生活在一起，因为无论从何种角度来说，犯罪都不是件鼓舞人心的事；他厌倦了被迫去尝试违禁的事情；他也厌倦了只有在打人或吃人时才能遇见陌生人。

换句话说，塔克准备好迎接自己宗教顿悟的时刻了。当他看见阿库纳用脚踩向克里克的脸时，一个神灵如闪电发出的强光般出现在他的脑海里。他的“浮途”期结束了，它结束得那样突然，不可更改。谢天谢地它结束了。他是时候回到正派人的行列了，回到那些致力于把世界变得更加美好而非为一己私欲毁掉世界的人的行列。如果奈都大使、吉恩·施罗德，甚至是罗德·阿库纳等人得知此事，他们的唯一反应就是暴跳如雷，然后尝到后果。

阿库纳举起枪对准克里克的头；罗宾把头埋在塔克的怀里，不想看见眼前的景象，她口中还在小声地祈祷上天垂怜。就在此时，塔克用一只巨大的爪子快速、轻柔地把罗宾推到一边，走上前去，张开大口，把肠子内的卷须状器官甩向阿库纳。就在阿库纳开枪之际，一条卷须钩住阿库纳的手臂，枪管被扭向右方，子弹击中水泥地面后弹向墙壁。阿库纳毫无防备，枪就从手中飞了出去。其他卷须分别缠住阿库纳的腿、腰和颈部，不到一秒钟，阿库纳就被塔克紧紧地抓住了。

阿库纳努力伸长脖子，塔克卷须上的钩子扎进阿库纳的肌肤，他看了一眼纳棋。“你他妈究竟是在做什么？”阿库纳沙哑地挤出这句话。

“我在辅佐羊。”塔克回答，然后一用力，就把阿库纳整个人吞了下去。

“我的天啊！”布莱恩对坐在通讯中心终端的克里克说，“怎么了？你看上去比平时要糟糕很多。”

“别开玩笑了，”克里克说，“直接告诉我当前的情况。”布莱恩照做了，给克里克讲了诉讼案件、篡权事件、教会阴谋，以及智能电脑是如何一遍一遍地重演帕耶米之战。然后他又给克里克讲了自己从安德莉亚·海特·罗斯那里了解到的消息。

克里克叹了口气，用右手支着头。

“你看上去很疲倦。”布莱恩说。

“我看上去胳膊中枪，脸被踢了。”克里克说。

“也是，”布莱恩说，“但我不是这个意思。”

“我的确很疲倦，”克里克说，“我希望整件事烟消云散。”

“它不会烟消云散的，”布莱恩尽可能温柔地说，“你知道的。”

“我知道，”克里克说，“但我要告诉你的是，布莱恩，下次你哥哥再来找我帮他用电脑搜查信息，我一定会一拳把他打瞎的。对了，他现在在哪儿？”

“他同国务卿在前往参加奈都加冕仪式的路上，也不知是谁加冕，何时加冕。罗宾呢？”

“她在外面，和她的新朋友聊天呢，”克里克说，“或者，我是不是应该说新的追求者？”克里克简单描述了刚刚几分钟内发生的事情。

“你的日子一刻也不无聊啊。”布莱恩说。

“不过我更希望无聊。”克里克说。

“你确定她和那东西在一起很安全？”布莱恩说。

“他本可以让阿库纳杀了我，把她带走的。”克里克说，“如果他想对她图谋不轨，应该已经发生了。我把阿库纳的枪给她了。‘梦幻岛’号怎么样了？”

“很安全，”布莱恩说，“如预期的那么安全。英国哥伦比亚号拦住奈都战舰不让他们接近，奈都也阻拦哥伦比亚号不让它派飞船接你们。可以说暂时没有安全问题，但仍然处于戒备状态。我想他们是在等你和罗宾的消息。”

克里克叹了口气。“是的，”他说，“我现在出去和她说，她一定比我还不想看到现在这样的情况。”

“这是唯一的解决办法，”布莱恩说，“而且一定会解决的，我们会顺利解决的。”

克里克笑了笑。“最好如此，别走开，布莱恩，我马上回来。”

“我就在这。”布莱恩说。为了不碰到绑着吊臂带的手臂，克里克小心翼翼地站了起来；之前塔克应罗宾请求，已经去隔舱取回了急救箱。克里克走了出去，看见罗宾和塔克正站着聊天；看见她走过来，罗宾目光投向克里克，露出微笑。

“告诉我，你搞定了一切。”她说。

“一切搞定，”克里克说完，转向塔克，“可不可以给我们几分钟，塔克？我需要和罗宾说些事情。”塔克伸出手，摸了下罗宾的胳膊。

“我们待会再聊这个。”他说。

罗宾捏了捏他的爪子。“好的。”她说。

塔克走开了。

“有个粉丝俱乐部真好。”克里克说。

“别开玩笑了。”罗宾说，“虽然‘进化羊’这件事让我十分紧张，不过塔克看上去真的很善良——和你一样善良，我的意思是，虽然他吃人——但我希望当他最终明白我并不是什么神秘生物，他不会太难过。”

“先别这样想，”克里克说，“因为事情有些有趣的进展。”

“是吗？”罗宾说，“一定不会比听说自己是神圣的膜拜对象更奇怪。”

“罗宾，”克里克说，“你相信我吗？我是说，你真的相信我吗？如果我告诉你一件事，即便它似乎疯狂到不可救药，你也会相信我，愿意去做？”

罗宾盯着克里克看了一会儿，然后放声大笑。“哦，天啊，哈里，”她终于开口说，“我认识你以后，我们做的哪件事不够疯狂？你意识到你现在的问题多么荒谬了吗？”

“那么你的回答就是‘是’了。”克里克说。

“是‘是’”，罗宾说，“我把生命都交给你了，哈里。到目前为止，我的选择是对的。所以，快告诉我你知道了什么。”

“好，我们先从重磅消息说起。”克里克说，“你就是你自己的国家。”

罗宾思考片刻。“为你着想，这句话最好不是在评论我屁股的大小。”

飞船在天然圆形凹地内降落，纳夫-文-吉塔和吉恩·施罗德从飞船上下来。罗宾和克里克已经从塔克那里得知施罗德同奈都的关系。他们两向克里克和罗宾走来，塔克迎面走去。“够远了。”塔克说。

“走开，”施罗德说，“记住，你是为我工作的。”

塔克靠近施罗德。“我不再为你工作了，小家伙。”他说。

“塔克。”罗宾说。塔克从施罗德面前轻轻撤了回去。“谢谢你，塔克。”她说。

“我们要一整天都玩唬人游戏，”纳夫-文-吉塔说，“还是进行谈判？时间紧张，我忙着呢。”

“谈判。我们都知道你一直都很忙，”克里克说，“而且我们今天早上还一直在避免和你交涉。”

“我不得不说，你做得非常好。”纳夫-文-吉塔对克里克说，“你对得起你得到的报酬，克里克先生。”

“大使，对你来说，我应该是克里克总理。”克里克说。

“是吗？”纳夫-文-吉塔困惑不解，“真是有趣！我面前竟然站了一整个国家，你们两个都在！”

“三个。”塔克说。

“哦，当然了。”纳夫-文-吉塔说，“三个。我猜你是国防部长。”

“你竟然嘲笑我们，真是太可笑了。”罗宾说，“我听说，因为你才有了我们这个小国。”

“你说得非常对，贝克小姐，”纳夫 - 文 - 吉塔说，“或者，我是不是应该称呼您为罗宾女王？不管怎样，我不希望因为称呼错误而有失礼节。”

“贝克小姐就好。”罗宾说。

“那好，贝克小姐，如果你知道你自成一国，那想必你也知道我国与贵国正在交战。”纳夫 - 文 - 吉塔说，“考虑到我国人数是你国的 30 亿倍，这对于你来说，可不是什么好消息。”

“我本以为我们不用恐吓伎俩，大使。”克里克说。

“抱歉，”纳夫 - 文 - 吉塔说，“不管怎样，我们直奔主题吧。”

“闲话少说，”克里克说，“你想成为奈都之王，你的奴才”——克里克指了指吉恩 · 施罗德——“想成为地球之王。你需要罗宾帮你们达到目的。”

“不对。”纳夫 - 文 - 吉塔说，“没有她的帮助，我也能达到目的，只是会……复杂些。”

“而且没有十足把握。”克里克说，“但是有了她，你上位就无可非议。”

“是的。”纳夫 - 文 - 吉塔说。

“此刻你已经意识到了，你绝对无法强行把她带走。”克里克说。

“我应该说这样做不切实际。”纳夫 - 文 - 吉塔说。

“不管你怎么说，摆在我们面前的事实就是如此。”克里克说，“所以我们做个交易。我们——三人——愿意乘坐你的飞船陪同你前去奈都。抵达奈都后，罗宾会参加新法汗加冕仪式，但我们有四个条件。”

“请讲。”纳夫 - 文 - 吉塔说。

“条件一，”克里克说，“对罗宾停战。”

“我还不是法汗。”纳夫 - 文 - 吉塔说。

“但是你掌控着吉扎级驱逐舰，”克里克说，“也就意味着你控制着奈都军队，你有权命令他们。”

“的确如此。你功课做得不错，克里克部长。”纳夫 - 文 - 吉塔说。

“我是专职外交家，大使先生。”克里克说，“我知道如何做好自己的工作。你可同意第一个条件？”

“同意，”纳夫 - 文 - 吉塔说，“在我成为法汗之前完成此事。”

“条件二，”克里克说，“撤退你的武装直升机，‘梦幻岛’号要毫发无损地离开卡格峰。”

“只要你们两人登上我的飞船，和我们一起进入 N 空间。”纳夫 - 文 - 吉塔说。“我不想冒风险，让你们两个——你们三个，抱歉，”纳夫 - 文 - 吉塔自我纠正道，“为地球联合国英勇牺牲。”

“我们会安排让你的飞船和‘梦幻岛’号同时进入 N 空间，”克里克说，“你接受吗？”

“接受。”纳夫 - 文 - 吉塔说，“请说你的第三个条件，克里克部长。”

“加冕仪式后，罗宾不能死。”克里克说，“曾经的仪式中用的羊都被宰杀了，但这次不可以。”

“凭借我对仪式的理解，须有羊血，而且要进行大脑扫描，”纳夫 - 文 - 吉塔说，“完成这两件事，就可以做到不杀贝克女士。同意。”

“谢谢。”克里克说。显然罗宾松了口气。

“你刚才说有四个条件。”纳夫 - 文 - 吉塔说。

“条件四，”克里克说着，又指向吉恩 · 施罗德，“那个人不能回到地球。”

“什么？”吉恩·施罗德说。

“他是自己国家的叛徒，”克里克说，“他还密谋杀掉共同联盟已经承认主权的国家的首领，而且还试图杀掉我。所以，这是个人恩怨。要么他走，要么我们走。没有商量余地。”

吉恩·施罗德大笑。“去死吧，克里克。”

“同意。”纳夫-文-吉塔说。

“什么？你说什么？”吉恩·施罗德对纳夫-文-吉塔说，“不，不，不行！你不可以把我排除在外，纳夫。你得到的这一切，都是我的功劳，也是我父亲的功劳。没有我们，你和你们那该死的部落绝没有今天。别以为你现在就能把我抛在一边。你得到奈都，我得到地球。我们签的协议内容不会改变。没有商量余地。得到王位，你不需要他们，你需要的是我。”

“我曾经需要你，”纳夫-文-吉塔对吉恩·施罗德说，“恐怕，这句话里的时态事关重大，吉恩。”

“纳夫。”吉恩·施罗德没说完，纳夫-文-吉塔猛地反手抡过去一个耳光，让施罗德再也说不出话来。施罗德颤颤巍巍地退后几步，目瞪口呆；纳夫-文-吉塔又是一拳，把他打倒在圆形凹地的黑色岩石地面上。施罗德挣扎着想要站起来，但体型魁梧、肌肉健硕的奈都人又把他压倒在地，双手掐住他的脖子。施罗德无法呼吸，呼哧呼哧地喘了一下，便一命呜呼了。

纳夫-文-吉塔站起身，上上下下拍拍身子，把衣服抚平。“我相信这样就保险了。”他对克里克说。

“这有点超出我的预期。”克里克说。

“是吗？”纳夫-文-吉塔说，这回轮到他笑了，典型的奈都之笑，“木已成舟，克里克部长。在发生这么多事后——在这么多事发生在你身上之后——你真的对我预期那么低？”

第十六章

布莱恩在奈都网络周边等着信号。等待着的，不止他一人。

“他们已经出了N空间了。”安德莉亚·海特·罗斯说，她坐在天井的桌边，漂浮在布莱恩身旁。

“我知道，”布莱恩说，“我已经渐渐掌握‘分身术’了。”

“好孩子，”海特·罗斯说，“你又在炫耀你的学习能力了。”

“谢谢，奶奶。”布莱恩说。

“还很调皮，”海特·罗斯说，“你确实像我的孙子一样。好了，你在历史的浪尖上，现在感觉如何？”

“不怎么样。”布莱恩说，“我讨厌等待，我希望赶紧开始。”

“要有耐心，布莱恩，”海特·罗斯说，“马上就好。你要知道，纳夫-文-吉塔正驾飞船直奔法汗耶尼——也就是帝国法庭。”

“我知道。”布莱恩说。

“你当然知道，”海特·罗斯说，“纳夫-文-吉塔甚至没有让克里克和罗宾为自己选择合适的行头，他心急如焚。他会安排人们备好礼服，在法汗耶尼等他们。”

“能怪他吗？”布莱恩说，“他已经策划准备了几十年了，此刻，他认为自己距离获得奖赏只差一两个小时了。当你已经为未来做好充分准备，你巴不得它立刻来临。这个家伙很可恶，但在这一点上，我很理解他的想法。”

“嗯，你们两个的目标马上都要实现了。”海特·罗斯说，“好了，布莱恩，坐下来陪我喝杯茶。”

“你知道的，压根没有茶，”布莱恩说，“而且，我不喜欢喝茶。”

“傻孩子，”海特·罗斯还是给布莱恩倒了一杯，“我知道没有茶。现在你应该知道，我给你倒茶，并不意味着你不能把它换成你想喝的随便什么东西。”

“我从未这样想过。”布莱恩说。

“我知道。”海特·罗斯说着，举起杯子给布莱恩递过去，“但你应该学会换种角度看问题。这里是重新开始的绝佳之地。”

“哇，”罗宾情不自禁地感叹，“你以前见过这样的房间吗？”

“见过一次，”克里克说，“在耶路撒冷的圆顶清真寺。但这个要大得多。”

他们二人站在法汗大殿中间。法汗大殿位于法汗耶尼——也就是法汗宅邸——的巨大建筑的中心。大殿规模大得不切实际，面积如同足球场，盖有半球状的圆顶，圆顶由巨大的弧状的人工加固宝石板片制成。他们把各种宝石，包括翡翠、红宝石、蓝宝石、电气石、猫眼石以及石榴石等，像着色玻璃一样拼成一幅幅画面，展示奈都的神话和历史。克里克相信纳夫 - 文 - 吉塔一定会把圆顶上的一个故事宝石板片取下来，换上自己的故事，让它在奈都的阳光下熠熠生辉。在圆顶中间，一块小象大小的人工钻石刻成了晶面，让太阳光线垂直射向房屋中间，照在摆放法汗王冠的凸台上；但今天，台子上摆着的是用来收集罗宾 · 贝克血液的祭坛。

除了罗宾和克里克，大殿里甚至还有其他人类；按照一项历史悠久的服务协议规定，乐佳诚公司的两位代表要在仪式过程中监控电脑，调节连接电脑的投影仪，这些投影仪会在仪式过程中投射出某些图像。奈都官员在他们两人和克里克、罗宾身边来回走动，为举办仪式做着各种准备工作，完全忽视人类的存在。大家基本也料想得到奈都人在这个星球最重要的房间里做些什么。一位奈都祭司在祭坛旁边踱着步，头脑中一遍又一遍地复习着加冕过程，因为这次祭品是一位人类女性，而且他没法把她杀掉全部献祭。

几分钟后，大殿尽头高耸的大门就会打开，客人们及政府仪式监督员将走进大殿。其中，会有来自 200 多个世界的高级政府官员，以及一些其他世界的中级政府官员，还有一位来自共同联盟的底层代表——这恰恰反映出奈都在共同联盟这个等级世界中的整体地位。

因为身份原因，韦伯斯特总统的确应该参加仪式。但不巧的是，加冕仪式与弗卢及国总统计划已久的国家访问时间冲突，这是共同联盟中一个更重要的国家，所以韦伯斯特不打算出席。在这种情况下，赫弗国务卿成了合适的代替人选。有一点讽刺的是，鉴于地球和奈都关系突然恶化，弗卢及总统取消了访问行程。因此，从严格意义上讲，总统又有时间出席仪式了。但从实际角度考虑，他的星球正在密切观察两枚“ 星球死神 ”炸弹的发射器，他最好还是不要离开地球。

观众就位后，纳夫 - 文 - 吉塔会走进大殿，登上宝座，进行一系列仪式宣告自己取得奈都王位。这些仪式并非荣登王位的严格规定，他只是出于尊重传统，想让仪式显得完美无瑕。

初步仪式过后就是奥夫 - 吉塔部落执政后创立的必需环节。之前许多获得王权的部落都会在加冕仪式上添加一些环节和细节，候选人必须谨小慎微，否则很可能把细节搞砸，让他自己和他的部落失去争夺王位的资格，这样奈都也将陷入内战泥潭。

奥夫 - 吉塔和这些部落不同，他们的必要礼仪十分简单：对祭品羊进行大脑扫描，然后祭献血液，之后奈都电脑网络会提两个问题："哪个部落带来的祭品？"和"祭献部落有什么要求？"。两个问题的预期答案分别是"奥夫 - 吉塔部落"和"让我控制网络"。

奥夫 - 吉塔家族之所以满足于如此简短的仪式，原因有二，一是因为电脑网络，二是因为羊。控制了电脑网络就意味着控制了奈都政府的上上下下，这一点无需赘言；一旦这至高无上的权力分配下去，就很难再提出反对意见。至于羊，电脑网络会很快确定祭献的血液的基因，以确保其祭献的品种正确无疑；扫描大脑可以确保该动物活着，并测定其心智能力。

最后一项活动是关键环节，有一处小细节十分重要。严格来说，仪式上的问题是针对祭献动物本身提的问，但鉴于祭品无法亲自回答问题（多数情况都是如此），这些问题可以由对祭献动物持有合法所有权的部落代表代为回答。

这一点对于奥夫 - 吉塔部落来说进行得十分顺利，因为羊作为祭献动物无法讲话（已经通过大脑扫描确认），且一定会在仪式上被杀掉，回答问题的权力终会落在拥有羊的部落成员身上。按照奈都法律，唯一对羊拥有合法所有权的部落就是奥夫 - 吉塔部落。即使其他部落成员弄到一只活生生的“安佐之梦”，这个偷羊贼也无法回答问题，因为他所在部落并不拥有这只羊。

在奥夫 - 吉塔部落内部，关于加冕仪式的这个细节是个严格保守的秘密，只有最高级别成员才对此知情，其中便包括胡布 - 奥夫 - 吉塔，他今日也会参加仪式，而且纳夫 - 文 - 吉塔的计划落空后，他就会开始自己的仪式。他期待届时可以在大殿内那张历史悠久、价值连城的地毯上当着几百个世界来访者的面以叛国罪对纳夫 - 文 - 吉塔执以死刑。随后，他就将处置吉扎级驱逐舰船长。再接下来，他会为了娱乐，大批屠杀文 - 吉塔部落成员，在其每十个部落成员中随机抽取一人执以死刑，这样他就可以在相当长的一段时间内遏制住其他部落想要造反的念头。虽然大家对此秘密守口如瓶，但其实它并非奥夫 - 吉塔自己所创，而是由开发奈都电脑网络的总承包人乐佳诚公司的一个顾问团向奥夫 - 吉塔部落提议的，除此建议之外，他们还提出一堆不相关的电脑执行和优化建议。奥夫 - 吉塔家族听到这个鬼鬼祟祟的主意后欣喜若狂，且因乐佳诚签署了可靠的保密协议，倍受鼓舞，认可了这个想法。现在，这件事过去了几十年，他们完全不知道这个秘密始于部落之外——部落成员忘了。

“你感觉如何？”克里克问罗宾。

“我想吐。”罗宾说。

“那有容器。”克里克指着祭坛之上摆着的将要注入罗宾血液的水槽。

“别诱惑我，”罗宾说，“我真的疼得要命。”罗宾举起已经插入小型医用分流器的手腕。仪式进行的某个适宜时刻，分流器上的塞子会被打开，罗宾要有大概两盎司的血流入水槽。

“我敢保证这没有另一种方式来得疼。”克里克说。

“这一切太不真实了，哈里。”罗宾说，“我真希望一觉醒来，发现自己躺在我那幢矮小公寓的小床上，吃些简单得可怜的早餐，然后出去锻炼，把那些脏兮兮的啮齿动物的笼子清理干净。”

“很快就会实现的，罗宾。”克里克说，“好了，你记得自己应该做的所有事吗？”

“记得，”罗宾说完，又举起手腕，“某些部分印象更加深刻。”

“你不会有事的。”克里克说，“记住，我就在观众席前面。”

“塔克会在哪儿？”罗宾问。前往奈都的途中，她和塔克变得十分亲密。

“他会和我在一起。”克里克说。

罗宾吃吃地笑起来。“这对于站在他后面的人来说可是个坏消息。”

大厅那端的门敞开了，观众被放了进来。

“要开始啦。”克里克对罗宾说，“鼓起勇气，罗宾，胜利在望。”罗宾走到克里克面前，拍拍他的面颊。

“谢谢你，哈里，”她说，“为我做了这么多。无论我之前说过什么，你都是一位十分有趣的对象。”

“谢谢。”克里克说。

“不过，下次，”罗宾说，“我们就去看个电影就好了。”她转身走上祭坛。

克里克朝下方的人群走去，看见了本·贾夫纳和吉姆·赫弗，他们站在大后方。贾夫纳走过来，抓住他的胳膊向他打招呼。

“对不起，哈里，真是该死。上帝啊，看见你活着真是太开心了，虽然看上去你命悬一线。”

“谢谢，本。”克里克说，“活着真好，管他是否命悬一线。”克里克看到了走到贾夫纳身旁的赫弗。“赫弗国务卿。”

“克里克先生，”吉姆·赫弗说，“终于见到你了，很高兴。我应该说，是克里克总理。我们听说你晋升了。”

“这你可欠我一个人情了，”贾夫纳说，“这份工作很棒。”

“是啊，看看为了得到这份工作，我付出了多少。”克里克说。

“如果加冕结束，你这份工作就干不长了。”赫弗说，“纳夫-文-吉塔在耍所有人，我们都被伏击了。本打赢官司是唯一一件对我们有利的事。我打赌，仪式一结束，你、我、本三人就要前往战俘营了。”

“但你还是来了。”克里克说。

“希望常在，”赫弗说，“而且我们现在还没有打仗。我们是外交官，哈里，或许还有别的出路。”

“或许吧。”克里克表示赞同。有人拍了下赫弗的肩膀；赫弗转过身去，认出对方，然后向克里克和贾夫纳点头以示告别。

“嗯，”赫弗走开后，贾夫纳说，“现在什么情况？”

“什么意思？”克里克问。

“你来了，”贾夫纳说，“她也来了。我还没有告诉你们停止躲猫猫呢，而且你也不会愚蠢或是迟钝到被抓起来。所以，你一定在计划些什么。而且我听说，你之所以会来，是因为和纳夫-文-吉塔做了个交易。”

“不是你想的那样。”克里克说。

“很好，”贾夫纳说，“我真的不知道此刻该怎么想。我只希望你成功地把我们从水深火热之中救出来，或许还能成功说服纳夫选取某个性情并不暴虐的人统治地球。”

“我肯定不会由某个人统治地球。”克里克说，然后对贾夫纳讲了吉恩·施罗德的事。

“在帕耶米平原被一个奈都人掐死了。”克里克讲完后，贾夫纳说，“或许那个蠢货还有别的更讽刺更有诗意的死法，但此刻我脑子里实在想不出来。”

号角声响起，示意观众就座。“心痛的时刻。”贾夫纳说。

“听着，本。”克里克凑过来说，“仪式过程中要发生一件事，我还没有让你做好心理准备。这件事要追溯到我们的历史，我现在没时间解释，你看见就知道了。当这件事发生时，请不要太恨我。”贾夫纳看了看克里克。

“哈里，”贾夫纳说，“无论是什么事，只要能让我们毫发无损地结束这件事，就是好事，别担心。对我来说，你就像是兄弟，你知道的。”

“先别这么想，本。”克里克说，“记住你刚才说的话。”

塔克走到克里克身边。“我们需要回到座位上了。”

“我的天啊。”贾夫纳抬头看着塔克说。

“你好。”塔克说。

“等我们在战俘营里，你一定有很多有趣的故事要给我讲，哈里。”贾夫纳说，“我现在就敢打赌。”

“他在说什么？”塔克说。

“我待会儿再告诉你。”克里克说，“好了，我们走吧。”他们两人走回到人群中，坐在分配好的位子上。塔克用自己的大个头挤出一道弓形波浪来，克里克跟在他身后。

号角吹响了。大殿的大门再次打开。纳夫 - 文 - 吉塔穿着他部落的斗篷和披风，走了进来。

纳夫 - 文 - 吉塔不慌不忙；固定围栏在四千多观众和达官贵人之间空出一条道路，纳夫 - 文 - 吉塔走着，步履缓慢而平稳。他认识观众席中的许多人，这是他在奈都外交核心集团工作了几十年的结果。他的目光搜索到了吉姆 · 赫弗和本 · 贾夫纳；从他们身边走过时，他对他们点点头，想起可以像把玩廉价小提琴一样随意把玩他们，他心里暗自发笑。施罗德已死，纳夫 - 文 - 吉塔可以为地球随意选取一位奈都官员，他在考虑把这个职位拍卖，出价最高者即获得职位。他想，为了能够治理整个一个星球，即便是地球这个破地方，也一定会有人出大价钱。

在人群最前面，纳夫 - 文 - 吉塔看见胡布 - 奥夫 - 吉塔坐在一边，身后是奥夫 - 吉塔方阵，哈里 · 克里克和塔克则坐在另一边。纳夫 - 文 - 吉塔看见胡布 - 奥夫 - 吉塔和哈里 · 克里克都没有流露出应有的恐惧。就克里克而言，可能是因为纳夫 - 文 - 吉塔无法理解人类微妙的表情，虽然他在地球上生活了很久。不过，这都没关系。胡布 - 奥夫 - 吉塔及其整个部落很快就会被处理，至于克里克、塔克和罗宾，他也早已为他们这个小国家做好了打算。他们不会死，只是永远也不会离开奈都。没能遵守协议停止对罗宾作战，纳夫 - 文 - 吉塔毫不羞愧；他已经完全兑现了另三条协议，尤其是最后一条。

纳夫 - 文 - 吉塔登上讲台，依据传统，他在奈都种族特有的诗史中挑选朗诵了 17 小节。具体是哪 17 小节并不重要，只要是 17 小节就可以，因为这代表着包括文 - 吉塔在内的奈都原始的 17 个部落。接下来是“ 刀剑祷告 ”，“ 向部落祖先祷告 ”，“ 祭坛加盐 ”，朗诵“ 宽容圣歌 ”，最后是第二次“ 刀剑祷告 ”，运用象征意义把武器化为和平工具，就像是人类的“ 把宝剑化为犁铧 ”。当然，话音刚落，这种感情就会被抛到九霄云外。

接下来就是真正的仪式了。纳夫 - 文 - 吉塔发现自己十分喜欢奥夫 - 吉塔规定的在仪式上讲话的主意；话语从他口中讲出来，仿佛就是对他们制定的规则的否定，对法汗政府的颠覆。或者，这一切只是纳夫 - 文 - 吉塔的幻想。此刻，祭司已经笨拙地把大脑扫描设备放在羊女罗宾的头上。扫描结束，她举起一只胳膊，让祭司打开分流器；她的鲜血流进水槽，流经传感器，传感器分析血液 DNA，寻找那段神奇的基因，以确认她的“ 安佐之梦 ”的身份。纳夫 - 文 - 吉塔心想，对奥夫 - 吉塔部落的另一点胜利就是他能找到羊，而他们不能。

大殿深处的投影仪亮了起来，用光怪陆离的绚丽色彩宣布 DNA 无误，并用一种充满正义的冷光围绕着即将成为法汗的那个人。整个圣坛闪闪发光，犹如被灯塔照亮的抛光铜器，将透过屋顶钻石射进来的光线无限放大。

几位观众注意到罗宾周围的光线要比纳夫 - 文 - 吉塔多，但这可能是因为罗宾穿着朴素的白袍，而且电脑可能没太搞清楚究竟要突出祭坛上的哪个人（但电脑知道不能突出祭司）。纳夫 - 文 - 吉塔没有注意到本应完全照在他身上的光芒被分给了别人。法汗之花——法汗莎尔的香气从隐蔽的通风口飘来，它略带苦涩的甜味在奈都的气味语言中是最最圣洁的语言。

光影秀结束，变化多端的灯光结合成球状，停在圣坛和观众中间。预先设计好的音响开启，球体发出声音，声音最终转化为嗓音。“哪个部落带来的祭品？”它用庄严的奈都语调问。

纳夫 - 文 - 吉塔走上前去，为了永远地净化奥夫 - 吉塔部落给法汗办公室带来的耻辱空气，他深呼吸，想大声喊出文 - 吉塔部落的名字。

“贝克部落！”一个音调很高、细而紧张的声音传来，这句奈都语口音很重，但还算说得过去。

纳夫 - 文 - 吉塔卡住了，他盯着罗宾 · 贝克，看到她还和他一起站在神坛之上，略显惊讶。纳夫 - 文 - 吉塔怒视着她，决定改变主意，在结束一切后不给她留活路，然后又深吸一口气，准备宣称自己的部落之名。

“祭献部落有什么要求？”电脑那深邃而洪亮的声音问。

“让我控制网络！”罗宾 · 贝克又用奈都语大声呼喊，“让布莱恩 · 贾夫纳拥有完全使用权！”

“哦，到我了。”布莱恩说着，从桌边站起身，留下啤酒在那里，“谢谢你请我喝东西，安德莉亚。”

“随时奉陪，”安德莉亚 · 海特 · 罗斯挥挥手，“别客气。”

布莱恩飘到奈都电脑网络的开放端口处，端口要求身份认证。

“我是布莱恩 · 贾夫纳，”布莱恩说，“我想你听说过我。”布莱恩的某个零部件自动将其翻译成奈都网络识别的语言，然后证实、核查、接受。最后，如上述要求，它给予了布莱恩完全使用权。

布莱恩迎来 4 兆瓦特的纯信息。

如果你不是一个有意识的人工智能，你将很难体会这种感觉。但假设一下，你本是一条绦虫，突然，你成了歌德。就是这种感觉。布莱恩的知识、力量、知觉及能力都无限扩大，远超共同联盟有史以来的任何一个有意识生物。他拥有奈都电脑系统——现已发明出来的唯一一部最复杂的电脑系统——的使用权，也就是说凭借其奥威尔式的管控能力，他能够探察奈都政府生活的最细微的细节。他成了奈都的电脑系统，以光速在系统内翻腾着，愉悦地感受到权力和信息都被他所占有。没有词语可以用来形容布莱恩此刻的感受，所以他就自己造了个词。

信息兴奋。

哦，天啊，布莱恩心想，如果再来一次，恐怕要快活死了。布莱恩仅仅尽情享受了几秒钟，然后便开始按计划行事。凌驾于奈都和地球之上的六艘吉扎级驱逐舰的船长和机组成员惊讶地发现，他们突然失去了对船的控制权，手中的船有了思维。在整个奈都管辖空间，每艘奈都飞船都失去了对攻防武器的控制；所有奈都士兵都无法控制自己的战车、飞机、步枪等武器；运行中的车辆翻滚着停了下来，飞机在第一时间安全着陆。在设有奈都大使馆的所有共同联盟星球，外交官们看着眼前的屏幕突然一片漆黑，报告、应用程序及通讯全都突然暂停运转，他们气急败坏地砸着终端电脑。在奈都界内，所有与人民生命无关的政府工作也都全部中止。奈都学校放假一天，奈都小朋友们欣喜若狂。

所有这一切都发生在一瞬间。“天啊，太有趣了。”布莱恩说，然后他以不同寻常地方式亮了相。当网络呈现出布莱恩的模样，安德

莉亚 · 海特 · 罗斯正在奈都系统之外用自己的视角观看着。毫无疑问，就是他。“当他还是IBM那台电脑时，我就记住了他的模样，”海特·罗斯说着，咂了口茶。

光线在神坛和观众中间伸展、扭曲，然后定型。“我的天啊，”本 · 贾夫纳说，“是布莱恩。”

布莱恩转向罗宾，用英语对她讲话，声音之大，全部观众都能听得一清二楚。“搞定，”他说，“奈都电脑网络是你的了，等候你发布命令。现在，你就是奈都法汗，罗宾 · 贝克。”整个大厅爆发了一阵骚动，场面一度难以控制。

“谢谢，布莱恩。”罗宾在混乱之中说，“很高兴认识你。”

“我也是。”布莱恩说。

“法汗？”纳夫 - 文 - 吉塔咆哮道，“我才是法汗！”

“你不是，”布莱恩对纳夫 - 文 - 吉塔说，“我就是奈都电脑网络，而你，先生，并不是我的老板。”

纳夫 - 文 - 吉塔卸掉一切文明的伪装，冲向罗宾 · 贝克。塔克在观众席内，距他们有些距离，他想要前去阻止，却是徒劳。但布莱恩拦住了纳夫 - 文 - 吉塔；他启动大厅内的定向音频，对着纳夫 - 文 - 吉塔头顶发出180分贝的爆炸声。纳夫 - 文 - 吉塔疼痛难忍，尖叫着躺倒在地；塔克走上神坛，抓起这位倒下的奈都人，把他抛出讲台。大厅又一阵骚动。

“布莱恩，”克里克以交谈的口吻说，因为他知道布莱恩能听见他说话，“请把我的声音放大，让大家都听见。”

“好的，”克里克听见布莱恩回答，仿佛他就在自己的耳朵里，“不要大声叫喊，他们已经恐慌万分了。”

“女士们，先生们。”克里克听见自己的话被传达给了观众，他的声音通过定向音频器转成了各个国家的语言，“请大家安静，请安静。我给大家解释。”

群众的骚乱终于平息，克里克大步走到神坛前面。

“我是哈里 · 克里克，”他说，“将纳夫 - 文 - 吉塔踏在脚下的纳棋是塔克，台上的这位女子叫罗宾 · 贝克。我们就是经过共同联盟承认的罗宾 · 贝克一国。现在，按照奈都自定法律，她就是奈都法汗。”众人又一次骚动起来，哈里示意大家安静。

胡布 - 奥夫 - 吉塔从自己部落方阵中大步走出来。“我是胡布 - 奥夫 - 吉塔，我才是奈都真正的法汗，”他用英语对众人和克里克说，“这位女子绝不可能是奈都法汗，仅仅是奈都人这一条件她就不满足。”

“按照你国法律，以及你们部落设定的加冕程序，她不需要是奈都人。”克里克说，“你们的加冕仪式只需要‘安佐之梦’羊，罗宾体内有该种羊的 DNA。”

“如果她有此种 DNA，那么按照奈都法律，她就应是奥夫 - 吉塔部落的财产，”胡布 - 奥夫 - 吉塔说，“所以，此部落的一个成员就一定是法汗。”

“此案依共同联盟法律而非奈都法律判决，共同联盟法律规定，罗宾 · 贝克是一个全新有意识物种，她自成一国，”克里克说，

“作为共同联盟成员国，奈都需尊重她的主权，无权向她索赔。你应该深知这一点，因为是你国政府上诉，才致使共同联盟对她下此判决。”

“上诉是纳夫-文-吉塔的主意，”胡布-奥夫-吉塔盯着躺倒在地、被塔克用腿挟住背部的大使纳夫-文-吉塔。

“而他当时是你国政府代表，”克里克说，“我想，他现在依然是。”

“以后不是了，”罗宾说着，转身看着塔克脚下的纳夫-文-吉塔，“你被免职了。”

“免职记录完毕。”布莱恩说。

“这是入侵！”胡布-奥夫-吉塔说，他想要换一种策略，“你们袭击我国，并且通过非法手段控制了我国的网络。”

“这并非入侵，”克里克说，“我们由奈都大使用奈都舰船送至此地，应邀参加加冕仪式。”

纳夫-文-吉塔在地上大声叫着：“我是被蒙在鼓里的！”塔克的脚限制了他的肺活量，因此他的声音十分刺耳。

“大使误会了，”克里克说，“我们同意来奈都参加加冕仪式，但并没有说王冠一定属于他。”

“这仍然是战争行为。”胡布-奥夫-吉塔说。

“如果是战争行为，那也是自我防卫，”克里克说，“一架奈都武装直升机袭击了我和贝克小姐所在的地球联合国民用飞船，要求强行登船的奈都海军特意向船长说明，奈都已经对罗宾·贝克发动战争。而且前不久，你方大使告知我，奈都的人口数是贝克女士国家人数的 30 亿倍。即便她自成一国，对个人发动战争貌似也有些过分。

依据共同联盟颁布的法律，作为拥有独立主权的贝克女士有权抵御外来侵略。”

听到最后这句话，观众在下面开始交头接耳。胡布 - 奥夫 - 吉塔扫视一圈，注意到了大家的情绪。然后，他对克里克说：“如果你同意的话，我们可以私下谈一下，先不让大家听。”克里克点点头，让布莱恩关掉了他的扩音器。众人有些恼火，怨声四起，但还保持着冷静。

“即便你说的都是对的，”胡布 - 奥夫 - 吉塔说，“30 亿比 1 这件事还是需要考虑的。奈都绝不会尊奉一个羊女做首领。”

克里克笑了。“胡布 - 奥夫 - 吉塔，众人当中，你应该最清楚，要做法汗，无需得到众人爱戴，只要拥有控制他们的能力即可。”克里克说，“我们已经控制了奈都电脑系统，也就是说，我们控制了你国政府及军队。除非你承认她是法汗，否则你的任何举动都无法达到目的。”

胡布 - 奥夫 - 吉塔倾过身子，靠近克里克。“你们部落人少势弱。一旦你所谓的法汗发生什么意外，就只剩下你们两个人。野心勃勃的部落——比如说文 - 吉塔部落——便可迅速结束你们的统治。”

“哦，抱歉，”布莱恩说着，将自己的影像投射到胡布 - 奥夫 - 吉塔面前，“我忘了自我介绍了。我叫布莱恩 · 贾夫纳，因为法汗派我进入你们的网络，所以，我就成了该网络。我独立自主，且有意识，而且我也是罗宾 · 贝克部落的一个成员。所以，如果你杀死罗宾、哈里和塔克，也还有我呢。你杀不掉我的。”

“痴心妄想。” 胡布 - 奥夫 - 吉塔用奈都语说。

“你走到哪，我都如影随形。”布莱恩也用奈都语对胡布 - 奥夫 -

吉塔说，“你下次乘坐联网交通工具时，请记得这一点，胡布 - 奥夫 - 吉塔。”

“无论你想怎样看待这件事，罗宾 · 贝克都有合法权利，可以要求得到法汗头衔。”克里克说，他把讨论从毫无实质意义的威胁中拉了回来，“你国的晋升规定允许此事，你国政府的行为挑起此事，你国大使的阴谋促成此事。恐怕，这些对于你来说都是坏消息。”

胡布 - 奥夫 - 吉塔瞪着克里克，“你喜欢给人带去坏消息？”

“我不喜欢，”克里克说，“但这就是我的工作，我很擅长。”

“这不合情理。”胡布 - 奥夫 - 吉塔说。这句话引起了罗宾的注意力。

“合情理？合情理？”她说着，阔步走到胡布 - 奥夫 - 吉塔面前，用手指猛戳他的胸口。“这完全合乎情理。就是因为你们，最近两周大家一直要追杀我、绑架我或是牺牲我，这样他们就能统治你们这个小破星球。你们还试图杀掉我的朋友，袭击、攻占我的家园。而这，是让你们住手的唯一方式。你认为我真的想统治你们星球吗？你认为我对你们国家的人民的所作所为有丝毫的兴趣吗？我毫不关心！我想要的，就是回家，恢复我正常的生活。我知道这样才是我能回到从前的唯一办法。”

胡布 - 奥夫 - 吉塔停下来，思忖了片刻。“或许我们可以达成和解。”

“当然了，”罗宾说，“你可以先承认我就是你们的法汗。你们部落立下的规定我做到了，我就是这里的统治者。不要妄想使用你的家藏武器，除非你接受这一点。”

胡布 - 奥夫 - 吉塔咆哮着大步流星地走回自己所在方阵。

“我想他们的家藏武器并没有联网。”克里克对罗宾说。

“管它呢！看上去还可以用。”罗宾说。

此时，本·贾夫纳正朝人群前方走去。克里克对他招手，示意他过来。“我收到了赫弗的消息，但有件事，你得先跟我说说，”本说，“布莱恩——”

“那真的是他，本，”克里克说，“至少一部分是他。我过会儿再和你解释。”

“你说得对。”贾夫纳说。

“赫弗说什么？”克里克问。

“他想知道你是真的想要了结此事，还是这只是你的什么大阴谋的一部分。”贾夫纳说。

“哦，这绝对是严肃的。”克里克说。

“我猜也是。”贾夫纳说，“那么赫弗想提出和你的朋友罗宾结盟。不是和奈都结盟，是和她——虽然我们都承认她是奈都的法定统治者。他还提出资助她加入共同联盟的会员费。”

“共同联盟里的一人国，”克里克说，“我本以为事情已经够荒诞了。”

“事情是你们挑起的。”贾夫纳说。

“我会把你的建议传达上去。”克里克说。

“我也别无他法。”贾夫纳说。他看了看正在和塔克聊天的布莱恩影像。“你认为，一切结束后，我能和他聊聊吗？”

“我想你应该去聊聊，”克里克说，“我知道他想和你聊聊。”

“好啊，哈里。”贾夫纳说，“此前我一直认为你在浪费自己的才华。你真了不起，朋友。”

“我只是为了好玩。”克里克说完，去找罗宾沟通。

“地球联合国想要资助你的共同联盟会员费。”克里克说。

“我的？”罗宾说，“你是说，我个人？”

克里克点点头。

“天啊，哈里，我也只能搞定健身房会员资格。”罗宾说。

“我保证，在这里你会拥有很多特权。”克里克说。

“哈里，我说的都是实话。”罗宾说，“这些东西我什么都不想要，我真的不感兴趣，我只希望你、我、我们所有人能够平平安安。我想回家。这就是我的全部愿望。不要再让我牵扯进这些事情了，哈里。”

克里克抬起头。“胡布 - 奥夫 - 吉塔来了，”他说，“我们听听他有什么话好说。”

“假设，”胡布 - 奥夫 - 吉塔说，“我们接受罗宾 · 贝克继位，接下来会发生什么？”

克里克瞥了一眼正点着头的罗宾。“嗯，届时，贝克小姐会需要一位管理者。”克里克说，“如你所知，她已经在治理自己的国家，如果分些时间出来，她认为这对她自己国家的公民不公平。”

“我完全同意。”胡布 - 奥夫 - 吉塔说，“你提到的管理者，他会有哪些权力？”

“同法汗本人权力一致。”克里克说。

“有意思。”胡布 - 奥夫 - 吉塔说。

“有一些限制。”罗宾说。

“限制？”胡布 - 奥夫 - 吉塔问道。

“小限制。”克里克向他保证。

“说来听听。”胡布 - 奥夫 - 吉塔说。

“不准对地球耍猫腻。”罗宾说。

“我不知道这个俗语的意思。”胡布-奥夫-吉塔对克里克说。

“她的意思是，地球现在且永远禁止一切恶作剧行为及帝国侵略行为。”克里克说。

“我觉得管理者会同意这一条件。”胡布-奥夫-吉塔说。

“不准对我和我的朋友们耍猫腻。”罗宾说。

“同样，奈都或其特工对贝克小姐国民的报复行为将被视为大不公之举。”克里克说。

“理应如此。”胡布-奥夫-吉塔说，“事实上，我相信，有一位管理者希望我们两国签订条约维护双方利益。”

“那很好！”克里克说，“不同种族间和睦共处总是振奋人心。”

“还有要求吗？”胡布-奥夫-吉塔问。

“还有一件事，”罗宾指着还被塔克按在脚下的纳夫-文-吉塔说，“他要坐牢。”

“我想，我们可以做得更好。”胡布-奥夫-吉塔说，“通常这种情况下我们的策略都是种族报复。”

“不，”罗宾说，“不许杀人，不许惩罚其他人，只把他关进大牢。”

“我相信，您应该知道，这些事不会是他一人策划出来的。”胡布-奥夫-吉塔说。

“我想，贝克小姐是希望用自己的审慎处置来提醒其他部落‘前事不忘，后事之师’。”克里克说。

“我明白了。”胡布-奥夫-吉塔说，“还有吗？”

罗宾摇摇头。“我想就这些了。”克里克说。

“出于好奇，我想问一下，”胡布-奥夫-吉塔问，“在这个新建立的世界秩序里，是否在某个时刻管理者能够有机会晋升？”

克里克瞥了一眼罗宾，罗宾耸耸肩。

“我想，这要取决于管理成效，及其与地球联合国和罗宾·贝克国的关系。”克里克说，“如果关系十分友好，我想管理者在 10 到 12 年后就可以获得奖赏。”

“你说的是地球时间，不是奈都时间。”胡布 - 奥夫 - 吉塔说。

“这是理想状态，”克里克说。

“到那时，可以说，法汗对该国的治理基本不加干涉吗？”胡布 - 奥夫 - 吉塔问。

“干涉微乎其微。”克里克说，“大家基本感受不到它的存在。”

“那奈都电脑系统里新来的、烦人的家伙怎么办？”胡布 - 奥夫 - 吉塔问。

“哦，嗯，它会留在那，”克里克说，“为了保险。”

“不过别担心。”布莱恩突然插话。

“他是可以训练的。”克里克看得出来，胡布 - 奥夫 - 吉塔是个现实主义者；显然，几步棋走对，他就可以如愿登上王位，虽有几处小限制，但他已经准备好入伙。

“还有一个实际问题，”胡布 - 奥夫 - 吉塔说，“奈都对其他物种有我们自己固定的观点。”

“你真是个种族主义者。”克里克说。

胡布 - 奥夫 - 吉塔怒火中烧，但又马上冷静了下来。“同意。”胡布 - 奥夫 - 吉塔说，“如果那样的话，她为何以及如何成为法汗，就能够给大家一个更加合理的解释。”

一个清晰的声音从大厅里传来。“因为她是‘进化羊’！”

讲台周围聚集的所有人都转头去看说话人。是胡布 - 奥夫 - 吉塔身旁站着的第二位技师。

“她是什么？”胡布 - 奥夫 - 吉塔对技师说。通常情况下，如果技师在这样的仪式上胆敢讲话，他一定会派人把他暴打一顿。但这次他没有。不过，今天这场仪式上，很多事情都没有发生。

“她是‘进化羊’，”技师又说了一遍，“我是‘进化羊’教派的主教弗朗西斯 · 汉姆。山姆 · 勃朗特是我的伙伴，他也是教会成员。几十年来，我们教会一直在钻研将人性中的最佳品质和羊的畜牧品质结合到一起，制造出‘进化羊’。为了便于寻找‘进化羊’，也为了避免找错，我们发明了一个熔炉测试——只有拥有‘进化羊’特性的人才能通过此测试。胡布 - 奥夫 - 吉塔，这个测试就是你们部落的加冕仪式。只有两种人能够操演此次加冕——你们部落成员，以及羊本身。现在，她就在这。”

“我不明白你在说什么，”胡布 - 奥夫 - 吉塔说，“你们只是电脑技师。”

“是的，”汉姆赞同，“隶属教会的电脑技师。教会通过企业为你们部落提供了羊和电脑网络，正因如此，你们才能操控你们的世界、拥有掌控你们部落的权力。我们为你们的部落提供了掌控权力的手段，代价便是，它也是对我们自己目标的一次考验：我们创造出了教会创建者预言的物体。看看她啊，胡布 - 奥夫 - 吉塔，她就是整个宗教教义活生生的体现。”

所有人都看向罗宾 · 贝克。

“哦，天啊，”罗宾 · 贝克厉声说道，“我能有多神圣？我的脚会痛，我会放屁，我也需要尿尿。”

胡布-奥夫-吉塔又看着弗朗西斯·汉姆。“尽管如此，你们的‘考验’还是导致我们部落失守。”

克里克大声说：“正相反，胡布-奥夫-吉塔，其他部落对你们的权力提出挑战，他们险些成功夺得王位。只有贝克小姐凭其身份出现在这里，以及她在仪式上的所作所为才能有效防止此事发生。”

“如果她不是‘进化羊’，那么此刻纳夫-文-吉塔就会是法汗。”汉姆说，“你们部落就会遭殃，而且十分惨重。”

“但现在她是法汗。”胡布-奥夫-吉塔说。

“她愿意把几乎全部的权力转交给你，胡布-奥夫-吉塔，”克里克说，“如果我是你的话，我会把这个‘神圣妨碍’天使卖给你们部落及其亲属。我一定会卖个好价钱。”

“我需要和我们部落协商一下。”胡布-奥夫-吉塔说。

“哦，当然可以。”克里克说。

胡布-奥夫-吉塔走开了。

“我注意到，你并没有向胡布-奥夫-吉塔提过，教会和其他涉事者一样，干涉了此次选举。”克里克对汉姆说。

“都是细节，都是细节。”汉姆说着，抬起头看了看罗宾，“说到这，我想起来贝克小姐需要知道教会的一个小细节。”

“什么细节？”罗宾问。

“‘进化羊’教会希望公开提出‘进化羊’这一职位。”汉姆说，“我和山姆代表的教会协调理事会一致同意，该职位非你莫属。”

“如果我不想接受，怎么办？”罗宾问。

“这不是官方头衔，”山姆·勃朗特说，“这是一种状态。即便你不想要，你也仍然是。你的到来对于我们——对于所有宗教来说意义非凡。这是有史以来预言的宗教圣物第一次被制造出来。你是一千年来的宗教成果，贝克小姐。”

“很棒！”罗宾说。

“我们是有酬劳的。”汉姆轻柔地说，“教会物资富足，拥有房地产、商业控股等。目前这些都由一个管理委员会及各董事会管理，但从严格意义上来讲，这些都是受‘进化羊’的委托，如果他或她出现的话。”

罗宾目不转睛地凝视了他一秒钟，然后抬起一只手示意大家不要说话。“所以你是说我拥有整个教会？”

“呃，并不是，”汉姆说，“只是拥有它的全部财产。”

“那也已经很多了。”罗宾说。

“还不赖。”汉姆同意。

“那么，你说有多少？ 100 万？ 200 万？”

汉姆看了看山姆·勃朗特。“上周五股市关停时，是1749亿美元。”山姆说。

“1750 亿美元，”罗宾说，“亿，也就是后面有 8 个 0。”

“正是。”汉姆说，“严格说来，它将使你成为世界上最富的人。”山姆·勃朗特说，“沃尔顿家族总资产超过此数，但他们家族有几百号人。”

“我感觉就像吞下了一颗高尔夫球。”罗宾说着，走到旁边坐了下来。

克里克走过来安慰她。“放轻松些，罗宾。”他说，“你已经在治理一个星球了，这不过是一点额外奖金。”

“哈里，”罗宾说，“你不觉得把 1750 亿说成是奖金是多么的荒谬吗？”

“只请你答应我，圣诞节时你还会记得我。”克里克说。他在罗宾身旁坐了下来，罗宾微笑着拍拍他的肩膀。几分钟后，胡布-奥夫-吉塔回来了。

“奥夫-吉塔部落已经做好准备同新法汗结为同盟。”他说，“我们部落极具号召力，其他部落——甚至文-吉塔部落——都会照做。”

罗宾站起身。“这么说，你们会按照我说的去做？”她说。

“是的。”胡布-奥夫-吉塔说。

“千真万确？”罗宾说。

“您可以随意考验我们对您的忠诚。”胡布-奥夫-吉塔说。

“布莱恩。”罗宾说。

“我在，法汗。”布莱恩说。

“请你通知国务卿赫弗，法汗请他过来。”

“马上通知，”布莱恩说。

两分钟后，吉姆·赫弗过来了。

“你找我，法汗。”国务卿赫弗说。

“是的。”罗宾说，“我和我的好朋友胡布-奥夫-吉塔最近在讨论奈都和地球联合国之间的一系列误会。鉴于大国之间的厮杀可能会带来的伤害，我们一致认为，友善地对待地球各民族及其各殖民地的话，奈都会受益颇丰。对吗，胡布-奥夫-吉塔？”

“千真万确，法汗。”胡布-奥夫-吉塔说。

“听到此话，我很欣慰。”赫弗说，“法汗心中有何打算？”

“哦，不是我的打算，”罗宾说，“我接下来要说的完全是胡布-

奥夫 - 吉塔的心里话。国务卿赫弗，此刻是不是有两架奈都驱逐舰正环绕地球轨道？”

“我想是的。”赫弗说。

“我听说它们锐不可当，”罗宾说，“无坚不摧。”

“的确是制造精良。”赫弗说。

“嗯，那么，”罗宾说，“胡布 - 奥夫 - 吉塔希望它们可以归地球联合国所有。不是吗，胡布 - 奥夫 - 吉塔？”

接下来的几秒钟里，克里克一直在担心这个奈都人的头是否真的会因为暴怒而炸裂。

“这是我莫大的荣幸。”胡布 - 奥夫 - 吉塔终于开口说道，他的语气暴露出他内心世界已经在翻江倒海了。

“真是好消息，”赫弗说，“我们的国防部长定会欣喜若狂。我可以把您的敬意带给他吗，胡布 - 奥夫 - 吉塔？”

“可以。”胡布 - 奥夫 - 吉塔严厉地说。

“国务卿赫弗，”罗宾说，“你还可以通知你国政府，胡布 - 奥夫 - 吉塔将成为奈都及其殖民地的管理者。我批准他在我的土地上对所有事务拥有管辖权。”

“很好，法汗。”赫弗说，“恭喜你，管理者。是否会举办一场就职仪式呢？”

胡布 - 奥夫 - 吉塔看着罗宾。“这要取决于法汗。”

“嗯，我想我们应该举办。”罗宾说，“嗯，一个小时以后？毕竟，大家现在都在场。”罗宾从讲台上走下来，走到仍然俯卧在地的纳夫 - 文 - 吉塔身旁。“至于你嘛，你这个蠢货，”她说，“我保证把全场最好的位子安排给你，让你亲眼看见你梦寐以求的一切被交予他人。

跟我说说，你意下如何？”

管理者就职仪式和加冕仪式十分相似，只是没有献祭和大脑扫描。罗宾·贝克从手中象征法汗权力的花束中取出一枝交给胡布-奥夫-吉塔，代表权力转交。布莱恩通过奈都电脑独特的嗓音宣布胡布-奥夫-吉塔对奈都电脑网络的控制权为倒数第二，然后在座的所有人按照各族的礼仪鼓掌，随后便赶在回家前去参加奈都附近的其他仪式和派对了。

最后大厅里只剩下几个人，他们两两交谈着：克里克和吉姆·赫弗，罗宾和塔克，布莱恩和本·贾夫纳，弗朗西斯·汉姆和山姆·布朗特，最后两位将对奈都网络完成最后诊断。

克里克在远处看着布莱恩和本坐在那里（实际上，是本坐着，布莱恩把自己的影像投射成坐状），两人重新热络起来。克里克看见本眼眶发红地嘲笑着弟弟对他说的话。

“自己的弟弟失而复得，”赫弗说，“一定是大悲大喜。”

“是的。”克里克说，“我一直想知道本的想法，想知道我这样做他会不会恨我。但我需要布莱恩的帮助，没有他，我们绝不会走到现在这步。”

“别小瞧了自己，克里克。”赫弗说，“没有你，我们现在一定生活在战争之中，或许我们已经打了败仗，此刻，你的朋友罗宾或许已经死了。你拯救了她，你拯救了我们。你没有拯救全宇宙，但下周你可以为此做打算了。”

克里克笑了。“下周我要请假，”他说，“可能大下周也要请假，如果你批准的话。”

“请多久的假都可以，克里克，”赫弗说，“但你要保证你还会回来。我不知道是否还需要其他你这样的人才；我想我的心脏无法再承受如此重荷。但有你在，我就会安心些。”

他看看手表，站起身。“我要去叫本了，我们要赶一班飞船。你们怎么回去？”

“汉姆和勃朗特提出用他们集团的飞船送我们回家。”克里克说，“不过如果我理解正确的话，应该是罗宾同意让他们搭她的飞船回去。”

“别急着回家，”赫弗说着伸出手，“多停几站，游玩游玩，祝你们旅途愉快！”

“我们这周已经游过一次了。”克里克握着赫弗的手说，“一次就够了。”两人互相告别，克里克走到罗宾和塔克身旁。

“塔克在给我讲他的家乡，”罗宾说，“听上去很美好。他离家已经两年了。”

“那已经很久了。”克里克说。

“是的，”塔克说，“但我现在就可以回家了，我看过了很多地方，这些经历足够我活一段时间了。”

“我同意。”罗宾说。

汉姆和山姆·勃朗特走上前来。“打扰一下，贝克小姐，”汉姆说，“这里的一切打点完毕，我们马上就可以准备出发了。我想，返程路上，山姆想和您谈谈您的财务问题，以及有关教会股份您应尽哪些新责任。”

“你不会是想让我来管理这一切吧？”罗宾说，“我只能管一家宠物商店。如果你们让我管理教会，不到周末，就会变成一团糟。”

“其实，我们是希望您能让集团继续承担管理角色。”山姆说。

“可以接受。”罗宾说。

“但我们还有很多问题需要处理。”山姆说。

“难道不能过两周再说？”罗宾说。

“最好——”山姆刚开始讲话，罗宾抬起手。

“我之所以这么问，是因为此刻我只想做回罗宾·贝克。不是奈都法汗，不是‘进化羊’，也不是地球上最富有的人，甚至也不是我自己的国家。我只想做拥有一家宠物商店、一心只想回家的罗宾·贝克，哪怕我的宠物都忘了我是谁。这是我现在的全部愿望，如果你们可以接受的话，请稍等一会儿。我希望你们能够理解。”

山姆想要辩驳，但汉姆把手搭在山姆的肩膀上。“我们非常理解，罗宾，没关系。我们现在去做出发准备，准备好了就来叫你。”

“谢谢。”罗宾说。汉姆和山姆转身要走。

“打扰一下，”塔克说，“你刚才说你是山姆·勃朗特？”

“是的。”山姆说。

“我有个东西要给你。”塔克说。他拿出阿奇的那本预言书。山姆接过去，盯着看了一会儿，然后又看看塔克。

“你认识阿奇？”山姆说。

“他是我的朋友。”塔克说。

山姆示意塔克跟他过去。他跟了过去，留下克里克和罗宾二人在大厅的神坛上。

“所以，你真的不想要现在这些身份？”克里克对罗宾说，他们看着塔克和技师们走远。“并不是所有人都能自己成为一个国家，与此同时还成为宗教象征或是最富有的女人。”

“或是一只羊。”罗宾说，“别忘了这点。”她俯下身把法汗专属花束拢起来。

“或是一只羊。”克里克表示同意，“但除了羊以外，大多数人都希望一下子获得你那些身份。”

“你也希望如此吗？”罗宾问。

“不，”克里克说，“我大多时候都喜欢我就是我自己，但我怀疑我可能和大多数人不大一样。”

“这我早就知道，”罗宾说。她递给克里克一朵花，“拿着，哈里，这是你救了我的命的报酬。”

“你有 1750 亿美元，就只给我一朵花。”克里克接了过来。

“礼轻情意重。”罗宾说。

“谢谢。”克里克说着，把鼻子凑到花上，“很香。”

“是的，”罗宾同意，“它在用话语对你讲话。”

“它说什么？”克里克问。

“‘家是世界上最好的地方。’”罗宾说。

“好消息。”克里克说。

“是最好的。”罗宾说。

克里克把花举过去。她笑了笑，倾过身，深深地吸了一口。

致谢

我写完此书，但没有众人的帮助，此书无法与读者见面。

感谢本书编辑帕特里克·尼尔森·海登，文字编辑亚瑟·D.赫拉瓦蒂，封面设计艾琳·加洛，内部版式设计林恩·纽马克，宣传编辑多特·林，以及Tor公司营销部门的全体可爱员工，是他们让书店相信这本书值得上架。我谨代表此书向他们的付出表示最诚挚的感谢！没有他们，就没有今天您面前的这本书。此外，还要感谢Tor公司的特里萨·尼尔森·海登，莉斯·格林斯基，当然还有汤姆·多尔蒂。

除了Tor，还要感谢此书撰写过程中给予我支持和帮助的朋友里根·艾弗里、斯蒂芬·班尼特和斯蒂芬妮·林恩。菲利浦·K.迪克帮我给本书定题目，帮我构思关于羊的细节。希望他不会死不瞑目。感谢我的私人博客“凡是”的读者，是你们接受了我写此书过程中的所有抱怨，并留言鼓励我。最后还是要同往常一样，感谢克里斯汀和阿西娜·斯卡尔奇，谢谢他们的爱、支持和包容。家庭真是个美妙的事物。

读者回函表

Readers

WIPUB BOOKS

姓名：________ 性别：____ 年龄：____ 职业：______ 教育程度：______

邮寄地址：____________________ 邮编：______

E-mail：____________ 电话：____________

您所购买的书籍名称：《安佐之梦》

您对本书的评价：

书名：	□满意	□一般	□不满意	故事情节：	□满意	□一般	□不满意
翻译：	□满意	□一般	□不满意	书籍设计：	□满意	□一般	□不满意
纸张：	□满意	□一般	□不满意	印刷质量：	□满意	□一般	□不满意
价格：	□便宜	□正好	□贵了	整体感觉：	□满意	□一般	□不满意

您的阅读渠道（多选）：□书店 □网上书店 □图书馆借阅 □超市/便利店 □朋友借阅 □找电子版 □其他 ______

您是如何得知一本新书的呢（多选）：□别人介绍 □逛书店偶然看到 □网络信息 □杂志与报纸新闻 □广播节目 □电视节目 □其他 ______

购买新书时您会注意以下哪些地方？

□封面设计 □书名 □出版社 □封面、封底文字 □腰封文字 □前言、后记 □名家推荐 □目录

您喜欢的书籍类型：

□文学-奇幻小说 □文学-侦探/推理小说 □文学-情感小说 □文学-散文随笔

□文学-历史小说 □文学-青春励志小说 □文学-传记

□经管 □艺术 □旅游 □历史 □军事 □教育/心理 □成功/励志

□生活 □科技 □其他______

请列出3本您最近想买的书：______、______、______

请您提出宝贵建议：____________________

★感谢您购买本书，请将本表填好后，扫描或拍照后发电子邮件至wipub_sh@126.com，您的意见对我们很珍贵。祝您阅读愉快！